栽蘭夢

曾桂森 著

曾桂森获奖剧本选

SPM
南方传媒　花城出版社

中国·广州

图书在版编目（CIP）数据

栽兰梦 ：曾桂森获奖剧本选 / 曾桂森著. -- 广州 ：
花城出版社，2024.1
ISBN 978-7-5749-0043-1

Ⅰ. ①栽… Ⅱ. ①曾… Ⅲ. ①剧本－作品综合集－中
国－当代 Ⅳ. ①I230

中国国家版本馆CIP数据核字(2023)第182137号

封面书法：陈小奇

出 版 人：张 懿
特邀编辑：蓝婧云
整 理：曾惠梅
责任编辑：揭莉琳
责任校对：李道学
技术编辑：林佳莹
装帧设计：陈梓彦

书 名 栽兰梦：曾桂森获奖剧本选
ZAI LAN MENG ZENGGUISEN HUOJIANG JUBEN XUAN
出版发行 花城出版社
（广州市环市东路水荫路 11 号）
经 销 全国新华书店
印 刷 河北环京美印刷有限公司
（河北省保定市涿州市松林店镇工业园区）
开 本 880 毫米 × 1230 毫米 32 开
印 张 14.625 4 插页
字 数 332，000 字
版 次 2024 年 1 月第 1 版 2024 年 1 月第 1 次印刷
定 价 59.80 元

如发现印装质量问题，请直接与印刷厂联系调换。
购书热线：020-37604658 37602954
花城出版社网站：http：//www.fcph.com.cn

作者本人（1980年摄于兴宁市坜陂镇琵琶塘老屋）

幸福一家人（1986年摄于梅县）

合家欢聚，其乐融融（2007年摄于深圳）

耄耋岁月，儿孙绕膝（孩子们从美国、日本等地回深圳看望爷爷，摄于2023年"五一"）

重返母校，参加母校七十周年校庆（2015年，摄于上海戏剧学院）

亲朋好友欢聚一堂（与香港明星罗兰，香港知名人士、妹夫钟应堂相聚于香港，2010年摄）

久别重逢（上戏同窗张鸿生、唐泽芊、杜清源、邢宜勋相聚于深圳，2015年摄）

与《义子登科》演员和导演合照（1989年摄于广东汉剧院）

梅州市戏剧协会同仁合照（1990年摄于梅州江南大厦）

黄花正好此时
闹犹忆烽烟扑
面年旧地重游
狄似锦梅汜千里
已气唤

曾桂森同志两正

李门诗并书

广东省戏剧家协会原主席、广东省文化厅原副厅长李门先生诗
并书，赠予本书作者

目录

前言

　　所谓"获奖剧本选"，那是某前领导及知己文友的建议与怂恿之所为。事实是，获奖的不是什么都好，未获奖也不是不好。就以本人近四十部剧作而言，其中《少妇情》自我感觉就比其他的好，但它就获不到奖。

　　老之将至，总想给文友一点消遣，给后代留点东西，于是搜肠刮肚，在属于自己的故纸堆里挑出十部八部剧本汇编成册，恰好都是曾经获奖的拙作，歪打正着，便取此书名。不才此生无甚专长，只是好编故事，喜描人生。在坎坷经历中积累不少生活素材，在挚爱的师友鼓惑下，二十世纪五十年代末，开始步入"歧途"，接着又被上海戏剧学院录取为戏剧文学本科生。浸染几年后走出校门，更与戏文终身结缘，成为"死不悔改的剧作者"。

　　正所谓"前世作了恶，今世搞创作"，创作这个饭碗是不大好端的，绞尽脑汁，废品成箩。弄不好，往往头破血流，尤其在"文革"前后十数年，即使自己认为弄得不错，只要有人给你找茬，就会教你身败名裂。但我既然选择此道，便无悔无怨一走到底；我努力做到自己对生活有独到的见解，用自己的视觉，概括、凝炼人生，力图给人认识、理解生活的真谛，让人认识、理解人生价值。"文如其人"，我是不怕他人误解或妒忌的，"我就是我"，我敢鞭挞社会丑恶，更努力颂扬仁政仁德，在各种不同的历史时期，我都倾注着对生活的赤诚和激情，从内涵到形式，都不停探索和追求，力求逐渐形成自己的风格。

我在上海戏剧学院深造期间，对中外戏剧艺术的深厚传统有所理解，也学到不少理论与技巧。尤其是顾仲彝恩师悉心栽培，教我这个"先天不足"的学子有所长进，使我比较严格地遵循现实主义与浪漫主义相结合的创作方法，但我又不失自我，不断探求新路。在样式上，我本来学的是话剧，但我服务的是汉剧和山歌剧。我自小就是粤剧发烧友，所以也跟着写点粤剧。虽然万变不离其宗，剧本就是剧本，但剧种不同，创作角度也就有很大的不同。除学习各自技法外，实践起来也其味无穷。为此，我选编剧本时，也有意将话剧、汉剧、山歌剧、戏曲通本和粤剧选入。为了保留剧本的本来面目，对剧中某些细节或语言，可能与今天现实并不合拍的，在校阅之时，我都坚持不改。

我不是单一的创作干部，而且肩负着辅导创作、发现人才、发现新作苗头、挖掘精品等任务。为了完成这双重任务，在时任中国剧协书记王正，省剧协领导赵寰、陈仕元和梅州市副市长何万真等鼓励下，汇集陈晓春、廖武、曾祥训、廖维康、陈勋华、林韩璋、肖伟光等一批有志气、有素质、有理想、有追求的青年创作者，于 1986 年成立一个创作群体——嘉应戏剧文学社。那是我省第一个创作家自愿组织起来的戏剧群体。十余年的实践证明，戏文社成绩辉煌，影响全省。作为领头羊的在下，没有功劳也有苦劳。由于我的全身心投入，无私奉献，被同行们戏称为"杨白劳"，也被中国剧协广东分会特评为"先进戏剧工作者"。

刘永清先生、曾祥训先生是我挚爱师友，又是我多年的合作者，甚憾，他俩已先后作古，我出版此书也有寄托哀思之意。

结集成书过程中，获得中国著名词曲作家、著名音乐制作人、中国音乐家协会流行音乐学会常务副主席陈小奇先生的支持，为本书题写书名，特此表示感谢。

曾枝荣

2021 年 6 月初稿，2023 年 9 月定稿

栽 兰 梦①

剧本介绍

剧　　　种：粤剧

创作时间：2002 年

编 创 者：曾桂森、萧柱荣、曾祥训

奖　　　项：第三届中国戏剧文学奖金奖（2003 年）

故事年代：古代

地　　　点：岭南

人　　　物：

曾修人：辞职还乡的京官

曹　　氏：曾修人妻

马　　耿：仵作、花农

马效兰：马耿、曾修人子

---

① 编者注：君子兰，实为石蒜科植物，原产非洲，20 世纪 30 年代传入中国，并
非中国兰花。本剧中的"君子兰"取兰花高雅、君子之风之意，为象征之物，非实
指君子兰。为保留剧本原貌故不做大的改动。本剧本是以汉剧《义子登科》改编的
新剧本，特此说明。

　　曾辉妹：曾修人女

　　阿　发：曾府管家

　　曾府仆人、官差、乡人等若干

一

〔亮灯。

〔南粤乡间小道。

〔曾家仆人阿发引曾修人、曾曹氏、曾辉妹等乘轿上。

曾修人　（唱）十载京官百年长，

　　　　　　　　留住清风送还乡。

曹　氏　（唱）京华有梦梦太短，

　　　　　　　　怨夫爱做田舍郎。

阿　发　大人、夫人，快到曾家村了。

曾修人　好！好！总算回到家了。夫人，你看呀——

　　　　（唱）乡间小道多景致，

　　　　　　　　何不下轿赏风光？

曹　氏　老爷呀——

　　　　（唱）荒郊旧果味还涩，

　　　　　　　　何必触景再断肠！

曾修人　啊？（会意地）哈！哈！哈！夫人呀——

　　　　（唱）十年人事几番新，

　　　　　　　　孝子不嫌母丑样。

　　　　　　心靓自然风物靓，

　　　　　　伤情往事勿久藏！

　　　　夫人，还是下轿去松松筋骨吧！

曹　氏　哎！跟着你这迂老头子，我也只好认命了！

曾修人　阿发你们先送小姐回家，我与夫人在此闲逛片刻，随后回去。

阿　发　是！

　　　　〔阿发、众轿夫送辉妹下。

曾修人　（环顾四周，感慨地）这真是：游子归家千般乐，乡音乡水万
　　　　般甜呵！（忽听竹笛声）忽听撩耳竹笛，吹奏南粤曲韵，老夫
　　　　不聆此调久矣！（循声寻去）又闻阵阵幽香，似麝非麝，沁人
　　　　肺腑！（趋前细看）啊！原来小道之旁，茅屋之后竟有君子兰
　　　　一圃呀，妙哉！子曰："芝兰生幽谷，不以无人而不芳；君子
　　　　修道立德，不为穷困而改节。"好个"王者之香"呀！（情不
　　　　自禁，跨过竹篱笆）夫人啊，今日你我得以迷笛韵，醉兰香，
　　　　岂非半生行善，修来之晚福么？（躬身欲抚兰）

　　　　〔马效兰内喊"眼看手勿动！"急上。

曾修人　（端详马效兰）小主人，老夫来此，观之、闻之，还欲抚之，
　　　　再无他意。

马效兰　这些君子兰是我爹命根，你观之无妨，闻之还可，但不得
　　　　抚之！

曾修人　也罢，也罢。（见马效兰手拿竹笛）小主人，刚才可是你在
　　　　吹笛？

马效兰　是呀。怎么啦？

曾修人　小主人能否再为老夫吹奏一曲呢？

马效兰　吹笛是我爹教的，让他给你吹吧？

曾修人　更好！更好！

马效兰　（狡黠地笑）哈！哈！哈！

曾修人　小主人为何发笑呢？

马效兰　我爹是专给死人吹笛的！

曹　氏　大吉利是！大吉利是！真晦气！（气愤地）你——！（欲
　　　　　发作）

曾修人　（制止曹氏）童言无忌，童言无忌！让老夫也给这鬼精灵开个
　　　　　玩笑。（端详马效兰片刻）小主人，我看你呀——"光身赤足
　　　　　似泥鳅，钻出泥潭不知羞。"

马效兰　（随口回应）"油泥涂身披锦缎，不识奇珍是笨牛。"

曾修人　捷才！捷才呀！"茅舍出灵童，莫非神子？"

马效兰　"荒郊来尊老，疑是仙翁？"

曾修人　高才！高才听："一管竹箫，他年定必惊栖凤！"

马效兰　"两条泥腿！今日权宜作蛰龙！"

曾修人　奇才！奇才呀！

马效兰　见笑！见笑了！

曾修人　夫人，你我甫回乡就遇神童，不是晦气，是福气呀！

曹　氏　什么福气，是伤气！要是我们家的俊辉儿还在，现在也跟他一
　　　　　般高大了。看着人儿子是神童，想到自己的子不知踪，我能不
　　　　　伤气吗？（抽泣）

曾修人　十几年的陈皮事了，还伤他气干吗？天降神童，天下人之福
　　　　　气啊！

曹　氏　老爷呀，天下之大，一个小神童，又能分给你多少福气啊？

曾修人　多少无拘嘛！（转向马效兰）请问小主人，可曾读书？

马效兰　回禀老大人，只曾听书。

曾修人　听书？

马效兰　早两年每天我都牵着牛在学馆门边，听先生讲书。

曾修人　（惊赞）旁听成才，好个聪明的孩子呀！

马效兰　去年初，先生死了，学馆散了，我就只是在家跟我爹学曲了。

曾修人　学曲？

　　　　〔传来丧笛乐声。

马效兰　听，这是我爹吹的笛声。他以仵作为生。仵作你不懂吧？我
　　　　们这里，把给死人开丧，吹吹打打，抬棺材，殓葬的人都叫
　　　　仵作。

曹　氏　（忌讳地）好了，好了，知道了，别说了！

马效兰　你们听……丧笛完了，死人埋了，我爹他回来了！

　　　　〔马耿上。

马　耿　兰儿，什么时候了，还不牵牛上山吃草？把牛饿坏了，耕不了
　　　　田，拉不了车，推不了磨，看你——？

马效兰　爹，他们——（指曾修人、曹氏）

曾修人　这位老哥，打扰了。

马　耿　你们是——？

曾修人　在下曾修人，曾家村人氏。这是拙荆……

马　耿　啊！你就是辞官归里的曾大人！听说过了。曾大人贵脚来贱
　　　　地，有何指教？

曾修人　这个……（拉曹氏过一边）夫人：我欲将此少年收回家去，一
　　　　来助他成材，二来聊慰你思忆亡儿之苦，你道如何？

曹　氏　老爷既然执意如此，我还有何话说呢？

曾修人　（对马耿）马老哥呀！

　　　　（唱）偶与令郎一席话，

　　　　　　　少年语出不平凡。

　　　　　　　灵气迫人锋芒现，

　　　　　　　十步芳草在此间。

　　　　　　　欲移嫩绿曾家种，

　　　　　　　栽成大树把天参。

曹　氏　（唱）买才愿出千金价，

　　　　　　　老哥能否舍香兰？

马　耿　（唱）马某无财有心性，

　　　　　　　卖兰银两绝不贪。

　　　　　　　夫人莫将人轻贱，

　　　　　　　芳草成兰在马棚！

曾修人　哎哟哟！拙荆出言无礼，触怒老哥，曾某人这厢赔礼了！（拉曹氏一起下礼）

马　耿　无闲回礼！（推马效兰）放牛去！牛快饿坏了！

曾修人　马老哥你好偏心呀！

马　耿　我偏什么心！

曾修人　牛没吃草，你是如此的紧张。儿子没读书，你却满不在乎。你岂非爱牛甚于爱子吗？

马　耿　（震惊地）吓！孩子，你怨爹吗？

马效兰　我不怨爹！

曾修人　哎哟哟！又触犯老哥，曾某人这厢再赔礼了！

马　耿　还是无闲还礼！

曹　氏　（对曾修人）老爷呀，你虽有好心，可是人家不领呀！

曾修人　不领？马老哥你也太忍心了！

马　耿　我忍什么心？

曾修人　令郎乃大器之材。你却不让他读书，要他放牛。如此之暴殄天
　　　　物，岂不是忍心吗？

马　耿　（语塞）这……

曾修人　（抚着马效兰的头，真诚地）想读书吗？

马效兰　想，做梦都想！

马　耿　（抱住效兰）孩子，爹对不起你！

曾修人　马老哥你爱子真情，不为重金所动。这般人品，如君子兰之高
　　　　洁，曾某人甚为敬重。若不嫌弃，我愿收令郎为义子。

曹　氏　义子？……

曾修人　（对曹氏）义子、养子、亲子，都是子嘛！（向马耿）我愿收
　　　　令郎为义子，养在我家，培育成材，为你马家振耀家声。

马　耿　（怦然心动）老爷，你……你不骗人？

曾修人　上有天为证，下有地为凭，我曾修人若有虚言，天诛地灭！
　　　　（欲跪地发誓）

马　耿　（急止）君子一言，快马一鞭，不必发此毒誓！

曾修人　为取信于马老哥，我当立一盟约，交你永远保存！

马　耿　兰儿，快来拜过义父、义母！

马效兰　（跪拜）拜过干爹！拜过干娘！

曾修人
曹　氏　好干儿！

众　　（同喜）哈！哈！哈！

曾修人　马老哥，我想请你也搬到舍下，一免你们父子分隔，二可同心合力培养兰儿。

马　耿　曾大人所言之事，马耿求之不得，唯是我这仵作之身，若随兰儿入住你曾家大府，岂非映丑你曾家家门么？

曾修人　世俗之见，何足虑哉。

曹　氏　老爷，只怕众口难防啊！

曾修人　马老哥来我家做花匠，又何妨呢。只是这样就太委屈马老哥了。

马　耿　有这般好事，马耿可算是前世有修了，还说委屈！

众　　（笑）哈！哈！哈！

〔暗灯。

二

〔几年后。

〔幕前曲〕

　　　　利剪裁，甘露浇，

　　　　血汗栽培嫩枝条。

　　　　曲直幽香尽奇趣，

　　　　几多心思暮与朝。

〔追光一：马耿在兰圃中锄地。

　追光二：曾修人在给一盆君子兰浇水。

追光三：曹氏在给一水横枝盆景修枝。

〔追光收。亮灯。

〔曾家花园。一盆茂盛的君子兰和一墨绿的水横枝盆景分外引人注目。

〔曾辉妹上。

曾辉妹　兰哥哥！兰哥哥！（花丛中找）嘿！他跑到哪儿去了？

（唱）自从兰哥来家后，

爹娘打开了眉头。

爹爹亲自教经书，

娘亲看管不停口。

特别关照我辉妹，

陪伴兰哥学海游。

适才早课尚未完，

兰哥拔脚园中走。

春光一刻值千金，

我要抓回这泼猴。

〔曾辉妹寻找有顷。马效兰悄上，捂住辉妹眼睛，学猫叫"咪！咪！……"

曾辉妹　（挣脱）哥哥坏！哥哥坏！我告诉爹爹！

马效兰　告干爹？干爹大不了说我两句（仿成年人）"勤有功，戏无益"，"要修好身，才能齐家、治国、平天下"。我才不怕呢！

曾辉妹　那我告诉娘亲！

马效兰　好妹妹，你可千万别告诉干娘！

曾辉妹　你怕啦？哼！我就知道，你呀，见到娘亲就像老鼠见了猫！要我不告诉娘亲，你就快回书房读书去！

马效兰　读书，像你那样读书？

曾辉妹　我读书怎样？你读书又怎样？

马效兰　（唱）同样书，同样读，

　　　　　　　读法不同分赢输。

　　　　　　　你你你，埋头苦读书读死，

　　　　　　　死死死，死记硬背死读书！

曾辉妹　我死读书？

马效兰　（唱）死读书，你就输，

　　　　　　　读书死，嫁不去，

　　　　　　　眼蒙耳聋呆猪猪，

　　　　　　　背脊拱起一堆书。（做驼背老妇走路状）

曾辉妹　（被逗笑了）嘻嘻……这可真是丑死鬼了！

马效兰　看你还敢不敢死读书？

曾辉妹　不敢，不敢了！兰哥哥，不死读书又该怎样？

马效兰　活读书，读活书。像我一样，耳聪目明，轻轻松松，边读
　　　　边玩。

曾辉妹　边读边玩？怎么玩？

马效兰　来，我教你——（随身掏出陀螺和绳鞭）你看着——

　　　　（唱）陀螺旋旋转，

　　　　　　　抽它几百鞭，

　　　　　　　鞭鞭狠，鞭鞭准，

　　　　　　　陀螺陀螺飞上天。

　　　　〔二人玩陀螺。突然，效兰一鞭把陀螺抽起，飞向君子兰，把

盛栽君子兰的盆击破。君子兰也折枝跌地。两人大惊！

曾辉妹　兰哥哥呀，这是马大叔的心肝宝贝！你把它砸了，马大叔会打你的。

马效兰　（定了定神）不怕，他不知道是我砸的。

曾辉妹　可我知道呀！

马效兰　你说你也不知道嘛！

曾辉妹　这不是说假话吗？

马效兰　你呀你，又死读书了。哪个有出息的人，不说假话的？干娘也给我说过说假话升大官的事。

曾辉妹　兰哥哥，我还是怕！

马效兰　你怕，就先回书房里去吧！

曾辉妹　唔！（下）

马效兰　（目送辉妹下）此地不可久留啊！（欲逃）

　　　　〔幕后传来"你逃不了！"马耿手执竹扁担随声而上。

马　耿　小畜生，你砸了兰花，还说假话，看我不把你打死！（举扁担追打效兰）

马效兰　（边逃边叫）救命呀！干爹救我！干娘救我！

　　　　〔曾修人、曹氏赶上。马效兰躲在曹氏身后佯哭。

曹　氏　马老哥呀，孩子还小，经不起打！

曾修人　兰儿，你又犯什么事了？

马效兰　我和辉妹读书读累了，在这园里玩陀螺，陀螺把兰花砸了。

曹　氏　不就是砸了一盆兰花吗？算了，没事了。

马　耿　还有事，他还教辉妹说假话！

曾修人　兰儿呀，错手砸兰，还可原谅；教妹说假，最是不该。可知做人要以诚信为本呀。

马效兰　（赶紧跪下）孩儿知错，下次不敢！

马　耿　还有下次？

曹　氏　老爷呀，你帮马老哥去把那君子兰再栽起来，管教兰儿的事，就交给我好了！

曾修人　也罢。马老哥，让他们母子说去吧。（与马耿把砸坏的兰花搬下）

曹　氏　兰儿呀，为娘问你，在这方圆二三十里，我曾家的声望如何？

马效兰　（竖起拇指）数这个。

曹　氏　知道就好！你原来那个马家呢？

马效兰　（很不好意思地伸出了尾指）……这个！

曹　氏　知道就好！你从马家来到曾家又是为了什么？

马效兰　不要这个（指尾指），要这个（指拇指）。

曹　氏　知道就好！兰儿呀——

　　　　（唱）百样兰花百样彩，

　　　　　　　荒郊庭院各自开。

　　　　　　　郊野兰花根也苦，

　　　　　　　任由雨打任风裁。

　　　　　　　庭院栽兰千金贵，

　　　　　　　汉石为阶玉作胎。

　　　　　　　兰儿从今识自爱，

　　　　　　　身价追随门第抬。

　　　　　　　下人俗气连根改，

　　　　　　　上人气派从此来。

> 两眼切莫回头望，
>
> 天子大门为你开！

马效兰　干娘教诲，孩儿紧记！

〔束光照在水横枝盆景上。

〔暗灯。

三

〔又是五年过去。

〔幕前曲〕

> 红桃白李绿芭蕉，
>
> 似水流年，五度春宵。
>
> 盆栽长高人长俏，
>
> 少男倜傥，少女窈窕。

〔还是两束光分别照着盆栽的水横枝和君子兰。君子兰还是老样子，水横枝却弯弯曲曲的长高长大了。

〔亮灯。

〔曾家花园。明月当空。

〔曹氏独坐园中，对月沉思。

〔曾辉妹蹑足上。

曹　氏　（发现了辉妹）辉妹呀，月上中天了，还未回房休息吗？

曾辉妹　（先是吓了一跳，镇静下来）是呀，月上中天了，我来扶娘亲回房休息呀。

曹　氏　是真的吗?

曾辉妹　是真的。

曹　氏　你兰哥哥明天就要上京考试了, 你来这里恐怕是……?

曾辉妹　(羞涩地) 娘亲你要说什么?

曹　氏　傻丫头呀!

　　　　(唱) 扁担也曾是竹笋,

　　　　　　　娘亲也是过来人。

　　　　　　　看你眉梢和眼角,

　　　　　　　便知忑忑小芳心。

　　　　　　　兰儿就要成大器,

　　　　　　　乖女没有错看人。

　　　　　　　娘就你一个亲生女,

　　　　　　　甜酒、苦茶, 全靠你斟!

　　　　　　　娘亲说的你都明白了吧?

曾辉妹　(害羞地) 我——

曹　氏　什么你你我我的, 过了今宵就没有明晚了! 要去就去吧, 傻丫头! 娘还未到要你扶着走的时候。(下)

曾辉妹　(目送曹氏下, 又羞又喜) 这娘呀!

　　　　(马效兰蹑足上。学猫叫)

马效兰

曾辉妹　(互相发现, 走近, 亲热地) 你来了!

马效兰　辉妹妹呀——

　　　　(唱) 今宵月圆照双影,

　　　　　　　同享清秋醉莺声。

曾辉妹　（唱）秋闱赴试分双影，

圆月陪哥进京城。

马效兰　（唱）皓月悬天明如镜，

鹏飞万里识归程。

话别千言犹未尽，

信物一桩许卿卿。（取出冰扇）

曾辉妹　冰扇？

（唱）冰扇生风香阵阵，

马效兰　（唱）扇中诗句表深情。（赠扇）

曾辉妹　（接扇，念扇中诗句）"异姓连兄妹，同窗颂书声；一夜春风
动，化作琴瑟鸣！"呀！

（唱）字字情句句意意切情真，

喜盈盈乐盈盈甜透我心！

袖中取出香罗帕，

换哥冰扇款款情。（展开罗帕）

马效兰　香罗帕？

（唱）香罗帕罗帕香香风阵阵，

深情义情义深深息凝凝！

曾辉妹　（唱）罗帕细描辉妹影，

系在哥身影随形。

幕　后　（唱）影随形，心相印，

花为媒，拜双星。

执手抚肩脸儿熨，

心猿意马乱帆程！

马效兰　辉妹，我们到那边（指花丛）去吧！

曾辉妹　这……不好吧？

马效兰　迟早我们都是夫妻了，有什么不好的。

　　　　〔马效兰拥着半推半就的曾辉妹隐入花丛之中。灯渐暗。

幕　后　（唱）管不了礼教庭训，

　　　　　　　　顾不得贞节斯文，

　　　　　　　　求的是男欢女爱，

　　　　　　　　花月下一枕春温！

　　　　〔有顷。马耿捧一小盆君子兰上。

马　耿　（唱）兰儿明早赴帝京，

　　　　　　　　心中有话要叮咛。

　　　　　　　　千言万语盆中载，

　　　　　　　　兰伴兰儿登前程。

　　　　兰儿！兰儿！（寻到花丛前），见花丛晃动，觉奇，欲进花丛，花丛内传出几声"猫叫"，原来是只大喊猫！哎呀，我又没要你帮我找兰儿，你叫什么？（转身）兰儿！（边寻边下）

　　　　〔效兰、辉妹边整衣履边从花丛走出。

曾辉妹　吓死我了！要不是你装的猫叫——

马效兰　哈哈，这就是我不读死书的本事了！

曾辉妹　兰哥哥呀——

　　　　（唱）今夜里，小妹贞操献与兄，

　　　　　　　　都信是，君子于情最忠诚。

　　　　　　　　君此去，高中落第无要紧，

　　　　　　　　只盼君，早回故里结双心。

马效兰　辉妹，你放心好了！……爹还会来这里找我的，你先回房里
　　　　去吧！

　　　　〔辉妹一步一回头地下。
　　　　〔马耿边叫"兰儿！"边上。

马效兰　（迎上）爹，我在这。

马　耿　哎呀！兰儿呀，我到处找你。

马效兰　（卖乖地）孩儿也惦着爹，也到处找爹，你去哪啊？

马　耿　爹去给你选了株最好的君子兰！（郑重其事地把君子兰递给
　　　　效兰）

马效兰　（漫不经心地把君子兰退给马耿）爹，儿这是上京考试，肩挑
　　　　马背，光是四书、五经，穿的、吃的就几大箱，还能带这花花
　　　　草草吗？

马　耿　兰儿呀！

　　　　（唱）带吃带穿暖身糊口，

　　　　　　　带书带经为夺头筹。

　　　　　　　带上君子兰就有了良师益友，

　　　　　　　伴你一路风流不下流！

马效兰　爹爹呀！

　　　　（唱）你的儿学富五车才高八斗，

　　　　　　　科场里定必是独占鳌头。

　　　　　　　独占鳌头，乌纱盖首。

　　　　　　　人上人，福星高照，皇恩庇佑，

　　　　　　　何劳你花农老爹为我耽忧！

马　耿　你，你说什么？……没有我这个花农老爹，有你这个人上
　　　　人吗！

马效兰　（自知说错了话）爹爹，是孩儿说错话了。我只不过是说，孩
　　　　儿长大了……

马　耿　养儿一百岁，长忧九十年呀！凭你刚才那番话，爹就放心不
　　　　下。爹要陪你上京！

马效兰　什么？你陪我上京？该不用把你的死人笛子也带上吧！

马　耿　（怒了）你！你这畜生，讨厌起爹当忤作来了！

马效兰　（自知又说错话了）爹爹息怒，是孩儿又说错话了。

马　耿　又错又错！看我揍你！（追打效兰）

　　　　〔曹氏上，几乎被马耿错手打了一巴。

曹　氏　都三更半夜了，你们就不能斯文点吗！

马　耿　夫人呀，我要他带上君子兰，他不带。我要陪他上京，他不
　　　　肯。还什么花农呀，死人笛呀……

曹　氏　君子兰要带！（对马耿）亏马老哥你想得周到呀！陪兰儿上京
　　　　就不必了。

马　耿　夫人，我——

曹　氏　这上京考试的事，我比你知道得多一点，让我来教教兰儿，你
　　　　先回去休息吧。

　　　　〔马耿不乐地下。

曹　氏　（目送马耿下，转身对效兰）兰儿呀，干娘问你，这次上京赴
　　　　考，胜算如何？

马效兰　回干娘，以孩儿的才学，不拿他个状元，也拿他个探花、
　　　　榜眼。

曹　氏　说得轻巧！你干爹没给你说过考试的奥秘吗？

马效兰　没有呀。

曹　氏　你干爹不说，让干娘我给你说吧！

　　　　（唱）京华十载最劳心，

　　　　　　　看尽榜首簪花人。

　　　　　　　都是官家富贵子，

　　　　　　　未见寒窗苦后生？

　　　　　　　读真书，考假试，

　　　　　　　场外功夫更认真。

　　　　　　　未阅卷先审身世，

　　　　　　　考官眼高看低人。

　　　　　　　小虫变色成大鳄，

　　　　　　　葛藤缠树绿成荫。

　　　　　　　前门大开莫乱闯，

　　　　　　　后洞有缝可潜身。

　　　　　　　莫道才高必操胜，

　　　　　　　兰儿要学聪明人。

马效兰　（唱）聪明人，糊涂人，

　　　　　　　听来直觉冷汗淋。

　　　　　　　赫赫皇城沧海阔，

　　　　　　　洞缝大树哪里寻？

　　　　　　（呼救似的）求干娘教我！求干娘教我！

曹　氏　看你这副寒鸡相！你来看，这株君子兰不就是洞缝吗？至于大
　　　　树嘛，我已经给你找好一株了！（从怀里掏出一书函递给效

兰，郑重地）这里是一扎书函，你再跟娘到房里取一包"法宝"，进了京，你就把这株君子兰和这书函、"法宝"送到陈世伯府中。这位陈世伯是你干爹的旧同僚，你干爹还提挈过他。只不过你干爹不会做官，才倒回乡里；他会做官，就步步高升。

马效兰　这位陈世伯也喜欢君子兰吗？

曹　氏　他呀，也是个儒雅之人，曾自称爱兰如命。何况这株是君子兰呢，物以稀为贵嘛！至于他肯不肯帮你，那"法宝"是够力的了，就看你的机灵了！

马效兰　（感激涕零地）多谢干娘！（欲下）

曹　氏　慢走！（折下盆栽里的一株寄生草，给效兰插在襟头上）带着它给你提神醒脑，通关开窍！

马效兰　提神醒脑，通关开窍？干娘，这叫什么草啊？

曹　氏　（认真地）寄生草！

马效兰　（若有所悟地）寄生草——！

　　　　（唱）寄生草，草寄生，

　　　　　　　寄生二字点迷津。

　　　　　　　大树能长寄生草，

　　　　　　　马家子，如何寄生富家人？

　　　　〔暗灯。

四

　　〔数月后。

　　〔亮灯。

　　〔曾府厅堂。壁上挂联：传家有道唯存厚；处世无奇但率真。

　　〔幕后传来报喜鼓乐声。

　　〔马耿喜冲冲地上。

马　耿　中了！中了！（向内）老爷、夫人，兰儿高中了！

　　〔曾修人、曹氏、阿发等兴冲冲上。

马　耿　老爷、夫人，兰儿中了状元！皇差报喜来了！

曹　氏　老爷呀，这回打赌——

曾修人　你赢了！

　　〔幕后声：有请新科状元曾俊辉令尊大人接喜报！

众　　　新科状元曾俊辉？

曾修人　（惊异）马效兰怎么变成曾俊辉了？

曹　氏　（窃喜）兰儿果然是机灵过人呀！

曾修人　一定是兰儿顶替了我家亡儿曾俊辉的名字！

曹　氏　干儿也好，亡儿也罢，高中了就是天大的喜事，你都是状元的
　　　　爹，我都是状元的娘。快去接喜报吧！

曾修人　（怒视曹氏）你——！

马　耿　老爷，这到底是怎么回事啊？

曾修人　这……（一时间百辞莫辩）

马　耿　啊！我明白了。曾老爷呀曾修人，说好了永远不要兰儿改名换
　　　　姓。如今他高中了，连名也改了。哼！

曾修人　马老哥……

曹　氏　有事慢慢说嘛，我们曾——

马　耿　你姓曾，我姓马。我回马家去！（怒冲冲地下！）

曾修人　马老哥！你听我说。马老哥！（欲追不及，转身）阿发！你去
　　　　打发皇差，就说状元家父染病卧床，不能接喜。请皇差爷将喜
　　　　报暂搁县衙。还有，即告兰儿，说我病重，叫他速速回家。

　　　　〔暗灯。

五

　　　　〔紧接。

　　　　〔亮灯。

　　　　〔曾家厅堂。

　　　　〔曾修人独坐堂中生闷气。

　　　　〔马效兰上。

马效兰　儿拜见干爹！悉干爹欠安，孩儿连夜赶回。干爹的病——

曾修人　托辞而已。兰儿，我来问你，为何要假冒我家亡儿曾俊辉
　　　　之名？

马效兰　这……

曾修人　你说，你快说！

马效兰　干爹呀——

　　　　（唱）考场尽是势利眼，

　　　　　　　重贵轻卑别天渊。

　　　　　孩儿还认仵作子，

　　　　　怎能走近皇城边？

　　　　　孩儿若非曾家子，

　　　　　怎求世伯把心偏？

曾修人　且住！你说的是哪个世伯？

马效兰　就是曾受干爹提挈过的那个陈世伯。他是今科主考，娘命孩儿送他君子兰一株，书函一扎，法宝一包。他认定孩儿是曾家嫡子，说要投桃报李，酬谢干爹提挈之恩……

曾修人　便带着你一路打通关节，取来这个状元……

马效兰　这是干爹积德，陈世伯帮忙，也有孩儿才干……

曾修人　住口！

　　　　（唱）曾家存厚门风显，

　　　　　修人清名远近传。

　　　　　想不到——

　　　　　提挈同僚反将世风污染，

　　　　　培育兰香反添瘴气乌烟。

　　　　　当日我曾对你爹立盟约誓毒愿，

　　　　　如今我岂能出尔反尔自食其言！

　　　　　为民当官你都应姓马，

　　　　　状元亲爹我绝不沾边。

　　　　　你冒名应试走歪路，

　　　　　我纠偏扶正理当然。

　　　　　你先回马家慰慈父，

　　　　　我即修奏折上金銮。

正你真名，还我清白，

光明磊落，俯地仰天！

兰儿呀——

莫做老榕树上寄生草，

要做不攀不附，堂堂正正，

出身寒门一状元！

马效兰　干爹，我……

曾修人　你马上回家去向你爹说个清楚，有错认错！（拂袖而下）

马效兰　哎呀呀！这可如何是好？如何是好呀？（焦急地踱步）

　　　　〔曹氏上。

曹　氏　兰儿呀，看你急得满头大汗，天塌下来了？

马效兰　天还没塌下来，人却要倒下去了！干爹要上奏皇上，指证我冒
　　　　名应试！这可是欺君大罪，要杀头的啊！

曹　氏　想来也实在太可怕了。即使你干爹不告你，也难保别人不告
　　　　你呀！

马效兰　别人？

曹　氏　譬如说你亲爹……

马效兰　我亲爹？

曹　氏　不是还有个盟约在你亲爹手上吗？他那把嘴可是封不住的呀！

马效兰　（被一言惊醒）多谢干娘提醒！我立即回马家去！（急下）

　　　　〔暗灯。

六

〔当晚。

〔马家破屋，外间。

〔亮灯。

〔马效兰上。

马效兰　（唱）赶回旧巢心急跳！

淡月横西雾低缭。

猛见这破屋残灯昏昏照，

怕看那白发老爹孤影摇。

碰茅檐禁不住心酸脸臊，

叩柴扉愧煞我汉子一条！

（敲门）爹爹开门，爹爹开门！

〔马耿自内间上。

马　耿　是兰儿的声音！（开门）

马效兰　（进门）爹！

马　耿　兰儿，你还是回来了？回来就好！回来就好！

马效兰　爹，我……

马　耿　你饿了。爹挖了几条红茨①，马上煮来给你吃。

马效兰　爹，我是说——

马　耿　要说，也吃饱了再说！（下）

马效兰　（唱）老爹他仍视孩儿为稚嫩，

人世间养育劬劳大过天。

————————

①　客家方言，番薯。

　　　　我怎能生生拆散亲父子？

　　　　禁不住又羞又愧又自怜！

〔传来鸡鸣声。

（唱）猛听得更鸡啼叫声声急，

　　　　似警我莫被天伦巨网缠！

　　　　罢！罢！罢！

　　　　舍去老爹恩与怨，

　　　　保住新科美状元！

〔马耿端红茨上。

马　耿　兰儿，趁热吃了吧，热红茨补身子。

马效兰　爹，命都快没了，还补什么身体啊！

马　耿　有那么紧要的事吗？

马效兰　此事干系曾、马两家杀身大祸！孩儿犯了欺君大罪了！

马　耿　什么是欺君大罪？

马效兰　孩儿冒认了义父亡儿的名字考了状元。

马　耿　这是你干爹的主意？

马效兰　绝不。

马　耿　是你干娘的指使？

马效兰　也……不。

马　耿　那是你自己……你为什么要这样做？

马效兰　为了不让人家知道我是仵作的儿子；为了攀附官场老树；为了衣锦荣归！

马　耿　好个衣锦荣归啊！归是归了，可大祸来了！

马效兰　爹爹呀，只要你不告我，这大祸就没了！

马　耿　真的？

马效兰　爹爹不追究，谁追究？爹爹不指证，谁知情？爹爹不告发，谁能定我罪？只有爹爹能救孩儿了！（跪下）

马　耿　唉！虎毒尚且不伤儿，爹能不救你吗？起来吧！

马效兰　要爹真的肯救我，孩儿才起来，否则长跪不起！

马　耿　傻孩子，爹救儿子还有不真的吗？

马效兰　爹要是真救孩儿，就把干爹立的盟约退还给他。

马　耿　为人讲的是心中那个信字。那盟约不就是一张纸吗？你拿去还他就是。（找出盟约递给效兰。）

马效兰　（惊喜地一手接过盟约，站起来）谢爹爹！

马　耿　这有什么好谢的。红茨都凉了，快吃吧！

马效兰　（藏好盟约，掏出另一纸）好爹爹，你救孩儿救到底了，孩儿才吃得下红茨啊！

马　耿　还有什么要爹做的，你说！

马效兰　请爹在这张纸上按个指模！

马　耿　这纸上写了些什么啊？

马效兰　孩儿给爹念来："立据人马耿，因家贫，把亲儿卖与曾修人为子，永继曾氏香灯……"

马　耿　（突然爆发地）不要念了！

　　　　（唱）当年认契作也在，

　　　　　　　誓言如今尚铿锵。

　　　　　　　宁披烂席长街乞，

　　　　　　　也不出卖小儿郎！

马效兰　爹，孩儿求你啦！这指模才是最紧要的啊（跪下）。

马　耿　最紧要的？爹现在算是把这最紧要的看清楚了！

　　　　（唱）这个指模不能按，

　　　　　　　　任你跪到大天光！

　　　　（仰天长叹）唉！（拂袖入内室）

　　　〔马效兰无奈地垂下头来。

　　　〔暗灯。

七

　　　〔翌日。

　　　〔亮灯。

　　　〔曾家花园。显眼处盆栽仍在，横枝更粗更曲了。

　　　〔晨光熹微，蝉鸣雀噪。

　　　〔曾辉妹喜上。

曾辉妹　（唱）昨日进香灵显寺，

　　　　　　　归时果听喜讯来！

　　　　　　　欲先睹状元郎丰仪几许，

　　　　　　　急得我通宵里未合眼皮。

　　　　　　　早起待将离情叙，

　　　　　　　更催吉日快些时。

　　　　　　　美妙晨光知人意，

　　　　　　　鸟双飞，花并蒂，池游比目鱼！

　　　〔马效兰上。

马效兰　（念）岁月翻新日，

　　　　　　　旧情了断时。

曾辉妹
　　　　（相见）兰哥、辉妹！（相拥）
马效兰

马效兰　辉妹，一大早你在看什么？

曾辉妹　我在看一双飞鸟、一对并蒂花，还有这——（取扇展开）"异
　　　　姓连兄妹，同窗颂书声，一夜春风动，化作琴瑟鸣"。

马效兰　（旁唱）辉妹她柔声轻诉心底语，

　　　　　　　分明是借景借扇催佳期。

曾辉妹　（旁唱）兰哥他似失了柔情蜜意，

　　　　　　　脸板板眼直直口语迟迟。

马效兰　（旁唱）欲齐犹怜痴情女，

　　　　　　　悔不当初云雨时！

　　　　　　　天变地变人当变，

　　　　　　　狠心改写旧情诗！

　　　　　　　辉妹，这冰扇……

曾辉妹　这冰扇怎么啦？

马效兰　没……没什么，我想改一改这冰扇上的诗句！

曾辉妹　改诗句？

马效兰　是，改得更亲热些！

曾辉妹　（释疑）吓我一跳。好，你改吧！（递扇与马效兰）现在就
　　　　改，看还有什么更亲热的。

马效兰　现在……没笔没墨……

曾辉妹　我去拿来！（急下）

马效兰　（追前）辉妹！辉妹！……

〔淡淡烟雾，迷幻灯光。

〔马效兰处身于公主心像与辉妹心像之间。

〔两心像对峙，互问："你是谁？"

公　主　（唱）我是皇帝女，要与状元比翼鸟。

曾辉妹　（唱）我是兰哥妹，要与兰哥琴瑟调。

公　主
　　　　（唱）你胡闹！你胡闹！
曾辉妹

〔曾辉妹与公主分边拔河似的把马效兰拉得东倒西歪。

马效兰　（唱）你别吵！你莫叫！

〔两心像消失。

马效兰　（唱）辉妹美，公主妙。

　　　　　　曾家富，皇室娇。

　　　　　　天上人间两条路。

　　　　　　效兰该走哪一条？

　　　　　　呵！呵！呵！

　　　　　　几人能进皇家苑，

　　　　　　锦衣玉食尽荣耀！

　　　　　　几人能做皇家婿，

　　　　　　伸手抬脚天地摇！

　　　　　　痴男怨女情何价？

　　　　　　月下偷欢本无聊！

　　　　　　罢！罢！罢！

　　　　　　莫信有情饮水饱，

　　　　错过今晨没明朝！

〔曾辉妹手拿笔墨上。

曾辉妹　（递笔与马效兰）兰哥哥，你改吧！

马效兰　我要你背过身去。

曾辉妹　听你的。（转身）

马效兰　（改诗，合扇）改好了！（递扇与曾辉妹）

曾辉妹　（接扇，妩媚一笑）让我看看亲热了多少？（展扇读诗）"原
　　　　非异姓连兄妹，手足同窗颂书声，一夜春风动新雨，各自化作
　　　　琴瑟鸣。"……各自化作琴瑟鸣……兰哥哥，这就是改得更亲
　　　　热了吗？你——

马效兰　辉妹，原谅我，我这是迫不得已啊。（背过身去）

曾辉妹　为什么？兰哥哥？（总是不能把马效兰的身子攀转来，终于失
　　　　望地）天呀！（大哭！）

〔曾修人、曹氏闻哭声而上。

曾修人　什么事？什么事了？

曾辉妹　爹爹！娘亲！女儿好命苦啊！

曹　氏　女儿有事慢说！

曾辉妹　爹，你要替女儿做主啊！（递扇与曾修人）

曾修人　（念扇中诗后对马效兰）旧诗新墨，你……你改得妙！你改得
　　　　绝呀！

马效兰　干爹呀！事出有因……

曾修人　不必多讲！（对曾辉妹）女儿，你也不必伤心。世间只有情难
　　　　说。情爱这东西，本来就是不能勉强的。

马效兰　多谢干爹明理，（掏出香罗帕）辉妹，出于无奈，这香罗帕也

　　　　　　只好物归原主了!

曾辉妹　（取过香罗帕哭!）喂呀!教我怎么做人啊!（掩面冲下）

曹　氏　（对曾修人）书呆佬,这个情可不是一般的难说呀!女儿!女儿呀!（追下）

马效兰　辉妹!辉妹!（欲追下）

曾修人　（喝）畜生留步!你——

马效兰　爹爹息怒,容孩儿一禀……

曾修人　你……你还有何话说!

马效兰　爹爹呀——

　　　　　　（唱）且息了雷霆怒听我明言。

　　　　　　　　　世间事瞬息万变似云烟。

　　　　　　　　　那一天点状元天子召见,

　　　　　　　　　问过了祖宗三代问姻缘。

　　　　　　　　　与辉妹苟且之欢不能入典,

　　　　　　　　　唯自报处子之身未配凤鸾。

　　　　　　　　　谁料到龙颜大悦颁圣诏,

　　　　　　　　　惶恐恐竟成了驸马状元!

　　　　　　　　　圣诏不能违!

　　　　　　　　　皇命高九天!

　　　　　　　　　逆则血淋淋!

　　　　　　　　　顺则金闪闪!

　　　　　　　　　爹爹且权衡,

　　　　　　　　　爹爹细思忖,

　　　　　　　　　要罪臣灭族还是要皇亲威严?

曾修人　畜生！

　　　　（唱）说什么罪臣灭族，

　　　　　　　说什么皇亲威严，

　　　　　　　怎个说你这副禽兽嘴脸！

　　　　　　　你本事大于天，你狗胆包了天，

　　　　　　　盗名欺君，骗色负情，罪大弥天！

　　　　　　　来来来！

　　　　　　　老夫与你上衙把官见！

马效兰　（唱）爹爹！

　　　　　　　你忍心毁了曾家嗣子，新科状元！

曾修人　住口，谁认你是曾家嗣子！

马效兰　孩儿认了，皇榜认了，爹爹请看，你写的盟约，孩儿也从马家
　　　　取回来了！（掏出盟约示曾修人）

曾修人　什么？你把盟约骗回来了！作孽呀，作孽呀！（羞极！气
　　　　极！）畜生，我要与你见官，向皇上认罪，向马老哥请罪！
　　　　（拉马效兰）走！

　　　　〔曾修人在与马效兰的推搡中摔倒，脑袋碰在盆栽上。

马效兰　爹——爹！（趋跪，抱起曾修人，拿过曾修人手中冰扇）

　　　　〔幕后曲〕

　　　　　　　欣欣待赏香兰秀，

　　　　　　　却将鲜血溅枝头！

　　　　〔暗灯。

八

〔翌日。

〔曾修人卧房，陈设淡雅，显眼处摆有君子兰一株。

〔亮灯。

〔曾修人带病伏案写状。

〔曹氏捧药上。

曹　氏　老爷，服药吧，治病要紧啊！

曾修人　夫人，有病的是兰儿那畜生，我先要给他治病！（继续埋头
　　　　写状）

曹　氏　老爷，你真的要状告兰儿吗？

曾修人　他背信弃义，欺世盗名，负情忤逆。我岂能容他！

曹　氏　老爷呀，你可知道，你这状子一告，兰儿纵不人头落地，也要
　　　　打回原形呀！

曾修人　什么原形？

曹　氏　下等人也。

曾修人　宁为下等人，也不做畜生！

曹　氏　老爷你说得轻巧，下等人，老爷你未做过，妾身可是难忘其
　　　　苦呀！

　　　　（唱）忆当年曾府为婢，

　　　　　　　与老爷情悦心倾。

　　　　　　　老夫人鄙奴下贱，

　　　　　　　挥利斧狠砍赤绳！

　　　　　　　哀婢女产下骨肉不准认，

痛锥心黑夜荒郊弃爱婴！

苦岁月熬到你娘登仙境，

奴婢才得入主曾氏门庭。

忘不了下等人人下等，

忘不了不胜苦苦不胜！

到如今——

兰儿来府寄生十年整，

牵牛娃变成了文魁星。

是老爷，把这下等之人变上等。

怎忍心，把擦亮的魁星陷泥泞？

曾修人　夫人呀！

（唱）这魁星露凶光灾连远近，

上等人劣品行坏我家声。

曹　氏　老爷你也太认真了吧！

（唱）何必要一生苦苦求诚信，

须算算身家性命重和轻；

马老哥退还盟约是自愿，

老爷你还该领他感恩情。

曾修人　（唱）马老哥人穷骨硬有秉性，

他岂会自卑自贱卖门丁。

曾某人为诚为信甘舍命，

又岂可恃富骄功夺亲情！

具状辞告过畜生再罪自己，

夫人你歪凤曲树责也不轻！

曹　氏　（唱）要责为妻，也该服药，先医你病，

　　　　　　　　儿已不肖，夫又病重，我更不宁。

曾修人　（不耐烦地）你给我出去！

曹　氏　（无奈地）你看，你看，你的牛脾气又来了！好，我走，我
　　　　走！药凉了，你要服药啊！

曾修人　我会！

曹　氏　老爷，你可真要保重呀！唉！（下）

曾修人　保重，保重，这天地间还有比正气、道义、诚信还重的吗？像
　　　　效兰这样的畜生——

　　　　（唱）弃亲父，背旧盟，丧尽人性，

　　　　　　　才越高，位越大，人越狰狞。

　　　　　　　愤然写状将恶警，

　　　　　　　痛心疾首气填膺。

　　　　〔曾修人强撑病体奋笔疾书，渐觉不支，晕伏案上。

　　　　〔马效兰上。

马效兰　（唱）怨恨干爹太顽性，

　　　　　　　执意毁我文魁星。

　　　　　　　干娘犟不过牛劲，

　　　　　　　莫怪干儿太绝情！（进室）

　　　　干爹！干爹！（走近案前，发现状子，取过，念）"状元本是
　　　　马家子，曾与小女结情缘。一朝高中弃生父，天理人伦尽倒
　　　　颠。休道唯才皆可用，有才缺德祸无边。……"哎哟！不好，
　　　　真真不好！

　　　　（唱）此状若教官府见，

定必要生生剥去我状元。

此状若呈皇帝苑，

顷刻间驸马尊荣比轻烟。

科场作弊欺君主，

肩上七寸怎寄存？

干爹呀干爹！

你父子之情既不念，

我唯有送你上西天！

干爹且忍片时苦，

灵药已替你备全。

（掏出毒药，欲倾于药碗内，又止）唉！

干爹赐我饱和暖，

教我修身十多年。

养育之恩如天大，

杀亲之罪大如天！

狠心辣手该收敛……

（欲藏起毒药，忽想起状子）唉！

更防利刃颈上悬！

干爹他为保清名挥利剑，

干儿我为保性命舞毒鞭。

他是日薄西山，

我是朝阳吐艳。

黑头送白发，

天理也其然！

（倾毒于碗中）干爹醒来！干爹醒来！

曾修人　（醒）啊——

马效兰　（趁曾修人张口吸气，把药灌入其口！）干爹，孩儿是迫不得已啊！

曾修人　你……（挣扎，取过药碗）你投了毒！

马效兰　（跪下）干爹，是你逼孩儿的！

曾修人　（药性发作）你……你这禽兽！（饮恨气绝，双眼圆瞪）

马效兰　（惊恐有顷，俄而镇静，佯悲号）不好了，干爹不成了！快来人呀！干爹！（佯拥尸哀恸）干爹呀！干爹！
　　　　　〔曹氏急上。

曹　氏　（见状扑尸悲呼）老爷！老——爷！（恸哭）

马效兰　干娘节哀，干爹也这么老了，早晚是要死的。

曹　氏　死？你干爹是怎么死的？

马效兰　他喝了这碗药就断气了。

曹　氏　这药是我亲手煎的，老爷已经服过三剂了，只会提神顺气，怎会死人？（拿起药碗嗅）你——你在药中下了……

马效兰　干娘！（急捂其口）别乱说！

曹　氏　真是你下的毒手！冤家呀，是谁教你作这个孽呀！

马效兰　谁教的？——做上等人，是谁教我的？做寄生草，是谁教我的？走后门找世伯，是谁教我的？取回盟约，又是谁教我的？

曹　氏　冤家，我可没教你谋杀义父呀！

马效兰　你看（指状子）干爹要告我了！我不杀他，他要杀我呀！

曹　氏　造孽呀！你这寄生草把老树给缠死了！我要告你杀人灭口！

马效兰　你也要告我？你告吧！干爹死了，干儿倒了，我看你这干娘到哪里寄生？看你这老婆子还怎么做你的上等人？

曹　氏　我——（颓然）唉！

马效兰　干娘呀——

　　　　（唱）事到如今毋再怨，

　　　　　　　唯寻善法把事圆。

　　　　　　　法事大开三七日，

　　　　　　　厚送干爹上西天。

　　　　　　　飞骑奏请皇恩典，

　　　　　　　旌表爹娘德义全！

　　　　　　　再跪尘埃誓毒愿，

　　　　　　　孝母终身责在肩！

曹　氏　你

马效兰　娘亲，你信我吧！

曹　氏　唉！

马效兰　（向内呼）开丧！

　　　　〔暗灯。

九

　　〔紧接前。

　　〔曾府灵堂。正中悬"奠"字，两边挂联："三更月冷鹃犹泣；万里云空鹤自飞。"

　　〔亮灯。

〔马效兰、曹氏、曾辉妹等跪地守灵。

〔幕后传来丧笛声。马耿边吹丧笛边上。

曹　氏　马老哥，你来了？

马　耿　来了，来了，想不到我马耿还要捡回老本行为曾老爷吹笛呀！

曹　氏　可怜老爷他一生行善，却暴病而亡，还死不闭眼啊！

马　耿　什么？老爷死不闭眼？待我看看——（欲冲去看！）

马效兰　（敏感地急拦）你要开棺验尸吗？

马　耿　开棺验尸？唉！（无奈地自语）能开棺当然好，不过，只怕验了尸也没用了！忍着吧！（脱口而呼）冤啊！

马效兰　冤？冤什么？干爹他是因为你不肯在那卖儿契上按指模，担心留下官非，贻害孩儿前途，故而死不闭眼的。

曹　氏　马老哥，马义亲呀，求求你再做个好心，按下这个指模，好让老爷他安心闭目而去吧！（掏出契约）

马　耿　这个指模，我马耿是没有指头可按啊！

马效兰　爹爹，你十指齐全，怎说无指可按呢？

马　耿　兰儿，我来问你，谁是你亲娘？

马效兰　谁是我亲娘？我也曾多次问爹爹，但总是刚一开口，爹便两眼流泪。怕触动爹爹伤心，所以我总是不便问下去。爹你也从未告诉过我。

马　耿　爹为何从不告知你？

马效兰　爹爹，为何？

马　耿　因为爹也不知道！

曹　氏　马老哥呀，你老糊涂了，你是亲爹，哪有不知谁是亲娘之理？

马　耿　就是不知。

曹　氏　那你可知谁是你的妻子？

马　耿　我马耿还没娶妻！

马效兰　爹爹你未娶妻，又何来有我？

马　耿　这要问它——（从怀里抽出旧衣布一块）

马效兰　问它？

马　耿　二十年前的事了，你让它慢慢地告诉你吧！

　　　　〔暗灯。

　　　　〔束光追照着年轻的马耿坐在郊坡上吹丧笛。

　　　　〔束光追照着一个婢女打扮的青年女子抱着以衣布裹着的婴儿，悲憾地走在郊野路上，突然，狠心地弃婴路旁。

　　　　〔束光追照着年轻的马耿闻婴啼，拾婴，寻弃婴者不见，抱婴归家。

　　　　〔亮灯。

马　耿　当时，这衣布包着的婴儿，就是兰儿你呀！

马效兰　（吃惊地）

曹　氏　（痛苦地）吓?!

曾辉妹　（惊诧地）

马效兰　（近乎疯狂地抓住马耿）为何你一直不说？

马　耿　我是不想人家说你是被弃在荒郊的野种！夫人呀——

　　　　（唱）我有手抱兰儿讨奶求浆寻遍檐前屋后，

　　　　　　我有脚带兰儿乞茶要饭走尽巷尾街头。

　　　　　　我有口教兰儿既吹笛谋生又与兰为友。

　　　　　　我却无可按在这卖儿契上的半截指头！

曹　氏　（突然爆发地）啊！（冲下）

〔众愣。

〔曹氏捧一旧衣复上。

曹　氏　（展开旧衣，旧衣前襟缺了一块）报应呀！

马效兰　（把旧衣布贴在旧衣襟的缺口上，正好吻合）吓？……

马　耿　夫人，你就是当年弃婴的人？

曹　氏　我好悔，我好恨呀！

马效兰　这么说，我真是曾家的儿子啦？我是真的曾俊辉啦？（突发狂喜）我没有欺君之罪了。好呀！

曾辉妹　（突发地）天呀！叫我辉妹怎做人呀！（掩面冲下）

〔暗灯。

十

〔紧接前。

〔曾辉妹闺房。既富贵，又雅洁，还带书香。

〔亮灯。

〔曾辉妹上，进房，倒床恸哭。

曾辉妹　叫我怎做人呀，叫我怎做人呀！

　　　　（唱）书香里，私情订，

　　　　　　　明月下，托终身。

　　　　　　　深爱他高才高品，

　　　　　　　深爱他兰中之君。

　　　　　　　只道是，丝丝缕缕记痴心，

　　　　针针线线系真情。

　　　　又谁知，痴迷种下千古恨，

　　　　云雨偷欢孽果成。

　　　　到如今，一镰淡月情义冷，

　　　　落得个，半息芳魂断肠吟！

　　　　欲哭无声红泪尽，

　　　　罪难自赦乱伦人。

〔掏出香罗帕

　　　　香罗帕呀香罗帕！

　　　　浑觉此生无颜脸，

　　　　香罗帕竟成了泣血丝巾！

　　　　残酷人间何所恋？

　　　　早赴阴曹觅安宁。

〔自床中抽出丝带欲上吊！

〔曹氏跌跌撞撞地上，进房门，见辉妹欲挂带上吊，急止之。

曹　氏　女儿，你不要寻死呀！

曾辉妹　我还能不死吗？

曹　氏　娘给你想过，你先去当尼姑。

曾辉妹　娘亲呀，女儿身上已经有了他的……

曹　氏　什么？你身上已经有了你亲哥哥的……（震惊地）真的？

曾辉妹　娘亲呀，寺院能收身上有亲哥哥的骨肉的女子做尼姑吗？

曹　氏　这……（似自语又似对辉妹说）是的！皇上也不会招一个与亲妹妹有了孩子的状元做驸马；皇家也不会找一个家里有乱伦孙子的老太婆做皇亲！

曾辉妹　（出奇地冷静）好个尼姑，好个驸马，好个皇亲呀！既然如此，我只能——一死了！

曹　氏　（哭）你不能死！娘不让你死呀！

曾辉妹　（悲愤地）你给我出去！（出其不意地把曹氏推出房外，关起房门）让我死！（咬咬牙，挂带上吊！）

曹　氏　（被关在房门外，撕心裂肺地）女儿不要死，女儿不要死！（槌门，不开）来人呀，救命呀！

　　　　〔马效兰上。

曹　氏　快！快撞门，救辉妹！她，她要上吊！……她……（气急，晕了过去）

马效兰　（打门，不开，以身撞门，冲进房去，见辉妹已挂带上）辉妹，你不要死！亲哥哥不让你死！兰哥哥舍不得你死啊！（趋前欲抢救，突然跪地，哭）我的亲妹妹，我的爱妹妹呀，哥哥救不得你，哥哥对不起你，哥哥来生报答你！

曹　氏　（醒过来，走进房）女儿呀！（奔向辉妹）救命呀！

马效兰　（还是跪在原地）没用了，她已跟着爹爹去了！

曹　氏　你为什么不救她！

马效兰　为什么，为了你这皇帝亲家呀！为了做上等人，当年你不也是把我丢在郊坡上吗？

曹　氏　当年我可没要你死呀！

马效兰　现在我也没要她死，是她自己要死的！她死了我还跪在地上流了一大摊眼泪呢！（扭曲脸型）唉！鱼与熊掌不可兼得啊！（下）

曹　氏　你……（追马效兰出房门，突然转身扑回房）女儿，你别死！

娘不要你死！娘不要你死呀！……（号哭）

（唱）老爷还在灵柩内，

女儿房中吊白绫。

自知此生罪孽重，

招来恶报满门庭。

只道是曾家积德林木盛，

寄生小草也精英。

实指望种大香兰添吉庆，

富上加贵喜气盈。

谁知道种兰人遭兰夺命，

状元星是黑煞星！

更不料天地循环有报应，

机关算尽枉经营。

落得个悔恨交加闷气顶……（口吐鲜血）

是血是泪分不清！（晕）

〔暗灯。

十一

〔紧接前。

〔内场喊："圣旨到！"

〔亮灯。

〔一道夸张的圣旨从天而降。

〔马效兰扶着还昏迷未醒的曹氏上。

马效兰　娘亲醒来，皇上圣旨到啦！

曹　氏　什么？是老爷和女儿回来啦？

马效兰　是圣旨到了，我们接旨吧！

曹　氏　什么？圣旨到了？好，接旨，接旨！

马效兰　万岁！万岁！万万岁！

幕　后　（宣读圣旨）"奉天承运，皇帝诏曰：悉曾卿修人因教子辛
　　　　勤，积劳成疾而仙逝，特赐厚葬，并赐立'为国育才，诚信传
　　　　家'丰碑。曾夫人曹氏教子有方，堪称良母仪范，钦封诰命夫
　　　　人。状元曾俊辉笃承家训，才德兼优，册封礼部尚书①，并招
　　　　为驸马。钦此！"

马效兰　（大喜）娘亲，皇上封我做礼部尚书啦！娘亲，你是尚书的亲
　　　　娘，又是皇上的亲家啦！

曹　氏　（昏昏呆呆地）什么？我是尚书的亲娘，我是皇上的亲家了？

马效兰　是呀，快叩头谢恩吧！

曹　氏　谢恩？谢恩……（突然大笑）哈！哈！哈！（走向圣旨）……
　　　　这是皇家的树！我还是上等人呀！……（疯了！把圣旨扯下，
　　　　撕成碎条缠在自己身上）我给皇上谢恩了！我给皇上谢恩了！
　　　　〔疯了的曹氏把马效兰吓得瘫在地上。
　　　　〔马耿拿着丧笛上。

马效兰　（看到马耿的丧笛，很觉恐惧）你来干什么？

马　耿　吹笛呀！

---

① 编者注：此处为剧情需要虚构。一般来说状元及第后，多封为翰林院编修、六
部员外郎或外放做官。为保留剧本原貌，未作修改。

马效兰　这里没死人啊!

马　耿　那我就给活人吹吧。皇上给你爹奖树丰碑，给你娘钦赐诰命，
　　　　给你册封尚书!喜事重重，怎可缺少鼓乐庆贺呢?我这管丧笛
　　　　又该派上用场了! (吹丧乐)
　　　　〔曹氏随着丧乐，挥弄着撕成碎条的圣旨疯狂起舞。
　　　　〔马效兰悄然消失。
　　　　〔暗灯。
　　　　〔幕后曲〕

　　　　　　　梦圆了? 梦碎了?

　　　　　　　栽兰有梦梦通宵!

　　　　　　　丧笛吹! 狂舞跳!

　　　　　　　人心世态最难描。

　　　　〔幕闭。

全剧终

七夕月半圆

剧本介绍

剧　　　种：山歌剧

创作时间：2001 年

编 创 者：曾桂森、萧柱荣

奖　　　项：第二届中国戏剧文学奖银奖（2002 年）

故事年代：现代（1949 年七夕—1991 年七夕）

地　　　点：南粤边陲鹏澳湾—金门岛—台湾高雄—鹏澳湾

人　　　物：

秋　　月：鹏澳村

阿　　榕：鹏澳村民

阿　　实：鹏澳村民，秋月丈夫

何　　娣：金门小学教员，阿榕之妻

春　　花：阿实、秋月之女

阿　　根：阿榕、何娣之子

高　　连：心地善良的国民党下层军官

秋　父：鹏澳村民，秋月之父

阿　丕：流氓地痞

（一）

幕前词：这是一个发生在南海之滨鹏澳海湾的故事。故事起于一九四九年的七夕之夜至一九九一年七夕，时间跨度足有四十二年。四十二个乞巧节，它似梦非梦，缠绵，深沉，坚毅……这说不完道不尽的入骨相思，只能用"心灵感应"才能解读它的真谛。——来了，我们的主角登场了。

〔大幕徐启。海天一色，一轮弯月，淡白的银河，还有特别闪亮的北斗七星。两条小溪汇合入海，东西两盏渔火由远而近，逐渐现出两条小船。歌声悠扬，小船越划越近。好一幅渔歌唱晚的美景！

（男女同唱）打鱼归来唱渔歌，唱渔歌，

　　　　　　划近滩涂好对歌，好对歌，

　　　　　　忙里偷闲赴乞巧；

　　　　　　七月七日歌最多。

　　　　　　天上织女会牛郎

　　　　　　地下情妹会情哥。

　　　　　　莫说渔歌从口出，

　　　　　　一诺千金定山河。

阿 榕	天上就有牛郎星,
	地下自有打鱼人,
	自古渔家多辛苦,
	阿妹呵,难得岸上人同情。

秋 月	天上有颗织女星,
	地下补网艇家人,
	担惊受怕把哥挂,
	阿哥呵,艇家女儿最多情。

阿 榕	妹有情来哥有情,
	乞巧相会可定情。
	明年七夕办喜事,
	阿妹呵,你可应承不应承?

秋 月	撒网就要看鱼情,
	想收渔获要耐心
	定情不像摘果子,
	合心合胆才成亲。

阿 榕	铁棒磨成绣花针,
	打鱼阿哥有耐心,
	妹有心话直白讲,
	我洗耳恭听妹叮咛。

秋 月	米筛筛米谷在中,
	男人就要有始终,
	莫学米筛千只眼,
	要学蜡烛一条心。

阿　榕　　　打鼓打在鼓中心，

锤锤到点响咚咚，

赤脚下水知深浅，

阿妹呵，哥做蜡烛一条心。

秋　月　　　带着笠麻莫擎遮（伞），

连了一侪就一侪，

一壶唔（不）装两样酒，

一树莫开两样花。

阿　榕　　　一树唔开两样花，

深山风竹唔开叉，

竹叶婆娑遮妹影，

任由风摇心唔斜（邪）。

秋　月　　　阿哥出海打鱼鲜，

妹送水布把哥缠，

夜里拿来贴背睡，

日里抹汗又洗脸，

阿哥哟，有心连妹你心要坚。

阿　榕　　　我恋妹心比磐石坚，

生亦缠来死亦缠，

明年带妹出海去，

同打鱼鲜共枕眠，

妹呀妹，你千万要等到这一天。

秋　月　　　转眼就会过一年，

我耐心等到这一天，

船尾贴个大喜字，

同船共度过百年，

哥呀哥，松柏连理共条根。

阿　榕　　我做梦也想这一天，

发誓同你生死连，

藤生树死缠到老，

树生藤死死也缠。

阿妹呵，你肯发誓生死盟？

秋　月　　生也缠来死亦缠，

发誓相好一百年，

那个九十七岁死，

奈何桥上等三年，

哥呀哥，牵手含笑上西天。

　　〔正当两船贴近，阿榕、秋月欲相抱之时，突然远处射来一束

　　强光，接着传来隆隆的汽艇马达声。

阿　榕　（惊叫）不好了，咽咽鸡（国民党军）抓人抢船来了！秋月，

你快去红树林躲一躲，我把他们引开。

　　〔阿榕急划渔船往海上去，秋月弃船躲进红树林。

　　〔一条汽艇穷追阿榕……

　　〔幕后传来吆喝声：别逃，别逃！再逃老子就开枪了！……

秋　月　（焦急地）阿榕哥！……

　　〔幕后传来快艇远去声。

　　〔切光。

（二）

〔七年之后，又是一个七夕。

〔引歌〕眨眼时光过七年，

　　　　隔海两岸两样天。

　　　　恋人总系情依依，

　　　　七夕对歌又一年。

　　　　心灵感应可传意，

　　　　音容笑貌现眼前。

〔灯亮，两侧分别出现秋月、阿榕的身影。

秋　月　　盼郎归啊盼团圆，

　　　　　两岸情丝一线牵，

　　　　　七夕对歌今又是，

　　　　　哥呀哥，魂魄落在哥身边。

阿　榕　　湿柴烧火暗出烟（冤），

　　　　　抬头但见离恨天，

　　　　　五更魂魄面对面，

　　　　　阿妹哟，醒来才知隔重天。

秋　月　　隔重天呵真可怜，

　　　　　传书寄信不可能，

　　　　　唯有等到七月七，

　　　　　哥呀哥，鹊桥相会忆情缘。

阿　榕　　歌声飞过九重天，

　　　　　切齿共骂瞎眼天，

　　　　　　　　牛郎织女都有相会日，

　　　　　　　　为何我俩偏不能？

秋　月　　　要骂天，要骂天，

　　　　　　　　为何天地心咁（这么）狠，

　　　　　　　　月缺还有月圆日，

　　　　　　　　等郎等到哪一年？

阿　榕　　　阿哥想妹年复年，

　　　　　　　　望穿秋水海连天，

　　　　　　　　铁石心肠都想碎，

　　　　　　　　教我怎么不心寒？

　　　〔一侧灯渐暗，另一侧灯亮，高连上。

高　连　晦，都七个年头了，你还在唱呀？——相思病！

阿　榕　　　都因相思病不轻，

　　　　　　　　七夕总要听妹声，

　　　　　　　　隔海听妹声声诉，

　　　　　　　　心病心医命才生。

高　连　废话少说，你这是犯军纪的，轻则打一百军棍，关禁闭一个
　　　　　月，重则嘛，就地正法！难道你不怕军法惩处？

阿　榕　真是死猪不怕开水烫。连长大人，你听便好了。

高　连　……你！你刚才叫我连长？

阿　榕　是，……不是，高营长，恕属下健忘，忘记了你已荣升营
　　　　　长了。

高　连　别忘记，你也升上班长了，好好干，两年提一级。

阿　榕　娶不到秋月为妻，让我当师长也没有意思。

高　连　你看，你看，相思病是不是？——别犯傻了，秋月在大陆，你在金门，能见面？能结婚？简直是白日做梦，——闲话少说，给我回去！

阿　榕　不！

高　连　嘿，还不？小子，撞着我高某心慈手软，算你前世有修了，军令如山呵，走！

　　　　〔切光。

　　　　〔另一侧灯亮，刚与阿榕对歌的秋月，坐在石板上掩面哭泣。流氓阿丕突然上。

阿　丕　嘿，又在隔海唱歌了，对海那边是台湾，你那老情是反动派。

秋　月　不，阿榕不是反动派，是……

阿　丕　（打断）是疴疴鸡！

秋　月　不准你污蔑榕哥，他是被疴疴鸡抓去当壮丁的好人。

阿　丕　好，我不和你争辩了，你不是很会对歌的么，和我对几首，怎么？

秋　月　对歌？你也配对歌，一肚子泥团的人，你有几条歌？

阿　丕　歌仔有的是，山歌、咸水歌、风流歌我都会。

秋　月　要是你对输了呢？

阿　丕　我对输了，保证不动你一根毫毛，要是我对赢了，你就得嫁给我，和我睡觉。听着，我唱了：

　　　　　　什么晓暗又晓光？

　　　　　　什么会下又会上？

　　　　　　什么晓软又晓硬？

　　　　　　什么会短又会长？

秋　月　（冷笑）嘿嘿，连三岁小孩都答得出，听着——

星星晓暗又晓光，

纸鹞会下又会上，

麻糖会软又会硬，

蚯蚓会短又会长。

阿　丕　不对，我唱的是"斑鸠"，呐，你看——（欲做下流动作）

秋　月　别别！流氓，好不要脸的臭流氓！

阿　丕　好呀。我就是流氓。我现在就耍流氓给你看。（动手。用绳子将秋月缚着，欲行非礼）

〔秋月父亲背柴上。

秋　父　住手！（拿起镰刀要与阿丕拼命）

阿　丕　（耍花招，故意举手）好，好，我投降，我不敢了。（趁秋父不备，反把秋父打倒。威胁地）老东西，你是我对手？乖乖地认我这个金龟婿吧！

秋　父　呸！厚颜无耻的臭流氓，你不得好死。

阿　丕　你骂好了，好不好死我不在乎，只要和秋月生米煮成熟饭。——（欲动手）

阿　实　（急上）畜生住手！（用棍子把阿丕打倒将秋月父女解救。）

阿　实　大伯，你陪秋月先回家。我把这畜生押到治保会去。（押阿丕下）

秋　父　阿实，好人啊！

秋　月　幸得遇着好人呀！

秋　父　闺女啊，阿爸还是那句话，你等阿榕整整七年了，等到猴年马月啊？我看……

秋　月　我曾对阿榕哥发过誓，我秋月非阿榕哥不嫁。

秋　父　可是，我怕你等到毛白牙齿脱都是白等啊。

秋　月　那个九十七岁死，奈何桥上等三年。

秋　父　话不能这样说，阿爸年纪老了，你一个老闺女能过么？……女人呀，总是要有腰圆膀阔的男子汉来庇护！秋月啊，你就听阿爸一回吧！我看阿实这个人实在，你就……

秋　月　阿爸，你让我再想想。

秋　父　好，好，你就再想十天半月……

〔切光。

（三）

〔一九七二年七月七日

〔引歌〕过了七年又七年，

　　　　　望断巫山不见天，

　　　　　麻石心肝都想碎，

　　　　　铁打眼珠也望穿。

〔一侧灯亮，秋月独自一人手挽竹篮站在望夫石上凝望。

〔引歌〕（女声）泪眼远望日落西，

　　　　　　　　憔悴秋月不知归，

　　　　　　　　望夫石上把榕哥盼，

　　　　　　　　归巢的鸟儿也双飞。

〔一侧灯暗，另一侧灯亮。那边是金门，阿榕独自一人在荷枪站岗，但所不同的是他，竟在偷偷地看起书来。

〔幕后歌〕（男音）潮起潮落又一天，

麻木清醒一般般，

老兵站岗打瞌睡，

阿榕值勤读诗篇。

〔天真少女小学教员何娣背画夹上，发现站岗读书的阿榕，甚觉惊奇，急写生。

〔阿榕有所觉察，干咳一声，欲藏书本。

何　娣　兵哥别动，求求你让我把你的精彩形象画完？

阿　榕　怎么？你想打小报告去领功？

何　娣　我才不管你们当兵的是非呢。我只想画画写生，提高画画水平。

阿　榕　那你就画吧，不过我能有什么精彩形象啊？

何　娣　话可不能这么说。从你的眼神、姿势，我知道你的内心世界。只要你肯配合，我一定能把你的神韵风采收进仅仅属于我自己的艺术殿堂里。

阿　榕　小姐，你讲笑拿别的，我是老几？——兵痞一个罢了，哪谈得上神韵风采？

何　娣　大哥，请相信我的真诚，你能告诉我，你读的是什么书么？

阿　榕　话说天下大势，分久必合，是本闲书。

何　娣　不，这是罗贯中的《三国演义》，从你神韵中我就看透你的内心世界——身在曹营心在汉。

阿　榕　（独白）好一个独具慧眼的女流呀！（对何娣）别尽胡说了，与兵哥说话莫谈国事。

何　娣　大哥，你一定是客家人。

阿　榕　你凭什么做此绝对的判断？

何　娣　爱书如命，这是客家人的传统，再说你的母语……

阿　榕　我猜你也是客家人。

何　娣　猜对了一半，我母亲是台湾人，我父亲是地地道道的广东嘉应
　　　　州人，我的基因是客家种，我的血液……

　　　　〔就在这时，传来嗖嗖的炮弹落地前的啸声。阿榕说声："当
　　　　心炮弹！"便丢下长枪扑向何娣。炮弹轰的一声炸响，由于阿
　　　　榕的及时掩护，两人化险为夷，只是灰尘满身。

何　娣　（扑打着身上的灰尘）好险啊！

阿　榕　小姐，太危险了！你快离开这里！（拂去尘土，拾起画具交给
　　　　阿娣示意她赶快离开。）

何　娣　谢谢了。

阿　榕　不用谢，小事一桩。

何　娣　（欲离开又停步）对了，我忘记询问大哥你的尊姓大名。

阿　榕　我是根系发达的一棵大树。

何　娣　榕树！你叫阿榕是么？

阿　榕　小姐芳名？

何　娣　小姓何，我有姐无兄女当男！

阿　榕　你叫何娣，是东门旺铺老板的掌上明珠，国民小学的图画教师
　　　　何娣小姐。

何　娣　真聪明！后会有期了，拜拜！（轻轻挥手，嫣然一笑）

　　　　〔切光。

　　　　〔在轰轰的炮声中，两侧灯亮。那是深沉的七夕之夜，天不作

美，愁云密布。秋月，阿榕又是来对歌诉情。

秋　月　　　　今日对歌难开声，

失手打翻五味瓶，

酸甜苦辣还有涩，

阿哥哟，不知哪味你中听。

阿　榕　　　　酸甜苦辣我唔嫌，

听歌总爱听心声，

黄连拿来兑蔗汁，

甜中有苦苦带甜。

秋　月　　　　多的苦来少的甜，

皆因想哥病唔轻，

北雁南飞有回转，

哥呀哥，你为何一去无踪影？

阿　榕　　　　寄出书信一封封，

因何不见妹回音？

莫非落入坏人手，

最怕坏人起歹心。

秋　月　　　　莫再寄信报佳音，

泥牛入海没回音，

只盼年年七月七，

心有灵犀一点通。

阿　榕　　　　心有灵犀一点通，

阿哥恰似一枚针，

跌落大海无觅处，

灯盏无油枉费心。

秋　月　　灯盏无油烧灯芯，

妹是蛤蟆哥虾公，

蛤蟆吞吃虾公脚，

几多勾郁挂心中。

阿　榕　　阿哥落运妹莫愁，

再好草山有瘦牛，

有愁有郁同哥讲，

自有云开见日头。

秋　月　　何必相劝说好言，

妹是苦胆哥黄连，

黄连苦胆苦对苦，

可怜人对人可怜。

阿　榕　　莫把愁郁沤心田，

愁坏身体无人怜，

不如对海放声哭，

诉尽冤苦心自宽。

秋　月　　我今隔岸诉苦冤，

苦难沧桑十四年，

吃鱼吃肉黄连味，

粥饭虽香口难咽；

下田耕作无力气，

织补渔网手打战；

出门三步低头走，

六亲相会笑苦脸；

慈父更为弱女苦，

两鬓白发日日添，

最苦最愁是长夜，

空房孤枕单人眠，

窗外唧唧虫子叫，

似是榕哥细叮咛，

叽呱一声夜鹤叫，

美梦惊醒身打战，

醒来不见榕哥面，

心肝抖落十二层。

刀割心头疼，

疼到五更天，

五更鸡子叫，

又是大白天。

月夜如轮转，

一年复一年，

问天又问地，

还有几个十四年？

江河有尾恨有底，

两岸为何不团圆？

〔舞台沉寂，长时间的凝固。

阿　榕　　　　苦阿！

你问地来我问天，

　　　天地为何不答言？

　　　不如我往大海跳，

　　　飘尸过海葬家山！

〔欲纵身跳海，高连突然蹿出，急拦。

高　连　怎么，你想跳海呀？……蠢货！

阿　榕　我实在受不了了，还是秋月讲得好：江河有尾恨有底，两岸为何不团圆？

高　连　月缺过后是月圆，船到滩头水路开。——国事就莫谈了，还是谈谈你自己。好小子，也真是三衰过了有六旺，竹笋逢春有出头。告诉你，你小子行桃花运了。

阿　榕　（懵然）什么意思？

高　连　很有意思。告诉你，何家小姐看上你了，何老板叫我向你揝亲哩！

阿　榕　不，不，不！我早有所爱，我发誓，非秋月不娶。

高　连　还说你的秋月，她在大陆，你在台湾，莫说通婚，就是通信都有罪。

阿　榕　我宁愿终身不娶。

高　连　还是这么傻呀？世事就是那么怪，好运来了逃也逃不脱。废话少说，这喜酒我是喝定的了。哈哈……（下）

阿　榕　（懵然）这到底是怎么一回事？

〔切光。

〔一侧灯亮，秋月独自一人蜷缩着身子在凝思发呆。

〔幕后歌〕乌云遮月暗沉沉，

　　　　　夜雾弥漫灰蒙蒙，

　　　　　可怜秋月痴情女，

　　　　　乞巧又是一场空。

　　〔阿实荷枪上，靠近秋月。

阿　实　果然又在这儿。——秋月……

秋　月　（尚在梦境之中，误将阿实当阿榕，将阿实抱紧）阿榕，我的
　　　　好榕哥啊，我想死你了，你终于回到我的身边来了。抱紧我，
　　　　紧紧地抱着我……（尽情地吻着阿实，阿实尴尬，……）

阿　实　（独白）好一个痴情的女子啊。

秋　月　榕哥你快告诉我，你是怎样回到我身边来的？

阿　实　（松脱）秋月，你醒醒，我不是榕哥，我是阿实……

秋　月　（醒悟过来，把阿实推开，不好意思）你……你在监视我么？

阿　实　上头是这样安排的，但我没有执行，却是在保护你。

秋　月　保护我？……民兵营长在保护我？

阿　实　没错，我真的，实实在在地在保护着你的安全。你试想，在这
　　　　个时候，风高月黑的，你一个姑娘家，夜深人静在这荒山野岭
　　　　对海唱歌，不危险才怪！莫说有阿丕这样的流氓地痞在觊觎
　　　　你，人们也在注视着你……

秋　月　那你把我抓去报功好了。

阿　实　我是榕哥的老朋友，我很了解你，也很同情你，还十分佩服
　　　　你。所以……

秋　月　佩服两字我不敢当，你不是在我爸面前说我太痴情，太固执，
　　　　太封建了么？

阿　实　我是这样说的，现在当着你的面我也这样说你。你呀，太不现
　　　　实了，太不识时务了。与其望梅止渴，倒不如重新栽树啊！

秋　月　（重复）望梅止渴？……重新栽树？你这是什么意思？

阿　实　你是聪明人，难道要我画公仔画出肠么？

秋　月　……

阿　实　那我就打开天窗说亮话，说错了，你就当我没有说，别把它放在心上。

秋　月　说吧。

阿　实　我……（欲言又止，终鼓起勇气）我会像阿榕那样待你好！

秋　月　……

阿　实　天快亮了，回家去吧，你爸还在提心吊胆地牵挂你呢。（欲扶秋月回家，又不敢造次）

〔正在这时，秋月父亲披着夹衣颤颤巍巍地上，当他发现阿实秋月在一起，欲停步回避。

阿　实　（发现秋月父亲，拘束地）你爸寻你来了，（转对秋月父亲）大伯，我把秋月还给你了；你劝劝她快回家去吧，省得又给人家说长道短了。（下）

秋　父　（慨叹地）多好的一个保护神呵！

〔切光。

（四）

〔在笙箫鼓乐中灯亮。两侧奏出不同风格的婚姻喜庆音乐。一边是岭南音乐，一边是闽南南音。

〔幕后歌〕　（男）笙箫鼓乐闹连连，

半强半就结姻缘；

〔幕间两侧均传出婴儿出世的呱呱哭声。

〔续幕后歌〕（女）十月怀胎生细仔，

两边老人笑开颜。

（男女合唱）凑合婚姻幸福少，

莲藕切断丝还连。

年年七夕歌照对，

魂绕梦会鹊桥边。

〔七年之后的中午，在金门何娣的卧室，天气炎热。阿榕酣睡，赤身盖着一条旧水布，侧卧着姿势如睡狮。何娣悄上，欣赏地，拿起画具进行速写。

何　娣　（唱）多么自然好睡姿。

十足一条睡雄狮，

我聚精会神把他画，

心里更觉甜滋滋。

你看他，四肢匀称比例好，

线条粗犷赤肌肤，

浓眉阔嘴狮子鼻，

两耳垂肩不招风，

额门宽敞有豪气，

微合的睡眼也温柔。

似这样，阳刚之美好神韵，

我必须重笔细描入画中。

〔正当何娣全神贯注细描时，阿榕翻过身子，背对何娣。

何　娣　（自语）怎么搞的，我还没有画完哩！——也好，就再画一张
　　　　虎背熊腰大肥臀的侧背图吧。（换过画纸，欲再画一张素描）

阿　榕　（说梦话）秋月呀秋月，我好想你啊——（啜啜舌头，继续说
　　　　梦话）秋月妹呀秋月妹，榕哥回来看你了……

何　娣　（惊愕）他……他说什么？……他在喊秋月，在喊他的旧情人
　　　　秋月。……虽说是白日做梦，可也是有所思才能有所梦呀。这
　　　　说明什么？

　　　　（唱）他口口声声唤旧情，

　　　　　　　秋月秋月叫不停，

　　　　　　　梦中他把天机泄，

　　　　　　　与我貌合却离神。

　　　　　　　一颗真心他当驴肝肺，

　　　　　　　顿叫我魂销魄散痛彻心！

　　　　　　　恰似五雷贯顶劈，

　　　　　　　劈得我两眼晕花冒金星。

　　　　（晕眩倒地而生，沉寂一瞬）

　　　　（续唱）想当初来忆当年，

　　　　　　　　高连热心把红线牵，

　　　　　　　　阿爸也说他人品好，

　　　　　　　　他给我的印象也活鲜。

　　　　　　　　我全心全意把终身托，

　　　　　　　　夫妻恩爱整七年，

　　　　　　　　儿子聪明又活泼，

　　　　　　　　天伦之乐乐无边。

> 谁知他刹那之间露了馅，
>
> 顿叫我愧羞万分苦难言，
>
> 自古爱情求专一，
>
> 爱情自私理当然，
>
> 貌合神离我心碎，
>
> 同床异梦决不能！
>
> 气死我了……（把画具一扔，气极欲下）

阿　榕　（从睡梦中惊醒）谁呀……你，你干什么？……（睡眼惺忪地看着何娣，又发现地上的两张素描，欲捡起）

何　娣　别动，我还没把做梦说鬼话的伪君子画完哩！

阿　榕　（不解地）伪君子？做梦说鬼话？怎么，睡觉也碍着你了？我好不容易调了班，想认认真真睡个囫囵觉，可你……

何　娣　我不该打断你的白日美梦！是么？

阿　榕　你怎么知道我在做梦？

何　娣　多美好的思春梦啊！（学阿榕的口语）"秋月妹……榕哥回来看你了"。多肉麻呵，亏你说得出口。你老实告诉我，这秋月是谁？你到底和她是什么关系？你偷偷摸摸地和她鬼混了几回？

阿　榕　（大笑）哈哈哈，我以为是什么大事惹你发那么大的醋劲！……我不是曾经对你说过了么，那秋月是我在大陆的老情，是我最心爱的姑娘，若不是当年高连他们把我抓壮丁，那秋月就是我的老婆了，说不定我的女儿也长大成人了。

何　娣　你真是白日做梦！

阿　榕　你说对了，是不可能实现的白日做梦。

何　娣　你还记得当年我对你下过的注脚"身在曹营心在汉"么？

阿　榕　记得记得，我从来就不瞒着你。事实上，时至今日我还是身在曹营心在汉。

何　娣　可是？在爱情方面是不容许你身在曹营心在汉的。爱情是专一的，是绝对自私的。你既然和我结成夫妻，又有了爱情的结晶，有了美满温馨的家庭，就不允许你同床异梦！

阿　榕　这我知道，但我无法做到。我与秋月虽然未成婚，但我俩是入骨相思。这思想是抹不掉的呀！不过，我可以向你保证，我绝对没有对你有什么行为上的背叛！

　　　　（唱）你我同床共枕七八年，

　　　　　　　从来未曾反过脸，

　　　　　　　出双入对人羡慕，

　　　　　　　温馨家庭多笑脸。

　　　　　　　儿子聪明有出息，

　　　　　　　老父称心度晚年，

　　　　　　　含辛茹苦度时日，

　　　　　　　夫妻恩爱苦也甜。

　　　　　　　我从来没有非分想，

　　　　　　　只是胡马跨海也望家山，

　　　　　　　人非草木有情感，

　　　　　　　莫怪夫君心不专，

　　　　　　　阿榕不是无情汉！

　　　　　　　我怀念秋月也自然。

　　　　〔传来急促的敲门声。高连在喊："开门，快快开门！"

何娣，高团长来了，快穿好衣服，（递给阿榕军装）我去开门。（开门）

阿　榕　高团长，有什么急事吗？

高　连　有急事，大事！——上边来人了，来头不小，似是保密局系统的。

阿　榕　保密局？……他们来干什么？

高　连　整肃，来搞洗脑的。你年年七夕都望海唱歌，尽唱思乡念祖想大陆的情歌，谁敢担保连里、团里没有人打你的小报告？

阿　榕　我——我不怕，有哪个老兵不思乡想家的？

高　连　话是这么说，就怕人家枪打出头鸟。

何　娣　那怎么办？高团长，你就网开一面，放阿榕一马。

高　连　我不网开一面，你们有今天么？……看在何老板面上，也念在你俩与我高某多年的交情，我也豁出去了，（掏出一本复员证给阿榕）这是一张《回台复员证》。记住了，这是我故意提早三天签发的，万一被人追查起来，你要一口咬死这日期。准备起程吧，全家迁出金门，越快越好。后天是单日，大陆方面不开炮，有船到高雄，你们就搬家到高雄去。

阿　榕　好，金门地方我也住腻了，天天挨炮轰，耳朵也快震聋了。

何　娣　我听团长的，高团长的大恩大德我家永世不忘。

高　连　谢字就别说了，其实阿榕小子最清楚，当年是我奉命行事抓他来金门，如今我擅作主张放他一马。我俩算是摆平了，谁也不欠谁的了。

阿　榕　（感动地握住高连）大哥……

高　连　别说了，准备行装要紧，后会有期。（欲下，突然想起）对，你把这身"虎皮"脱下，连同军徽肩章一并给我带走。

阿　榕　我早就恨死这"虎皮"加身了，不过……明天才上交吧！

何　娣　为什么一定要明天？

高　连　啊，我想起来了，今日是七月七，你这小子还想去禁区对海唱歌呀？——不行，绝对不行，如今是非常时期，你不要命了么？

阿　榕　我什么时候怕过死。

高　连　阿榕啊！往日你孤单一人在金门，如今你是有妻有子有老父；往日你有我暗中保护，如今，我是受人钳制的泥菩萨。你想过了没有，你若再闯禁区去唱歌，株连的就是一大片！——快，快脱下"虎皮"，卸下肩章给我带走。

阿　榕　这……我办不到！

高　连　办不到也得办到，（严肃地）这是军令，立即执行！

阿　榕　（木然）……

何　娣　孩子他爸，别固执，我求求你了。

〔高连动手摘下阿榕的肩章，强脱下阿榕身上的军服。

阿　榕　哈哈……脱下"虎皮"更自由，七夕对歌不能改。

高　连　那么你就关起门来对歌好了，（转对何娣）何女士，这条犟牛就交给你管了，从现在到明早，不准他离开家门半步。不听话，我就派兵守门！（砰然关门急下）

〔切光。

〔当天晚上。乌云遮月，星子不亮，一片朦胧。出现秋月的身影。

〔幕后歌〕（男）今年乞巧最艰难，

秋月双目已伤残，

　　　　　　　　因为忧郁伤肝目，

　　　　　　　　两眼睁大不见山！

　　　　　　（女）两眼睁大不见山，

　　　　　　　　还要强登望夫山，

　　　　　　　　但愿老天多保佑，

　　　　　　　　切莫漏船过急滩。

　　〔此时，秋月已经唱了很长时间了。

秋　月　（续唱）往日对歌有交流，

　　　　　　　　今日对歌无回音，

　　　　　　　　莫非榕哥有不测，

　　　　　　　　真叫秋月好心揪，

　　　　　　　　此刻秋月真痛心，

　　　　　　　　恰似吞噬一包针，

　　　　　　　　刺心刺肺又刺肚，

　　　　　　　　又麻又痛又抽筋。

　　　　（坐下，慨叹）唉！苦呵！

　　　　〔远处传来鸡鸣声。

　　　　（续唱）耳闻鸡子喔喔啼，

　　　　　　　　莫非又近五更时，

　　　　　　　　挽水西流想无法，

　　　　　　　　悔恨当初摘山梨。

　　　　　　　　信手摘得蜂叮梨，

　　　　　　　　心中有病人不知，

　　　　　　　　因为分梨被郎切，

谁知亲切反伤梨。

腊月梨花满树香，

我摘几朵送情郎，

莫话山梨花好看，

想起山梨我断肠。

割断肚肠心肝伤，

我今忍痛又上岗。（艰难地移步上岗）

高岗顶上风势大，

风送情歌寄情郎。

郎呀郎呀阿榕郎，

你为何至今不开腔？

莫非真的道不侧，

我越猜越想越悲伤。

〔秋月欲再上一层，一阵狂风劲吹，炸雷一声，秋月不支摔倒。

〔阿实上场，扶起秋月。

阿　实　秋月，你果然又来对海唱歌了。

秋　月　一年一度的乞巧节，不来不行呀，心中的积郁不吐掉，我会发狂啊！

阿　实　我不是对你说了么，近日有台风，再说你的眼睛……

秋　月　我眼睛不好心里明。

阿　实　山高路险啊！……算了，算了，我不说了，你歌也唱了，心中的积郁也吐掉了，回家吧，阿爸正在焦急哩。

秋　月　阿实，你陪我坐会儿好吗？我俩也有心事要谈谈，你能原谅我么？

阿　实　你的心事我了解，也很理解，人之常情嘛，换过我是你阿月，也难免会想着榕哥的，可是……

秋　月　我对不住你呵阿实，我也曾经想过全心全意地只爱你一个人，可是，阿榕的影子我摆不脱。

阿　实　我不怨你，要怨就怨这无情的大海，把有情人隔开了！为什么总是生冤家死对头，两地分割不统一？不过，阿月你放心，只要阿榕哥能平安回来，我一定将你还给他……

秋　月　（按住阿实的嘴巴）别说傻话了，阿实，你是好人一个，我会尽力待你好的。

阿　实　有你这句话，我就心满意足了。

秋　月　难道你就没有别的更高的要求么？

阿　实　这……有，有呀，我想你给我生个胖小子，好教春花女有个伴，……

　　　　〔远处响雷。

阿　实　台风暴雨快来了，我们回家吧！

秋　月　好吧，回家去了……（站起，欲起步，一惊）怎么，我的眼睛更坏了，一点也看不见了。

阿　实　（叹气）唉，我早说了，伤肝伤目呵，这又何必！

秋　月　没办法呵阿实，我告诉你，我今晚有预感，我担心阿榕。

阿　实　别瞎猜了。快，我背你下山去医院。（背着秋月下山。）

　　　　〔切光。

（五）

〔灯亮。九十年代第一春的除夕夜。在高雄阿榕家。

〔阿榕身体欠佳；独个儿坐在餐桌旁边焦急等待。挂钟敲响六下，何娣捧餐具上。

阿　榕　都六点钟了，阿根儿怎么还不到家。

何　娣　孩子他爸，你别焦急，阿根他昨晚不是来过电话，说最迟今晚六点半，准会到家吃年夜饭。

阿　榕　真是——

　　　　（唱）暮鼓响咚咚，

　　　　　　　西山下夕阳。

　　　　　　　岁月如梭过，

　　　　　　　染成两鬓霜，

　　　　　　　但愿时局好，

　　　　　　　明年返故乡，

　　　　　　　能见秋月面，

　　　　　　　和唱诉衷肠。

　　　　（白）孩子他妈，根儿真的能赶回来吃年夜饭么？

何　娣　瞧你的唠叨劲？我不是告诉过你了么，根儿昨天从北京飞香港，今日便从香港直飞高雄。他为的是什么？还不是孝顺你？

阿　榕　真是的，急病偏遇慢郎中——

何　娣　孩子他爸——

　　　　（唱）莫焦急，莫揪心，

　　　　　　　根儿与你最贴心，

> 他从来不会违父愿，
>
> 你就耐心再等几分钟。

阿　榕　好，我不急，我耐心。

何　娣　有阿根这样孝顺的儿子，你是前世有修了。就拿他上大学来
　　　　说吧，你要他学古汉语，他就修古汉语。你要他研究中国民
　　　　俗学，他就回大陆参加民俗文化研讨会，还跋山涉水去收集
　　　　民歌——

　　　　（门铃响）你听，根儿不是到家了么？

阿　榕　（急）快——快开门。

　　　　〔阿根风尘仆仆急上。

阿　根　爸、妈，我回来了。

阿　榕　回来就好！马上开饭，孩子他妈，你炒菜，我开酒，根儿你给
　　　　我拿四个高脚杯来。

何　娣　怎么，三个人四个杯？

阿　根　妈，你忘了，每年除夕吃年夜饭，爸都要为大陆的秋月姑姑斟
　　　　酒添菜的。

何　娣　好，好，我明白，我明白。（下）

阿　榕　根儿，快告诉爸，你回大陆的事情办得怎么样啦？

阿　根　顺利，开心，

　　　　（唱）我回大陆二十天，

　　　　　　　公私两事办周全。

　　　　　　　民俗山歌研讨会，

　　　　　　　顿开茅塞胜过研读上十年。

阿　榕　爸急着知道的是你回故乡没有，见到秋月姑姑没有？

阿　根　我来不及回故乡一趟。

阿　榕　（急）什么？你——

阿　根　（唱）爸莫急，爸莫冲

　　　　　　　　孩儿不是慢郎中，

　　　　　　　　故乡情况我了解，

　　　　　　　　事无大小记心中，

　　　　　　　　只要老爸耐心听，

　　　　　　　　保证笑到眼蒙蒙。

阿　榕　故乡没回一趟，能知多少情况？

阿　根　爸呵！

　　　　（唱）宇宙大，世界小，

　　　　　　　　事情偏偏这么巧，

　　　　　　　　北京开会遇贵人，

　　　　　　　　是个姑娘品貌好。

　　　　　　　　这个贵人是同行，

　　　　　　　　她与我同省同县共故乡，

　　　　　　　　她为人热情高素质，

　　　　　　　　学术论文也超常。

　　　　　　　　更有一副好嗓子，

　　　　　　　　山歌唱出声绕梁。

　　　　阿爸，你知道吗，她唱歌的时候，用凉帽对着嘴巴，有节奏地往里扇，那歌声呀，就像会飞会飘似的——

阿　榕　我想起来了，你秋月姑姑对歌的时候也常常用凉帽扇风的。这姑娘给你唱了什么山歌啦？

阿　根　多了，最好听的一首是：

　　　　（唱）妹有心来哥有心，

　　　　　　　哪怕山多水又深。

　　　　　　　山高自有妹开路，

　　　　　　　水深阿哥开船寻。

阿　榕　哈哈哈，看来你们是相爱上了！

阿　根　还不敢呢！

阿　榕　当爱就爱，有什么不敢的？你怎么不请她当向导一起回家
　　　　看看？

阿　根　本来有这个打算，后来，取消了。

阿　榕　为什么？

阿　根　她不仅与我同县同乡同村庄，她还是秋月阿姑的大姑娘，她生
　　　　父姓谢名实在，谅必与爸是同村。

阿　榕　谢实在，我们都叫他阿实，为人忠厚憨和，你秋月姑跟着他，
　　　　我放心——对，这姑娘叫什么名字？

阿　根　她叫春花，谢春花。

阿　榕　春花——春花——秋月；秋月——春花。那你有没有把你爸的
　　　　名字和情况告诉过她？

阿　根　我还不敢，只是从旁了解秋月姑姑的情况。

阿　榕　留待明年七月七日见面时，给他们一个惊喜也好。——小子，
　　　　你说下去，把你了解到的情况给阿爸说个详详细细。

阿　根　阿爸呵！

　　　　（唱）阿姑当年好凄凉，

　　　　　　　受尽折磨遭透殃，

年年七夕她对海唱，

因为唱歌受嘲谤，

歹人想趁机把她占，

多亏实叔赶到场。

从此实叔暗中护，

才得年年七夕都唱开腔。

她三十大几才出嫁，

也是她的老爸作主张。

她思念过度盲了眼，

阿实负重把家当，

不幸实叔得病死，

从此孤女伴寡孀，

春花姑娘有骨气，

考上北京大学堂。

阿　榕　这个春花姑娘好样的，不过……

〔就在这时，何娣端菜上，听见父子谈话。

何　娣　什么春花姑娘？阿根，快告诉妈，她怎么好法？

阿　榕　（高兴地制止）保密，保密，别让你妈高兴得一夜睡不着觉。

何　娣　瞧你这个老天真，——好，先不问，吃过团圆饭再说。（放菜）你们先吃，最后还有一道拿手菜。（下）

〔何娣端菜上。

阿　榕　团圆饭齐齐吃，你去做你的拿手好菜吧，我们等你。根儿，爸忽然又想起了一首唱了几十年的歌了。好歌呀！

阿　根　什么歌？爸，你唱给我呀！

阿　榕　（唱）悲歌可以当泣，

　　　　　　　远望可以当归。

　　　　　　　思念故乡，

　　　　　　　郁郁累累。

　　　　　　　老大归家无人，

　　　　　　　欲渡河无船。

　　　　　　　心思不能言，

　　　　　　　肠中车轮转。

阿　根　这是《汉乐府》中的《悲歌》。爸，你给我唱过一千遍了！

阿　榕　这歌呀，唱一千遍也没完啊！所以我才给你取名阿根，才要你学古汉语，才要你研究中国民俗学。

　　　　〔何娣端菜上。

何　娣　最后一道菜来了，新鲜苦笋烩蟹柳，甘鲜可口。这是孩子他爸最喜欢吃的。

阿　榕　哪来的新鲜苦笋。

阿　根　爸，这是我专门到深圳买来的家乡土特产。我知道阿爸很喜欢。

阿　榕　好，好，阿根快斟酒，我会吃得特别高兴，要一醉方休。

阿　根　（拾酒瓶，看着母亲的反应）……

阿　榕　吃团圆饭岂可无酒？——满上，满上。

何　娣　孩子他爸，阮大夫有交代，你不能再喝酒了。

阿　榕　做医生的，哪个不是这样说的，别扫我的兴。满上，四个杯子都满上。年年除夕都这样嘛，你秋月姑姑和我们一家亲。（举杯）来，第一杯敬秋月！

阿　根　（接过第一杯酒）这杯酒我替秋月姑姑喝！（喝光）

阿　榕　第二杯酒全家饮。（带领全家喝干）

阿　根　（端过象征秋月的酒杯递给何娣）这杯酒照例阿妈代。

何　娣　好！（接杯喝酒）

阿　榕　（高兴地）好，知父莫若子呀，爸高兴。（夺过酒瓶，再斟四杯）俗语说："茶三酒四拍拖二"，（端杯）秋月这一杯，只能我来代了。

何　娣　（制止）孩子他爸，你不能再喝了。你的身体——

阿　榕　怕什么？我——我一人喝酒两人醉，值得，值得，（一饮而尽，逐渐进入醉态）

何　娣　你看，又喝醉了，是不是。

阿　榕　醉得好呵，人生难得几回醉。根儿，曹孟德是怎么说的，你念念。

阿　根　"对酒当歌，人生几何，譬如朝露，去日苦多。"

阿　榕　说得好呵，（拿起挂剑，边喝边舞）

　　　　（唱）对酒当歌，人生几何，

　　　　　　　譬如朝露，去日苦多，

　　　　　　　去日苦多……。

　　　　（站定，突感胃痛难忍，额门冒汗，几乎晕倒，阿根、何娣急扶他。）

阿　根　爸，你——你怎么了，哪儿不舒服？

阿　榕　我的胃——痛得厉害。

何　娣　躺着，根儿，快扶你爸躺低。

　　　　〔阿根扶父亲躺下，把躺椅摇到适当的角度。

〔何娣给阿榕轻轻地按摩。阿榕逐渐有所好转。

何　娣　唉，你呀你，医生早就千叮万嘱你不要喝酒，可你，就是不听。

阿　榕　舍命陪君子嘛。

何　娣　君子在哪儿？

阿　榕　秋月就是君子，是个了不起的君子。今年七月七我一定要回去！也带你们母子一同回去，我要见秋月，我也见春花。

何　娣　（想起）春花是谁？

阿　榕　春花是个好姑娘，根儿，你就大胆地追，现在两岸可以通婚了。——

阿　根　这事急不来。

何　娣　为什么？

阿　根　不是明摆着的么——兄弟阋于墙呵！

阿　榕　（谨慎地）什么是兄弟？蒋氏父子瞎了眼，把大权拱手让给姓李的。

何　娣　那个姓李的是什么东西？

阿　榕　说他呀，认日本鬼子作父亲，竟敢公开说自己不是中国人。

何　娣　那就叫他滚出台湾岛去呗！

阿　榕　谈何容易呵！他有红毛蓝眼的人作后台。

阿　根　儿你还记得在你小时，我常对你讲过的"鹬蚌相争渔翁得利"的故事么？

阿　根　记得，印象殊深，台湾同胞都心知肚明。

何　娣　都盼早日回归啊！

〔切光。

（六）

〔引歌〕时光去得慢，

　　　　时光走得疾，

　　　　七夕对歌不例外，

　　　　今年对歌有奇特。

〔灯亮，时间移至一九九〇年七夕，地点同第一场，情景略有不同。

〔春花扶着瞎了双目的秋月在眺望，等待。

秋　月　春花女呵，你不是说你阿榕叔今晚要从台湾回到鹏澳村来和我对歌的么？

春　花　是的，阿榕叔的儿子阿根先生是这样说的，昨晚他还从城里宾馆亲自打来电话，说好今晚七颗星对顶的时候，就在这老地方会面。

秋　月　七颗星对顶的时候？可是我的眼睛看不见了。快了吧？你抬起头来看看。

春　花　快了，七颗星快对顶了。妈，你先开声唱，心有灵犀一点通，榕叔听了你的歌就会来到你跟前。

秋　月　好，我先唱，我这就唱。（清清嗓子）

　　　　（唱）水浸千年松，

　　　　　　　柏树万年风，

　　　　　　　松柏家山种，

　　　　　　　枝叶相交通，

落叶都归根，

本该把根寻，

黑发早已变白发，

就怕当面不相逢。

〔天幕右侧灯亮，现出阿榕的头像。

阿　榕　　　离乡四十年，

无日不想根。

无日不想见妹面，

今日不归待何年？

秋　月　　　山盟海誓曾记得？

秤砣落水知浅深？

还有几个七月七？

为何至今无佳音？

阿　榕　　　地久天长情不变，

秤砣落肚铁了心，

朝朝暮暮都在想，

水乳交融梦中寻。

秋　月　　　我魂牵梦萦思念君。

阿　榕　　　我跋山涉水把妹寻。

秋　月　　　我泪飞如雨洒翠竹。

阿　榕　　　我斑竹做箫夜夜吹。

秋　月　　　天有情来人有情。

阿　榕　　　海也有情石有情。

秋　月　　　朝朝暮暮情不变。

阿　榕　　　　生生死死爱永存。

　　　　　（幕后伴唱）生而心神相通形难见，

　　　　　　　　　　　　死而魂魄相依影随身。

　　　　　〔天幕右侧灯暗，阿榕头像隐去。

秋　月　怎么还不见人，春花，这是怎么一回事？

春　花　（看看手表）快到了，快到家了。

　　　　　〔近外传来录放机声音："我回来了，我回来了，秋月妹子

　　　　　呵，我带着儿子回来寻根了，带着一家人回来看你了。"

　　　　　〔阿根手捧骨灰盒，何娣手提录放机缓步而上。

阿　根　（靠拢秋月）阿妈，我叫阿根，照阿爸的嘱咐，我也是你的

　　　　　儿子。

何　娣　（放下录放机，扶着秋月）我叫何娣，依照阿榕的吩咐，你是

　　　　　我的大姊，我叫你大姊，姊……

秋　月　（握着何娣双手）你叫何娣是嘛，你叫我大姊，叫我阿

　　　　　姊？——（松手）我有儿子了么？阿根，阿根在哪？（伸手欲

　　　　　摸阿根）

阿　根　妈，我在你跟前！（对秋月跪下，任由秋月抚摸）

秋　月　像阿榕，榕哥的颈背也有一个蛮牛墩——根儿，怎么你爸没有

　　　　　回来？不是约好今晚回来对歌的么？

阿　根　阿爸——他——（转口）阿爸也一道回来了。（捧骨灰盒递给

　　　　　秋月）

秋　月　（抚摩骨灰盒，震惊，几乎昏倒，春花急扶）——阿榕他——

　　　　　他怎么比我还走得快——

阿　榕　（录音）妹莫哭，妹莫悲，

> 做人难免死一回，
>
> 我临终留下一席话，
>
> 和盘托给妹交心：
>
> 月缺月将圆，
>
> 我落叶要归根。
>
> 鸳鸯难配可把亲家结，
>
> 根儿春花就是并蒂莲。

春　花　妈，刚才你听到的，都是阿榕叔的原话。

秋　月　我知道，听话似见人，亲人说知心。

阿　根　妈，往后我会常回家来看你。

何　娣　姊，我不走了。

秋　月　好！好！根儿，你爸生前不是先有交代嘛，你与春花要是情投意合的话，你们就去登记结婚吧。

阿　根　我俩就等你老一句话了。

秋　月　阿妈高兴！老一辈没法实现的，由你们做晚辈的实现。妹妹，你说呢？

何　娣　他俩自愿，又有阿姊做主，我当然高兴。

秋　月　好，就这样定了。根儿，让我再抱抱你爸吧。

阿　根　妈——给！

〔阿根跪着把骨灰盒递上。

〔春花搀扶着秋月颤颤巍巍地欲接骨灰盒。

〔暗灯——复明。秋月与阿榕紧握双手，四目凝视。

（幕后同唱）心有灵犀一点通。

　　　　魂归故土把根寻，

两岸同根情依依，

心系中华求大同。

〔活生生的阿榕、秋月向观众谢幕。

全剧终

牌坊村新传

剧本介绍

剧　　种：粤剧

创作时间：1999 年

编 创 人：曾桂森、萧柱荣

奖　　项：2000 年获得国家文化部等七部委颁发的中国第八届人
　　　　　口文化奖（广厦杯）戏曲二等奖

故事年代：当代

地　　点：南国边陲的牌坊村

人　　物：

　　　　何志坚：三十多岁，牌坊村村民

　　　　侯英莲：三十多岁，牌坊村村民

　　　　李阿强：三十多岁，牌坊村村民

　　　　卢　贞：三十多岁，镇政府驻牌坊村干部

　　　　张　诚：三十多岁，牌坊村村民委员会主任

　　　　小　王：三十多岁，牌坊村村民

小　刘：三十多岁，牌坊村村民

群众若干

幕前曲

进村看见藤缠树，

出村看见树缠藤，

树死藤生缠到死，

藤死树生死也缠。

生藤何必缠死树，

死树不愿生藤缠。

藤树相生长青嫩，

牌坊村里唱新篇。

（一）

〔音乐声中幕启。

〔何志坚家门外。

〔卢贞领群众送"文明标兵"红匾上。

群　众　〔新曲〕

打打的，咚咚呛，

牌坊村成了大戏场。

　　　　　　该树的典型快快树，

　　　　　　该表彰的人快表彰。

卢　贞　（接）

　　　　　　树典型，立榜样，

　　　　　　文明之风吹四方。

　　　　（白）小王、小刘，还不把竹板打起来！

小　王
　　　　　　是！
小　刘

　　　　〔白榄〕

　　　　　　侯英莲，好榜样，

　　　　　　丈夫救火负了伤，

　　　　　　下身瘫痪六年整，

　　　　　　英莲夜夜守孤房。

　　　　　　说苦谁有她般苦，

　　　　　　她却是不言不语不怨不怒，

　　　　　　一任花落叶凋荒！

　　　　　　依我看，依我看，

　　　　　　送她红匾还不够——

　　众　（白）那送她什么？

小　王
　　　　　　（反话正说）该为她树座大牌坊！
小　刘

一老村民　（信以为真）对，就是该给英莲建座牌坊！

一村妇　（悲喜交半）我们牌坊村又多了座牌坊了！

卢　贞　乱讲！牌坊宣扬的是旧礼教，"文明标兵"红匾表彰的是新风尚。这是起码的常识，你们都不懂！阿强呢？

阿　强　（低着头从人群中钻出来）妈！

卢　贞　在家里我是妈，在这里我是镇政府的驻村干部。村子里出了这
　　　　么大的喜事，你这当团支书的，怎么一点也不积极？

阿　强　我看这红匾——

卢　贞　这红匾怎么啦！

阿　强　妈！

〔七字清〕

英莲已经遭不幸，

你我应为关爱人。

倘若送她大红匾，

岂非伤口撒盐要她痛一生！

小　王　是呀，这红匾一送，不管志坚怎样，英莲都不能走出这家门
　　　　槛了！

一村民　什么？英莲要走，没搞错吧？她能走出牌坊村吗？

一村民　她不会走的，要不，镇里怎会送她大红匾？

一村民　她要走，早就走了。我们牌坊村没这样的女人！

阿　强　难道要她一辈子都这样吗？

卢　贞　住嘴！（转对阿强）你——

〔三脚凳〕

水泥混饭吃塞心，

该说不说嘈嘈震！

你爹当年成英烈，

你妈长做守寡人。

　　　　　　小局大局分重轻，

　　　　　　牺牲个人应本分！

一村民　对！这就是我们牌坊村的优良传统了！

卢　贞　张主任呢？

一群众　他刚才进了志坚屋里。

卢　贞　怎还不叫侯英莲出来接匾？

　众　　文明标兵侯英莲出来接匾啰！

　　　　〔不见人应。

卢　贞　再喊！

　众　　文明标兵侯英莲出来接匾啰！

　　　　〔张诚从志坚屋走出。

张　诚　阿贞……（见卢贞脸色不佳，急改口）卢主任。

卢　贞　侯英莲呢？

张　诚　她不在家。

卢　贞　那就叫何志坚出来接匾吧。

张　诚　志坚他正在打电脑。他说联网上正有重要信息，……总之就是
　　　　不愿意出来！

卢　贞　这是怎么搞的！

张　诚　卢主任，既然他俩都不热心，这红匾是不是……先放一放？

卢　贞　你是吃了灯芯草啦？说得轻巧！这红匾一定要送！

群　众　对！对！

卢　贞　〔滚花〕

　　　　　　典型树起不容易，

　　　　　　先进还须拼力争！

敲起锣鼓，吹响唢呐，先把红匾挂在她的门头上！来，敲响
锣鼓！

〔锣鼓、唢呐齐鸣。众欲挂匾。

〔何志坚突然摇着轮椅出现在门口。

〔众先是愕然，后齐迎上。

小　王　志坚同志，你有这么一个好媳妇，可算是不幸中的大幸了。在
你病重期间，她六天六夜没合眼地护理你；在你致残之后，她
抬着你穿州过县地求医，采药。六年来她……

志　坚　英莲实在是命苦！（爆发地）我求求你们，再不要折腾她了！

〔众惊，定住。

卢　贞　（尴尬地）我们还是把英莲找回来再说吧！（招呼众人）去，
去，去去！

〔阿强推志坚进屋，众人分下。

张　诚　（不知如何是好地问卢贞）那我们……

卢　贞　我们也去找呀！还这这那那什么？

〔张诚与卢贞同下。

〔小刘望着张诚、卢贞背影装个鬼脸，神秘地跟着下。

〔灯暗。

（二）

〔灯亮。

〔牌坊村村外林中。

〔张诚、卢贞气喘吁吁地上。

卢　贞　英莲呀，你在哪？找得我呀——累死了，渴死了！

张　诚　累了，就在这大石上坐坐吧！（殷勤地扶卢贞坐下）渴了，就
　　　　捧一口井水喝喝吧！

卢　贞　你这老头，又说糊涂话了，村里的五百多亩田地都给开发了，
　　　　还哪来的田井？

张　诚　也是，也是，不过我每走过这里，都会想起和你一起喝田井水
　　　　的时候——

卢　贞　你看，你又来了！我不是叫你等等吗？

张　诚　等——
　　　　〔咸水歌〕

　　　　　　梅开杏结二十次，

卢　贞　（紧接唱）

　　　　　　就是不见桃花开！

　　　　　　你就只会唱这一句。

张　诚　不，我还会唱——

卢　贞　先别唱梅花、桃花了，还是先把莲花找回来吧！

张　诚　（忽然）阿贞，你看！

卢　贞　什么？看到英莲啦？

张　诚　不，（指高处）树上有山楂果，你不是很口渴吗？

卢　贞　好！你这个发现救了急！（上前，欲摘山楂果，但够不着）诚
　　　　老头，你来！

张　诚　阿贞呀，我也高不了你多少。

卢　贞　那怎么办？

张　诚　怎么办？这边厢贞大姐渴得要命，那边厢山楂果熟得滴水，该摘的还是要摘呀！

卢　贞　（听得出张诚的弦外之音，嗔怒地）你——

张　诚　我有办法……

卢　贞　什么办法，你说！

张　诚　你骑在我的肩膀上，保证够得上了！……怎么，当年的铁姑娘队队长，敢和我来一场叠罗汉吗？

卢　贞　（给这一激）有什么不敢的！

　　　　〔张诚蹲下。卢贞一脚踏在张诚肩膀上，无意中一个趔趄，几乎摔倒。张诚趁势抱住了卢贞。二人相拥了起来。

　　　　〔小刘从石后上，发现了，先是一怔，紧接着用摄像机把他们的动作摄了下来。

卢　贞　（突然感觉到这不是亲热的场合，忽挣扎开）诚老头，也不看看这是什么地方！（转身，冲下）

张　诚　（一个跳跃，摘下山楂果）阿贞，给你山楂果！（追下）

　　　　〔小刘哈哈大笑。

　　　　〔灯暗。

　　　　〔灯亮。

　　　　〔牌坊村村外。牌坊、藤缠树，是昔日何志坚与侯英莲定情的地方。

　　　　〔侯英莲边哭，边用力扯着缠在树上的青藤。

英　莲　〔反线二簧慢板〕

　　　　　　藤缠树，树缠藤，

　　　　　　生也缠来死也缠，

　　　　　　扯不开来拉不断。

　　　　　　伤心地，奈何天，

　　　　　　擂鼓高歌送金匾，

　　　　　　英莲有苦种心田。

　　〔幻觉中，老树变成了何志坚。

英　莲　你是谁？

志　坚　我是志坚，你的丈夫！

英　莲　我的丈夫？

志　坚　一棵枯死了的树。

英　莲　不！你是个大活人！（紧抱志坚）

志　坚　英莲呀！

　　　〔乙反长句二簧〕

　　　　　　朽木做箭不穿天（夫），

　　　　　　生藤莫把死树缠。

　　　　　　青春有如冬日短，

　　　　　　何堪苦水载孤船。

　　　　　　当断还须抽刀断！

　　　　　　向着明天将身转！

英　莲　（接唱）

　　　　　　欲转身，身难转，

　　　　　　千般愁，万般怨，

　　　　　　怨今天，愁今日，

　　　　　　只因家在牌坊村？

志　坚　（念）

　　　　莫怨地，莫怨天，

　　　　要怨就怨我志坚。

　　　　劝妹莫吞后悔药，

　　　　抹干眼泪看明天。

英　莲　（接念）

　　　　苦今日，看明天，

　　　　最难忘记是昨天！

　　　〔幕后曲〕

　　　　榄树开花花揽花，

　　　　风吹榄花飘地下，

　　　　榄花落地结榄仔，

　　　　榄仔香甜你知吗？

　　　〔梦幻中二人穿鲜艳的衣服在曼舞。

志　坚　（唱）

　　　　阿哥爱吃榄仔甜。

英　莲　（唱）

　　　　阿妹爱吃榄仔香。

志　坚　（唱）

　　　　阿妹爱的是哪个榄（揽）？

　　　　阿哥为你攀树上！（何志坚欲亲吻英莲）

英　莲　阿哥你心坏！

志　坚　阿妹你心野！

英　莲　你坏，你坏！（捶打志坚胸脯）

志 坚 你野，你野（把英莲抱在怀里深深地吻。）

〔幕后曲〕

新婚生活似蜜甜，

如胶似漆黏又黏，

相敬如宾过日子，

花又红来叶又鲜。

〔梦幻中二人在房中调笑。英莲起床穿衣，对镜梳妆，志坚在旁美美地欣赏。

〔突然舞台远处人声大作："工地起火啦！""快救人啦！"

〔二人急冲下。

〔景变：工地现场。火舌滚滚，浓烟弥漫。

〔李阿强遇险，何志坚抢救，阿强被救，志坚反而受伤。……

〔侯英莲上，见状，大惊！

英 莲 志坚！志坚！

〔卢贞，寻上，闻声，走近侯英莲。

英 莲 （醒）志坚！（抱住卢贞）志坚！

卢 贞 志坚？你的志坚在家里。你怎么跑到这里来！

英 莲 我（还没有完全清醒过来）我……这……？

卢 贞 不是三天前就通知你了吗？送匾、持匾、录音、摄像都是要你唱的主角，早就叫你做好准备，可你……

英 莲 我……

卢 贞 你这"文明标兵"在我们牌坊村是第一个，来之不易呀！为了培养你这个典型，我们可是花尽了心血啦！

英 莲 大婶呀，我只怕——瘦牛背轭重千斤，路远迢迢走不了啊！

卢　贞　成人不自在，自在不成人，英莲呀，这个道理，你明白吗？

英　莲　我——

卢　贞　不要再你你我我了。（颇有感触地）大婶我也是过来人啊！——别说了，英莲呀，挺起腰来，方显我们妇女的英雄本色！抛开一切缠扰，（边说边给英莲掀开身上的粗藤）回去当好这个典型吧！知道吗？（下）

英　莲　卢大婶——！（叫不回来）哎！

〔快二簧〕

什么当好典型，

什么不出差错。

典型在哪里？差错是什么？

老树呀，你回答我，

牌坊呀，你告诉我，

狂风呀，你回答我，

暴雨呀，你告诉我！

你们是聋了耳朵，

抑或是无可奈何？

〔突然一声响雷，劈向牌坊，牌坊被劈下一角，险些把英莲砸了。

〔灯骤暗。

（三）

〔灯亮。夜。

〔志坚的房里，桌上靠着"文明标兵"红匾，墙边设有电脑。

〔英莲昏睡在床上。

志　坚　（轻声地）英莲，英莲……（未见应）哎，真命苦呀！

〔南音〕

　　　　莲妹苦！五个冬寒好艰辛。

　　　　怨哥难再变回一个大男人。

　　　　那日抢险救灾我多勇敢，

　　　　如今肢瘫无力负妹爱心。

　　　　你日里充强人，撑起家门迎人笑。

　　　　仍然夜间还弱女，身藏雪窖泪涔涔。

〔二簧合离序〕

　　　　我是残人累苦心爱人，

　　　　自怨自嗟还自恨。

　　　　放她一马走平川，

　　　　我几度死念自萌。

　　　　却又难，

　　　　难在肢残脑尚全，

　　　　尚有一颗心，血还在翻滚！

（伴唱）〔新曲〕

　　　　雨潇潇，窗外风吹一阵阵，

　　　　嘀哒哒，电脑键盘响声声。

　　　　脑健全，心血滚，

　　　　编村史，献村民！

志　坚　（边打电脑边唱）

〔雨打芭蕉〕

村史翻开。

得见日明月暗,

得见腥风祥云。

牌坊村,

地灵人杰也多灾多劫,

最令我心惊震,

这里有贞烈成群。

牌坊的一砖一石红泪浸,

更有斑斑血印。

牌坊下——

张妻育儿守寡熬贫;

李氏殉夫郎;

何娘嫁石头人;

姚姐六十年不见夫君……

哀女人! 情何堪?

谁给关爱,

谁抱不平。

好教我冷汗涔!

英　莲　（说梦话）我……我好苦呀!

志　坚　（痛苦地）梦里吐真言呀! 英莲呀, 我看见了, 看见你这黄连

村上吊了个猪胆啊! （怜爱地摸了英莲, 一惊）啊! 高烧! 发

高烧了!

〔高烧中的英莲手划脚踢地把被子蹬了落床。

〔志坚艰难地捞起被子，给英莲盖上。

〔英莲翻过身，和志坚抱在一起。

英　莲　（梦呓）志坚哥，我的好丈夫，我们好久没……没那样了，我
　　　　要……我要你抱……

〔英莲又一个翻身，滚了下床。

志　坚　英莲！英莲！（欲拉英莲，却力不从心，不知所措，急得捶
　　　　胸）你好苦啊！

〔散板〕

　　　　　　病缠我，我累妻，

　　　　　　我是个没用的男人。

〔楔白〕怎么办？怎么办？

〔续唱散板〕

　　　　　　老天爷呀，志坚不怕你心狠，

　　　　　　但求你，狠在我心，伤在我身，

　　　　　　苦在我心，痛在我身！

〔志坚竭力拉英莲，不慎从轮椅上跌倒地上，撞醒了英莲。

〔志坚吃力地爬行，抓住椅柄，无法爬上轮椅。

志　坚　英莲！

英　莲　志坚哥！

英　莲　（支撑着站起来）志坚哥，你怎么了?!（急扶志坚坐上轮
　　　　椅）你摔痛了吧?（心痛地）你要当心呀！

志　坚　（揉着腰）没关系，你发着烧，快上床去休息吧。

英　莲　不，我今天还没给你按摩呢。

志　坚　（热泪盈眶地）英莲，太辛苦你了！

英　莲　　（边给志坚按摩边唱）〔千般恨〕

　　　　　　　为解哥痛楚，

　　　　　　　再累再苦我亦甘心。

志　坚　　　妹天天为我操劳，

　　　　　　　我实在不安心。

英　莲　　　为我哥捏背捶肩，

　　　　　　　伴哥终老亦无憾。

志　坚　　　每一捏，每一捶，

　　　　　　　像暖风透人心。

英　莲　　　苦同当，痛同受，

　　　　　　　好夫妻应本分。

志　坚　　　拖累妻你，操劳永日，

　　　　　　　我这个夫太残忍。

　　　　　　　实不忍心，

　　　　　　　她大好青春为我来耗尽，

　　　　　　　两家苦不如痛一人，

　　　　　　　还她美好半生。

　　〔英莲给志坚按摩，实在太累了，慢慢地伏在志坚肩膀上睡着了。

　　〔灯渐暗。

　　〔幕后曲〕

　　　　　　　雨已歇，风渐轻，

　　　　　　　房中两种心跳声。

　　　　　　　夜已尽，天渐明，

　　　　　　　两种心声一般情。

〔灯渐明。

〔雨过天晴的早晨。

〔阿强上，进门。

〔尽管阿强把脚步声压到最轻，生怕吵醒了志坚和英莲，但是他们还是醒了。

英　莲　（睁开眼睛，看见阿强）阿强，一大早就来了？

志　坚　他昨天晚上来过，你还是他背回来的呢！

〔汽车声响。

阿　强　（听到汽车声）哎！来了！来了！

志　坚　什么来了？

阿　强　我送给志坚哥的礼物来了？

英　莲　又乱花钱！

阿　强　我的命是志坚哥抢回来的。为志坚哥花钱，花多少都值！现在我们公司也要靠您这个顾问的帮助，我们的新产品激光复印机才能打进国际市场！

志　坚　其实是你们干得漂亮，也说明科技信息联网确实十分重要，随着WTO的到来……

〔门铃响。

阿　强　来了！来了！（边说边下，复上，推出大红布盖住的按摩椅）志坚哥，送给你！（掀开红布）

英　莲　电脑按摩椅！

志　坚　我住医院时就听说过，这要卖一万多元呢？

阿　强　一万元算什么，大恩小报罢了！（把说明书递给志坚）志坚哥，看看这家伙怎么摆弄。（把英莲按座椅上）英莲，你先试个新。（把遥控器交给志坚）志坚哥，你来控制。

〔志坚边看说明书，边摆弄遥控器。

英　莲　（坐在按摩椅上感受着各种功能）这是按摩穴位，……这是捶打肌肉……这是针灸经脉……挺舒服的，挺舒服的！志坚哥，合你用，你来试试。

志　坚　好！你来遥控。

〔阿强和侯英莲合力把何志坚抬到按摩椅上。

〔侯英莲摆弄遥控器。阿强在一边看着。

阿　强　……这叫腰背推拿……

志　坚　唔……连颈椎都有感觉。

阿　强　这叫……关节震动……

志　坚　胸口好像宽松了点，腰部也感到有点麻……（感觉舒服地闭上眼睛）

〔按摩椅忽然因操作失误，志坚被弹了起来，摔在地上。英莲给吓呆了。阿强立即在英莲手上接过遥控，关了电源。

志　坚　（却哈哈地笑）"跌倒算什么，爬起来再前进！……"（但他怎么也爬不起来）

〔阿强一把将志坚抱起，放回按摩椅上。

英　莲　志坚哥，我……

志　坚　没什么，再开电源。

阿　强　是！（按电源键）

〔按摩椅又开动。

〔三个快乐地笑。

志　坚　阿强，到南非开辟第三产业的事决定了吗？

阿　强　还没有，刚才那边的MP公司还发来了传真，催促我们。

志　坚　为什么还不定下来？这可是大好商机呀！

阿　强　我丢不下你和英莲啊！

志　坚　原来是这样。英莲，你去弄点吃的。我和阿强到屋外去吸吸早
　　　　晨的空气。

英　莲　好！（下）

志　坚　到屋外坪地去，我有话跟你说。

　　　　〔灯暗。

（四）

幕后唱　〔新曲〕

　　　　　　　说是有话却无声。

　　　　　　　三寸舌头冰硬了。

　　　　　　　老地方看老兄弟，

　　　　　　　一双眼睛两股潮。

　　　　〔幕后曲中灯亮。

　　　　〔何志坚家屋外坪地。

　　　　〔何志坚坐轮椅由阿强推着上。

阿　强　（见志坚仍是默不作声，忍不住了）志坚哥，有话你就说嘛。
　　　　这正是我们兄弟谈心的老地方呀！

志　坚　对！对！这也是我们兄弟俩玩耍的老地方，还是你、我、英莲
　　　　小时候玩娶媳妇游戏的老地方。你还记得吗？

阿　强　当然记得！

志　坚　我还记得，六年前我和你都拼命地追求着英莲。我们是好兄
　　　　弟，我们订了个君子协议：如果我得到她——

阿　强　我就认她作嫂子。如果我得到她——

志　坚　我就认她作亲妹，认你作妹夫。

阿　强　当时英莲对我俩都一样好，到底选择谁，她正左右为难。

志　坚　为了不难为英莲，你主动退出了竞争。

阿　强　因为我实在是比不上你，你更能给英莲幸福。

志　坚　我辜负了你呀，好兄弟！虽然我是得到了她，但我没有给她幸
　　　　福。新婚不到半年，就——

阿　强　志坚哥！你是为了保护国家财产，为了救我，才弄成这个样
　　　　子的。

志　坚　阿强！五年来，你尽了做兄弟的责任，照顾我，照顾英莲——

阿　强　这都是应该的，志坚哥，你提这些干什么？

志　坚　好，不说这些。——现在我只问你一句，英莲好不好？

阿　强　好！

志　坚　英莲可不可爱？

阿　强　可爱！

志　坚　你还像六年前那样爱英莲成不成？

阿　强　（脱口而出）成——（完了定神）什么？你说什么？

志　坚　我要你爱英莲！

阿　强　什么？（震怒地）你居然说出这样的话！你疯了？志坚哥你我
　　　　情同手足！何况你还把我从火中救出来，是我的救命恩人呀！

志　坚　阿强呀！我已经丧失了做丈夫的资格了。你怎么还不理解呢？

阿　强　是你不理解我呀！想不到你是这样看我的！

志　坚　我没看错你，这些话我想了很久了，现在时势迫人，时机正
　　　　好，你就和英莲一起远征南非，开辟你们的新天地吧！

阿　强　志坚哥，你把我当猪了，当狗了？我可是堂堂正正的牌坊村人
　　　　呀！（震怒而冲下）

志　坚　（急呼）阿强——强！

　　　　〔幕后摩托声，绝尘而去。

志　坚　（叹气）唉——！

　　　　〔英莲捧莲子羹上。

英　莲　志坚哥！阿强呢？

志　坚　他走了。

英　莲　走了？那你就先把莲子羹吃了吧。

志　坚　我不饿。

英　莲　不饿？折腾了一个晚上还不饿？

志　坚　我没胃口。

英　莲　没胃口？有心事吧？

志　坚　英莲妹呀！

　　　　〔反线中板〕

　　　　　　　欠妹万般情。

　　　　　　　欠妹万条债。

　　　　　　　做牛做马也还不清。

英　莲　（接唱）

　　　　　　　你忧我患怎会清？

　　　　　　　何必再说债与情，

夫妻同心又同命！

志　坚　（接唱）

妹越贤惠，哥越痛心，

甘草、黄连哥能分辨，

欲吞还须吐，今日表分明！

英　莲　志坚哥，我们俩还有什么吞吞吐吐的话吗？

志　坚　（痛下决心地）英莲，我们离婚吧！

英　莲　（非常意外地）什么?! 你要和我离婚！

幕后唱　〔新曲〕

天清气朗响旱雷，

旱雷霹雳砍下来！

可怜雷下英莲女，

刹间埋进乌云堆！

英　莲　（惊叫地）这是为什么？为什么？是我有错失？是我不忠诚？

志　坚　别误会，你别误会！你对我的爱，全村全镇人都知道。

英　莲　既然这样，为什么要离婚？

志　坚　正因如此，我才提出离婚！

英　莲　为什么？为什么？

志　坚　为解脱，为让你解脱！

英　莲　我和你早就绑在一起了，还解脱什么？坚哥呀

〔禅院钟声〕

藤缠树呀，藤缠树死生不分。

生哥、壮哥是妹骨，是妹骨。

残哥、弱哥是妹魂，是妹魂。

> 藤与树不比聚枝鸟，
>
> 弯弓一弹便离群。

志　坚　（接唱）

> 妹虽有坚心。
>
> 终归也是血肉人。
>
> 年正青春，何堪闭禁，
>
> 血气方刚，情心需悯。
>
> 我实在不忍心，
>
> 累妹半生空室抱恨。
>
> 你何苦强守这半截男人！

（哀求地）英莲，好妹妹，你就听哥这一回吧！

英　莲　我不听，不听，我不能撕破这份感情！

志　坚　英莲妹，不要以为离婚都是感情破裂，我要求离婚正是因为更爱你，我不忍心你这样苦下去呀！

英　莲　什么苦我都不怕，反正我不离婚！（抱住志坚，忽觉眩晕）

志　坚　英莲！

〔灯暗。

〔一个风和日丽的白天，村外公路上。

〔幕后飞来一串笑声，小王、小刘和众年轻人骑摩托车上，他们尽情地玩。

小　王
小　刘　〔新歌〕

> 假如你热爱生活，
>
> 生活便甜得像蜜糖一样。

假如你逃避生活。

生活便苦得像黄连一样。

啊！浪漫，浪漫，

我们沐浴朝露，

我们披戴阳光。

要爱就大胆去爱，

决不犹豫彷徨。

只求生活过得充实美满，

让年华灿烂芬芳……

〔众年轻人飞驰而下。

幕后唱　〔新曲〕

一部摩托车，

两个小冤家

两心暗暗思，

一车空无话。

〔阿强骑摩托车载英莲上。两人离得很开。

〔四不正〕

〔旁唱〕心如石辘千千转，

派差接英莲。

坚哥

用心我了然。

甜水淙淙山涧过，

不润云梯旱石田！

望着前方

心曲乱!

坐上皮垫

握住把手

臂发酸!

〔阿强一分心,摩托车撞向村前的藤缠树。两人翻身落车,英
莲抱住了树干,阿强抓住了青藤。

英　莲
阿　强　好险!好险呀!

阿　强　都怪我,刚从医院接你回来,又……

英　莲　又是医院,医生不是说我只是有点低血糖,太累了才会晕吗?

阿　强　这回伤了没有?

英　莲　没有,多亏有这棵大树,把人和车都护住了。

阿　强　(忽生感触地)大树好比是志坚哥,你靠住他是应该的。

英　莲　(趁势地)那青藤呢?

阿　强　当然是你了!

英　莲　那你——(指阿强手抓着的青藤)

阿　强　我——(触电似的甩掉青藤)

英　莲　(难分苦乐地笑)哈……

阿　强　(尴尬地)你笑谁?

英　莲　你,先回答我一个问题。六年前,你突然疏远我,是为什么?

阿　强　因为坚哥比我强,他更爱你,也因为不想难为你!

英　莲　那你,为什么一直不结婚?

阿　强　这……因为还没找到一个比你更可爱的姑娘。

英　莲　(脱口而出)现在呢?

阿　强　我……（痛苦地低下头，稍顷抬起头望着英莲冲动地）我……
　　　　要是坚哥一定要和你离婚，我就娶你！（欲趋前拥抱）

　　　　〔二人对视。

幕后唱　〔新曲〕

　　　　　　　心蹦跳，神发慌，

　　　　　　　热血涌，溢胸膛。

　　　　　　　世间多少荒唐事，

　　　　　　　路人且莫笑荒唐！

　　　　〔小王、小刘上，从侧面看阿莲与阿强似在拥抱。

小　王　嘘！（示意小刘别惊动二人）

小　刘　哈哈！这些事都让我碰上了。

小　王　你还看见了什么？

小　刘　卢大婶和张老头也这样（拥抱动作）。

小　王　你看见啦？

小　刘　我还录了像呢！

小　王　录像带呢？

小　刘　我把它交给志坚哥了。

小　王
　　　　（开心地笑）
小　刘

　　　　〔暗灯。

（五）

〔傍晚。

〔卢贞家。墙上挂着人民公社表彰英烈的奖状。

〔亮灯。

〔卢贞在家。

卢　贞　〔梆子慢板〕

　　　　　　屋外腾腾翻热浪，

　　　　　　家里静静晚风凉。

　　　　　　一纸奖状挂上墙，一笔陈年贞烈账。

　　　　　　贞烈账，压脊梁，

　　　　　　与张诚廿年相恋，

　　　　　　总似老鼠偷猫粮。

　　　　　　想起英莲，命运同我一样，

　　　　　　志坚负伤在火场，

　　　　　　我夫牺牲工地上。

　　　　〔中板〕

　　　　　　英烈之妻敢不忠良？

　　　　　　另觅新欢天人不谅。

　　　　　　天理人欲永不成双！

　　　　〔滚花〕

　　　　　　罢罢罢，熬过日落又一天，

　　　　　　杂念清除不思量！

〔张诚上，进屋。

张　诚　（亲热地）贞！

卢　贞　（一惊）啊！差点让你吓死了！你怎么又来了？

张　诚　想你嘛！

卢　贞　天还没黑，给人看见没有？

张　诚　鬼也没看见，嘻嘻！

卢　贞　别老是嬉皮笑脸的，要注意影响！

张　诚　我的心你是知道的，还顾影响！（要与卢贞亲热）

卢　贞　（推开张诚）放老实点，要动手动脚也得看时候嘛！

　　　　〔张诚呆立。

卢　贞　在对面那把椅子上坐下。

　　　　〔张诚不动。

卢　贞　（命令地）坐下！

　　　　〔张诚只得坐下。

卢　贞　你急什么，反正我是你的。再等等嘛！

张　诚　（差点没哭出来）等？

　　　　〔苏武牧羊〕

　　　　　　等到猪年去马月来，

　　　　　　你孤孀，我鳏夫，

　　　　　　心思思，苦相思，

　　　　　　二十载两呆呆。

　　　　　　等到你杏脸变瓜腮，

　　　　　　等到我黑盖变秃盖。

　　　　　　等到铁柱漂水面，

　　　　　　等到六月放寒梅，

                        难道要我等到入坟台!

卢 贞 〔天上人间〕

            你无须心灰,无须心灰,

            我们情关早冲开。

            你何必心急,何必心急,

            我俩情心早相爱。

            共赴春帏本应该,

            怎奈枝节横生在树外,

            又防风风雨雨迎面扑来。

            待我把职务甩开,

            普通百姓一名身自在,

            再和你登记碰喜杯。

张 诚 (接唱)

            我实在等不得,

            廿万个钟头已够耐! (扑上)

卢 贞 (推搡)

        (接唱)张诚你癫了!

张 诚 (接唱)

            我癫也因痴爱! (抱住卢贞热吻)

        〔志坚摇轮椅进屋,见状,三人尴尬。

卢 贞 (同呼)碰得太巧了!

志 坚 是真的碰得太巧了,刚好你们俩都在,我——正好来汇报汇报
        村史的编写进度呀!

张 诚 (定过神来)好!好!志坚呀,

〔唱曲〕

你不动身子动大脑，

下肢残了上肢好，

人脑打电脑，

取信息，编村史，

为两个文明立功劳。

卢　贞　（接唱）

编写牌坊文明史，

记录村民光荣谱，

配合市里树典型，

要加快完成任务。

志　坚　（唱）

村史编到第六章，

正盼二位来指导。

择日不如撞日巧，

请看文字与画图。

〔天幕上的何志坚靠近卢贞家的电脑，掏出磁盘摆弄了起来。

〔屏幕显示"牌坊村村史目录"。

志　坚　为了节省二位领导的时间，我们就先看与精神文明建设关系最
　　　　密切的第三章吧。

〔电脑屏幕显像。

（幕后音）

"明代万历年间，村中姓张的寡妇与儿子相依为命。由于她
教育有方，儿子二十出头就考上了进士，官授文华大学士，

再出任五省巡抚。皇帝为表彰张寡妇守志育才，赐她'贞节牌坊'。"

卢　贞　（深有感触地）这位张寡妇也真不容易呀！

〔屏幕出现了漫画式的图像：贞节牌坊变成了悬在空中的包袱。

志　坚　这包袱太重了！压住了多少人的血肉之躯，使她们不能重建幸福家庭，再过一个正常人的生活。

卢　贞　你这个观点——

志　坚　请你们再看下去，有不对的地方，请纠正。

卢　贞　（深有体会地）唉，寡妇苦呵苦寡妇！（看着看着，居然发现屏幕上出现自己的画像）怎么？这不是我吗？

志　坚　是的，大婶也是我们牌坊村人，李邦大叔当年为了改造我们牌坊村的穷山恶水献出了生命。二十多年来，你一直照顾婆婆教养儿子，不但当好李家寡妇，而且当上村干部、镇干部，还长期回到村里带领村民发家致富。你当然应该在我们牌坊村的历史上占一席之地呀！（反话正说）二十多年了，你用情专一？贞节可嘉?!

卢　贞　〔旁唱曲〕

是正话？是反话？

一语砸破五味瓶，

昨日情，今晚景，

寡妇苦呵苦不胜，

不堪回首二十年，

铁娘子也泪飘零！

（对何志坚）

　　　　志坚呀，

　　　　她们是封建社会小女人，

　　　　我是开放城市的新女性。

　　　　同是寡妇不同命，

　　　　麻油汽水怎可共一瓶？

　　　　把我和她们一锅煮，

　　　　岂不是观点不明是非不清？

张　诚　对对对！早就应该有所区别了！

志　坚　这区别还很大呢！

张　诚　依我看，她呀——还是差不多！

志　坚　（善意的玩笑）有区别，有区别，看看我这个信息顾问掌握到的最新动态吧！哈哈！（摆弄电脑屏幕出现卢贞、张诚拥抱的画面）

张　诚　（尴尬地）这是哪来的？

志　坚　光明正大的东西，管他是哪来的。

卢　贞　（羞怒地）快把它消掉！

志　坚　好，我消掉它。（摆弄电脑，图像消失）但是，我也有要事一桩，请你们帮忙成全。

卢　贞　什么事？

志　坚　我有个申请，你得让镇上批准。

卢　贞　什么申请？

　　　　〔志坚递《申请书》。

卢　贞　（接看）什么？你要和英莲离婚？

志　坚　嗯，大婶你就帮帮我吧！

卢　贞　（即板起脸孔）这个忙我不能帮！

志　坚　为什么？

卢　贞　志坚呀！

〔口鼓〕

　　　　你和英莲是镇里典型，是文明榜样，

　　　　影响特大，务必考虑周详。

志　坚　（接念）

　　　　我与英莲虽同住一屋有副夫妻模样，

　　　　有名无实已六年。

卢　贞　（接唱）

　　　　夫妻贵在有感情，

　　　　岂止贪图婚床上。

志　坚　（接念）

　　　　爱情生活丰富多样，

　　　　好夫妻何必讳言枕上鸳鸯。

　　　　要不然为何男婚定要女儿做新娘，

　　　　何不赶两个光头入洞房！

卢　贞　（接念）

　　　　不要忘记，你是党员，

　　　　要特别注意形象。

志　坚　（接念）

　　　　正因为我是党员，

　　　　就更应为他人着想。

　　　　是合是离要尊重双方选择，

我爱英莲更珍惜她的幸福时光。

卢　贞　（接念）

说够十尺是一丈，

离婚之事没商量！

回家去互忍互让，

相依为命度时光！

（把"离婚书"塞回志坚手上）张村长，你送志坚回去吧！

志　坚　大婶！……（无可奈何地呆视片刻）既然你老主任这么说，我这事且放放。……大婶呀！我还有些话，不知该说不该说。

卢　贞　只要不是离婚的话，你尽管说！

志　坚　大婶呀！

〔恋坛中板〕

春风吹，南疆醒，

牌坊村百业兴，

老村一夜变新城。

身上穷根可一刀斩，

脑内陈渣难一扫清。

须知今日新城的开拓者，

还是昨晚农村的旧农民。

你是牌坊村里带头人，

何不带头来个观念更新！

〔滚花〕

既敢光天化日摘山楂果，

何不光明正大登记结婚。

张　诚　说得好!

卢　贞　你们说什么话?

志　坚　我说老实话。大婶,你想想吧!

张　诚　对!对!老实话!阿贞,你想想吧!(推志坚下)

卢　贞　(望着志坚)唉!

　　　　〔内喊"卢大婶!卢大婶!"

　　　　〔小王、小刘上,匆匆入门。

小　王
小　刘　大婶!

卢　贞　什么事?

小　王
小　刘　喜事,大喜事!

卢　贞　什么喜事呀?

小　王
小　刘　阿强哥与英莲姐——这样啦!(两人作拥抱状)

卢　贞　吓!我的天呀!(气急败坏,几乎晕倒)

　　　　〔切光。

(六)

　　　　〔灯亮。

　　　　〔志坚家客厅。

　　　　〔英莲望着窗外背身而站。

英　莲　〔合尺首板〕

夜色沉，月色冷！

〔反线二簧板面〕

万籁沉寂夜更阑，

又见影孤单，

又是夜漫漫，

又问今宵怎么办？

又觉思潮泛滥！

〔反线二簧〕

强锁心扉，再数花儿，

但愿叶绿花红，

缭乱我清幽双眼。

（从门外捧来大束各色鲜花）

（续唱）

农校毕业把家还，

花艺高峰我要攀。

育花育得姻缘美，

谁料骤来风雨暴，

百花失色泪花翻。

（动作机械地数花）满天星、马蹄莲，毋忘我、火百合、红玫瑰、黄叶菊……（循环地数）

〔志坚摇轮椅静上。

志　坚　〔剑歌〕

星光冷，思绪烦。

再看村史，云涌波翻！

古为今鉴，

我愧对英莲。

她也有肉血之躯盼风月，

怎忍受无爱抚，痛长患。

（窥到英莲在数花，好不痛苦）唉！

英　莲　〔乙反中板〕

数厚指尖茧，数尽夜漫漫，

数不尽坚哥钟情，数不尽阿强爱盼。

志　坚　她那边，数花无声人暗叹，

我这里，含愁窥秘泪偷弹！

英　莲　满天星，埋云枕雾睡沉沉，

六个年头不眨眼。

马蹄莲，马蹄踏雪莲心苦，

走不完夜路慢漫漫。

毋忘我，我是坚哥与英莲，

毋忘同甘共苦难。

火百合，火样誓言犹在耳，

百年好合却艰难。

红玫瑰，坚哥送我九九株，

女爱男欢多浪漫。

黄叶菊，英莲不学黄叶舞，

宁效金菊抱枝残。

阿强爱我虽有心，

我爱坚哥更坦然。

志　坚　　　莲妹快转弯，

莫待霜鬓绽。

英　莲　　　数过千，数过万，

数不了一难加一难。

志　坚　〔弹词〕

抽身摆脱两为难，

英　莲　　　专心数花一、二、三，

专心数花三、二、二、一、二、三。

志　坚　　　专心数花情何苦！

英　莲　　　不思不想不心烦！

〔乙反二簧〕

九、八、七、六、五、四、三……

数它个通宵达旦！

一、二、三、三、二、一、一、二、三、四、五、六、

七……

（数着数着，忽然哇的一声哭了起来！）

志　坚　（欲劝慰英莲，又觉无话可说）唉！

〔追贤二簧〕

欲爱无能，累妹孤单，

枉为汉子，恨重如山！

妹越痛苦，哥越为难！

左是难，右是难，

上下左右都是难，

　　　　　我该怎么办?

　　　　　我是上不了天,落不了地,

　　　　　冲不出围城,破不了重关!

　　　〔志坚一激动,拍响了轮椅,惊动了英莲! 英莲闻声慌忙站

　　起,把大花瓶碰倒,摔碎。

　　　〔两人对视,久久无语。

英　莲　坚哥,你不是已经睡了吗?

志　坚　莲妹,你先回房睡觉去吧!

　　　〔英莲随着志坚的视线,看了看撒在地上的花朵和摔破了的花

　　瓶,再也忍不住了,捂着嘴冲进内房。

志　坚　(望她背景)唉!

　　　〔乙反散板〕

　　　　　怎忍看黄菊染黄桃红脸?

　　　　　怎忍教数花数尽美华年?

　　　〔乙反二流〕

　　　　　水尽山穷,夫妻路既断,

　　　　　花明柳暗,该寻又一村。

　　　　　真心爱,该离则离,

　　　　　美情缘,当断则断。

　　　　　让妹脱愁,为妹松绑,

　　　〔乙反滚花〕

　　　　　还妹一片艳阳天!

　　　〔夜尽天明。

　　　〔内场传来嘈杂声。卢贞揪阿强上。

卢　贞　你给我进去!

阿　强　（挣扎）我不去!

卢　贞　不去也得去!

　　　　〔张诚赶来，见卢贞揪着阿强，愕然，欲劝阻。

　　　　〔阿强挣脱，翻个筋斗闪到一边。

　　　　〔卢贞瞎抓，竟揪住了张诚的耳朵，并误把张诚拉进何家。

　　　　〔阿强只好跟着进屋。

卢　贞　志坚呀，大婶我向你道歉，我带这不肖儿子给你赔罪了。

张　诚　我成了儿子啦!

　　　　〔卢贞这才发现抓错了人，并发现阿强在一边站着。

卢　贞　你给我跪下。

　　　　〔阿强仍然倔强地站着不动，张诚却下意识地欲跪。

卢　贞　（对张诚）谁叫你跪! ——你给我靠过一边去!

张　诚　（起身）那我就再来一次靠边站吧!

卢　贞　（点着阿强额门）你——干的好事，你还是牌坊村人吗!

阿　强　妈，你听我解释嘛——

卢　贞　你还有什么好解释的?

　　　　〔快慢板〕

　　　　　　侯英莲，还情可恕，

　　　　　　你阿强，就该严惩。

阿　强　〔楔白〕妈，我没犯法!

卢　贞　〔楔白〕你没犯法，你犯了大错!

　　　　〔续唱快慢〕

　　　　　　牌坊村人，树新风，

　　　　　　风正清，气正盛！

　　　〔十字清中板〕

　　　　　　你破坏了有夫有妇好家庭，

　　　　　　你带坏了文明标兵好女性。

　　　〔快中板〕

　　　　　　你乘危作乱无义无情，

　　　　　　你忘了志坚救过你命。

　　　〔三字中板〕

　　　　　　于公于私，于情于理，

　　　　　　你该不该？你应不应？

阿　强　妈，你——

卢　贞　我什么？我管这个村的事管了二十多年，却管不住自己的儿
　　　　子，唉！

阿　强　妈——

　　　〔滚花〕

　　　　　　你莫冤枉阿强。

卢　贞　（接唱）

　　　　　　我有两个人证。

阿　强　〔楔白〕你不理解我们！

卢　贞　（续唱）

　　　　　　扁担也曾是竹笋。

张　诚　（接唱）

　　　　　　过来人知过来情！

　　　　　　这类东西，你骗不了你妈！

卢　贞　（怒向张诚）你在胡说什么?

张　诚　我给你帮腔嘛!

卢　贞　你胡来!

张　诚　你也过分点吧?

卢　贞　过分? 有他拥抱英莲那么过分吗?

阿　强　妈, 我没有做过!

　　　　〔英莲突然冲上。

英　莲　志坚哥, 阿强没有错, 事情是……

志　坚　好了, 好了, 都别说了, 这事没什么大不了的。

卢　贞　（震惊地）什么? 你? ——

志　坚　这是我们三个人的事, 我们自己可以解决!

　众　　（给惊住了）啊?!

　　　　〔切光。

（七）

　　　　〔傍晚。

　　　　〔志坚家客厅, 桌上已摆好食具。

　　　　〔志坚在客厅的一角里检索电脑资料。

志　坚　〔散板〕

　　　　　　　是爱何必死折腾,

　　　　　　　是恨何不说再见。

　　　　　　　难得弟妹相爱恋,

我为兄长当成全!

爱妻让妻心坦然,

潇洒摆下红娘宴!

〔英莲端酒菜上。

英　莲　〔西皮下句连序〕〔旁唱〕

这次宴请好新鲜,

新鲜过海鲜。

志坚哥说话半隐半现,

教我起疑念。

但愿他两人心和气软。

志　坚　(接唱)〔旁唱〕

但愿她摆渡滩头随弯转,

莫再固执心肠结坭团。

〔阿强上。

阿　强　志坚哥!

志　坚　阿强,你来了,坐坐!

阿　强　拘束地坐下。

志　坚　英莲,斟酒呀!先给阿强斟满。

阿　强　不不,先给志坚哥斟。

志　坚　我是主,你是客嘛!改日上你们家喝酒,你才给我先斟。

英　莲　(敏感地)什么?上我们家喝酒?!

志　坚　嗯嗯,我说急了,是上阿强家喝酒。

英　莲　什么?说急了!

〔减字芙蓉〕〔旁唱〕

他分明弦外别有音，

又岂是情急言欠慎。

志　坚　〔接旁唱〕

见她顿时脸红耳赤，

想必猜出我弦外音。

阿　强　〔接旁唱〕

兄弟客套为何因？

丈八金刚斟酒饮！

志　坚　〔接旁唱〕

我招蝶恋花花还羞窘！

英　莲　〔接旁唱〕

他不该对我再起疑云！

阿　强　〔接旁唱〕

睁大双眼看下文，

志　坚　（接唱）

敞开胸怀大杯饮！

来来来，饮！我敬你们俩一杯！

英　莲　（对志坚）应该是我们俩敬阿强一杯！

志　坚　也好，也好，我们俩先敬阿强一杯！

英　莲　〔长句二簧〕

敬酒一杯，

敬你情真人品贵，

心无杂念解困扶危。

阿　强　（接唱）

　　　　　　　共苦同甘亲兄弟，

　　　　　　　思恩相报份所应为。

　　〔三人喝酒。

志　坚　〔续唱长句三簧〕

　　　　　　　敬酒二杯。

阿　强　　　好兄弟，

　　　　　　　我此身已残废，

　　　　　　　更把莲妹难为，

　　　　　　　望你如护花神悉心仔细。

阿　强　志坚哥，英莲如同我亲嫂，这还用你吩咐么？

志　坚　好兄弟，喝！

志　坚　阿强！其实英莲比你小三岁，你应该叫她妹妹才对！

阿　强　叫嫂嫂为妹妹，这可不行！你我有约在先！

志　坚　那是六年前的事了，今天就不同了嘛！

阿　强　这为什么？

志　坚　阿强，英莲呀！

　　〔续唱长句二簧〕

　　　　　　　六年人事几番新，

　　　　　　　第三杯是饯行酒，

　　　　　　　送你们同赴南非。

　　　　　　　天高海阔展鹏程，

　　　　　　　薄酒一杯添豪气。

　　　　　　　饮！

　　〔阿强、英莲心觉有异地随志坚饮酒。

英　莲　〔续旁唱长句二簧〕

　　　　　坚哥借酒说东西，

　　　　　东西越说越出轨。

　　　　　我何不挑明原委，

　　　　　回敬他朗月清晖！

　　　　　坚哥呀！

　　　　〔反线十字清中板〕

　　　　　你向来睿智聪明分真伪，

　　　　　为什么忽然双眼蒙迷迷。

　　　　〔七字清〕

　　　　　我与阿强心无鬼，

　　　　　清白不怕众目睽！

　　　　〔三字清〕

　　　　　侯英莲，当天誓，

　　　　　若有背夫失节——

　　　　〔滚花〕

　　　　　千刀万斧向我劈来！

志　坚　英莲，你误会了！

英　莲　我没有误会，是你话中有话！

阿　强　志坚哥，你叫我来，到底想说什么？

志　坚　好，我就直话直说了。

阿　强　请讲！

志　坚　你和英莲两情相悦，这正是我的心愿，我再一次恳求英莲接受
　　　　我的离婚协议。阿强，你大胆去爱英莲！你与英莲携手远赴南

　　非，开拓公司业务吧！阿强，丢掉包袱，堂堂正正地结婚吧！

英　莲　堂堂正正结婚？原来你还是不相信我们，以为我们真的偷了
　　　　情，好！既然这样，你就杀了我吧！（拿起果盆上的水果刀递
　　　　给志坚）

志　坚　英莲，你——

英　莲　你不愿动手，就让我死在你面前，还个清白！

　　　〔英莲举刀欲自刎，阿强抢下刀。

志　坚　英莲，你疯了！

阿　强　（气愤地）何志坚，我看你才是疯了！居然用这样的手段来向
　　　　我们报复！

志　坚　不，不，我是真心诚意的！我——

阿　强　你——你这是在捉弄我们，羞辱我们！什么兄弟情，手足义，
　　　　统统都是假的！

　　　　（掀翻桌子，欲冲出门）

　　　〔英莲也哭着向里屋走去。

志　坚　（咆哮地）都给我站住！（阿强和英莲被镇住了）别以为光是
　　　　你们苦，其实我比你们更苦。我给你们解脱，你们为什么就不
　　　　给我解脱啊！

阿　强
英　莲　（惊愕地呼叫）志坚哥——！

志　坚　（呐喊地）人！人呀！我们是活生生的人呀！为什么人要得到
　　　　"正当的幸福"却比死还难呀！

阿　强
英　莲　（声泪俱下地）志坚哥！

〔三人跪抱一团。

〔暗灯。

（八）

〔灯亮。

〔牌子坊村村口。旧的牌坊已倒，代之是新树的"文明新村"牌楼。

〔英莲、阿强并肩而上。尾随着卢贞、张诚推何志坚上。

阿　强　妈，你还有什么吩咐？

卢　贞　妈要说的都说过了，不过我还得再嘱咐一句，你要善待英莲。

〔小王、小刘上。

小　刘　（拿出一精致的卡片）这是我们青年助残小组的轮值表。我们保证一年三百六十五天，天天都有人来陪伴志坚哥。

卢　贞　我看这就免了吧，志坚，我还有你们的张主任已是一家人了！

〔众祝贺。

张　诚　陪伴志坚的还大有人在，市残疾人服务网站刚发来电传，要邀请志坚当站长呢！

〔众乐！

〔幕后传来汽车鸣笛声。

张　诚　（指幕后）你看，接志坚的汽车来了。

卢　贞　小王，快点！给我们照个"全家福"！

〔小王摆弄影机，何志坚等人定格在"全家福"里。

〔幕后曲〕

　　　藤树相生长青嫩，

　　　牌坊村里唱新篇。

　　　人间重真情，

　　　人生讲奉献，

　　　凤凰高飞逐圣火，

　　　凤凰歌舞牌坊村！

〔幕徐闭。

全剧终

关系学堂 ①

泉　源

剧本介绍

剧　　种：无场次讽刺喜剧

创作时间：1984 年

奖　　项：获得省地方题材剧本奖

发表情况：《中外影剧》1987 年总 52 期

故事年代：现代

地　　点：大城市

人　　物：

　　　　约翰忠（约）：男，二十大几，堕落的干部子弟

　　　　钟　母（母）：五十出头的妇女干部，约翰忠的母亲

　　　　肖　蓝（肖）：男，二十岁，流氓骗子，关系学堂的新学员

　　　　百路通（百）：男，二十大几，约翰忠的同伙

　　　　布鲁斯（布）：男，二十大几，约翰忠的同伙

---

① 编者注：本剧本有较重时代烙印，为保存剧本原来面貌，不做改动。

赖　莲（莲）：女，二十四岁，约翰忠的同伙

阿　狗（狗）：男，二十三岁，约翰忠的同伙

阿　猫（猫）：女，二十一岁，约翰忠的同伙

钟杰人（父）：原则性强的革命老干部，约翰忠之父

曼　姨（曼）：女，年近五十的官太太

崔　丽（丽）：女，年方十九的待业青年，曼姨之女

陈好求（陈）：男，五十一二岁，干部

公　安（公）：数名

〔舞台漆黑一片，先是死一样的静寂。后闻鸡鸣狗吠。一瞬，外门开，闪进一个黑影，依门喘息。

远处传来乐曲声，接着是广播体操曲。侧房灯亮，透过门帘可见女主人已穿好衣裳。她年近五十，身材矮胖，一件暗花丝棉薄袄，显出那心怡体胖的丰姿。她伸腰挺背，打算出去做操，她掀开门帘，发现黑影，吓了一跳。

母　（震惊地）谁？——贼？

　　——抓贼……

〔黑影急按住她的嘴巴，她挣扎着，拧亮墙灯，才发现那黑影正是自己的儿子约翰忠。约翰忠身穿紧身米黄色猎装，头发蓬松，脸色苍白，身上有明显的泥迹。

约　（松手）妈，怎么连自己的儿子也不认识了？

母　唉，原来是你这个夜游神，不怕把老娘吓死？我还以为是哪个小瘪三，溜进来作案了。

约　门不是闩得死死的嘛。兔子不吃窝边草嘛，我早就给他打过招

呼，不许他侵犯我家一草一木。

母　你天天更行夜走，像只老鼠。人家工作你睡觉，到了人家睡觉的时候，你就说什么工作工作。你告诉我，你到底做什么工作？

约　我正与一位有名气的作家合伙，办刊授大学，他写文章我管经营，成千上万个学员，上十万份的学习资料，自己又没有印刷厂，我能不忙吗？再说……

母　别再说了，总之一句话，妈对你的工作不放心。要不，待你爹回来，叫他出面给你找份白天上班、晚上休息的好工作……

约　妈，你就别说了，爹是个老脑筋，十足是条老狗熊，只会讲原则。

母　他也是人嘛，参加革命几十年的老干部，给儿子挪动挪动工作，又有什么了不起。

约　这……好，那就试一试。叫老头子设法给我挪动到一个我想去的好部门去。

母　你想去干什么？

约　想去教育部门。

母　（愕然）教育部门?! 嘻，想当教书匠？你不是连初中也没上完吗？

约　我是时代造就的，没有文化有本事的男子汉。加上我有个有影响的父亲和一个能干的母亲，凭着这些有利的条件，办一间新潮奇特的、人才辈出的大学校，我胸有成竹。

母　别想入非非了，睡觉去吧。（推儿子进房）

约　好，我睡觉，我睡觉。不过，妈，得把话说在前面，今日再不准十二点一到就吵吵嚷嚷搅醒我的美梦。我想睡多久就睡多久，能睡几长就睡几长。这是我的自由。

母　好，睡吧，睡吧，今天教你睡个够，行吧？（推约进入房门，慨叹）咳，竟拿他没点办法！——太阳出来了，人们都工作了，可他，我家的大少爷却要睡了。咳！（摇头而下）

约　"太阳出来了，可是太阳不是我们的，我们要睡了。"陈白露[①]这个妞儿说得也真够意思。

〔约翰忠躺在床上，房灯息，床头灯亮，开音响，播放出钦绵绵的过了时的时代曲。

〔室外传来钟母的声音："你不是说累得要命吗？怎么还听那些嗲声嗲气的东西？"

约　你少啰唆！不听上几段抒情曲，能睡得着么？

〔钟母走远，靡靡之音渐弱，灯渐暗。

〔左侧一角灯亮，一个可怜巴巴的小青年虾干似的缩着面壁而卧。他名叫肖蓝，是名副其实的小瘪三，他为人聪明伶俐，应变能力极强，也许是奔波过度缘故，他睡得极香。

〔远处传来咚咚的脚步声，钟母下楼梯而来。

母　哎呀呀，这个小瘪三呀，又死在这儿了？——起来，起来，（用脚轻踢肖蓝）还不快给我滚开，——滚开！

肖　（醒来，打个呵欠）呵，睡死我了，约翰大哥，你别开玩笑嘛！

母　什么？我跟你开玩笑?！你是哪家的少爷？

肖　（这才如梦初醒）太太请原谅我的无礼！我确实不知道是你老

---

① 曹禺戏剧《日出》中心人物。

人家。

母　少说废话，快滚开、滚开，要不，我把你的臭被烂席放把火烧成灰烬。

肖　使不得呀，使不得！那样，我真成了百分之百的无产者了。

母　你是个有工不做的贱骨头，年纪轻轻就学人"日吃千家饭，夜住百家楼"……

肖　不……不，我再穷也不会讨饭过日子，我不过是……

母　你少啰唆，快走，快走。

肖　请你看在菩萨面上，让我多住两天吧，只两天，两天之后我准远走高飞。

母　不行。

肖　你就当我是条看门狗好了，我不要你施舍饭餐，给你们守门看家，你又何乐而不为呵！

母　给我守门看家？哼……谁信得过你？——谁敢相信你不会破门入室偷东西?!

肖　说老实话，我还没学会偷的本领，可说，要偷要抢也得看对象，难道我敢不怕你家钟大少爷打断脊梁骨么？

母　少说废话，（步步进逼）你走不走？

肖　好，好，我走，这就走。（忙着卷铺盖）还是杜甫说得对啊"朱门酒肉臭，路有冻死骨"。

母　你说什么？……岂有此理。

肖　我说杜甫说的有意思。（边走边吟杜诗）——"安得广厦千万间，大庇天下寒士俱欢颜。"
　　〔肖蓝下。

母   哼，这瘟三也配吟诗作对？（愤然而下）

〔一瞬肖蓝搂着铺盖复上。

肖   （向钟母去向啐了一口）呸，我又回来了。

〔肖铺席睡下。切光。

〔右侧灯光复亮，传来靡靡之音。约翰忠躺在床上伴随着乐曲
的节奏，哼起不伦不类的自创歌词：

人生如梦一场空，

大难来时各西东。

今朝有酒今朝醉，

管它春夏与秋冬。

〔录音带尽，戛然而止，约翰忠一个转身，被子把床头柜上面
放着的相架掀掉，镜面摔得粉碎。

约   （捡起相框，惋惜地对着照片自言自语）可惜呵可惜……可怜
的弟兄们，妞儿们，我们是同病相怜，生不逢时呵……怎么，
你们还笑？有什么好笑的……赖莲，你别眼眈眈地老望着我，
等着瞧吧，到时候，该享福时也有你的一份。……你们就预祝
我做场美梦吧！（一个飞吻）拜拜！

〔把烂相框放回原处，灯光骤暗。

〔一道追光，射在相框上，相框发亮，慢慢地向后移动，越往
后移越发闪光放大，最后，如门框似的贴在墙上。相框内的照
片已变成活人。

〔一道追光射在床上，此时的约翰忠已经蒙头熟睡，鼾声如
雷。追光慢慢变得灰暗朦胧。约翰忠的幽灵从床上爬起、下
床。眠床往后退去。

〔灯光渐强，音乐声也逐渐增大，并转变成迪斯科舞曲。

约　　（边扭边跳，向镜框请客）小姐们，弟兄们，有请！

〔赖莲、百路通、布鲁斯、阿狗、阿猫等人从大相框中走了出来。

约　　（招呼众人）欢迎，欢迎，无任欢迎！诸位大驾光临，寒舍吉祥生辉。鄙人特备水酒为各位先生女士们接风洗尘。

〔百路通、赖莲等红男绿女沉浸在歌舞欢乐之中，扭动着腰肢边唱边跳，狂欢，叫喊，吹口哨的，应有尽有。

众唱　　　人生如梦一场空，

　　　　　歌也舞也乐融融，

　　　　　今宵有酒今宵醉，

　　　　　管它明日吉和凶。

　　　　　时代将我来抛弃，

　　　　　成了一群可怜虫。

　　　　　把我的灵魂都蛀空。

　　　　　我没有爱也没有恨，

　　　　　只想腰缠万贯路路通。

　　　　　走南闯北捞世界，

　　　　　行尸走肉也甘心。

　　　　　……

〔众人唱罢舞罢，又哭又笑，又闹又叫，还有吹口哨的。

约　　弟兄们，小姐们！大家想一想，我们这一代人应该怎样称呼？

莲　　说准确点，被遗弃的一代！

百　　不，垮掉的一代。

狗　对，垮掉的一代，怪我们自己不争气！

布　客观环境是不可抗拒的，我就不相信我的脑袋比哥哥姐姐笨，
　　我的天赋比弟弟妹妹差，为什么他们能上中专大学，偏偏我这
　　一批人就只能去读连小学毕业生也不如的军、工、农、学四不
　　像的文科班？上课还得搬到山沟里去学大寨，搞破坏生态平衡
　　的什么人造小平原。

约　反正我们是时代的怪胎，是一个人见人憎的畸形儿。对么？
　　（面对观众）我看，我们这一伙就叫作被扭曲的一伙吧！（转
　　对众哥儿妞们）诸位，空谈议论总不是好办法，自暴自弃也没
　　有什么好处。我今天邀请各位弟兄小妞们来家里聚会的目的，
　　无非是为我们这些被扭曲了的一伙寻觅一条求生之路，最好能
　　找到一条捷径！

莲　嘿，谈何容易，现在是什么时代？

约　你说呢，现在是什么时代？

莲　改革的时代，知识爆炸的时代，竞争的时代。一句话：叫作优
　　胜劣汰的时代！

百　我看最最确切的应该叫作金钱时代，一切向钱看嘛！

布　让我们唱支钱字歌，跳个钱字舞吧！
　　〔在布鲁斯带动下，人们在又唱又跳：

　　　　钱钱钱，钱钱钱，

　　　　唯有金钱是万能

　　　　……

　　〔右侧也随之灯亮，在楼梯过道处做梦的肖蓝也又唱又跳。

肖　　　……钱钱钱……

钱钱钱!

有钱能使鬼推磨,

有钱可以买大权。

〔舞台左右两侧形成两梦合拍的局面。

肖蓝与约翰忠等人合唱:

钱钱钱,权权权,

钱权两字一线牵,

有朝一日爆百万,

小鬼也能变神仙。

约　（歇斯底里地打断）别唱了,别跳了!

〔音乐戛然而止,右侧灯光骤灭,左侧灯光转暗。

〔百路通等人呆若木鸡,全场鸦雀无声。

约　（近似哭泣）我们该怎么办呵?

布　（冷漠地）有什么好悲观的?!——随遇而安,我可是与世无争,能混几时算几时。

约　不,我们不能永远当可怜虫。

布　难道我们这伙人能成为时代的强人?

约　怎么不行?事在人为嘛。我们可以利用自身的优势,从弱者跃为强者。

〔灯光逐渐转亮。

莲　长处?强者?——神话,简直是神话!

布　奇迹是存在着的嘛,比如你赖莲小姐就有不少自身的优势:你有一副漂亮的脸蛋,曲线玲珑的身材。古诗有云,"窈窕淑女,君子好逑"嘛。

莲　去你的，又拿老娘开玩笑了。

狗　哎呀呀，好不害臊的娘们呵，廿岁出头的大姑娘就敢称老娘了。

约　别打岔了，我讲的全是正经话，我们在座诸位，不是都有个好爸爸好妈妈？这就是我们的优势。

百　再说，凭我们从十年"文化大革命"所学到的应变能力、社交本领和混迹江湖的技巧，我敢大言不惭地说：十个清华大学毕业生也比不上我们中间的一个。

布　（一拍百路通的肩膀）要得，是块当官的好料。我想呀，你这小子事先一定做了不少手御，快告诉我：你捞着个股长还是科长了？

约　什么？——股长？——科长？科股长几多钱一斤？告诉你们：官是越大越好当的，老子要当官的话，起码得捞个处级当当。

布　好呀，我的处长大人。"官字两个口，百事可乐茅台酒，屁股冒烟走得快，前呼后拥威风抖！"到时要是忘了我们这些沙煲兄弟，当心砸烂狗头！

百　虽说是"当官靠后台，发财靠乱来"。可还得有一张砂纸呀！

布　文凭算什么？我们的人才开发中心有的是，发张结业证，写上一句"相当于大学专科毕业程度"，不就解决了么，这便是你和约翰忠的拿手好戏，经过我们亲手寄发的"结业证书""考试文凭"又何止成千上万？

莲　嘘——（示意）别这么大声，当心墙外有耳，如果传了出去，恐怕得判个十年八年徒刑哩！

百　这倒是真的，那些我们"培养""造就"的所谓"函授学员"

"刊授大学生"，不大造其反才怪哩！那时真得砸烂狗头！

约　废话少说，现在又提倡真才实学，讲究实际工作能力了。我今
　　天把各位请来想将"人才开发中心"换个汤头，另谋计策。

众　大哥快说，又有什么新花样？

约　我问问你们：当前社会上最吃香的，最时髦的，人人好人人骂
　　的，人人憎它又爱它的，人们都离不开它的，是什么？

布　（紧接）谁不知道，这是爱情！就恋爱来说嘛，有婚前恋婚后
　　恋和婚外恋，还有异性恋和同性恋，搞得好叫恋爱，搞不好叫
　　乱爱。

百　嘿，我看你这个乱爱专家呀，极可能就是中国第一个艾滋病患
　　者，当心把你抓起来，隔离治疗。

狗　扯得太远了，我看呀，当今最突出的问题是就业问题。

莲　不，应该是住房问题。

猫　我说应该是教育问题，我最担心的是我的弟弟妹妹也像我一
　　样，成了半罐水，成了假大空。

约　你们说的都是问题，但都不是当今社会上最吃香最时髦，人人
　　憎人人爱的大事情。……

布　（打断）咳，你这小子就别卖关子了。有屁就放。

约　好，我说：我打算换个汤头，出点噱头，办个新行业，它是人
　　们的衣食住行离不开它，七十二行都沾边，但属于七十三行的
　　崭新行业。

布　快说，第七十三行是什么东西？

众　对，第七十三行是什么东西？

约　好，我说，我说。（故意悄声地转对布鲁斯）我问你：你父亲

和（指阿猫）她的父亲是什么关系？

布　谁不知道我父亲和她父亲是同生死共患难战友关系？

约　（对赖莲）她的母亲和你母亲又是什么关系？

莲　比亲生姐妹还亲近的相认契合的姐妹关系！

约　（指百路通及阿狗阿猫）你们的父母亲和我们的父母亲，我们的兄弟姐妹和你们兄弟姐妹呢，又是什么关系？

众　是上下级关系，朋友关系，同学关系，同事关系……

约　那我们大伙呢？

布　你这小子别卖关子，谁不知道我们是沙煲兄弟，酒肉姐妹的关系。快说，你小子有什么新花招？

约　事情不是明摆着的吗，你们看，不管我们之间是直系亲属关系还是扭扭曲曲弯头曲尾的旁系关系，总之，我们之间就形成了人多势众的裙带关系。假如我们相互提携，有朝一日，就会老子当局长，儿子是主管会计，儿媳妇是现金出纳，亲家又是纪检书记，连襟是人事科长。那么，天下是谁的天下？

众　（大声地）我们，我们，就是我们！！

约　这就对了，所以，当今最吃香最时髦的就是关系学，我们就应该认认真真地研究一下关系学，编织、巩固、完善和发展关系网，并且同心协力来筹办一所前所未有的、机构庞大的、前途无量的、财源滚滚的、桃李满天下的关——系——学——院！

众　（惊愕）呵?！关——系——学——院？？

〔众人面面相觑。左侧灯暗。

〔音乐起，接续"钱"字歌曲，右侧灯亮。肖蓝仍在做他的白日梦，他正在围着一只直径达一米以上的大铜钱在又唱又跳：

　　钱钱钱，钱钱钱，

　　唯有金钱是万能，

　　官场为钱把权卖，

　　我若有钱可买权；

〔最后，他唱着挤身钻进大铜钱的方眼里去。铜钱在滚来滚去，肖蓝笑着好不得意。……

（接唱）

　　权卖钱来钱买权，

　　权钱两字一线牵，

　　有朝一日爆百万，

　　小鬼也能闹翻天。

〔突然间轰的一声，铜钱倒下，肖蓝头撞在墙上，"哎呀，我的妈哟！"——

〔灯光一暗，接着又亮起，肖蓝惊醒，原来他在做梦时由于辗转挣扎的缘故，烂被单已把他身腰缠得死死的。

肖　　妈的，活见鬼，原来是好梦一场。

　　〔摸摸碰痛的额头。解下缠身的被单。

肖　　（自我解嘲地）好梦有好兆，要是好梦不醒的话，多好呵！这个梦对我的启迪实在太大了，我要是有张关系网就好了，有了关系网，就能沾上权的边，有了权，我就有了钱，有了钱，我就有了一切。可是，在当前亲缘关系恶性膨胀的年代里，我还有什么希望，我要是能与那些纨绔子弟交个朋友多好呵……对，我想起来了，我想起来了。听说他还是什么"人才开发中心"的总经理哩! 这可太有意思了。

〔肖蓝从沉思到眼睛发亮,不禁忍俊不禁。灯暗。

〔灯渐亮。此段戏在幕间进行,此时的肖蓝显得精疲力竭。他手提一个装有纸盒的网兜从远处而来。

肖　咳,又饥又渴的,快走不动了,还是歇歇足再赶路好了。

〔肖蓝在路旁坐下,从衣袋里拿出半个馒头和半罐喝剩的可口可乐,贪婪地吃起来,随后很不满足地把空罐挤了再挤,摇了再摇,最后把空罐扔掉。

〔约翰忠手拉赖莲从一边过来,遇上从相反方向截过来的百路通。

百　站住! ——你他妈的约翰忠,太缺德了。搞什么鬼"人才开发中心",竟然搞到老子头上来了,开发开发,竟把我的妞儿开发过去。

约　百路通,你可不能这样说,(指赖莲)这妞儿是自愿跟我一道闯江湖的。再说,我当初也曾动员过你,要你也过来跟我们一道干,还答应封你为二哥头……

百　废话少说,要么把这妞儿留下,你我各干各的,河水不犯井水。要么,我们拳头上面见高低,较量一番。

约　(打断)要是你败在我手下呢?

百　甘愿让出小妞儿,连老子也当你的马仔。

约　好,大丈夫一言既出驷马难追!

百　要是你败在我手下呢?

约　还你小妞儿,我约翰忠甘拜下风,让出地盘去另找出路!

百　行,废话少说,放马过来吧! (站稳马步,运气准备迎敌)

莲　你们就见个高低,分个胜负好了,我赖莲情愿当个裁判,省得

你抢他抓，教我两头为难。（站立一旁，袖手旁观）

约　　（运气待攻）哎——呀——！

〔约翰忠百路通两人交手，勇斗几个回合，坐在一边的肖蓝见机巧妙地扔出网兜，有意助约翰忠一把，将百路通绊倒，约翰忠扑倒百路通，欲扼死百路通。

莲　　行了，行了，住手，决斗已分胜负了。——（约翰忠却不松手，赖莲转而惊慌而逃）出人命案……（急下）

肖　　（解围）好汉手下留情，手下留情。

约　　（松手）哼，要不是看在这位陌生朋友面上的话，明年的今日，便是你百路通的忌辰。

肖　　（扶起百路通）不打不亲嘛，都是自己哥们，两位好汉何必太过认真？

百　　嘿，算我倒霉！（愤然而下）

约　　（望着百路通的去向，大声地）记住，可别忘了自己的诺言：让出小妞，当我马仔。

肖　　大哥，真是好汉一条。

约　　你这小子有种，多谢你暗中助我一臂之力。

肖　　那是应该的，路见不平，拔刀相助嘛！

约　　好，后会有期！（急下）

肖　　大哥！你等等，你等等！（挽着他的网兜追下）

〔切光。

〔灯光复明，回到原地——右侧楼梯过道。肖蓝现出一丝自慰的笑意。

肖　　（自语地）对，应该紧紧地抓住这根救命稻草，我要用尽吃奶之力去巴结他，要和他攀上关系。然后千方百计钻进他们的关系网，成为他们当中的佼佼者。睡吧，让我再睡一会儿，也许能够见到他。

　　　　〔肖蓝复又躺下。

　　　　〔灯光复明，还是约翰忠的家。但摆设有些不同，环境也有所改观。亮出"环球社会关系学院"的抢色招牌。

　　　　〔约翰忠等一伙所谓"学院领导成员"正论资排辈地面对观众，正襟危坐。

约　　（用手指弹过麦克风，清了清嗓子，开始继续他未讲完的动员报告）……亲爱的来宾们，家长们和战友们！刚才，我已经把我校的办学宗旨，开宗明义地向大家讲清楚了，现在我要讲的第二个问题"学员的素质问题"……

莲　　（心不在焉地东张西望，忽然发现后面落地窗有人往上爬。惊呼）有贼！贼……他爬……爬过来了。

　　　　〔众人惊诧中，身穿太空装的肖蓝手提一个外套网袋、包装精致的大件礼品，从落地窗上面一格一格地爬下来，俨然他是个"外星人"似的。此时的肖蓝给人印象再不是可怜巴巴的了，而是身轻脚快，两眼有神，干练灵活。

约　　你这个贼，好大的胆子，不怕我叫人把你抓起来？

肖　　不……我不是贼，我是专程慕名前来报名投考关系学院。

百　　怎么不从正面进来，偏要走后门，爬窗子进来？

肖　　我仔细研究了你们关系学堂的性质与任务，我认定要读，就得走后门进来。所以我……就爆了冷门……

莲　　（对约翰忠悄声）这小子倒是有棱有角的。

布　　你这小子快把姓甚名谁报个清楚，免得给老子一拳打扁不知道
　　　你是哪家的阿狗阿猫。

　　　（扯过肖蓝）闲话少说，快自报家门。

肖　　（讨好地）拳头不打笑面人，请好汉手下留情，如今可不是
　　　"文攻武卫"的年代了，鄙人气单力薄，也非来报考武术训练
　　　班的。

百　　（解围地挪开布鲁斯的大手）请问来者尊姓大名？

肖　　（抱拳向人们致意）各位师傅，各位哥们、姐们，弟子肖蓝这
　　　厢有礼了。

约　　什么？叫我们师傅、哥们、姐们？——不，我们是备了案的正
　　　规学堂，既有院长，还有教授、讲师、主任、助教什么的。

肖　　对不起，小弟是初到贵境，尚不懂帮规校章什么的，更不认识
　　　诸位领导首长尊姓大名。

百　　那我就给你介绍介绍：他——（指约翰忠）姓钟名戈汉，为了
　　　适应开放搞活的新形势，最近改用了带洋味的新名字，叫约翰
　　　忠，他曾获社会科学研究院关系学博士学衔；他——（指布鲁
　　　斯）他原名布韦，也不知是他的名还是姓，由于有法国血统，
　　　加之羡慕普鲁士武士精神，故更名为布鲁斯。现任我们关系学
　　　院的训育主任。说起这小子，还有一段耐人寻味的故事哩，在
　　　"文革"年代，他小学毕业，由于改名为林东红，加上平时好
　　　动拳脚，一天之内就从狗崽子一跃成为造反派的小头目。……

布　　（打断）你这青头别尽出人家洋相好么？好，我给你继续介
　　　绍：他——（指百路通）他是我们关系学院的副院长，他为人

圆滑，路子多，所以取名为百路通，学衔是副教授吧？她——（指赖莲）这妞儿是我们公关部主任兼快班指导员，姓赖，芳名是水浮莲的莲，最近封为讲师级别。他叫阿狗，她叫阿猫；嗅觉灵敏还有夜眼，都是讲师级别的科任老师……

肖　（作揖施礼）多多关照……拉兄弟一把……

布　（瞪眼）你先靠边站着，旁听我们院长讲完课之后才抽时间给你单独考试。

肖　遵你的意旨！（作揖，站立一旁）

约　继续讲课——（悄声地问赖莲）对，我刚才讲到哪儿？

莲　这……好像是讲到学员的素质问题。

约　对，（清清嗓子）我刚才已经讲过了，学员的素质问题才是最最关键的问题，俗语说得好："有好种子长好秧，有好苗苗谷满仓"，"文化大革命"那阵子，我们就曾说过，"龙生龙儿凤生凤，老鼠生儿打地洞"，老子英雄儿好汉嘛，历来如此！

〔突然间，电铃鸣响，约翰忠等吓了一跳，人们吵嚷。

约　好，这堂课就讲到这儿，下一堂课将由赖莲主任主讲"关系学的门种属类"。下课，——拜拜！（飞吻）

〔切光。

〔灯光复明——约翰忠、百路通、布鲁斯、赖莲、阿狗、阿猫等围坐一圈，肖蓝单坐蹲凳在中间。与其说肖蓝是在进行"入学考试"，倒不如说是被围攻受审更为恰切。然而，肖蓝却反而神态昂然，仿佛他才是审判者。

肖　（从衣袋里掏出两包洋烟分发给众人）各位首长、领导、老师们，请抽一支——女士们吸"健牌"，"健牌"香烟纯而淡，男士们吸"万宝路"，烟味浓香后劲力强。（拿出高级打火机为众人点火，紧接着又从衣袋里拿出几包小包装的茶叶分给众人）这是特级香片，是小生专门给各位特备的，开水不便，放入嘴里干嚼也能生津解渴。

布　肖蓝小子，你这是什么意思？

肖　意思？——小意思，小意思。（拿香烟比画着）别看这小小一根特长过滤嘴，这才是友谊的桥梁。

莲　你不怕人家说你在有意扩散癌症么？

肖　不，不！明知抽烟有害，但当今社会还是乐于此道。不信你们就去试试，没架此友谊桥梁，机关单位、各企事业厂矿的门房，你也别想通过。若是未曾问话，先奉献一两支烟，即使是自制的冒牌货也罢，我保证人家会笑面相迎，教你安全通过。否则，就算你是国家安全部来的，也教你不得安然：先出示证明，然后打起官腔将你盘问一通，再拨响内线电话，请示一番。教来访者先坐二三十分钟的冷板凳，才考虑给不给你们进去洽谈。

百　你这小子说得有道理！

布　别打岔！（转对肖蓝）你继续讲下去。

肖　这是第一步，叫作茶烟开路！（接着突然从身后掏出两支高级瓶酒，故意装腔作势）看！手榴弹！

莲　哇！（均吓了一跳，急忙倒在旁边男人身上）哎哟。

猫　吓死人了。

布　（抓住肖蓝）你……你怎么搞的？

肖　（大笑）哈哈……女士们、先生们，莫虚惊一场，这是法国名酒"拿破仑"，还有"干邑人头马"，价钱一般化。外汇券交易，一瓶要价才87元5角。今晚就假座摩天大厦旋转餐厅，请各位赏光，务必一醉方休！

布　这又是什么意思？

肖　这是社交的二部曲，叫作"酒肉攻心"！

布　还有第三部曲？

肖　那就得见机行事，若是谈得投机、顺利，便可进入实质性的接触，诸如磨嘴皮、扯皮条、尔诈我虞、你吹我拍什么的……

百　这小子的口才、风度等内在素质倒不错的，就是可惜背景太差，既无直系亲属可做强力靠山，又无可供利用的旁系亲缘。（议论）是呀。可惜，可惜外部条件不够具备。

约　好，我再考考你：你可懂得关系学的辩证关系？

肖　请允许我连所谓外部条件的问题一并答辩。简单说来，所谓关系学，乃相互依存彼此利用而已，基于这个统一认识的前提，所谓外部条件的问题也就迎刃而解了。问题的核心在于能否掌握好摸——托——扯这个入门法则。

布　什么叫摩托车入门法则？

众　（不解）……怎么突然杀出一辆摩托车来？

肖　所谓摩托车乃是一个内行家谙熟的代号。实际解释是摸、托、拉，也叫摸、托、扯！即来摸清楚你要利用、巴结的对象的情况，尤其是他的爱好、品质和脾气。摸清楚了，然后就应该在托字上下功夫，去托他的大腿，捧他的屁股，使他对你有良好的印象，印象好了嘛，他自然会把你拉扯上去，或当马仔做接班人，或做保镖一条狗。这样，自然便建立起一种特殊的关系。那个原先外部条件不能具备的人，一旦把高职位置的人巴结上了，与之结了盟，那么他的外部条件就已具备。

狗　嘿，这不过是官场上当官升官的登龙术罢了。

肖　这官场登龙术也是关系学的一个重要组成部分，它属于如何编织关系网的范畴，话又说回来，倘若不奏好这三部曲，即使外部条件再好，关系网也是不牢固的。

百　你讲具体一点行不行？比如你自己，你和我们之间，最多说是萍水相逢罢了。请问：你和我们之间又如何来编织关系网的？

肖　这是个实践着的问题，其实，我们现在不是正在编织着我们之间的关系网么？你们个个都有名望有地位，有权威有财势的好爸爸，还有神通广大的能说会道的好妈妈，就这点说，我比起你们来，是望尘莫及的。可我有我的长处，我有我的资本……

猫　你有什么长处？

肖　这是有目共睹的了，又何须我来自我标榜呢？

布　你这小子，刚才不是说你有些儿资本么？请亮个底儿给弟兄们看看如何？

肖　资本？——有，有呀。（忙从墙角拿起他带来的网袋纸盒，并故意踹上一脚，发出咣当响声）这就是我的部分资本。这里面装的是一整套景德镇名瓷，价钱可贵哩。——到底值多少？（伸出三只手指）这个底数姑且不说，世人皆知，景德镇乃是世界闻名的瓷都，那我完全可以肯定地说：瓷都总统便是我的爸爸，那么总统第一夫人——名瓷波波斯基陶氏卡娅瓦罐诺娃，便是我的生身母亲……

莲　（与约翰忠耳语）这小子真有超人的辩才，是块材料。

约　（点头，继与百路通耳语）是块有用的好料。

百　（点头示意可收肖蓝为同伙）……

约　好，考试到此结束，我代表环球关系学院批准肖蓝为破例录取的快班插班学员。

〔众人高兴地与肖蓝握手、拥抱表示热烈欢迎。

布　嘿嘿，就怕徒弟学拳打师傅，青出于蓝胜于蓝。

约　（一本正经地）那么……你这小子，可有什么表示没有？

肖　你们不说，我也心里清楚，大凡答应对方的要求之前，必有一句潜台词要说："你又能给我什么？"这就是关系学的目的性嘛。

布　你这小子废话少说，快告诉我们，你到底有什么进贡之礼，没有实惠，老子是不会答应的。

肖　各位领导，各位哥们姐们请放心，（一拍胸膛）我肖蓝是男子汉大丈夫，向来是牙齿当金使，我保证能给各位每人一套这样的东西，（拿起网袋纸盒）它共有八八六十四件大小不一，配套成龙的精致名瓷！

布　好，你这小子为人痛快，够哥们义气。说话算数，快兑现。

肖　（反倒慢吞吞的）是的，是的，说话要算数，自然……自然……一定兑现，一定兑现！（拿高网兜欲交与布鲁斯，突然间，打个趔趄，把瓷器摔坏）哎呵，我的妈哟……

〔众人莫名其妙，有的表示惋惜，有的骂……

百　（彻悟地）好呀，这小子真够高明，经他这么一摔，不是我们大家都有了么？

布　（不理解）这……话是什么意思？

约　布鲁斯呀布鲁斯，亏你还说是精通关系学的三昧。还当什么训
　　育主任？——我看你就靠边靠边，先向学生学点本事吧！

狗　（也表示不甚理解）这就更玄了。

约　对，妙就妙在这个玄字。

猫　这不是明摆着的骗术吗？

肖　对，猫猫小姐可说到点子上来了，所谓关系么，实质就是相互
　　欺骗，相互利用的代名词。（又拿起网兜）我这袋宝贝是我
　　行骗的血本，我把它献给诸位，就表示我对关系学堂的一片
　　忠心。

约　就是嘛，我不止十次百次地阐明过：所谓关系学，就是尔诈我
　　虞，是动口不动手的盗窃，是不用刀枪的抢劫，是口讲文明的
　　欺骗，是合伙对国家的扒窃、分赃、窝赃和销赃。（拿起网
　　兜）这宝贝就是关系网的结头，是打开铁幕的钥匙，我代表学
　　校领导表示由衷地接受肖蓝同学这份厚礼！

　　〔众人鼓掌。

肖　（拱手作揖）佩服，佩服。我的院长，我的教授，真不愧为同
　　行楷模。

约　你这小子少给我戴高帽子，说实在话，我倒与布鲁斯老兄有同
　　感，我担心你这小子有朝一日，要徒弟学拳打师傅。

肖　（再次抱拳作揖）不敢，不敢，刚才不是对天发誓了么？

布　发誓有什么用，老子一贯就视发誓如同吃生菜。

肖　鄙人做人有个信条，叫作"做人要学刘关张，江湖义气达

三江"。

百　　要得要得!

狗　　佩服,佩服。

布　　嘿,要是你小子敢过桥抽板,老子就给他开膛破肚还卸他八大
　　　块。然后丢落大海喂王八。(揪住肖蓝衣领)你反悔?

肖　　岂敢,岂敢,若有反悔,不得好死!

布　　你记住这句话吧,到时,莫谓言之不预呵!

约　　好了。(转对肖蓝)真是相见恨晚呵!闲话少说,我特代表学
　　　院领导庄严宣布:肖蓝同学可以提前进入实习阶段。

众　　同意!

　　　〔切光。

　　　〔右上角灯亮,现出一个侧身的剪影在打电话。此人便是纪检
　　　书记钟杰人——约翰忠的父亲。

父　　总机,麻烦你给我转接市妇联,对,是市妇女联合会。

　　　〔左上角传来电话铃声,灯亮,接电话的人便是戏开头时候出
　　　现过的那个钟母。

母　　是老头子么?你风风火火的有什么事?

父　　为什么我刚才往家里摇了半天电话都没人接?

母　　忠仔在家里睡觉哩。

父　　岂有此理,怎么你的宝贝儿子总是大白天睡觉?

母　　别问了,我正为此事打电话到处找你,要你设法给忠仔挪挪位
　　　子,调动一下工作,最好是教育部门。

父　　胡扯!老子可没有谋私的权利,我只有惩办那些挂着共产党员

招牌，干着违反党纪国法的蛀虫的义务！

母　这与你儿子有什么关系？

父　难道你的宝贝儿子最近在外面干些什么坏事，你是一点也不知道么？

母　你别冤枉好人，谁不晓得忠仔是老实巴巴、勤恳工作的人？他为了那个刊授文学社，可是没日没夜地干，累得人都快散架了。

父　你别听他一面之词，我告诉你吧，他们的所谓"人才开发中心"，是个天大的骗局，他扛着父母的招牌到处招摇撞骗，干了不少伤天害理的罪恶勾当……

母　你别冤枉好人……

父　你听着：我现在以纪检书记的名义责成你这个市妇联的头头，以党籍担保，立即把你那个化名为约翰忠的儿子先在家里内控起来。叫他先写书面交代，然后由你带着你宝贝去公安局自首！

母　（惊愕）这……你有什么根据？

父　废话少说，跑了儿子我向你问罪！（啪的一声把话筒卡断）

　　〔右上角灯暗。

　　〔左上角钟母在捧着话筒发呆，灯渐暗。

　　〔切光。

　　〔双声道的录放机播出刺耳的迪斯科乐曲。约翰忠、赖莲、布鲁斯、百路通、阿猫等人各自手拿电话筒，围着手提网兜的肖蓝在又唱又跳：

　　　　人生如梦一场空，

　　　　歌也舞也乐融融，

　　　　今朝有酒今朝醉，

　　　　管他明日吉与凶。

　　　　扬长避短混日子，

　　　　日子越混越火红。

　　　　织就一张关系网，

　　　　横直上下路路通。

　　　　赵钱孙李百家姓，

　　　　姓姓都有老亲朋。

　　　　利益均沾大家好，

　　　　管他国库空不空。

　　　〔众人在做拨电话号码的摹似动作。

约　（唱）喂喂喂！老首长，

布　（唱）喂喂喂！好兄弟，

莲　（唱）喂喂喂！密斯爱，

百　（唱）我找你们的头头，

猫　（唱）喂喂喂！小白脸！

众　（接唱）发财信息要沟通！

约　（高兴地）接通了，接通了，大家静一静，静一静！

　　　〔众人凑近，注现着约翰忠。

约　对对，我找崔树仁叔叔。——对，我是钟杰人的大小子，你是
　　曼姨吗？——曼姨呀，我爸刚从世界瓷都景德镇出差回来——
　　我告诉你呀，我爸给您带回一套八八六十四件的出口细瓷——

棒极了，有通花瓶、九龙杯、白虎盅，通通都是釉下彩，厚的有一指厚，薄的似纸张，既实用，又能摆设。晚上我把它提到您家去，——什么，钱？恐怕是价值连城，要钱就莫说，我爸可不是做生意的呀——就是么，您与我爸可是同生死共患难的老战友了，那能斤斤计较的。俗语有说：钱财如粪土，仁义值千金嘛！——好，晚上见——对，我妈也好长时间没有和曼姨拉过家常了，我一定把她拉到你家去，——什么，您派车来接呵，是那辆皇冠牌！——太感谢了！——什么，我是油腔滑嘴？这，曼姨过奖了，——好，晚上见！拜拜！（放下话筒，转对众人）怎么样？我刚才说的话滴水不漏吧？

莲　（带酸意）说不定那崔家的大闺女还陪你跳迪斯科哩！

约　咳，人家丽丽小姐可是个高中毕业生，高傲得很呀，我可没有这份艳福哩！

百　我管她高中毕业还是大学毕业，只要搂抱她跳个"蓬拆拆"，再卿卿我我说几句情话，然后瞅准时机，在恰到的火候给她一个火热的吻，嘿嘿，这小姐儿还不照样神魂颠倒，以身相许？

肖　棒极了，这叫作一箭双雕！

约　（欣欣然地）嘿嘿。

莲　（白眼）你要是敢假戏真做的话，当心我弄得你小子身败名裂蹲监房。

约　放心吧，我的穿心莲，大不了逢场作戏罢了。

肖　赖主任别多心，要是你放心不下的话，陪同前往的，还是我肖蓝同志哩！

莲　这还可以，你这小子不是转为实习生了么，这是你实习的好机会呵！这个建议我赞成。

肖　高见，鄙人表示服从分配，欣然接受。

　　〔突然间，百路通手中的话筒也传来嘶嘶的叫声。

百　好家伙，我的也接通了。（对话）对，对，我是小李子呀，陈叔，您等等，我去叫我爹与陈叔来对话。（按住话筒转对同伙）请诸位放静一点，老头子就要与财神爷对话了。（清清嗓子，假装老人语调与对方对话）呵，是小陈老弟么？我是百万老头。怎么，近来可好？——什么，你想退居二线？这是什么话，五十大几有什么了不起，还算年富力强嘛，我告诉你，据说中央又有新精神，老家伙，工作需要的可以暂时不退。我是压根儿不同意你退下来的。——人一走茶就凉，无职就无权嘛，谁不知这个道理？我老哥就是个教训，想当年，我没退居二线时，那些王八蛋不是前一句首长，后一句局长么？什么都是言听计从的，可如今……好，不讲了，不讲了，好就好在还有你老弟这样一个老部下，还当我是上司。——好，言归正传：我是刚从景德镇旅游回到家的。——对，小刘、小王、大李、老张等当年的老部下小战友都见着了，他们要我向你问好，——对，他们也算有心，好家伙，一下子就给我这个老头子送来上十套的景德镇出口装的细瓷，一套就有八八六十四件。大小配套成龙，有通花瓶子、九龙杯、白虎盅，通通都是釉下彩，厚的一指厚，薄的似纸张。既实用，又适合摆设——对，我打算给你一套，做个纪念！——什么？要多少钱？嘿嘿，恐怕是价值连城，我告诉你：要钱一个茶杯也不给，你把老首长当作资本家么？——闲话少说，对，今晚我叫我那不争气的小子给你送上门——对，对，你得给我多剋他几句，家牛就得外人教嘛！抽几鞭子是有好处的。要不，吃爷饭着娘衣，就怕他连老婆也讨不上了。——好，自家人，不说两家话，有什么要你帮忙的，我那没出息的小家伙会亲口对你说的。——好，有空见！（放下话筒。对众同伙，表示满意地）怎么样，还可以吧？

众　棒极了。

约　我最欣赏百路通的一句话是：（学老人腔）"有什么要你帮忙的，我那没出息的小家伙会亲口对你说的。"

莲　百路通，你打算邀谁做你的助手陪同前往？

百　当然是赖莲同志。

莲　好，一言为定。

约　（犹豫）这个……

百　（凑近约翰忠）怎么？你怕……

布　（大声地）别吵吵，我的电话也接通了。

狗　（大声地）报告，我的电话也接通了。

约　好吧，电话还没打通的，可到里面去打。

　　〔布鲁斯、阿狗从不同方向急下。

约　百路通，你过来，——你刚才讲的是什么话？

百　我的意思是说，我百路通不会挖大哥墙脚的。

约　我料你也不敢。

莲　哼，老娘又不是某人的法定夫人，用得着他人多管闲事？

约　我就不信有人敢往老子的眼窝里撒灰沙。（转对赖莲）反正，把丑话讲在前面有好处。

肖　（圆场地）咳，哥们可不能伤和气呵，俗语说，要扒，扒出外。兔子还不吃窝边草嘛，哥们哪个不懂得江湖义气重如山的？

百　我建议。最大效率来利用这盒破瓷器，马上进行排队。

约　排吧！老子与肖蓝排第一，重点是搞批文。

莲　老娘与百路通排第二，重点是搞房票。

狗　（阿狗从里面出来）我与阿猫排第三，第三、第四任务是搞钱，钱。

百　行，就让布鲁斯排第四。

约　一言为定！

　　〔切光。

　　〔灯光微亮，一双特写的脚步过场，夸张的脚步声咯咯作响。

　　〔传来乒乒乓乓的摔物声和骂人声。

　　〔右侧灯亮，原来是钟母在驱赶肖蓝。

母　我叫你赖着不走，我叫你赖着不动。

肖　哎啊，钟母请手下留情，我这就走，我就走。

母　你这小流氓有本事你赖着莫走！（按响门铃）忠仔你快出来，给我狠狠地揍。

肖　我这就走……

　　〔肖蓝抱起铺盖急下。

母　（气喘吁吁）哼，不见棺材不流泪！

　　〔右侧灯暗，大厅灯亮，约翰忠还在梦乡。

母　（推搡，掀被）醒来，快醒来！

约　　（醒）你是怎么搞的？你答应过我能睡多久就睡多久……

母　　你爹来电话了。

约　　（爬起）呵，他答应给我调换工作是么？

母　　你是白日做梦当皇帝！

约　　什么，他……

母　　他叫你立即写书面交代，去公安局自首。

约　　自首？——交代？我有什么好交代的？

母　　你肚痛肚知，心痛心知，你是不是挂着你老子的招牌，干伤天害理的勾当？

约　　这……没……没有呀！

母　　没有？——你不是在办什么"人才开发中心"么？

约　　我们那是办的刊授文学，我们还注过册，登过记的呀！

母　　你们有没有骗人钱财，倒卖批文，干投机倒把的勾当？

约　　没……没有呀？

母　　你终日花天酒地的哪来那么多钱？

约　　钱？——那是办刊授得来的伙筹呀！

母　　什么叫伙筹？

约　　伙筹嘛，伙筹的意思就是赚头，也叫作利润。当今社会哪个做事不讲报酬？难道允许他们个体户赚钱，就不允许我们干部子弟赚钱么？……

母　　你老实告诉我，到底有没有伙同社会上的流氓阿飞搞腐化堕落？

约　　没有。

母　　难道你爹故意从老远的外地打长途电话来吓我讹我？

约　他是抓条杆索就当蛇!

母　无风不起浪,我就不信你没有问题。

约　无非是交交女朋友,花个一万八千的。

母　吓?! 一万八千? 想当年你爹参加打虎队那阵子,上五百万元就是大老虎了。

约　五百万元嘛,当然是大老虎了。

母　当时的五百万就是今天的五百块钱。

约　我告诉你吧,人家沈部长的儿子、缪主任的女婿,还有毛司令、刁参谋等人的亲属,哪个不捞一大把的? 单瑞士银行的存款,一个户头就得一百万美元以上,他们还不是照样出国考察,照样当三梯队、四梯队?

母　总之,你得把问题交代清楚,还得去公安局说明一下。

约　我要是不去呢?

母　那可不行,别说公安局不会放过你,恐怕你爹也不会通过的。你爹后生的时候,连他那恶霸老子他都开枪崩了。

约　如今时代不同了,我又不是反革命! 要去公安局就由妈代我去一趟吧!

母　唉! 小冤家呀,我真拿你一点办法也没有。 (欲下)

约　妈,你去哪?

母　我给你做饭去! ——等老头子回来再拿主意好了。

(进内)

约　(对观众自语)我这个小毛虾似的,算得了什么? ——就拿老头子的地位和威望来说,公安局、派出所又敢把我怎样? ——咳,还是睡我的大觉、做我的美梦要紧。真倒霉,把刚才好梦

打断了。（躺下，用毛毡蒙头）

〔切光。

〔暗转复明。台侧突出一级级漂亮的楼梯，正台是客厅布置，但摆设却华丽得多。

〔小汽车声响，约翰忠、肖蓝、赖莲与百路通两对同上。肖蓝手提内装破瓷的网兜纸盒。

约　到了。这儿就是崔叔，崔树仁的家。

百　（指指上面）二楼是陈叔，陈好求的家。

约　好，我们分头进行。祝君成功！

百　拜拜！

〔四人扬手告别，约翰忠欲走，为赖莲留住。

莲　（小声地）我警告你，当心给勾了魂魄。

约　（不满地）该担心的倒是我，我怕你与这个小黑脸死灰复燃。

莲　那就对着太阳起誓，如有二心，不得好死！

约　（与赖莲勾过手指）对，不得好死！

〔约翰忠与赖莲做作地作了个飞吻。

肖　（对观众言）说不定都不得好死！

〔约翰忠一拍肖蓝，两人大步向前，按门铃。

〔左侧幕灯暗，右侧幕灯亮，中灯也逐渐亮起，崔家主妇曼姨从内房中姗姗而出。

曼　是哪位呀？

约　曼姨，是我——阿忠。

曼　哎哟，是忠仔呀，欢迎欢迎！

约   曼姨您好，瞧你的气色，身体好多了，我妈可惦记您哩！

曼   算你妈有心，怎么，她不是说要来的吗，怎么……

约   我妈本来说好要来的，可能因为我爹刚刚回来有事商量，临
      时变了卦。（故意转身对身后的肖蓝暗示）小肖同志，进来
      坐吧！

肖   来哩……（故意摔了一跤，破瓷网咣当一声）哎。

约   哎呀呀……你……你这是怎么搞的，这无价之宝！你一摔，不
      变成垃圾了么？

肖   这……我……都怪我穿的硬底皮鞋，滑得很呀！

曼   （反感地）算了，算了，进屋里坐吧！

肖   我……我……

约   还不把破瓷扔了出去！

肖   好……（转对曼姨）很对不起，我……非常抱歉。（提破瓷网
      兜出门）

曼   咳，真是可惜，还没有看上一眼就给摔破了。

约   曼姨放心，我爹带回了三套，我保证给曼姨再送来一套。

曼   要送就叫你妈带来好了，不是说你妈有些事情要和我家老头子
      商量的么，干吗要你这个毛躁的小子来拐弯抹角？

约   曼姨，当今办事，有几件能在台上谈妥办好的？夫人外交之后
      就得由太子斡旋，这早就成了必由之路。……

曼   （打断）你少来这一套，我看你这毛躁小子就不够格，你想来
      家里坐坐，你就来坐坐嘛，为什么又带个不三不四的陌生人来
      我家，你又不是不知道曼姨最不喜欢生人上门的。

约   哎呀曼姨，我带这个肖姓的小子来，完全是为了您好，我敢打

赌，只要你坐下来和这小子谈上三五分钟，您会从心坎里喜欢
他的。

曼　和你约翰忠同伴的，有几个好货？不是心术不正的，就是浮浪
无能之辈，我家才不欢迎。

约　形而上学，经验主义，这是中老年干部的通病。（悄声地）你
知道这姓肖的小子是何许人吗？

曼　有来头？

约　他呀，他可是名副其实的将门之子，是肖副司令的三公子。
（故作神秘地悄声）我告诉你——这小子还是桂林步校刚刚毕
业的高才生哩。

曼　（惊奇地）呵！肖副司令的儿子？——桂林步校的高才
生？——你是怎样认识他的?!

约　他是我小学时候的同学呗！不过，十年没有见过面了，只是我
今天下午到车站接车时，无意碰着他，所以，我就把他接到
家来。

曼　（旁白）这更好，说明这姓肖的与姓钟的不是同路之人。（转
对约翰忠）他可曾分配工作？

约　这小子守口如瓶，故意回避。但我用克格勃手段侦察出来了，
我从他的信件中发现他是被八一电影制片厂破格招聘为见习副
导演的。你家小姐不是想考电影学院么？

曼　这个人倒很有利用价值，让我亲自考一考姓肖的。（对约翰
忠）那好，你去把你的朋友叫进来，喝杯咖啡，免得叫外人说
我崔家不近人情。

　　〔切光。

〔左侧灯亮。百路通、赖莲正在拥抱接吻。

肖　（故意干咳一声，把破瓷网兜递上）快，拿去。

百　（接过破瓷）没露什么马脚吧？

肖　（敬个歪礼）报告"首长"，顺利通过第一道防线。

莲　那好，现在就瞧我们的。（挽百路通手臂步上楼梯）

　　〔切光。

　　〔中灯复明。约翰忠、肖蓝正在客厅喝着咖啡，曼姨客气地给肖蓝添上方糖。

肖　（故作斯文地）多谢伯母，已经够甜了。

曼　（放下小匙，拿起香烟）请抽烟！

约　（抢先从曼姨手中接烟）这是崔叔惯抽的云烟，含焦油量小。

　　〔曼姨有些不满地，另取一支香烟递给肖蓝。

肖　（故作斯文地）多谢伯母，我不会抽烟。

曼　（满意地转对约翰忠）你看，人家小肖同志怎么样？不抽烟，牙白口净.气色又好，找对象容易多了。

肖　（故作谦虚）伯母过奖了。

曼　小肖，你可喜欢这个大城市？

肖　喜欢极了，虽说桂林山水甲天下，可是住久了，也就感到腻味的，我在桂林还是举目无亲。所以，还未接到分配的命令，我就先到这里来了。

曼　下来打算怎样？——上前线？下基层？还是搞科研？

肖　军人以服从命令为天职，但上级首长考虑我的爱好与志趣，加上父亲老战友从中说合，最主要的一条是八一厂对我的看重，专门派人到步校来指名调我。领导也就同意我转行，让我到电影制片厂当个见习导演……

约　　可惜了，放着现代化军官不当，去干那个逢场作戏的艺人。

曼　　（不满地）你约翰忠懂个屁？学军事，学科学技术的，当演员、做导演正用得着，何况人各有志，能够摊上个志趣相投的职业，那是很幸运的了。（转对肖蓝）你果真是到八一电影制片厂？

肖　　是有这码事，不过，我想最好是到四川峨眉厂，那里……

曼　　不，还是八一厂好，是一级大厂，前途更有保证。你是军校毕业，受过军事训练，演兵能像兵，演官也像个官。……咳，我把话讲多了，唉，年岁不饶人。俗话说，十个老太婆，九个都啰唆……

肖　　不，家有老人一件宝。像伯母这样阅历深、心地善良的老革命，多讲一点，对我们这些年轻晚辈，很有启发，很有教育，在家里我就喜欢我妈多讲几句。

曼　　（突然想起似的）呵，对了，阿忠仔，你是怎样认识小肖的？

约　　曼姨也够健忘了，我不是刚刚说过。小肖是我小学时候的同班同学，青梅竹马。

曼　　什么？青梅竹马？

约　　总之一句话，我俩从小到大都是最好的朋友。

曼　　可惜你不争气，没长进，人家军官学校都毕业了，还懂得当导演，可你……

〔传来开门声。

曼　疯丫头回来了。

　　〔在众人注视下，丽丽傲慢上场。约翰忠谄媚相迎，丽丽视而不见。

约　丽丽小姐，晚安，参加舞会刚刚回来？

丽　讨厌。

约　（厚着脸皮）我知道，如今我约翰忠在你崔家是不受欢迎的人了，可我们人才开发中心又为你崔家引荐了一位客人——（欲介绍肖蓝，丽丽还是不屑一顾，欲转身进房）

曼　丽，对待客人不许这样无礼！——来，妈给你介绍一下，他——这位是桂林步校毕业的高才生，现在是八一电影制片厂的……

肖　（紧接）不才姓肖，肖像的肖，单名蓝，青出于蓝胜于蓝的蓝，是电影制片厂的见习导演。（有礼貌地递上一张名片）请多多关照。

丽　（接过名片，与肖蓝对视片刻）……

曼　（转对约翰忠）阿忠仔呀，你刚才不是说有要事要与我商量么？

约　关于人才开发中心的事情，是有那么一点点……

曼　请进书房里面谈吧！

约　好吧，丽丽小姐，那就烦你替我招呼招呼肖导演了。（对肖蓝做个鬼脸，便随曼姨进内）

丽　你怎么会当流氓忠的朋友？

肖　这有什么办法，谁教我十几年前，还是孩子的时候就和他做同学？又有谁想得到，当我第一次踏进这个大城市，就在火车站门口碰着他？

丽　你果真是个见习导演？

肖　你看我像不像？

丽　（大方地看肖蓝）像个奶油小生，口齿清爽，我看你倒是个演员的料子。

肖　你看对了一半，是的，我不仅演过话剧，而且上过银幕。但我在大学却是学军事的。（故意又拿出一张军校的学生证给崔丽过目）

丽　（接过学生证审视一番）这么说来，你是有演戏的天才了。

肖　论天才，崔小姐也相当具备。

丽　别开玩笑了，我只不过是个吃爷饭着爷衣的落第状元，大学没考上，中技又不肯读。哪敢奢望去当电影演员？

肖　（故意压低声音神秘地）丽丽小姐，告诉你：我经过对你的目测，我认定你的条件不错。

丽　（不敢相信地）你说什么，我？……

肖　你的先天条件不错。你相貌漂亮，体型优美，吐字清爽，普通话过关。还有从你刚才的表情来看，层次分明，有个性具备演员的天赋……不过……

丽　不过什么？

肖　当演员也很辛苦的，训练很严。所以，我怕……

丽　你别小看人，小学时候，我就参加过体训班，踢腿、弯腰、爬、打、滚的还要坐一字马，这些训练也够辛苦的，但我都能挨过来了，为了当演员，就是再苦再累也不怕。

肖　好，我就喜欢你这句话。（悄声地）丽丽，我不妨如实地告诉

你： 我此行的目的是专门负责挑选有表演天才的、相貌合格的
女青年来试镜的。挑中了先拍一个戏，若有前途，就保送到电
影学院进修。

丽 呵……

肖 （紧接）我是踏破铁鞋无觅处，得来毫不费工夫。你听说过著
名演员祝希娟当年如何被著名导演谢晋发现的？——也是无意
中在上海戏剧学院碰着她与同学拌嘴，显示了她的个性才挑
上的。你是我这次选中的第一个对象。我愿意全力帮助你，不
过，名额确实有限，竞争的人肯定不少。所以你自己一个人知
道就行了。

丽 你不是故意哄我开心吧？

肖 （从衣袋里拿出一张表格）你看，这是什么？

丽 （惊喜地抢过表格）招生表格?!

肖 你先填好它，千万要注意保密，我找时间给你初试，初试合格
才好公开。

丽 行，我保证对父母也保密。

肖 这就对了，成功了，让人家吓一跳，若果过早地漏了嘴，万一
不成功，会被别人笑话。对不对？

丽 对，感谢你的关照。

肖 不用客气，不过有一件事，为了你的切身利益，你应该帮助约
翰忠在你父母面前美言几句。

丽 （反感地）约翰忠想搞什么名堂？

肖 不仅仅是他的事，也关系着你的前途问题。电影学院想扩展扩
展，我们也想利用约翰忠的一技之长，叫他跑跑腿，给他一碗

　　　　　　行政饭吃吃。所以，想搞张批文。

丽　　他不是搞什么"人才开发中心"么？

肖　　扩展电影学院也属人才开发中心的范畴，我们把像你一样的众
　　　　多青年开发出来，总得有个场地来培养呀，再说，还得照顾上
　　　　下左右的关系呀！这是关系学的问题了，鱼帮水，水帮鱼嘛，
　　　　不互相依存彼此关照的话，岂能办大事？

　　　　〔内房传来约翰忠的干咳声。

肖　　就这样定下来，你先把表格藏好，抓紧时间填妥，明天我抽空
　　　　给你初试。怎么样？

丽　　我……我真的能行？

肖　　行，包在我身上。（俯首与丽丽耳语，故意给予人一种神秘而
　　　　亲密的感觉）注意，千万要保密！

　　　　〔内门开，曼姨与约翰忠见状，表情不一。

　　　　〔切光。

　　　　〔灯光复明。这是二楼。

　　　　〔门铃骤响，陈好求急出。

陈　　是小李子来了么？——（开门）欢迎，欢迎！

　　　　〔门外百路通赖莲两个手挽着手，显得异常亲热。

百　　陈叔您好！

陈　　请进，请进！

　　　　〔百路通进门，赖莲故意伸脚一绊，教百路通摔个狗抢屎，网
　　　　兜破瓷哐啷一声。

百　　哎呀，我的妈呵！好端端的一套名瓷给摔得粉碎了。

莲　　（故作怒状）你……笨蛋，连走路都不会。

百　　（故意作态）我……没想到给门槛绊了一跤。唉，可惜呵
　　　可惜！

陈　　没关系，没关系，人没摔伤就是好事了。

莲　　（对百路通发火）我，……我要你赔！

百　　哎呀亲爱的，我可不是有意的呀！

莲　　越是无意，兆头就越坏！我……我跟着你算是一辈子倒霉了，
　　　我……（装哭）

陈　　（慌了手脚）这……没关系，没关系。俗话有说，人有失足，
　　　马有失蹄。

百　　是呀，是呀，陈叔说的极是。莲子，好在这样的名瓷，我爹带
　　　回好几套，我一定再拿一套送给陈叔。

陈　　不必了，不必了。

百　　我把这破瓷扔到垃圾箱去，省得莲子看了伤心。（提起网兜
　　　欲下）

莲　　慢！——我要留着，带回家去放在显眼处当面镜子，教你时常
　　　看到它，好接受教训！

陈　　（欣赏地）有意思，小李子这个莽撞鬼，就得有人管，就很需
　　　要有位"妻管严"！

莲　　（故作娇态）陈叔，瞧你说的，我……我妈还没答应哩！

陈　　恋爱自由，婚姻自主嘛！……（转对百路通）小李子，开门见
　　　山吧！有什么需要你陈叔帮忙的？

百　　（答非所问）我爹刚刚回来，就说血压升高……

陈　　所以，你爹就安排你带着女朋友来见陈叔是么？

百　　陈叔，我……我爹叫我带她来的意思是……是……

陈　　是来征求我的意见是么？——我刚才不是说过，我很喜欢她嘛！告诉你爹好了，老首长同意，我也赞成。

百　　不……我爹的意思是……陈叔若是满意的话，就……

陈　　就什么呀？

百　　陈叔，就给我俩一张房票吧！

陈　　什么？房——票?! 这个……你家不是住着个四房二厅吗？你是李百万的独苗苗，讨个媳妇那用得着再分房子？

百　　陈叔，我的意思是给莲子她妈……

陈　　我知道，你不说我也知道。——（转对赖莲）莲子姑娘，你的代价就是一张房票么？

莲　　这……

百　　这是她妈的意思。

陈　　这样吧，等你们结了婚，我给你妈登记个户口，争取快点儿排上队。

百　　有权不用，过时是要作废的，趁你还在台上……

陈　　（紧接）在台上就有在台上的难处。

莲　　你哄我、骗我，说什么陈副局长是你家老头子的老部下，是有恩于你家老头子的老好人，说什么他最关怀你，最惜你，还说只要你爹提了出来，陈副局长不会不做个顺水人情的，说得多好听呵，教我死着胆子卖脸皮。现在我算看透了你，姓李的，我告诉你，还是我妈说过的那句话：不给房票，我俩的关系就一刀两断！（一跺脚，冲下）

百　　莲子，莲子，你……你听我说——（追下）

陈　这……（欲追下又止步。百路通复上）

百　陈叔呀陈叔，你教我下来怎么向老头子交代好呵？

陈　有什么不好交待的，我看，这样的女子不值得爱，哪有把自己
　　当作商品来交换的……

百　可是，你陈叔知道我爹妈退居二线没权没势，我又是"文化大
　　革命"的牺牲品，窝囊废！我谈过九次恋爱，七次被人抛弃，
　　这次我可是费了九牛二虎之力才谈上了这个姑娘！假若这次恋
　　爱又吹了，我爹妈会受到多大的打击？

陈　这……（有些为难地，搓手，突然，他抓住百路通的衣领）果
　　真是你爹叫你来要房票的？

百　陈叔，我若是骗你的话，就是王八蛋！

陈　他电话里面为什么不讲清楚？

百　他说了，我是亲耳听他这样对你讲的，"家牛就得外人教"
　　呀，"就怕他连老婆也讨不上"呀。还说咱一家人不说两家
　　话，有什么要你帮忙的，没出息的小家伙会亲口对你说的。陈
　　叔呀，你就不看僧面看佛面吧！这是我最后一次求你的了。
　　陈叔……

陈　我也有我的难处呵。

百　这我知道。不过，只要你能圆满地解决我的婚姻大事，我爹卖
　　老脸皮也会给陈叔弥补的。陈叔不是至今还贴着一个"代"字
　　么，我家老头子他……

陈　（紧接）别说了，你先回去吧，小莲子她妈的事，容我考虑
　　考虑。

百　（高兴地）多谢陈叔关照！（提起破瓷网兜急下）

〔切光。

〔灯光复明——台前左侧，赖莲在等百路通，她自感无聊，嚼着香口糖。

〔百路通从右侧走来，他喜形于色。

百　莲子，你演得棒极了。

莲　你演得也不错嘛。

百　不赖，房票快到手了。

莲　（伸手）拿来，二一添作五。

百　哪能放个响屁就到口。

莲　你真的打算把房子给约翰忠他们办什么鬼"人才开发中心"？

百　傻子才相信约翰忠那套鬼把戏。（突然间）莲子，我俩就破镜重圆用吧，反正房子都有了。

莲　你不怕约翰忠把你开膛破肚？

百　事情会发展的嘛，说不定他将在班房里吃我们的喜糖哩！（顺势与赖莲拥抱接吻）

〔肖蓝自左侧而上，奸笑地凝视。

〔约翰忠上，高兴地打个响指。

〔肖蓝迎过来，故意让约翰忠发现，但又故作没有看见。

约　有什么情况？

肖　没……没有。

约　（发现赖莲与百路通的剪影，妒火顿烧）好一对狗杂种！（欲拔匕首）

肖　（急忙制止）大哥，慢——心上一把刀，忍字为重，否则坏了

　　大事。

约　　忍？

肖　　君子报仇，十年未晚，待大功告成之日，小弟一定为大哥报这
　　　一箭之仇。

约　　怎么报法？——给他们放血，还是卸他八大块扔到海里去
　　　喂鱼？

肖　　都不解恨，最解恨的是我帮你把漂亮的崔家小妞搞到手，教那
　　　姓赖的丑妞儿吃大碗醋。这就叫作以其人之道还治其人之身。

约　　那崔家千金不是欢迎你，讨厌我的么，怎么说你帮我把她搞
　　　到手……？

肖　　那就得再出妙计来个移花接木了。

约　　好，这回我听你的，不过，我得有言在先：你小子如有
　　　食言……

肖　　行了，江湖上谁不晓得你约翰忠是个心狠手辣的混世魔王？

约　　无毒不丈夫嘛，你知道就好。我约翰忠就是讲义气，只要你干
　　　得漂亮，我一定扶你坐第二把交椅！

肖　　（拱手行礼）谢大哥栽培。

约　　（看了看那对剪影，气得咬牙，一跺脚）哼！
　　　〔切光。

　　　〔灯光复明。崔家，突出一张双人沙发。
　　　〔崔丽独自一人，感情激动，伴着录音磁带又唱又跳，然而，
　　　不免心猿意马，不时地向外东张西望，盼着肖蓝的到来。
　　　〔肖蓝悄悄地开门进入客厅，装着镇定沉着，他把门锁闩紧。

丽　（半天才发现肖蓝，有些难为情地）肖导演，你是怎么进
　　来的?

肖　（制止）您继续跳嘛，我在一旁观察，不，欣赏。跳得不错，
　　继续下去。

丽　（拉肖蓝一把）你也来吧，要伦巴还是迪斯科?

肖　随你的便。（跟着起舞）……

　　〔两人边舞边谈，有顷，磁带终止。

肖　（故意地向内房努嘴示意）伯母在房里休息?

丽　我妈到邻居那儿串门去了。爸还没有回来。

肖　那好，正是我对你考核的机会。

丽　怎样考法?

肖　（故作严肃）崔丽同志，上次我只是对你目测而已，今晚，我
　　要对你的身体各部位做一次认认真真的检查。

丽　这……怎么检查法?

肖　当然是从艺术角度进行了，请把外衣脱掉。

丽　这……（难为情地）有……必要吗?

肖　大方点嘛，当演员的，思想不彻底解放是不行的，连衣服都不
　　敢脱，以后叫你和男同志扮演夫妻关系怎么办? 陈冲的戏你看
　　过没有? 那才逼真哩! 这是当演员的起码常识了。

丽　这……这不羞死人了? ……（决心地）好，你等等。（进房）

肖　（自语地）嘿嘿，不知是那位名人说过的话：世界上是没有攻
　　不破的堡垒! （打了个响指）

　　〔丽丽身穿紧身短衣短裤从内房出来。表情羞涩、尴尬。

肖　（欣赏地）哎呀呀，美极了，标准极了，……不过，不能因为

心理压力大了一些，表情不够自然，肌肉过分紧张，……大胆些，放自然一些……（动手摸捏）这儿不够突出，背不要驼着，——对，再挺，再挺，对，对，美极了，简直就是活着的维纳斯。行，可以肯定一句：体形合格，打个九十五分，优等。

丽　（放松地）咳，怪难为情的。（欲进房穿衣）

肖　别走，现在进行第二项考核——小品表演。

丽　什么？还要……小品……

肖　连小品都不懂？……咳，好在没有第二个考官在场，否则，你就前功尽弃了。现在我正式提醒你：所谓小品，是表演一段细节。看你能否体验剧情的真谛？表演自然不自然？灵活不灵活？感情充沛不充沛……

丽　叫我表演什么好？

肖　我已作了准备。（拿出笔记翻开，用笔点画着）你看，这是一对久别的恋人竟在异乡相见。相见刹那怎么样？接着又会怎么样？下来又要怎么样？要特别注意感情的爆发，异常的兴奋，男的可以歇斯底里，女的嘛……我相信你有一定的体会。总之，相见——拥抱——接吻，发展到草地打滚什么的，要循序渐进，特别要逼真自然，就像完全是真的一样。

丽　（更难为情地）这……我……

肖　别这这这，我我我了，这是关键的一着，成功失败在此一着了。拿出勇气来，冲上去就是胜利。

丽　……

肖　记住，我就是你的恋人，是你的上帝！预备——开始！

〔肖蓝兽性发作，扑向丽丽，丽丽本能地用双手护住胸脯，连连后退，丽丽一声惊叫。——

〔灯光骤暗，长时间的静寂。

〔灯亮，肖蓝已去，丽丽头发松散，身披浴巾呆若木鸡。她凝思片刻，拿起那张所谓"演员考核登记表"，慢吞吞地填写着。

〔切光。

〔电话铃声骤响。台中，灯渐亮，丽丽拿起话筒。

〔台右楼顶灯亮，拨号的是约翰忠。

丽　我是崔家大院，你找谁？

约　你是密斯崔吧？——我一听就知道是您——您猜我是谁？

丽　讨厌，有屁就放嘛！

约　我是谁你还没听出呀？——我是你的忠哥，青梅竹马的老相好了。连我的声音你都听不出呀？

丽　谁愿意睬你？！（把电话一甩）

约　我要告诉你个特大的喜讯——……喂！……——（发现对方已把电话卡断）臭小妞，你等着瞧好了。到时我教你认识认识我的厉害。（懊丧地把电话甩下。台右楼顶灯暗）

〔电话铃声又急响。台左楼顶灯亮，拨电话的是肖蓝。

肖　喂、喂。是崔家么！我找丽丽小姐……

丽　（拿起电话筒，误认为又是约翰忠，反感地）不害臊的混蛋。我说不听就不听。（卡断）

肖　我是肖副导演呵，你……（发现电话已给对方卡断，苦笑地）嘿嘿，这小妞儿脾气倒不小呵！（再摇电话，自语地）哼，捏在手里的苍蝇了，还能作怪？

〔台中电话铃一阵又一阵的作响。

丽　（仍以为是约翰忠来电）癞皮狗，你就摇断手臂我也不会接的。

〔电话铃一再鸣响，丽丽烦躁地用手指塞耳，不接。曼姨闻声
从内房出来。

曼　讨厌，都午睡时间了，你怎么总让电话铃吵吵嚷嚷？

丽　说不接就是不接，那条癞皮狗，那个流氓忠……

曼　响得那么急，说不定会有什么重要情况的。

丽　狗嘴哪能长象牙？我早就宣布他是不受欢迎的人了，而你，
偏偏……

曼　他即使就像你说的那样坏，也有做好事的时候，那个见习导演
肖蓝，不是他引荐来的么？没有他，你能认识这小白脸？

〔台右楼顶灯亮。电话铃又响，曼姨不得不拿起话筒对话。

曼　喂，我是崔家大院，你找哪位？

肖　呵，是伯母呀，你好！——我是小肖，我是专门打电话向您老
人家，向丽丽小姐报告特大喜讯的呵！

曼　（高兴地）好，你稍等一等，等一等，鬼丫头刚刚起床哩，我
叫她来！（按紧话筒对丽丽）瞧你，差点误了大事，那个姓肖
的导演来电话了，他说有什么特大喜讯要报告哩！

丽　（一把过夺话筒）你到底是谁？——我是丽丽。

肖　是密斯崔么？——我是您的爱人，昨晚睡得好么？昨晚一定做
了个挺好、挺好的梦！

丽　有话即说，有屁即放！

曼　（责怪地）瞧你，有这样说话的？你这张嘴呀……

丽　妈，别打岔好么？

肖　丽丽小姐，我祝贺你，你无与伦比的美好前途就要开始了，我祝愿你从今以后风头出尽，像璀璨的群星，像明媚的月亮，永远光熠熠，明亮亮……

丽　你怎么总是尽卖关子？——快告诉我，到底有什么值得高兴的消息！

肖　请你原谅我的激动，请理解我的心情！你的幸福也是我的幸福，你的前程也就是我的前程，我和你，你和我，已是同生死共命运……

丽　（急得跺脚）咳，你……你这晦气的家伙！

肖　好，言归正传，现在让我以最最庄严，又最最欢欣的心情，向你报告一个最最最好的特大喜讯：你已被我们的制片厂，我们的剧组批准吸收为一级见习演员了。

丽　（高兴）口说无凭，有正式通知没有？

肖　有，当然有，请告诉我，让我亲自带交给你，还是从邮局挂号寄给你？

丽　当然要挂号寄来。

肖　好，我马上叫下人立即发出。还有……

丽　（打断）拜拜！（放下话筒，高兴地）妈，你听见没有？姓肖的说，录取通知马上就会挂号寄出。

曼　妈都听见了，真是皇天不负苦心人，该好好感谢肖导演才对！

丽　我可付出不小的代价了。

曼　这也是真的，谁个考试不付出艰苦的劳动？妈给你炖高丽参，买蜂皇浆，还把你关在房子里酝酿情绪……

丽　　（有些啼笑皆非）妈，你……

〔电话铃响，台右搂顶灯亮，现出肖蓝打电话的剪影。

丽　　（接电话）谁？——还有什么事？

肖　　（故作冷漠地）我说你呀，是不是有点高兴过分了？

丽　　什么意思？

〔曼姨故意靠拢电话，以窃听对方对话内容。

肖　　我说你呀，就是鼠目寸光，胸无大志，你试想想，像你这样好的家庭条件和天赋素质，你怎能仅仅满足于一个小小的见习演员呢？

丽　　说老实话，能当上见习演员，我算是心满意足的了。

肖　　你应该胸怀大志，想着进电影学院的大事。

丽　　怎么进法？你不是说会尽力帮我，还说包在你身上哩！

肖　　我仅是一个外因嘛，你还得靠自身的力量去争取！三天前，我不是对你提到电影学院要扩展的事情么？你只要叫你爹搞到一纸批文，就什么事情也解决了。

丽　　这……

肖　　别又这又那了，犹豫是没有好处的！我记得约翰忠亲口对你妈说过，当批文解决之日就是你拿到录取通知书之时。

丽　　我不准你再提约翰忠！

肖　　（高兴地）好，我很欣赏你这句话，我很佩服你对约翰忠的警惕性，说老实话，对姓钟的，我也是才认清的。好，言归正传，此事伯母也是心中有数的，你把批文搞到就先带在身上，给我打个电话，我就带你去电影学院报到。记住，我已经住到宾馆去了。电话号码5354909。代我向你好母亲问好！

（欲挂断电话）

丽　慢，我告诉你，没拿到正式的录取通知之前，我是不会相信你们的！

肖　放心好了，通知是我亲口交代手下人直接办理的，保证没错！拜拜！

〔台左楼顶灯暗，肖蓝隐去。

丽　（放下话筒，转对曼姨）妈，刚才说的你都听清了么？

曼　小肖说的也有道理，一山就望一山高。不过……我怕你爹他……

丽　（撒娇地）妈，爹还不是听你的？

曼　唉，真叫我拿你没办法！

〔切光。

〔电话铃声急响，台中灯亮。

〔台左楼顶灯亮，约翰忠在摇电话。

〔台右楼顶灯亮，肖蓝在摇电话。

〔台中，两座电话同时鸣响，丽丽先接左边电话。

丽　你是谁？

约　是丽丽吗？我是你的忠哥。我真替你高兴呀。

丽　我不听！（把话筒丢在桌上。拿起另一部电话）

肖　亲爱的，请你告诉我，录取通知收到没有？

丽　收到了，收到了……

约　喂喂，你听我说么，……我给你带来的好消息——怎么搞的，这么小声？（仔细地窃听着）——

肖　　亲爱的，收到录取通知之后，伯父伯母可高兴？

丽　　那还用说呀。

约　　（按住自己的话筒）好家伙，肖蓝这小子捷足先登了！

　　　（静听）

肖　　那你打算怎么报答我呀？

丽　　我……恨死你了！

约　　（按住话筒）什么？她恨死他了！

肖　　打是爱，骂是惜么。

约　　（按住话筒）肖蓝这小子可有本事呵，上手就是快！

丽　　我照通知规定的日期报到就是了。

肖　　那你就不用感谢我啰？

丽　　你得到的还少嘛，我……简直就恨死你，恨入骨！

肖　　好大的脾气呵！其实，那件事嘛，也是彼此彼此。互利互惠
　　　的么！

约　　（按住话筒）他们说的那件事，到底是怎么一回事？莫非肖蓝
　　　这小子？……好，让我细细地听下去。

丽　　放你的狗屁！当心，我把你告了。

肖　　哎哟哟，我的崔丽小姐呵，你别跟我装腔作势了，你若告了
　　　我，你又能得到什么好处？难道你不怕声名狼藉，取消入选资
　　　格么？

约　　（按住话筒）妈的，肖蓝这小子果真先我一步，独占了花魁，
　　　等着瞧吧，到时候，我教他俩都不得好死。

丽　　还有什么事要我办的？

肖　　那就言归正传，我还是那句话，你不应鼠目寸光，只满足于见

习演员，那是发展不大的，你的目标应该是进电影学院，这才是前途无量的呀！所以，关于那张批文的事……

约　这钓饵放得正是时候，这才是最最重要的一环。我听得一清二楚才行。（继续窃听）

丽　你不是教约翰忠那个小流氓跟我妈谈的么？好在我们心中有数，要不，批文早到了他手中了。

肖　上次电话表扬你了，你对流氓忠保持应有的警惕，那是应该的，这样吧，你把批文拿到手，我带你去直接面交学院的头头，当面拍板成交，就万无一失了。

约　好家伙，都骂我是流氓！

丽　少啰唆，什么时候见面？

肖　越快越好，你一定要在今天下午之前把批文拿到手。

丽　好，晚上九时，老地方见面。

〔丽丽放下话筒，台中灯暗。

肖　说一不二，风雨不改！拜拜！（台右楼上灯暗）

约　（切齿）好狠毒的家伙呵，等着吧，我教你们死无葬身之地！（放下电话，气得发抖）

〔切光。

〔灯光渐亮，一片灰蒙蒙的，看不清景物，仅在一根光柱底下现出一对恋人的剪影。

〔约翰忠气势汹汹地领布鲁斯等几个戴面具的哥们上。他们拔出匕首，包围逼近那对恋人。

约　（亮了亮匕首）好呀，风流男女，今日里撞着老子，教你俩都不得好死!

男　（惊慌地站起,背向观众)哥儿们,有话好说,请手下留情。

约　好小子,记住:来年今日,便是你俩忘恩负义,背叛哥们的家伙的忌辰。

女　背叛?!——哈哈……(她一转身,人们才认清她是赖莲)谁敢说我赖莲是背叛的。拿证据来!

布　（愕然)呵,是赖莲你……

男　（一转身,人们看清是百路通)说我百路通是个忘恩负义的人,可以,可以,拿出事实来。

约　这……

莲　搞错了吧,我的头儿?请兄弟们听听,搞背叛的不是别人,正是我们的头儿,——人才开发中心的总经理,关系学院的大院长约翰忠!

百　忘恩负义的,也是约翰忠!

约　怎么,都冲着我来了?

莲　怎么不是?——当日分头进行的时候,你当着哥们面上说得一清二楚:有伙酬,要利益均沾,有甜头,要大家共尝。可你这个当头儿的,先自食其言,竟与肖蓝小子带着批文独占独尝!还想搂抱着崔家小姐去周游世界!

百　（紧接)就是散伙,就算是分道扬镳么,你这个当头儿的也应该明说一句话:正是行帮所说的善聚善散么!

莲　（紧接)布鲁斯兄弟,你也说句公道话,难道他约翰忠和肖蓝小子做得初一,我赖莲和百路通来个十五,又有什么好说的?

约　（打断)别说了,一切的一切,责任都在姓肖的小子身上,他不仅是耍了我，也耍了众哥们。崔家小姐给他搞上手了，还带着一件大价的批文在身，想发大笔财去出国享福！

众　有这等事?!

布　哥们，自己人好算账，赖莲小姐、百路通小子的事情，就搁在一边，有种的就跟我来，找那对狗男女算账去！

众　好！给那姓肖的放血！……还得开片喂大鱼！也给崔家小姐个搓包子……

〔众人跟着布鲁斯、约翰忠过场。

〔光柱变换，约翰忠等多次过场，走在后头的是赖莲和百路通。

〔光点渐亮，赖莲拉百路通停住。

莲　（悄声）大路朝天，各走一边，甩开约翰忠，自己闯世界！他打他的，我打我的！（示意、与百路通回头隐去）

〔切光。

〔灯光渐明。还是灰蒙蒙的。只有街灯亮处，才能辨别人们的面目。

〔一个黑影——肖蓝，他身背简单行囊，手提那件破瓷网兜，从远处慢慢走来。他正在等待他的猎物——崔丽小姐的到来，他看了看手表，然后把军大衣毛领翻得高高的，免得给人们认出来。

〔崔丽乔装打扮，匆匆而上。

肖　（发现丽丽，扔掉烟头，迎了上去）丽丽——

丽　叫你久等了。

肖　不，你才迟到几分钟，算你依时赴约。

丽　我真有点不是滋味，我妈她……

肖　她不肯让你走，拉后腿是么？

丽　我也说不清楚。

肖　娇女别母嘛。

丽　说实话，我心里总觉得不大踏实。

肖　闲话少说，那批文带来没有？

丽　带……带在身上。

肖　快给我看看，手续完备不完备？

丽　我妈办事，哪有含糊的。

肖　（一手抢过批文）我替你保管，安全第一呵！

丽　这……

　　〔约翰忠领布鲁斯等几个蒙面汉突然出现在他俩的眼前，丽丽
　　一吓，哇的一声，扑在肖蓝怀里发抖。

肖　（拥着丽丽，转对约翰忠）忠哥，各位哥们，自家人好商量。

约　忘恩负义的畜生！谁与你称兄道弟的？

　　〔就在这时，远处传来曼姨的喊声："丽丽……"约翰忠立即
　　示意布鲁斯等暂避，约翰忠也手提匕首收拢袖口，故意把脸背
　　了过去，形若无事。曼姨手拿丽丽的大披风急上。

曼　丽丽呀丽丽，你这个死丫头是怎么搞的，出远门也不把鸭绒披
　　肩带在身上。

丽　（挣脱肖蓝，扑到曼姨身上）妈，我……我怕。

曼　怕什么？……（生疑地瞧过肖蓝又看着约翰忠）

约　（转身面对曼姨）曼姨呀曼姨，你是来得早不如来得巧呵！

曼　忠仔，你这话是什么意思？

约　（故作朗诵地）"周郎妙计安天下呵，赔了夫人又折兵！"

曼　　（推开丽丽）丽丽，快告诉妈，这到底是怎么一回事？

丽　　妈，他……（指了指肖蓝，又指向约翰忠）他……他们都是一伙骗子。

约　　不，我不是骗子。（指肖蓝）骗子是——他！

肖　　对……对，这话你们算说对了。我的确是地地道道的一个骗子。可我们是怎么冒出来的呢？我们又有什么特别的本事呢?!——请问，这个问题你们想过没有？

约　　我们愿意洗耳恭听！

肖　　其实，我们也没有什么特别的本事，我们的本事也只有一条，就是会钻你们这一伙人搞关系学的空子！——你们不是以结亲联姻为基础，发展裙带关系网么？你们不是以老战友、同乡、同学为基础，发展故旧关系网么？你们不是以"文革"亲疏为基础，发展派性关系网么？虽然，我们没有你们那么幸运，可是，我们却结成了以谋取私利为基础的凑合关系网了……

约　　废话少说，快把那个批文拿出来！

布鲁斯等众　　快拿出来利益均沾！

肖　　对不起。我捷足先登了！——（故意一指远处）你们看，警察来了！（趁人们视线转移，兀地逃走）

约　　抓住他……

〔众人追逐，混战一场。最后，肖蓝与约翰忠扭成一团。肖蓝打掉约翰忠手中的匕首，卡约翰忠的脖子，欲置他于死地。

曼　　（惊呼）打死人了。出人命案了。快报案去，丽丽快分头报案去！

〔曼姨与丽丽呼喊着"救命呵！""出人命案啰！"分头急下。

〔切光。

〔灯光复明，由弱而强，传来约翰忠断断续续的呼救声。

〔随着强光的定格，人们看出此时的舞台还是开场时候的舞台，光柱直射在约翰忠的卧床上，此时约翰忠正用自己的双手拖着自己的脖子，在作垂死的挣扎。——原来他正在做着噩梦。

〔钟母从内室出来，听见约翰忠的尖叫声，急忙冲进内室。

母　忠儿，忠儿，这是怎么一回事？咳，白昼做梦！（推约翰忠）你醒醒，你快醒醒。

约　（给推醒了，只见他脸色铁青，满头大汗）这……这是在哪？我现在在哪？

母　忠儿呵，你……你这是怎么一回事？

约　妈，妈……我……我怕，我怕！（抱着母亲不放）

〔门外传来一阵警车声。

〔突然间传来几声门铃声。

约　（条件反射地，急用被子蒙头）我……我怕。

母　谁呀，请进——（开门）

〔进来三个执行任务的公安人员。

公　请问：约翰忠在家吗？

母　他……身体不大舒服。

约　（蒙头，发抖）……

公　同志们，执行任务！

〔随着他把被单掀开，两公安人员急忙给约翰忠戴上手铐。

公　约翰忠，你被逮捕了。

母　我儿子到底犯了什么罪？

公　问问你的宝贝儿子吧！

约　（支吾地）我……

公　别支支吾吾了，快把你骗取的批文和敲诈得来的赃款，连同一切用来作案的假证明、假印鉴等都交出来！

约　这……没了，都给我销毁了。

公　狡辩！……搜！

〔公安人员欲搜。

母　（反攻为守）慢，——你们说我儿子是罪犯，有什么证据？——你们说要逮捕我儿子，可曾办妥手续？——你们有什么权力随便搜老干部的家？

公　（拿出证书）请过目吧，——这是逮捕证，——这是搜查证。

母　是谁人签发？谁人批示的？

公　是我们局长——钟杰人同志。

约　什么？爸爸?!

母　天呀！

〔收光。

全剧终

张蛤蟆外传

剧本介绍

剧　　种： 山歌剧

创作时间： 1984 年

奖　　项： 1985 年获地方题材剧本二等奖

出版情况： 收入中国戏剧出版社出版的《广东案》专集

人　　物：

张蛤蟆： 农村游民，五短身材，其貌不扬

蛤蟆嫂： 张蛤蟆之妻，相貌标致，聪明机智

刘铁嘴： 弃官归隐的秀才，后为县衙师爷

胡　仁： 年近半百的糊涂县官

黄　洪： 岭南道台，官场老手

胖夫人： 出身宦门闺秀的贵夫人，黄洪之妻，体胖性愚

钟　规： 皇帝特遣钦差

太监、跟班、地保、衙役、宫女、内侍和百姓若干

〔幕前歌

　　　癸亥年来怪事多，

　　　龟蛇狗猫结一窝。

　　　尔诈我虞蝇争血，

　　　蛤蟆会唱神仙歌。

第一场

〔龙王庙前。

〔张蛤蟆围着油污发光的布裙，背着蛤蟆篓上。

张蛤蟆　（唱）三荒四月火烧天，

　　　　　龙王庙前闹声喧；

　　　　　手气不好发酒瘾，

　　　　　孤身来到神庙前。

（白）嘿嘿，待我上前看看能否捞杯水酒润润喉咙。

〔鞭炮齐鸣，锣鼓喧天，香烟弥漫，在祈雨布幡开道之下，人
　们抬着龙王爷泥塑及装扮成龙女、虾兵蟹将的队伍，歌舞过
　场，百姓在地保的带领下，跪地祈雨，喃喃而唱。

地　保　（领唱）浩浩大海水汪汪，

众　人　（和唱）水晶宫里住龙王，

地　保　（领唱）龙王翻身天落雨，

众　人　（和唱）赐福人间丰收粮。

地　保　龙王龙母有灵啊，嘉禾黎庶今日置办三牲醇酒孝敬众神诚心虔

意，苍天可鉴，祈求早降甘霖，消灾脱难，待来日五谷丰登，再备厚礼完福，以报大恩。

众　人　（喃喃而念）龙王爷保佑……

〔张蛤蟆站在一旁傻笑，看看天，再拍拍围裙，啪啪作响。

张蛤蟆　这般天象，岂有雨下？（望望众人，掐指点算）

（念）一二三，三二一，

一二三四五六七，

只只诚心又诚意，

磕烂额门跪烂膝，

老天无意来作美，

念干口水亦无益……

地　保　（打断）放肆！张蛤蟆，你好大胆子，不捐款不求雨算了，还敢口出狂言……

张蛤蟆　我没说什么，只说哀求老天无用……

地　保　住口，你这张臭嘴，贬低皇天，亵渎神灵，坏了彩头，触了霉头，可恶至极，该当何罪？

甲　众　我们一连三天打龙潭，祭龙王，眼见天要落雨……

乙　众　是呀，这两天电光闪闪，乌云打堆……

〔众人围住张蛤蟆，七嘴八舌议论，蛤蟆嫂上。

张蛤蟆　莫吵！有道是：东掩西闪，湖洋裂册，天旱多雨相嘛！

乙　众　那依你说来，何时才落雨？

张蛤蟆　嘿嘿，这个么……（再拍围裙）问我这件宝吧！

（唱）蛤蟆背上生溜苔，

预兆天门难得开；

> 天晴下雨凭裙看，
>
> 　何须跪拜死泥胎？

地　保　少说废话，你说什么时候下雨？

张蛤蟆　嘿，要想下雨，至少要等半月二十天。

甲　众　你是神仙么？

张蛤蟆　哈哈！我不是神仙，说话有准似神仙！

地　保　（忍无可忍）口出狂言，打歪这蛤蟆嘴！（欲打）

张蛤蟆　莫打，莫打！我讲的句句实言，不信你就……

蛤蟆嫂　（一把拉过丈夫）死鬼，你又贪杯惹祸了，快给我回去！

张蛤蟆　娘子……（不肯走开）

蛤蟆嫂　（逼视丈夫，张畏缩而退，转对地保作揖）地保哥呵！

> （唱）拙夫说话癫又癫，
>
> 　皆因贪杯说胡言；
>
> 　饶他口快无恶意，
>
> 　高抬贵手来周全。

（白）谁不想风调雨顺，百业兴旺，其实我家男人也是盼着下雨的。

乙　众　这倒也是实情！

地　保　哼，求神碰着扫帚星，真是倒霉！（对张蛤蟆）你滚开，当心我打扁你的蛤蟆嘴。

蛤蟆嫂　（拉张蛤蟆一把）死鬼，快走！莫再惹祸啦！

〔张蛤蟆站在一边，但仍不愿离开，嘴馋地望着供品。

地　保　乡亲们，心诚则灵，还是求雨要紧！

（领唱）浩浩大海水汪汪，

众　　（和唱）大海底下住龙王……

　　　　〔胡仁被衙役簇拥而上。

胡　仁　（唱）嘉禾本是鱼米乡，

　　　　　　　一年三造粮满仓。

　　　　　　　谁知偏遇旱情紧，

　　　　　　　烈日烧得我心慌。

　　　　　　　县令本是钱买就，

　　　　　　　岂能够两袖清风守空仓？

　　　　　　　亏本生意我不做，

　　　　　　　猪骨头也得炸出油满缸。

　　　　（转对衙役）来人呀。你等可曾传本人的口谕，要把百姓求雨
　　　　的捐款，上交半数，由县衙另派用场？

衙　役　禀知县大人，卑职早已传令地保照办无误！

胡　仁　本老爷把地保传来，看他有什么孝敬……

衙　役　遵令！（转对地保等求雨乡民）诸位听着：本县新任父母官胡
　　　　大人体贴民情，为民分忧，今日亲临贵乡，与汝等共祭龙王求
　　　　赐甘霖，地保你为何视而不见？

地　保　（从闭目祷告中惊醒，急忙匍匐前行叩头）小人一时疏忽，不
　　　　知大人驾到，有失远迎，请多多恕罪！

胡　仁　不知者不罪，恕你等无罪。

地　保　谢大人宽恕。（起身）大人爱民若子，恩如泰山。

衙　役　（走近地保身旁，伸手示意，悄声地）求雨之款，可有凑齐？

地　保　这……（旁白）大灾之年，民穷财尽，筹款之事，谈何容易。

衙　役　（威胁地）你支支吾吾干什么？

张蛤蟆　　我说老爷，你就是端座金山出来，这些天也求不出雨的，这神捐还是免了吧！

胡　仁　　住嘴，你是何许人也？

地　保　　（旁白）又是张蛤蟆。好！我就拿他做替死鬼！

　　　　　（转对胡仁）禀告县太爷：治下子民百姓本是诚心虔意的，可恨这刁民张蛤蟆，不但抗缴捐款，而且还亵渎神灵，阻抗求雨。

胡　仁　　呵，有这等事？（旁白）好呵！我得借此抖抖威风，来个斩狗教猴。（审视张蛤蟆转了一圈）嘿嘿，好个张蛤蟆！

　　　　　（念）五短身材三尺八，

　　　　　　　　　眼突额皱嘴巴阔，

　　　　　　　　　胸前挂条围身帕，

　　　　　　　　　最少三年无洗擦。

　　　　　（紧盯张蛤蟆）刁民，你可知罪？

张蛤蟆　　小人无罪！

胡　仁　　大胆，抗缴神捐，阻挠求雨，亵渎神灵，顶撞本官，此乃弥天大罪也！还敢狡辩么？——来人，将他缚回县衙，重重罚款治罪！

衙　役　　遵令！（动手）

蛤蟆嫂　　（急求）哎呀，老爷呵，大人不记小人过，请大人高抬贵手，饶拙夫一回吧！

张蛤蟆　　娘子，莫求他，为夫没犯王法，他们治不了我！

胡　仁　　什么？你说老子治不了你？……嘿嘿！

　　　　　（念）一朝权在手，

将把令来行。

除非钱赎罪，

无钱坐冷监。

带走！（转对群众）你等通通听着，限你们三天之内，要把款子筹足，否则，张蛤蟆的下场就是你们的下场。

〔张蛤蟆抗争，蛤蟆嫂求情，众人纷乱，衙役扭张蛤蟆下场。

〔刘铁嘴手持相命招牌上。

蛤蟆嫂　（哭对刘铁嘴）铁嘴哥呵，快快救救我家男人吧！

刘铁嘴　罪过呵罪过，哎！我来迟了，来迟了。

〔幕急落。

第二场

〔县衙公堂。

〔幕启：胡仁独坐公堂，面对香烛喝闷酒。

胡　仁　（唱）胡某借钱买官当，

照算本大利头长，

偏遇天旱油水少，

人房倒米倒着糠；

官运不通行衰运，

借酒消愁愁更长；

搜肠刮肚无主意，

唯有求神拜佛烧天香。

（白）想我胡仁，借债买来七品县令，本想有官就有财，没想到人会划算天会断，竟是三月不雨人心乱，好端端的鱼米之乡，变得满目疮痍，怎不教我心乱如麻！……唉！只好向赵公元帅多烧两炷天香了。（发现香烛将灭，又没有再添的，无名火起）衙役！衙役在哪？都死光了么？

〔一衙役急上。

衙　役　老爷有何吩咐？

胡　仁　你想断我香火，堵我财路是么？

衙　役　不敢！不敢！小人马上添油加香。

胡　仁　我料你们不敢，要是老子做官亏本，又谁给你们官赏？你们没有官赏又何以养家糊口？

〔传来击鼓声。

胡　仁　日头才上三竿，谁人胆敢清晨击鼓？

衙　役　时间也不算早了。老爷，嘉禾天旱以来，求老爷告状的人越来越多了。

胡　仁　好呀，叫他们先交五十吊钱诉讼费！

衙　役　可他们都说灾年歉收，手头无钱。

胡　仁　无钱告什么状？快去，把没钱告状的人给我轰了出去！

衙　役　遵命！

胡　仁　（唱）自古衙门八字开，

　　　　　　有理无钱莫进来，

　　　　　　借审案子敲竹杠，

　　　　　　财源滚滚笑颜开。

（白）我如今是：泥蛇入网等鱼来，大大小小吞进肚！

　　　　　〔刘铁嘴摇晃着相命招牌上。

刘铁嘴　（念）四海为家似飘萍，

　　　　　　　大智若愚脱宦门，

　　　　　　　浪迹江湖藏傲骨，

　　　　　　　仁义二字刻在心。

　　　　不才刘铁嘴，原在京郊为官，只因直言疏谏，为同僚倾轧，被
　　　　政敌并肩构陷，乃弃官匿迹于嘉禾乡野，靠卖弄几句甲子乙丑
　　　　混碗饭吃。近日，满屋漏雨，身染恶疾。幸得张蛤蟆夫妇心地
　　　　善良，收留不才在破庙调养好些日子，常吃些水族荤腥，补养
　　　　身子。不料，半月前恩人因心直口快，说了实话，为糊涂知
　　　　县抓去下了大牢。俗话说"有恩不报非君子，见死不救枉做
　　　　人"。恩人受难，我岂能袖手旁观？唯有闯衙见官，见机行事
　　　　了。但愿能马到成功。（欲进内堂）

胡　仁　（发现刘）喂！你是来告状的么？要先交诉讼费！

刘铁嘴　老爷差矣！不才是专程来搭救大官人的呵！

胡　仁　胡说八道，老爷我吉星高照，何须你这个布衣草芥来搭救？来
　　　　者何许人也？胆敢出此狂言！

刘铁嘴　（晃了晃招牌）喏！不才刘铁嘴是个善观凡人气色，能卜凶吉
　　　　祸福的再世鬼谷。不瞒老爷说，你今日是忌辰当头将有杀身
　　　　之祸。

胡　仁　你别乱唬人，当心本官严惩不贷！

刘铁嘴　不信？我可先赠两句口诀，若有戏言，我就分文不收，还愿受
　　　　老爷的严惩不贷！

胡　仁　那就给老爷我细观气色，精算五行吧！

刘铁嘴　好！（故意地）不过我怕心直口快，怕有唐突。

胡　仁　不，本官清廉和顺，不怕逆耳忠言。请！

〔胡刘两人各有所思，进入内堂。

刘铁嘴　（旁唱）金钩香饵钓乌龟，

三寸唇舌任施为。

教他弓杯蛇影随我转，

救我蛤蟆义兄出樊篱。

胡　仁　（旁唱）此君才貌不寻常，

经纶满腹口成章，

倘若天意从人愿，

请他来把师爷当。

（两人分别让座）

胡　仁　敢请大师抬首，细观本官气色如何？

刘铁嘴　看相先看手，男的左来女的右。（抓过胡仁左手细看）男人断掌有官享，女人断掌失爷娘，好相，是个当官的料子。请问老爷贵庚？

胡　仁　（喜形于色）四十有九，肖小龙。

刘铁嘴　小龙者，蛇也。让我细细算来。（掐指算）四四得四，三三叮当九……甲子乙丑丙寅……（故作惊骇）唉呀！老爷你为什么偏偏四十九？正遇着跳年，死运当头。

胡　仁　你这是什么话？莫非故意吓唬本官？

刘铁嘴　不才看相卜卦，从来都是石砌檐头——硬断，不奉承，不遮丑，与人为善，指点迷津。

胡　仁　（虔诚作揖）下官洗耳恭听，遵循天意！

刘铁嘴　（眼睛直视胡仁，不时指点要害）喏，看你，火眼上面两根
　　　　木——相冲，嘴角流涎鼻尖光，又是相冲，加上老爷天庭昏
　　　　暗，这就倒走逆运，恐怕眼前就有大祸。

胡　仁　（惊出一身冷汗）这……如何是好？

刘铁嘴　闲话少说，别打断不才灵气。（盯住胡仁扳指边算边唱）
　　　　你是——

　　　　　　　一石田租用船装，

　　　　　　　两千吊钱送官场，

　　　　　　　三人说合去借债，

　　　　　　　四方比价来商量，

　　　　　　　五等贡生命注定，

　　　　　　　六级候补你难当，

　　　　　　　七品县令新上任，

　　　　　　　八面威风欠思量，

　　　　　　　久行衰运惹大祸，

　　　　　　　十分不该太健忘。

胡　仁　健忘？我忘了什么？

刘铁嘴　你想想，半月以来，你做了什么错事？

胡仁　这……（想起）哎呀！本官是为搭救灾民，才收监那个冒犯龙王
　　　的张蛤蟆。

刘铁嘴　老爷呵！看来，你错就错在收监那个能知天识地的、能呼风唤
　　　　雨的蛤蟆仙，这是犯天条的大事，所以，在你治下旱到今天还
　　　　不下雨。

胡　仁　可……可我是随随便便……

刘铁嘴　要害就在你随随便便收监大仙，又昏昏然地把他忘了，所以上天降罪于你，而且波及黎民百姓。

胡　仁　（叹口气）唉！

刘铁嘴　既然胡大人有后悔之心，不才就再三细观气色，也许能找到消灾息难的办法。（捧着胡仁的脸左看右看，又掐指算数，口中念念有词）甲乙丙丁戊己庚辛……敢问老爷是否（虚晃地比画一下）这个时辰降生？

胡　仁　（惊喜）对，本官正是申时降生。

刘铁嘴　好就好在这个申时，申乃甲字出头，你看，贵庚四十有九，"四九四九，运交运走"，今年你是交运脱运，相法有云：交运脱运年，祸福紧相连。祸兮福所倚，福兮祸所伏，但愿很快就祸去福来。（又掐指数）实不瞒老爷说，跳就跳在今日。

胡　仁　（惊慌失措）跳不过可怎么办？

刘铁嘴　若跳不过，就身首离异，水打沙拥。

胡　仁　（惊）哎呀，大师呀大师，快指点迷津救下官一命。

刘铁嘴　俗语说：解铃还须系铃人……

胡　仁　这……（醒悟）好！我马上吩咐手下，把张蛤蟆放了。
　　〔前堂鼓响，蛤蟆嫂喊冤："青天老爷！冤枉呵……"衙役内喊："报禀县太爷，有一民妇击鼓喊冤，死不肯走。"

刘铁嘴　（旁白）蛤蟆嫂来得及时呵。

胡　仁　哎，又坏了我的彩头。衙役听令：今天日脚不好，暂不办案，把那告状的婆娘轰了出去！

刘铁嘴　不准妄动！（转对胡）老爷，快请那民妇进来！

胡　仁　是何道理？

刘铁嘴　老爷，据不才推断，那喊冤告状者，十有八九是神仙张蛤蟆的宝眷，你要以德报怨，才能避过大难，大难过了才能升官发财！

胡　仁　真的？——好！（对内大声）衙役听令：快把那个张蛤蟆连同那个击鼓鸣冤的蛤蟆宝眷一并请来！

刘铁嘴　这就对了。（故意地）时间不早了，不才也该告辞了。

胡　仁　（急）哎……相公呀相公，你这一走，本官可寸步难行了。是不是……你就留在衙内当我的师爷？

刘铁嘴　当师爷？这……恐怕有些为难不才了。

胡　仁　我们可以讲个数目，劳驾把耳朵附来……

刘铁嘴　老爷，你有话就明讲好了，这里只有你我两人嘛！

胡　仁　好！干脆得好！

　　　　（唱）师爷把笔坐案台，

　　　　　　　谋财高见要出来，

　　　　　　　只要民脂榨得出，

　　　　　　　除七还三对半开。

刘铁嘴　这个……分给我才一厘半？

胡　仁　嫌少是么？……（决心地）好，那就除四剩六各一半，这是最大限度了。

刘铁嘴　这样说来晚生是无功受禄了。

胡　仁　哪里话来，实乃相见恨晚呵！

刘铁嘴　难得胡大人这样错爱，不才唯有一试罢了。

胡　仁　好，君子一言既出，驷马难追。就这样定了。

　　　　〔衙役领蛤蟆嫂、张蛤蟆上。

胡　仁　（对衙役）快，酒肉伺候，（转对张蛤蟆夫妇作揖）仙哥仙嫂
　　　　在上，小官嘉禾县令，弟子胡仁这厢有礼了。

刘铁嘴　（旁白）嘿嘿，他谦虚得出奇，我倒要装得一本正经，方能滴
　　　　水不漏！（对张蛤蟆夫妇使眼色）

〔众衙役捧酒菜上场。

胡　仁　（对刘铁嘴）我的师爷呵，你看是先喝酒还是先办案？

刘铁嘴　边喝酒，边办案。（斟酒给张蛤蟆等）蛤蟆哥，这杯酒是县官
　　　　老爷胡大人赐给的，敬你三杯，权当赔偿抓你关你的名誉了。

蛤蟆嫂　（把酒洒地，转对胡仁）县官老爷，民妇是来喊冤的呵！

胡　仁　知道，你就是大仙的宝眷，吃过烧酒就无冤枉了。
　　　　（对刘）师爷，你说是么？

刘铁嘴　不对，官司还是要打的，公事公办嘛。张蛤蟆听着：卑职代县
　　　　官老爷行令，命你快快为百姓赐雨来。

张蛤蟆　求我？嘿嘿，求我不如求天！

胡　仁　不，……天高路远，求天不如求仙！

蛤蟆嫂　尊老爷，我家粗汉非神非仙，乃是凡夫俗子。

刘铁嘴　那好，本师爷问问你们，你们夫妇两人隶属何县？为何人
　　　　所管？

蛤蟆嫂　我夫妻俩乃嘉禾人氏，当然属父母官胡知县胡大老爷所管了。

刘铁嘴　那好。本师爷就代行县令：着张蛤蟆三天之内要天下大雨。如
　　　　有怠慢么……（给蛤蟆嫂示意假戏真做）
　　　　（唱）剥皮斩爪又砍头，
　　　　　　　大火热锅山茶油。

胡　仁　（接唱）蛤蟆拿来炒姜醋，

　　　　　　连皮带骨炸到酥。

张蛤蟆　这……

刘铁嘴　退堂。

胡　仁　对，对，先退堂，只要我一走，他们就无价钱好讲了。（扬
　　　　长下）

蛤蟆嫂　（焦急地）这可怎么办？

刘铁嘴　（给蛤蟆嫂一个眼色，悄声地）半个月前，蛤蟆哥不是讲过最
　　　　迟二十天准有雨下么？（跟着胡仁下）

蛤蟆嫂　（对张）死鬼，我问你，上次你说的，到底有准没准？

张蛤蟆　有准！有准！（掐指）一二三四五……（看了看围裙，拍拍
　　　　无声）

　　　　（唱）咸霜转潮裙转润，

　　　　　　　天气闷热汗满颜，

　　　　　　　不出三天准落雨，

　　　　　　　衰运过去好运来。

蛤蟆嫂　死鬼呀，这回你真要变仙了。

张蛤蟆　（忘乎所以）变仙？嘿嘿，最好就变酒仙。（天边电闪一划，
　　　　张蛤蟆拍手）好呵，南闪三日，北闪对时，准有雨下。

蛤蟆嫂　别高兴太早了，你贪杯惹祸，全亏铁嘴大哥暗中相救，下来可
　　　　要记住，为妻教你一句话：贪杯惹事，酒多胡言，切戒切戒！

张蛤蟆　娘子说来实在，为夫记心罢了。

蛤蟆嫂　要不记心，当心我揪脱你的耳朵，还不快跟我回去。

张蛤蟆　我走。（跟蛤蟆嫂下）

　　　　〔幕急落。

第三场

〔三天后。

〔幕启：闪电一划，雷声大作，风雨交加。

（伴唱）苦旱滴水贵如金，

　　　　老天开眼降甘霖，

　　　　黎民百姓心欢喜，

　　　　百种返青万福临。

〔青年农民赤膊上场，浑身湿透，又歌又舞，一老年农民在一旁用颤抖的手接雨痛饮。

〔灯从暗到渐明。

〔二道幕开，景与前场相似，但有一番布置。

〔衙役们在准备酒席，穿梭而过，胡仁不亦乐乎。

胡　仁　（唱）蛤蟆叩得天门开，

　　　　　　衰运过了好运来，

　　　　　　师爷助我理县政，

　　　　　　胡某安闲等发财。

〔刘铁嘴上。

刘铁嘴　（旁白）这狗官，贪天功为己有，让我黄蜂撩面刺他一刺。老爷呀，你听我说！

　　　　（唱）良驹原是张蛤蟆，

　　　　　　伯乐便是县太爷，

　　　　　　好比乌龟伴王八，

　　　　　　老鼠勾结草花蛇。

胡　仁　（翻脸）好大胆子，你敢把本老爷比作乌龟，把神仙比作草花
　　　　　蛇，不是说我们是蛇鼠一窝么？你安的什么心？

刘铁嘴　好心嘛，张蛤蟆属鼠，你属蛇。要不，你怎能发现天才？

胡　仁　这……对了，我胡某今日成了再世伯乐了。

刘铁嘴　要不你就不会着急上报道台老爷邀功请赏了。

胡　仁　（高兴地）嘻嘻，那是当然！那是当然！张蛤蟆我不也给他一
　　　　　份像样的犒赏么？

衙　役　（急上）禀报大老爷，蛤蟆张，张蛤蟆大仙驾到！

胡　仁　快……快请，不……小官要亲自迎仙。（急下）

刘铁嘴　（对观众自语）蛤蟆哥这回算是转危为安了。

　　　　　〔在胡仁的引领下，张蛤蟆手舞足蹈上。

张蛤蟆　（唱）雷公叫，我好笑，

　　　　　　　　天落水，我有嗍，

　　　　　　　　接到县官红帖请，

　　　　　　　　蛤蟆欢喜扑扑跳。

　　　　　（打一个喷嚏）

胡　仁　怎么，神仙也会打喷嚏？

张蛤蟆　酒……我闻到了酒香味了。

刘铁嘴　是呀，神仙也离不开酒。

胡　仁　（对衙役）快，快开酒宴。

　　　　　〔众衙设上菜斟酒，喧闹异常。

　　　　　（幕间伴唱）公堂鼓乐闹哄哄，

　　　　　　　　　　　玉液琼浆一盅盅，

　　　　　　　　　　　军师巧设神仙计，

戏耍县令糊涂虫。

张蛤蟆　（酩酊大醉）好酒呀，酒也喝醉了，菜也吃够了，时间不早
　　　　了，我要回家了。（打酒嗝，欲下）

胡　仁　慢！（转对衙役）来人，快给张神仙夫妇赏赐鲜艳长袍一身。

张蛤蟆　好呀，谢县太爷赏封，我家娘子正吵着我给她做衣裳哩！

　　　　〔衙役手捧新衣上，胡仁将新衣转给张蛤蟆。

张蛤蟆　嘻嘻，（接过新衣）多谢县官老爷，下来有什么大事尽管找我
　　　　张蛤蟆好了。老爷哎，我回去了。（欲下）

胡　仁　（急拦）这……怎么说走就走？

刘铁嘴　（解脱地）神仙不可强留。

胡　仁　好吧，送客。

　　　　〔幕后传来几棒锣声，——官吏军民人等齐闪开！

衙　役　（急上）报……启禀大爷，道台老爷黄洪大人驾到！

刘铁嘴　（扯胡仁衫尾）老爷，快进内堂整饰衣冠。（示意张快走）

张蛤蟆　对，不管他是猪官狗官，老子醉了就要端。

　　　　〔胡仁、刘铁嘴进内堂，张蛤蟆拐入侧幕。

　　　　〔黄洪夫妇带着一只心爱的鹦鹉，由跟班使女前呼后拥跳"加
　　　　官"上场。

黄　洪　（唱）本台出巡过县州，

　　　　　　　　荣华富贵又风流，

胖夫人　（接唱）为防他把野花采，

　　　　　　　　老娘压阵在后头。

　　　　〔黄洪等与侧幕出来的张蛤蟆相遇，险些撞个满怀。

跟　班　妈的，没带眼么？

张蛤蟆　眼？有，有，你看。（站定昂头）

黄　洪　（唱）皱额细眼阔嘴巴，

　　　　　　　五短身材似蛤蟆。

张蛤蟆　（接唱）蛤蟆就是我大号，

　　　　　　　　县官称我是仙家。

　　　　〔站定看着黄洪等傻笑。

黄　洪　（对夫人）真丑呀！

胖夫人　什么？你又敢嫌我丑？

黄　洪　不……（指张蛤蟆）我说的是他丑。

胖夫人　不说我丑就好，你要是敢嫌我丑呀。咳……

黄　洪　岂敢，岂敢，谁不知道我的夫人是个主夫升官的大美人。

　　　　〔鹦鹉学舌："大美人，大美人。"

胖夫人　（高兴地摸摸鹦鹉）好呵！宝贝，你真是我的命根子。（转对黄洪）你知道这点就好，没有我爹的指荐，你能当四品道台么？

黄　洪　是……（旁白）这个母夜叉，我真拿她没办法。

跟　班　禀报老爷，太夫人，嘉禾县衙到了。

黄　洪　（对夫人作揖）我的美夫人，我们进衙去吧！（黄洪等人过场）

张蛤蟆　哼，好一个美夫人！

　　　　（唱）白白净净有肉头，

　　　　　　　腰粗腿短像条猪。

　　　　　　　待到来日上屠桌，

　　　　　　　板油宗朥好煎油。

（白）我要走啰！（脚步飘浮地过场）

〔胡仁领着众衙役急上。

胡　仁　（拜揖）道台老爷，太夫人，下官有礼！

胖夫人　算你知趣，我家老爷特来为你求雨有功，给你犒赏升官哩。

胡　仁　（高兴）谢大人栽培！（拜谢）

刘铁嘴　（对观众旁白）造神者得利了。

黄　洪　罢！罢！进衙去吧！

胡　仁　对，对，先进衙小酌。请！（引道进内）

黄　洪　（见状惊异）唔，酒有奇香?!

〔鹦鹉学舌："酒有奇香，酒有奇香！"鹦鹉由于受酒肉刺激食欲，乱蹦乱跳。

胖夫人　哎呀，乖乖，你别乱蹦乱跳，待会叫姓胡的给你肉吃。

黄　洪　（旁唱）公堂设宴好排场，

　　　　　　　　残席剩菜酒沉缸，

　　　　　　　　他沾沾自喜耍骄气，

　　　　　　　　我板起脸孔把他将。

（白）嘿嘿，好呀胡仁，县衙公堂竟拿来大摆酒宴，成何体统？

胡　仁　这……启禀大人，这是晚生得知道台大人、太夫人驾到，特备薄酌为大人、太夫人接风洗尘的。

胖夫人　好，算你们知趣，晓得尊重老娘。

黄　洪　侍女们，快领夫人进衙内漱口沐浴。

侍　女　遵老爷令！（对黄夫人）太夫人，请。

胖夫人　（将鹦鹉交与跟班，吻别）宝贝，再见了。

〔鹦鹉学舌："再见了，再见了。"

〔跟班转将鹦鹉吊在显眼横梁上。

黄　洪　（见夫人已下，板起脸孔对胡仁）胡仁呀胡仁！休得撒谎，你会偷吃不会洗嘴，你怎么知我等要来嘉禾视事了？

跟　班　显然是藐视道台老爷之举，要么怎么摆的尽是残酒剩菜？

黄　洪　（冷笑地）嘿嘿，胡仁呀胡仁，你这个买官鬻爵的"油里滑"竟敢来欺骗我"滑里油"。

刘铁嘴　（旁白）嘿嘿，"油里滑""滑里油"，说不定背后还有一个"油里钻过唔粘油"！

黄　洪　（发火）告诉你们，休得在老猫眼前偷吃鱼，你们荒工废业公堂欢宴，又敢讹诈上司，你们知罪么？

胡　仁　卑职知罪，请大人恕我等初犯。

刘铁嘴　禀报知府大人，公堂摆宴是事出因公。

黄　洪　什么？公堂摆宴也事出因公？

刘铁嘴　道台老爷请听：

（唱）嘉禾久旱得甘霖，

　　　神仙赐雨立奇功，

　　　论功行赏本分事，

　　　知县爱民父母心。

胡　仁　是有这等事，所以卑职在上书请功的同时，也给蛤蟆大仙夫妻道袍一套，外加十碗醇酒。（指残席）这是他刚吃过的残酒剩菜。

黄　洪　好呀胡仁！好大的狗胆！竟敢戏弄到我头上来了。

（拍案）我决不饶你！

〔鹦鹉受吓，哇哇直叫。

跟　班　还不快快撤席！

胡　仁　是，是，快快撤去残席！

〔衙役撤席。鹦鹉又叫又撞，竟然挣脱拘羁飞出。

跟　班　坏，坏……鹦鹉宝贝飞了，飞了。

黄　洪　快……快把它请回来。

胡　仁　快，快把那瘟鸟抓住。

〔人们追逐，公堂乱作一团。

跟　班　大事不好了，我得快去告知太夫人。（急进内堂）

衙役乙　追不着了，瘟鸟不见了，不见了！（人们随着上场）

胖夫人　（急上，人未到时声先到）这还了得，这还了得，哎呀……
　　　　（哭）

　　　　（唱）我的鹦鹉我的鸟，

　　　　　　　我的宝贝我娇娇；

　　　　　　　皇上生前赐生父，

　　　　　　　生父死时留此鸟；

　　　　　　　此鸟主财主官运，

　　　　　　　此鸟飞去我命难逃；

　　　　　　　若是此鸟找不到，

　　　　　　　株连九族斩千刀。

黄　洪　夫人息怒，莫过度悲伤！

胖夫人　我……我能不悲伤吗？呜……（坐在地上哭闹起来）

　　　　〔众衙役窃窃私语。

跟　班　什么你……你们这班猪猡。好大胆子，连皇上的钦赐宝鸟都敢

　　　　　说是瘟鸟，这不是反了么？（对黄洪）老爷，这是个大案，可
　　　　　升堂公诉！

黄　洪　（一反常态，拿出朝笏一举）好！开堂审案！

跟　班　（唱和）升堂！（胡仁等人全都下跪）

黄　洪　呔！泼皮，贰臣，逆子，你等听着，那绿花鹦鹉乃是已故老皇
　　　　　赐予我家前朝大臣的宝鸟，实属国之珍宝。如今宝鸟在嘉禾县
　　　　　内飞失，足见此地劫星猖獗，现本台限你等三天之内将宝鸟追
　　　　　回，不得有误，否则严惩不贷！

胡　仁　（对刘铁嘴）我的军师，我的智囊，你快拿出办法来为我消灾
　　　　　解难呵！

刘铁嘴　（旁白）坏事，这老狗受难，我又遭牵连了。

　　　　　（唱）怪事难题做一堆，

　　　　　　　　牛事未了马事来，

　　　　　　　　眼前唯有权宜计，

　　　　　　　　缓兵三日走麦城。

黄　洪　姓胡的，本按刚才说的你可听着？

胡　仁　听着，听着……（拉刘衣角）师爷呵，可有良策可施？

刘铁嘴　（对胡悄声）那得看看天意了。

胡　仁　天意？这……对，求天不如求仙，快去求张神仙。

黄　洪　什么？你想求那五短身材的丑蛤蟆？

胡　仁　启禀道台老爷，他可是个知天知地的活神仙呵！

黄　洪　既然如此，就先立军令状，期限三天之内一定要归还宝鸟，到
　　　　　时再给你们升官受赏，否则……

胡　仁　是，谢大人恩典！（抖索着站起吆喝众衙役）众衙役，快分头

　　去把张大仙追请回来。

刘铁嘴　不必请了，给他一罐好酒，一只烧鸡，令他三天之内办妥
　　　　大事。

众衙役　遵令！（急下）

　　　　〔内厅传来胖夫人的哭喊声："哎呀！我的鹦鹉，我的宝鸟！"

刘铁嘴　请大人放心，可进内堂安抚太夫人静候佳音。

黄　洪　哼，讨了这宝贝老婆，真是晦气之极。（甩袖与跟班进内）

刘铁嘴　大人呀，你可不能只顾一头呀！（示意该请黄洪夫妇吃喝事）

胡　仁　对！赶快摆酒，为道台老爷、太夫人洗尘接风，俗话说：鸡髀
　　　　打人牙骹软。（下）

刘铁嘴　（对观众使个眼色）我还留在这儿干什么？

　　　　（念）拔腿离开是非地——

　　　　（急下）脚底抹油快快溜！

　　　　〔幕急落。

第四场

　　　　〔跟前场一天，早晨。

　　　　〔离县衙十里之外的岭坡地。

　　　　〔幕启：蛤蟆嫂上。

蛤蟆嫂　（唱）夫君入衙未回还，

　　　　　　茶不思来饭难咽，

　　　　　　夫君他，外拙内秀人忠厚，

> 观天象，多年经验能算天，
>
> 只是他，贪杯好酒常惹事，
>
> 真叫我，又怜又忧把心牵。
>
> 今日里，县官下帖将他请，
>
> 是祸是福难知全，
>
> 为妻我，口吞麻索心慌乱，
>
> 匆匆上路急腾腾。（下）

〔张蛤蟆身背新衣包袱，手捧酒坛，手拿鸡腿疯疯癫癫而上。

张蛤蟆　（唱）走走走，酒酒酒，

> 一心入衙领赏酒，
>
> 谁知领来一身祸，
>
> 脚底抹油快快走。

（白）走走走，酒酒酒，好酒呀好酒。（把鸡腿往酒坛浸了又吃）

张蛤蟆　（看见大树误认作妻子，抱住树干亲嘴）娘子呀娘子，为夫记住你的话，酒菜多吃，闲话少说。嘿嘿不信你去问问，我把酒囊盛满，饭袋装饱。话虽没多讲，可还是给惹祸，要我寻什么宝……鸟，你说急人不急人？（大打饱嗝，挺着肚子）娘子，你摸一摸嘛。呵，你说我酒气熏人，好酒当然熏人啰！哈哈，对对，县大爷还给我俩一套新衣裳哩，娘子呵，给……给你！（上前抱住大树猛亲一嘴，碰个响头）哎哟！你怎么咬了为夫一口？（松开）嘿嘿，骂是爱来，打是亲。没关系！没关系！你再打吧！为夫当你捶背，（抱住树干）你，你打，你咬！（摇树，惊飞停在树上的鹦鹉，被他发现）我的奶奶呀，是鹦鹉。好呀，正愁抓不到你要被杀头哩！（指鸟）别走，你别走！（绕场一周，没抓着鹦鹉，倒撞到树上）哎呀！（一个饱嗝，鸡腿与酒坛摔地）嘿，倒霉，好酒好肉都没有了……我要睡觉了。

〔倒地枕着包袱睡着了，鹦鹉哇哇地叫，鹦鹉飞下近前啄吃张蛤蟆的剩物，亦醉倒。

（幕间伴唱）真是怪来真是奇，

　　　　　　蛤蟆贪酒惹是非，

　　　　　　鹦鹉贪吃也醉倒，

　　　　　　神差鬼使凑着哩。

〔蛤蟆嫂上。

蛤蟆嫂　（唱）一路走来一路望，

　　　　　　东盼西望等夫郎，

　　　　　　为何夫君影不见？

　　　　　　莫非狗官使暗枪。

张蛤蟆　（昏话连篇）好酒，好酒！鹦鹉！鹦鹉！……

蛤蟆嫂　（发现张睡在草地上）哎呀呀，这死鬼，醉在这里，你这贪酒好吃的冤家。（扶起张）

张蛤蟆　鹦鹉，鹦鹉你别走，别走……

蛤蟆嫂　什么鹦鹉？我是你的老婆！（一推，张欲倒，妻急扶住）这个人呀，真教我拿他没办法。

张蛤蟆　（醉眼直视妻子）酒……

蛤蟆嫂　（扶张依树坐下）坏事，哎呵，他一定是中邪了。待我为他招魂驱鬼。（双手合十）

（唱）天皇皇，地皇皇，

　　　我家有个失魂郎。

　　　东方失魂东方转，

　　　莫在西方打流浪。

　　　四方神灵多保佑，

　　　信女点烛焚宝香，

　　　平平安安回家转

　　　定办三牲酬玉皇。

（摇张）醒来！还不醒来！（沉思片刻）我得叫他清醒清醒。

（举手）我佛慈悲，恕我无礼了。（打张两个嘴巴）

张蛤蟆　（痛醒）哎哟，我的贤夫人，怎么打起老公来了？

蛤蟆嫂　吓死人！你呀，不打你会醒吗？真是……

（唱）为妻替你揪心肠，

　　　你却在此睡得香，

　　　满嘴胡话吐酒气，

　　　叫我受惊又心伤。

张蛤蟆　娘子呀，我是被官老爷吓睡的呵！

蛤蟆嫂　啊！那狗官又欺侮你啦？

张蛤蟆　县太爷先对我客客气气，给我酒肉，还奖两套新衣裳，
　　　　只是……

蛤蟆嫂　（推开包袱）狗官的东西，我不稀罕。只是什么？

张蛤蟆　只是后来来了个比他更大的官，他要我，要我……

蛤蟆嫂　吓！你又惹祸了?!

张蛤蟆　娘子，我可是酒菜多吃，话没多讲的啊！

蛤蟆嫂　好啦，好啦！快讲那狗官要你干什么？

张蛤蟆　他……他的什么鹦鹉宝鸟给飞了，硬说要我寻回来。

蛤蟆嫂　什么！鸟飞走了要你寻，这真是岂有此理。

张蛤蟆　他们还说，如果三天内能找回宝鸟，大大有奖，要是寻不回来
　　　　就……就要我的这个！（指脑袋）

蛤蟆嫂　哼！这些狗官就是会欺侮善良。

张蛤蟆　娘子，你说现在该怎么办啊？

蛤蟆嫂　别怕，不要理他们！

　　　　（唱）不怕狗官来使邪，

　　　　　　　不怕老虎来开牙，

　　　　　　　坐牢两人一同去，

　　　　　　　杀头我俩一齐杀。

张蛤蟆　杀头……这，我可不愿意啊！

蛤蟆嫂　傻瓜，我就愿么，快，还是逃命要紧。

　　　　〔蛤蟆嫂拉张蛤蟆走，张突然发现地下醉倒的鹦鹉。

张蛤蟆　（高兴地）哈哈，娘子，我看不用走啦！

蛤蟆嫂　怎么了，莫非你真的中邪了？

张蛤蟆　（抓起鹦鹉）你看！

　　　　（念）它是一只宝，

　　　　　　　千金买不到，

　　　　　　　有它能消灾，

　　　　　　　无它命难保。

蛤蟆嫂　这是一只死鸟，有什么用？

张蛤蟆　不，不！它跟我一样……

蛤蟆嫂 什么？它跟你一样，你死啦？

张蛤蟆 不……我看它也跟我一样吃醉了。

蛤蟆嫂 想不到这回喝酒倒救了你。

张蛤蟆 嘿嘿，我早就说酒是我最好的朋友嘛！

　　　　（唱）酒菜引来鹦鹉鸟，

　　　　　　　心肝宝贝小娇娇，

　　　　　　　捡到宝鸟有奖赏，

　　　　　　　消灾脱难乐逍遥。

蛤蟆嫂 死鬼，乐什么？快把这鬼鸟弄死！

张蛤蟆 这可不行，这可不行，娘子，你可晓得，它死我也要死的。

蛤蟆嫂 什么它死、你死的，你还想与那帮狗官打交道么，我们还是远
　　　　走高飞好。

　　　　〔蛤蟆嫂欲抢鹦鹉，张蛤蟆忙藏起来。

　　　　〔刘铁嘴急上。

刘铁嘴 大哥、大嫂，你们在这吵什么呀？

蛤蟆嫂 刘大哥你来得正好，我劝他远走高飞，这死鬼硬是不肯。

刘铁嘴 大嫂说得对，我正是走出衙门脱是非，来寻哥嫂天外飞的。

张蛤蟆 （亮出鹦鹉）你看！

张铁嘴 （惊喜地）鹦鹉！这是怎么抓到的？

张蛤蟆 是它自己飞来的。

　　　　（唱）天晴下雨凭裙看，

　　　　　　　道台的鹦鹉自飞来。

刘铁嘴 （接唱）恰似天落油炒饭，

　　　　　　　伸手张嘴饭落额。

张蛤蟆　　就是嘛！我把它送回县衙去，不单可以换酒喝，还可以给娘子捞回几吊买油盐哩。

蛤蟆嫂　　我才不稀罕。宁可清贫，不为浊富。

刘铁嘴　　嫂子的气节令小弟佩服，可是古训有云：邻居失火会殃及池鱼。我看倒不如……（似有所悟）——让我再想一想。

　　　　　……

　　　　　（唱）信手拾回鹦鹉鸟，

　　　　　　　　一出好戏任我导，

　　　　　　　　巧把贪官来戏弄，

　　　　　　　　百姓得益格调高。

　　　　　（对张夫妇）来，请哥嫂过来细细商量。（耳语一阵）

蛤蟆嫂　　还是刘大哥你有办法！

刘铁嘴　　那就得依赖哥嫂配合得当了。

张蛤蟆　　行，我听刘大哥安排。

刘铁嘴　　好，就这样。还有两三天时间，哥嫂可先把鹦鹉带回家去，用笼子把鸟关好，给它好吃的，到时我自有办法。

张蛤蟆　　（自我陶醉地）这回我呀，可真的成仙了。

蛤蟆嫂　　（给张蛤蟆一拳）死鬼，还不多谢大哥！

　　　　　〔幕急落。

第五场

　　　　　〔两天后。

〔景同前场。

〔胡仁在堂上急得团团转，黄洪在一旁怒目逼视。

〔幕后歌：三天期限在眼前，

　　　　　不见鹦鹉不见仙，

　　　　　道台如同催命鬼，

　　　　　糊涂知县似油煎。

〔胡仁不断跑到门前眺望，徘徊不定。

黄　洪　知县大人，都三天时间了，怎么不见你那蛤蟆大仙显灵呀？

胡　仁　这……

黄　洪　要是到了申时还不见鹦鹉的话，你说如何是好？

胡　仁　（冷汗淋漓）嘿嘿，当然，一大早下官就叫衙役去请蛤蟆仙了，请大人静候佳音。

黄　洪　佳音？哼！就怕啊！

　　　　（唱）佳音无报报噩凶，

　　　　　　　脑袋搬家血淋淋；

　　　　　　　劝你快买四棱板，

　　　　　　　免得烂席卷三重。

胡　仁　（唱）灾劫横祸一齐临，

　　　　　　　盼求大仙显神通，

　　　　　　　同僚好比亲兄弟，

　　　　　　　道台老爷请通融。

黄　洪　（唱）要通融也可通融，

　　　　　　　你的家财要充公，

　　　　　　　削职为民吃老米，

快进内堂卷席筒。

胡　仁　什么？这……那我的老本不是输精光么？

黄　洪　能保住你的脑袋就算万幸了。

〔刘铁嘴从屏风后出来。

胡　仁　这……（发现刘，如获救星似的）我的师爷呀，你，你……你快给本官出个主意呵！

刘铁嘴　一朝落地命安排嘛！（对胡仁悄声地）大人，放心好了。我早与你算过了，官命不克，可能是蜕财失灾。

黄　洪　（咬牙旁白）哼，无毒不丈夫，与其我死，不如他亡。只待申时一到，我就叫他命死财空。

〔更鼓敲响，内报"申时已到"。

黄　洪　来人，给我把狗官胡仁摘除乌纱帽，钉枷戴镣！

胡　仁　（惊叫一声）哎呀，我的命呵！（几乎软瘫倒地）

刘铁嘴　（急扶胡仁）镇静，请大人镇静。

〔幕间传来衙役喊声："报——张大仙张蛤蟆驾到。"

胡　仁　救……命……星来……来了么？（抹汗、稍安）

衙　役　（念）喜报喜报大喜报，

　　　　蛤蟆大仙马上到，

　　　　知县大人且开心，

　　　　道台老爷莫焦躁。

胡　仁　（急）张蛤蟆他……他人呢？他人在哪？

衙　役　他不是人，他是神仙。

胡　仁　幸得蛤蟆是神仙，不然老子上西天！

〔张蛤蟆身穿新衣笑嘻嘻地上。

张蛤蟆　两位大人，可等着我张蛤蟆张大仙了么？

黄　洪　本台的宝鸟鹦鹉可曾寻回来了？

张蛤蟆　鹦鹉？宝鸟？……请两位大人洗耳恭听！

（手舞足蹈地又念又唱）

> 醇酒教我得仙道。
>
> 径直走到枫树坳，
>
> 撞着大树当老婆，
>
> 我头枕包袱睡大觉，
>
> 我飘飘浮浮上天去，
>
> 鹦鹉宝鸟对我笑，
>
> 娘子摇我睁开眼，
>
> 鹦鹉还在睡大觉。

胡　仁　好呵，蛤蟆大仙确是法力无边呵！

黄　洪　我那宝贝鹦鹉呢？快快将它归还本官！

张蛤蟆　鹦鹉？他……我刚才不是说了么："宝鸟还在睡大觉。"道台
　　　　老爷呀，睡得像死了一样。

胡　仁　（震惊）什么？鹦鹉死了？

张蛤蟆　没，没有死，它还醒过一次，和我娘子讲话哩！

黄　洪　讲的什么话？

张蛤蟆　（摇头）不，不知道，你可问问我家娘子嘛！

黄　洪　快，快叫你家婆娘来见本官；本道台急着要她归还宝鸟！

〔蛤蟆嫂身穿新衣上，故意干咳一声，示意张蛤蟆莫多闲话。

张蛤蟆　好，娘子来了，我就不用和当官的打话了。

黄　洪　（意外地发现蛤蟆嫂颇具姿色，目不转睛地紧盯住蛤蟆嫂）

咦，这婆娘漂亮呵……可惜呵！可惜，一朵鲜花插进牛粪堆。

蛤蟆嫂　（扫视众官一瞥）借问列位，哪一位才是道台老爷？

黄　洪　（得意忘形）正是本官，娘子……（突然发现蛤蟆嫂肚兜里有物在抖动）怪哉！娘子的肚兜会动的？这（伸手欲摸）这是什么？

蛤蟆嫂　（挡住黄洪之手）眼看手莫动！

张蛤蟆　这就是那只宝贝鹦鹉，娘子给他看一看。

蛤蟆嫂　看看可以。（故意显示一下怀里的鹦鹉，又藏回去）

跟　班　（旁白）让我快去报知太夫人知道，免得她坐立不安！（急下）

蛤蟆嫂　（对黄洪）我问你，这鹦鹉可是你家所有？

黄　洪　正是！正是！鹦鹉宝鸟乃先主所赐，为价值连城的国宝。

蛤蟆嫂　既是国宝，为何如此粗心大意？

黄　洪　非本台大意，而是嘉禾劫地，邪恶上升冲走我家宝鸟。

蛤蟆嫂　这话只是说对一半。

黄　洪　（愕然）什么？只说对一半？

蛤蟆嫂　对，只说对一半，你们听着：

　　　　（唱）嘉禾本是好地方，

　　　　　　　只因贪官太猖狂，

　　　　　　　横征暴敛酬神费，

　　　　　　　邪恶瘴气满公堂。

胡　仁　（旁唱）她说邪恶瘴气满公堂，

　　　　　　　又谪我贪官太猖狂，

　　　　　　　莫非对我还有气。

　　　　　　　　借机杀我回马枪。

黄　洪　（接唱）邪恶瘴气满公堂，

　　　　　　　　皆因胡仁心似狼，

　　　　　　　　惹得天怒民也怨，

　　　　　　　　我要假公济私振朝纲。

　　　　（转对蛤蟆嫂）仙姑你定有神仙示，

　　　　　　　　可把神示讲真相，

　　　　　　　　本道秉公办大案，

　　　　　　　　替天行道在今朝。

蛤蟆嫂　（严肃地）你也别一时不偷鸡就充好汉了。我告诉你们，要想鹦鹉平安无恙归还原主，就得把贪天之财，归民所有。否则，鹦鹉宝鸟就会死！

黄　洪　什么？"把贪天之财，归民所有？"这是什么意思？

蛤蟆嫂　这是天神示意，只有意会，毋须言传！

黄　洪　这个……（问刘）师爷，这是什么意思？

刘铁嘴　（瞥黄洪一眼）天意昭然，但非吾辈所揭。

胡　仁　（转对张蛤蟆）蛤蟆哥，你是神仙，天神的意思你一定清楚。

张蛤蟆　（火）哼！你呀你，乡亲们拜神求雨的时候，不是连我也得上交五吊钱么？

黄　洪　（省悟）我清楚了。那神示是说，要把本来应该上缴皇天的钱财，退了出来交还子民百姓。蛤蟆哥可是这个意思么？

张蛤蟆　嘻，是这意思，是这意思。

胡　仁　（惊）这……不……

黄　洪　胡仁，你休要装疯卖傻。我早就明察秋毫了，上个月里，嘉禾黎庶，为求天赐雨，曾自愿聚敛资财三千余两，可你这昏官竟敢抽捐一半落入私囊，这是犯天条的大罪，可没想到，影响所及，竟是"白狗偷吃，黑狗当灾"，致使我家鹦鹉宝鸟也至今半死不活，仅此一条，就应该砍你脑袋！

胡　仁　哎呀！大人饶命！大人饶命！（黄洪不理转求刘）师爷你……

刘铁嘴　求我无用，应去求仙！（示意胡仁转求张蛤蟆夫妇）

胡　仁　求大仙、仙姑救下官一命！（叩首）

蛤蟆嫂　大凡神仙，总是慈悲为怀。（瞥黄洪一眼）

刘铁嘴　道台老爷能慎天意！

黄　洪　就照天意所示，胡贪官应速将所吞神捐，悉数退还子民百姓，至于下来如何处置，就待本台三思而行。

胡　仁　这回可真的输掉老本了。

刘铁嘴　（故意安抚）胡大人，钱财乃是身外之物，保命要紧，何必割肉似的。

黄　洪　（瞪眼）你想违抗神示么？本台……

胡　仁　慢！下官遵旨，下官遵旨！（转对衙役）快，快叫主簿立即退回所收款项。（在一旁抹汗）

黄　洪　（满意地）这就对了，本台也算办了一桩好事。哈哈……
　　　　（转向蛤蟆嫂诣笑，又发现那鹦鹉在蛤蟆嫂肚里抖动）小娘子，宝鸟醒了，这下子可以归还本官了吧？

蛤蟆嫂　（拿出鹦鹉）这鸟既是国宝，可代表皇帝陛下，理应备香案，奏仙乐，教你等跪地迎驾！

刘铁嘴　仙姑之言在理，在理！

黄　洪　这……好！（对跟班）快奏仙乐，快摆香案！

衙　役　遵旨！（急忙布置）

〔鼓乐齐鸣，香烟飘绕。

刘铁嘴　（司仪）跪一拜！一叩首！二叩首！……

〔胡、黄及衙役等又跪又拜。

〔胖夫人急上，人未到声先到："我的宝贝，我的鸟，我的命根子……"一把从蛤蟆嫂手上抢过鹦鹉。

胖夫人　（得意地唱）我三天之前失宝鸟，

又哭又闹好心焦，

老娘赖它当权柄，

没有权柄命就无。

黄　洪　我的贤夫人呵，先回内堂歇息去吧！别忘了吩咐丫鬟好生照顾宝贝！

胖夫人　对，给宝鸟加餐要紧！（转对蛤蟆嫂）你在此等着，老娘待会给你一个大大的红包！（由丫环陪同捧鹦鹉下。内声："宝贝呵宝贝，哈哈……我得救了，得救了……"）

蛤蟆嫂　（唱）浑浑噩噩两狗官，

张蛤蟆　（接唱）飘飘然我欲仙，

刘铁嘴　（接唱）一出好戏演成功，

少惹麻烦走为先。

〔刘铁嘴暗示蛤蟆嫂快走，蛤蟆嫂会意，拉张蛤蟆匆匆走。

张蛤蟆　是呵，我差点渴死了，到厨房弄碗烧酒润喉要紧。

（挣脱蛤蟆嫂拐入侧幕）

黄　洪　（嘘了口气，旁白）一场虚惊过去了。（眼睛溜转，突然盯住蛤蟆嫂，淫心顿起）

（旁唱）这个婆娘有口才，

如花似玉能压台，

天生一副佳人貌，

我想呀想呀——

想得口水滑淡吞落颏。

（向蛤蟆嫂招手）娘子，你过来，过来。

蛤蟆嫂　（走到台侧）道台老爷，有什么吩咐？

〔胖夫人手拿红包上。

黄　洪　你身材适中人标致，对我笑一笑吧！只要你肯同我亲个嘴，我就……（动手摸蛤蟆嫂的脸欲亲嘴）

蛤蟆嫂　（急拔出银簪刺黄洪脸庞）亲吧！

张蛤蟆　（从内堂出来）娘子，你也辛苦了，进来喝杯浓茶吧！（把蛤蟆嫂拉进幕间）

黄　洪　（摸了摸被刺痛的脸庞）真是"玫瑰虽好，棘多刺手呵"！

胖夫人　（醋意顿发）好呀，你这个没良心的老公狗，你好大的狗胆！（揪黄洪耳朵）

黄　洪　这……好夫人你松手！（悄声地）别声张，家丑不得外扬，待会为夫给你请罪，罚跪。

胖夫人　老娘可不是好惹的，你等着吧，老娘非叫你揪脱狗耳跪烂膝头不可！（愤然而下）

胡　仁　（奸笑、故意地）道台大人，你这是怎么啦？

黄　洪　没……没什么，刚才本官是给黄蜂刺了一下。

胡　仁　是乌罂蜂还是花刁蜂？疼么？

黄　洪　（瞪胡仁一眼）你……多管闲事。

胡　仁　（旁白）这回轮着我胡某神气了，非重重敲他一笔竹杠不可！

　　　　（一反常态地对黄）狗官就得管管狗事嘛！

黄　洪　哼！（欲下）

胡　仁　姓黄的你别走！

黄　洪　（停步）你想做什么？

胡　仁　嘿嘿，别的暂且不说。三天之前，黄大人不是说过寻回宝鸟，我等均有封赏之话么？

黄　洪　你既然这么急功近利，我可以给你先吃定心丸。

胡　仁　且慢！（转向刘铁嘴）请师爷快进内堂，叫蛤蟆大仙一行前来领赏！

刘铁嘴　卑职遵旨！（给胡仁一个眼色随下）

胡　仁　（冷笑）嘿嘿，黄大人，吾辈当官之人，为何者苦？还不是为了用权赚钱？你刚才滥权作威，散了我一笔大钱，可谓割了我的血本呵！

黄　洪　怪谁？还不是怪你刮得太过分？你犯了天条神怒，竟是波及本台身上来了。

胡　仁　就照你刚才说的，这叫作"白狗偷吃，黑狗当灾"是么？所以，你刚才调戏仙眷也犯天条，我也担心你这条老白狗偷吃，会波及下官也当灾了。

黄　洪　（旁白）晦气，没想到，我堂堂一个四品朝官，却给一个流氓贪官抓住把柄，受其要挟。（转对胡仁）废话少说，你到底想要多少？

胡　仁　（伸出拇指）不多不少，官升两级，补回这个数目就可以了。

黄　洪　（跳起）什么？想天狗食月呀？好大的口气……

〔刘铁嘴领张蛤蟆夫妇上。

刘铁嘴　（打断）禀道台老爷，蛤蟆大仙讨封来了。

黄　洪　这……（转对胡仁悄声）官场秘事，待会再关门细谈吧！

（抖衣冠，一本正经地）好，胡仁贤卿暨张蛤蟆刘师爷等听着：本台为宝鸟复归之喜，特给你等论功行赏：胡仁官升一级，行使知府权限，张蛤蟆神通广大，升为都头……另外，每人赏封纹银三百两！

胡　仁　这……这太少了吧？

〔突然间传来急促的马蹄声，众人愕然。门外衙役传报："报……朝廷天使快马驾到。"

〔蛤蟆嫂在刘铁嘴示意下急拉张蛤蟆躲避，但为忙乱的衙役冲散。张蛤蟆在旁焦急。

差　役　（气喘吁吁）报……报道台老爷，大……大事不好了。皇上他……他……（说不下去了）

黄　洪　莫非发生崩驾大灾么？忌讳当头，暂不赏封，哭驾要紧。

胡　仁　（突然哭出声来）哎呀，吾皇陛下呵，你是怎样死的呀？

〔胖夫人急上。

胖夫人　什么？是太后升天了么？——（号啕大哭）哎呀，我的老佛爷呵，你是不该死的呵！

〔门外喊声："报——天子陛下特命钦差大人驾到！"

〔众官木然。

〔幕落。

第六场

〔景同前场。

〔黄洪、胡仁、胖夫人等官吏衙役跟班等人，排八字形跪于两旁，如丧考妣；张蛤蟆坐在案台底下打瞌睡，刘铁嘴则站在一旁观动静。

〔幕间伴唱：无风起尘一场惊，

满堂都是假哭声，

师爷一旁暗发笑，

蛤蟆鼾睡伴哭声。

〔远外差役喊声："皇帝陛下特命钦差钟规大人驾到！"

刘铁嘴　（震惊、自语）钟规？莫非就是那个并肩王的鹰犬钟规？

黄　洪　（急）快，快哭出个样子来，要哭得悲哀，哭得动情。

胡　仁　（带头号啕大哭）哎呀呀，我的主公呵，我的陛下，你为什么要死的呵！

胖夫人　（号啕大哭）我的太后呵？我的祖奶奶，你不该死的呵！

〔众人假意哭……

〔钟规由役吏陪同上。

钟　规　咳！你们死爹死娘么？避邪！避邪！从来未见过这样来恭迎皇上特使的。

刘铁嘴　（瞥钟规一眼，旁白）果然是这东西，狗仗主势，可笑！可恼！

〔众宫叩首请罪，钟规环视众人，最后与刘铁嘴对视。

钟　规　（指刘旁唱）此人接目好面熟，

　　　　　　　　　莫非相识在京都？

　　　　　　　　　待我把他摸个底，

　　　　　　　　　免得尾巴给人揪！

刘铁嘴　（旁唱）他狗眼看人不转珠，

　　　　　　　　我冷眼不看这蠢猪，

　　　　　　　　心中自有脱身计，

　　　　　　　　难得糊涂装糊涂。

钟　规　（对刘）此君面善似朋友，

　　　　　　　　定是相识在京都，

　　　　　　　　借问阁下名和姓，

　　　　　　　　官场交往好帮扶。

刘铁嘴　（故意对胡仁）胡大人。刚才钦差大人可是与卑职攀谈家
　　　　常么？

胡　仁　是呀，钦差大人在问你尊姓大名哩！

黄　洪　（悄声地对刘耳语）看钟大人的意思是有意抬举师爷哩！

刘铁嘴　呵！好呀！（转对钟拱手）谢大人栽培！

　　　　（唱）土生土长敝姓刘，

　　　　　　　从未涉足到京都，

　　　　　　　莫非钦差与我同桑梓，

　　　　　　　多谢错爱称朋友。

胡　仁　（接唱）四海之内皆兄弟，

　　　　　　　　五湖相识称朋友，

　　　　　　　还望大人多关照，

　　　　　　　鱼帮水来水帮鱼。

钟　规　（旁白）哼，差点认错人了，给他们捞了好处。本使君命在
　　　　身，你们少给我啰唆。众官肃穆，圣旨到！

　　　　〔黄、胡等立跪伏于地："下官领旨。"

钟　规　宣旨——（读旨）奉天承运圣主诏曰：圣主南巡，行至岭南，
　　　　身佩先帝镇国之宝，青龙宝剑不翼而飞，特谕岭南治下侯门公
　　　　卿官吏黎庶，均应悉心寻剑拿凶，三天为限，务必破案，如有
　　　　怠慢者，见官斩首，见吏灭族，钦此。宣旨毕。

　众　　吾皇万岁，万万岁！（发抖、生疑，面面相觑）

黄、胡　（唱）平地一声响惊雷，

　　　　　　　吓得魄散魂也飞，

　　　　　　　镇国宝剑无踪影，

　　　　　　　海底捞针难寻回。

黄　洪　（旁唱）难寻回呀难寻回，

　　　　　　　快快设法往下推。

胡　仁　（接唱）就怕锤打凿来凿打木，

　　　　　　　胡仁又啃硬骨头。

黄、胡　（搓手）怎么办呵怎么办？

刘铁嘴　（旁唱）镇国宝剑不翼飞，

　　　　　　　此事发生实可疑，

　　　　　　　事关镇国天大事，

　　　　　　　我须认真解狐疑。

　　　　（对钟规）禀钟大人，此事可是真的？

钟　规　自古君无戏言，圣旨君谕，岂容半点掺假？

刘铁嘴　圣旨君谕，不才岂敢斗胆怀疑，只是事比天大，不才不得不追根问底。比如说：皇上失却那柄宝剑是否真正为先皇祖传的镇国青龙宝剑？那御佩宝剑是否在敝境岭南地域内所失？……要是果真如此的话，又有何人可以作证？

钟　规　本使可以作证，皇上陛下失却的宝剑确是先帝传下的镇国青龙宝剑。

刘铁嘴　（急问）何以为证？

钟　规　（急答）本使拿过看过，本使可以为证。

刘铁嘴　（急追）真在岭南境内失落？

钟　规　确确实实在岭南失落。

刘铁嘴　（紧迫）何人作证？

钟　规　（急答）本官亲眼所见。

刘铁嘴　真的？

钟　规　真……真的！这……（顿觉有些失言）哼！大胆，小小一个布衣山民，我堂堂一个钦命权臣，岂是你等小子可以审问的么？

刘铁嘴　大人出言差矣！不才乃一介布衣山民，岂敢诘问大人，只是古语有云：天下兴亡匹夫有责。何况大人阁下又刚刚宣旨：官吏黎庶均应悉心寻剑拿凶。

黄　洪　壮士所言在理，钦差大人可海量宽容。

钟　规　真晦气，（转对黄洪等）你们想渴死老子？

黄　洪　大人恕罪，下官失职。没想到大人车马劳顿，刚才，又诸多赐教弄得口干舌燥，下官实是罪该万死！（转对跟班瞪眼）死人，还不快快香茶伺候。

跟　班　遵命，请钦差大人品尝香茶。（递茶）

　　　　〔钟规牛饮。

刘铁嘴　（指钟规）此人原是一条狼，

　　　　　　　　依附奸臣作虎伥，

　　　　　　　　奸臣弄权狗充虎，

　　　　　　　　朝廷实在太荒唐。

黄　洪　（背唱）说荒唐也不荒唐，

　　　　　　　　山中无虎猴称王，

　　　　　　　　当官全凭后台撑，

　　　　　　　　家奴能把钦差当。

刘铁嘴　（背唱）家奴竟把钦差当，

　　　　　　　　里头定然有文章，

　　　　　　　　蛛丝马迹已显露，

　　　　　　　　还须待机把他将。

钟　规　（喝足茶后清清嗓子）哼，一朝权在手，将把令来行。（对黄）黄洪小子，你要打醒精神听本使下达军令：你身为岭南道台，是钦命四品朝官，寻剑拿凶之事，本使责成你全盘负责！

黄　洪　这……（跪）下官遵……遵令。（站起，整过衣冠转对胡仁）胡仁听令，你身为嘉禾县令，也算颇有政绩，本台也曾将你晋升一级，所以，寻剑拿凶之大事，本台交由你全盘负责，千万不可有负君恩，若有失职，当心脑袋！

胖夫人　这就对了，也是一朝权在手，将把令来行。

胡　仁　（浑身发抖，不知所措）这……叫我如何是好？

　　　　（转对刘）我的师爷呵，你……可有办法？

刘铁嘴　（旁白）嘿，看来又是锤打凿来凿打木，朽木拿来打绵竹。

　　　　　（对胡仁）办法嘛，就让各位大人和卑职群策群力，慢慢想。

　　　　　（搓手沉思，顿生一计）

　　　　　（旁唱）他想胡来随他来，

　　　　　　　　　人造仙威拿出来，

　　　　　　　　　请君入瓮布疑阵，

　　　　　　　　　教他原形显出来。

　　　　　（旁白）对，就这样，慢火煎鱼看火候了。（故意对黄、胡）道台老爷、知县大人呵，三个臭皮匠顶个诸葛亮，请问诸位大人可有何善计良策？

黄　洪　良策么……（转对胡仁）这回就看你的了。

胡　仁　我……我可是老鼠咬乌龟，不知从何下口呵。（急得团团转……突然听到案台底下传来张蛤蟆的呼噜声）谁在我的公堂神案下拉风箱？（寻声觅迹，发现张蛤蟆，突然弹跳起来）有了，有了，救星来了。

黄　洪　（发现）是蛤蟆大仙，好呵，好呵……

　　　　〔张蛤蟆打个喷嚏，溅得钟规一面唾沫。

钟　规　（惊）刺客！（伸手把张蛤蟆抓出欲打）你——

张蛤蟆　（不甘示弱）什么？你想和我打架？（伸拳示威）要打就到外面草坪来比试比试！（下）

钟　规　好，要比试就比试，我怕你不成。（欲脱衣冲下）

刘铁嘴　（对观众）看，这小子流氓本性出来了。

胡　仁　（急把钟规拖住）大人使不得呀使不得！

钟　规　怎么？你怕我打不过他么？

黄　洪　禀钦差大人，这个张蛤蟆可不是乡间的凡夫俗子。

钟　规　难道他是神仙？

胡　仁　对，对，他的的确确、地地道道是个活神仙。

刘铁嘴　胡大人所说极是，刚才他喷你一口仙水，正是大人的福气，是
　　　　神仙存心赐福大人呵！

钟　规　（抹了抹脸庞，转对黄洪）道台大人，这话怎讲？

黄　洪　禀大人，这张蛤蟆确是个岭南知名的活神仙，他有仙风傲骨，
　　　　还有菩萨心肠，专门救苦救难，仙法无量呵！

钟　规　有何凭据？

黄　洪　有呵，有！钦差大人请容禀！

　　　　（唱）下官出巡嘉禾来，

　　　　　　　曾效伯乐识人才，

　　　　　　　恰遇蛤蟆施仙法，

　　　　　　　呼风唤雨救旱灾，

　　　　　　　钦赐宝鸟惊飞走，

　　　　　　　仙术感召飞回来，

　　　　　　　倘若令他寻宝剑，

　　　　　　　定能如期找回来。

胡　仁　（旁白）哎呀，小人失策了，眼巴巴地让这老滑头抢了头功，
　　　　待我来个卷尾龙，大人呵！

　　　　（唱）治下大仙张蛤蟆，

　　　　　　　知天识地是仙家，

　　　　　　　神仙是我慧眼识，

　　　　　　　用仙还得姓胡侪。

钟　规　这蛮夷之地真有神仙？

众　　（唱）神仙大号张蛤蟆，

　　　　　　　呼风唤雨任由他。

钟　规　真能呼风唤雨？

众　　（唱）知天识地法力大，

　　　　　　　神机妙算不出差。

钟　规　（对黄洪）天子赐给你泰山阁下的鹦鹉飞走，真是他召回的？

黄　洪　（指挂在一旁的鹦鹉）这就是大仙刚寻回来的宝鸟。宝贝，快

　　　　叫大人千岁！

　　　　〔鹦鹉学舌："大人千岁，大人千岁！"

胖夫人　（高兴地接过鹦鹉）我的宝贝，我的乖乖，你真懂事，好，老

　　　　娘给奖！给奖！（拎鹦鹉下）

钟　规　闲话少说，你们快说，寻剑拿凶之事可有办法？

胡　仁　办法？……有，有，有办法了。

钟　规　什么办法？

胡　仁　就叫张蛤蟆张大仙显灵使法。

黄　洪　对，保证马到成功！

刘铁嘴　是呀，御佩宝剑有寻了，（转对钟规）大人放心好了。

钟　规　这……

胡　仁　放心好了，大人，只要给我用仙，我敢保证能马到成功！

黄　洪　我来用仙，我敢保证能寻剑拿凶！

钟　规　（心虚地）这……不，不准随便求仙，本使责成你等亲自出马

　　　　去寻剑拿凶。

胡、黄　这……我等别无办法。

刘铁嘴　（旁白）此处无银三百两了，待我来个缓兵之计吧！（转对钟、黄、胡）钦差大人说的并非没有道理，就怕用了仙法会使御佩宝剑有失灵气。如今天色不早了，还是请各位大人从长计议好了。

胡　仁　那就请师爷今晚再给本官算算五行，观气色，指点迷津。

钟　规　什么？你这小子也懂麻衣相法？

刘铁嘴　略懂一二，钦差大人若有兴趣，不才今晚可以免费赠言，给大人预卜吉凶，如何？

钟　规　（心虚地看了看刘铁嘴）这……好，好！

　　　　〔更鼓咚咚。

　　　　〔幕急落。

第七场

　　　　〔早晨。

　　　　〔破庙一角。这是张蛤蟆的家。中间一张废置不用的旧神案，张蛤蟆把它拿来盛物吃饭之用，靠墙是一张条框式的靠床。

　　　　〔幕启：张蛤蟆在饮酒，蛤蟆嫂在旁劝告。

张蛤蟆　（唱）又香又醇双蒸酒，

　　　　　　　还有鸭脚并猪手，

　　　　　　　今朝有酒今朝醉，

　　　　　　　娘子你也喝两口。

蛤蟆嫂　（推开张蛤蟆递过来的酒杯）你贪杯惹祸的蠢事干得还嫌少么？

张蛤蟆　贪杯惹祸？不……我是——

（唱）田头咯咯老蛤蟆，

跳入官场成仙家，

县官当我是宝贝，

坛酒鸡髀任我拿；

蛤蟆嫂　你呀你……唉，我命苦呵！

（唱）狗官牵拉我夫郎，

应付一场又一场，

祸福安危转眼变，

提心吊胆度时光。

（哭泣）我死去的爹和娘呵！女儿的命怎么这么苦！

张蛤蟆　其实，你嫁着我也算不错的了，吃的、穿的，我哪时缺亏过
你？……像我这样体贴老婆的男人，你是打着灯笼也难寻，还
怨命歹！

蛤蟆嫂　（唱）累累劝你求本分，

你却惹祸又生非，

番番大祸从天降，

皆因死吃又贪杯。

（白）我的夫呵！你就听我一回吧！（抢去手中的酒杯）

（唱）从今不准再吃酒，

搬家远走又高飞，

夫妻离开是非地，

勤勤俭俭做赢人。

张蛤蟆　天下乌鸦一般黑，如今世道，哪里不也一样？我才不走哩！

（抢过酒杯又喝）

蛤蟆嫂　（叹息）咳！真拿他一点办法都没有。（哭泣）

〔刘铁嘴手拿一个钟馗的面具上。

刘铁嘴　（快板）麻衣相法派用场，

　　　　　　　钟规嘴硬心里慌，

　　　　　　　请君入瓮一妙计，

　　　　　　　他定来求教蛤蟆张。

蛤蟆嫂　（发现刘铁嘴收泪）刘大哥呵，我家魔鬼又在酗酒了。

刘铁嘴　醉得好！平时我劝他不要贪杯误事，今日里，我倒希望他醉得
　　　　发狂！

蛤蟆嫂　（不解）怎么？你……也醉了？

刘铁嘴　不，我刘铁嘴自有道理。嫂子，请把耳朵附过来……（比手势
　　　　亮面具）这个……如此这般。

蛤蟆嫂　（点头表示理解）那就听刘大哥安排。

刘铁嘴　好，请嫂子先把大门闩紧。

〔蛤蟆嫂关大门——扯过二道幕，二幕一闭，现出两片大门关
闭的图样。二幕外钟规忧心忡忡上。

钟　规　（跌了一跤）哎哟，我的妈呀！

　　　　（快板）心中有暗鬼，

　　　　　　　抬脚千斤重，

　　　　　　　行路踢脚趾，

　　　　　　　额角撞了窿，

　　　　　　　忍痛快快走，

　　　　　　　但愿吉代凶，

> 倘若神仙有相助，
>
> 可在并肩王前请一功，
>
> 倘若神仙不迁就，
>
> 就鱼死网烂两头空！

（白）就这样，拿定主意！（走圆场）

钟　规　问得这破庙就是张蛤蟆仙府，让我叩门！（敲门）

蛤蟆嫂　（从二道幕中伸出头来）施主，你找谁呀？

钟　规　此处可是蛤蟆大仙所住宝地？我……是特地来求见蛤蟆大
　　　　仙的。

蛤蟆嫂　我家男人正在与捉鬼的钟馗仙师对话。对不起，仙家之事，凡
　　　　人莫可问津！（把头缩回）

钟　规　果然是仙，我来对了，可是他……（欲进不能，欲离不愿急得
　　　　团团转）这……（决心地）好，就让我翻墙进去，躲在横梁上
　　　　看个究竟，再做打算！

　　　　（绕一圈窜入侧幕隐去）

　　　　〔胡仁、黄洪分别从不同方向上。

胡　仁　（快板）了不得，不得了，

> 钦差大人不见了，
>
> 若有三长并两短，
>
> 天大责任我负不了。

黄　洪　（快板）蹊跷蹊跷真蹊跷，

> 钟规小子溜掉了，
>
> 八成滑去嫖窑姐，
>
> 这个把柄抓得好。

〔幕内传来蛤蟆嫂的干咳声，胡、黄两人迅速地躲进一边。

随着蛤蟆嫂开门（拉幕），布景把胡、黄两人分别卷入两侧。隐去。

〔二道幕启，出现另一端景象。条桌靠壁站着一个头戴面具的"钟馗"，其状威武吓人。正中放置靠床，醉倒的张蛤蟆面对"钟馗"半躺打坐，蛤蟆嫂跪于一侧，故意念念有词。"南无……"

〔胡仁、黄洪同时从两侧复上。

钦差大人莫非进这破庙去了？待我进去看个究竟。

（同时进入破庙，吓了一跳）怎么……

黄　洪　呵，仙姑在这里！

胡　仁　呵，蛤蟆大仙在这里！

黄　洪　（望着蛤蟆嫂发痴）好呀娘们……

胡　仁　（发现黄洪，扯其衫尾，悄声地）道台老爷，这儿是神仙地界，可别乱来。还是求仙用仙，寻剑拿凶要紧。否则，我等命难保了。

黄　洪　好吧，趁着钦差大人不在，由你快快用仙，寻回宝剑就什么都好办了。

胡　仁　好！看我的。（整饰衣冠，清清嗓子）拜见蛤蟆大仙！

张蛤蟆　（醉意朦胧）唔，你们又来求我了么？……好酒呀好酒！

胡　仁　（对黄洪悄声）他是吃硬不吃软的，只有压他才肯成仙！

　　　　（转对张蛤蟆一拍案桌）张蛤蟆听着：皇帝陛下失却青龙宝剑一柄，本府限你两天之内寻剑拿凶，如若怠慢误事，必当欺君祸国惩处，到时候呀！

（唱）剥皮斩爪又砍头；

大火热锅山茶油，

黄　洪　（接唱）蛤蟆拿来爆姜醋，

连皮带骨炸到酥！

张蛤蟆　（震惊）这……宝剑嘛，宝剑……还要砍头！

胡　仁　好，蛤蟆大仙快入化显灵了，（拉黄洪）道台大人，快走！

黄　洪　让我再加一把火，（对张蛤蟆一拍案台）你听着没有？限你

两天期限，寻剑拿凶，若有怠慢就砍你脑壳！（转拉胡仁）

快走！

〔胡、黄急下，分别入侧幕隐去。

蛤蟆嫂　（对张蛤蟆）死鬼，你听着了么，要你快快寻剑拿凶哩！

张蛤蟆　拿……凶，拿凶，哈，哈！终归要死了，终归要死啰！

〔钟规大叫一声，从横梁上跌落地上，急忙忍痛地爬到张蛤蟆

夫妇跟前叩头求饶。

钟　规　大仙饶命，大仙饶命！

张蛤蟆　（醉眼看了看钟规，又胡言地）终归①是要死的嘛！

钟　规　不……求大仙饶钟规不死，饶钟规不死！

蛤蟆嫂　你到底是什么人？

"钟馗"（刘铁嘴）他就是要死的钟规！

钟　规　对，……对，不……不……（跪向蛤蟆嫂）小人姓钟……钟，

是规矩的规。

蛤蟆嫂　你说清楚点好么？

钟　规　好！好！我说，我说。

---

① 客家话"终归"与"钟规"同音。

　　　　　　（唱）小人贱姓金重钟，

　　　　　　　　单名叫规字效忠，

　　　　　　　　游民出身好拳脚，

　　　　　　　　并肩王府当家奴。

蛤蟆嫂　你不说，神仙也知道你平日里狐假虎威，横行市井，最近又摇
　　　　身一变，给主子安插在皇帝身边……

张蛤蟆　（翻转身子胡话）咳，终归是要……死的了。

钟　规　（祷告）大仙饶恕呵！（叩首）

蛤蟆嫂　（旁白）待我再吓他一吓，（对钟）我看你呀——

　　　　　　（唱）天庭晦暗杀气重，

　　　　　　　　杀头大祸将来临，

　　　　　　　　除非虔诚求仙救，

　　　　　　　　转眼尸首也难寻。

钟　规　我……我诚心悔过，我……我是把……

蛤蟆嫂　（紧接）把宝剑藏在哪里？

钟　规　这……是的，是的，我把宝剑藏在万岁行宫那边的神庙里！

蛤蟆嫂　你钟规是寿仙公吊颈嫌命长了。

钟　规　不敢……不敢，望大仙仙姑饶我一回。

蛤蟆嫂　哼，念你一片诚心，本仙姑就为你在大仙面前说说情。

　　　　〔蛤蟆嫂拔过头簪刺张蛤蟆人中，张蛤蟆骤受刺激，醒转过
　　　　来，翻着白眼紧紧瞪着钟规。

钟　规　（扑通跪下）大仙呵，我是特来求大仙饶命的，大仙饶命！

蛤蟆嫂　神仙都是慈悲为怀的。（瞪视丈夫）

钟　规　大仙息怒！只要能饶我钟规不死，宝剑一定归回！

蛤蟆嫂　听到么！（指钟）他拿了皇上的宝剑，是故意开玩笑的。

张蛤蟆　（一把抓住钟）好呵，你这大胆奸贼……

钟　规　（惊恐）大仙饶命，小人甘愿送回宝剑。

蛤蟆嫂　大胆钟规，当着大仙的面还不老实招来！

钟　规　我招，奴才愿招。

　　　　（边叩首边唱）

　　　　　　　　镇国宝剑价连城，

　　　　　　　　四海内外有名声，

　　　　　　　　番邦蛮子指名要，

　　　　　　　　家主媚外把计行。

　　　　　　　　安插奴才伴君侧，

　　　　　　　　伺机盗剑移骂名，

　　　　　　　　失却国宝天下乱，

　　　　　　　　再行起兵把皇位争。

张蛤蟆　（指着钟规的鼻子）你说的可是实话？

钟　规　奴才说的一点不假。还望大仙仙姑指点迷津。

蛤蟆嫂　钟规奴才听着，要想平安无事，就得依我三条。

钟　规　请教仙姑，是哪三条？

　　　　（唱）改邪归正你记清，

　　　　　　　从此脱胎做新人，

　　　　　　　官场风波莫涉足，

　　　　　　　远走高飞莫留停。

钟　规　（旁白）谁不想快快远走高飞，离开这个危险境地？（对蛤蟆
　　　　嫂）仙姑放心，奴才一定做到。

蛤蟆嫂　（唱）隐姓埋名多烧香，

　　　　　　　修心积德行善良，

　　　　　　　盗宝劣迹莫提起，

　　　　　　　削发为僧入庙堂。

钟　规　哎呀，要我当和尚，多难受啊！

张蛤蟆　当和尚有什么不好？和尚好当，潇洒风光。

钟　规　（旁白）也对，日后风声一过，我钟规又是好汉一条。（对蛤
　　　　蟆嫂）大仙意旨，奴才照办就是了。

蛤蟆嫂　（唱）一千条，一万条，

　　　　　　　具结悔过第一条，

　　　　　　　你若真心肯悔过，

　　　　　　　画押悔过乐逍遥。

钟　规　（旁白）好汉不吃眼前亏，具结两字值几个钱？风声一过，我
　　　　才不认它哩！（对蛤蟆嫂）大仙意旨，奴才全部照办就是了。

　　　　〔"钟馗"（干咳一声，指弹一张纸片落到钟规身上）

钟　规　（与"钟馗"对视一瞬，为"钟馗"的威武所慑）这？奴才听
　　　　从大仙安排。（咬指按印）

蛤蟆嫂　（接过具结纸片转给"钟馗"）这张具结就交捉鬼大仙钟馗保
　　　　存监督，如敢反悔，便教你没好下场！（转对钟规）那就委屈
　　　　你两天，待我们办妥事情就回来引你上路。

钟　规　（犹豫）这……

　　　　"钟馗"哼！（目光逼人）

张蛤蟆　（跃起，把钟规抓住）想反悔是么？我……宰了你！（把钟规
　　　　牢牢地绑住）

蛤蟆嫂　把嘴巴张开！

〔钟规张嘴，蛤蟆嫂拿过抹桌布塞住钟规的嘴巴。

刘铁嘴　（卸去面具，下了案台）此案办得不错，干脆利落！

钟　规　（这才知道上当，唯有挣扎支吾）……

刘铁嘴　（讽刺地）这叫作"略施小技布袋计，请君入瓮好做戏。"嘿嘿，后悔晚也！（转对张蛤蟆夫妇）请哥嫂把这恶狗用箱子锁好！

〔张蛤蟆夫妇合力把挣扎着的钟规塞进箱里。

〔幕落。

第八场

〔行宫大殿。金碧辉煌，内外两殿均为轻纱隔开，殿内情景隐约可见。

〔鼓乐笙歌，悠扬动听。太监坐着打瞌睡。

（幕间伴唱）时也乖来运也乖，

蟾蜍变成大田鸡，

金銮殿里太监睡，

群丑争功比高低。

〔胡仁与黄洪分别手拿一片黄纸从两侧上场。

（边跑边唱）

迷雾消散天门开，

皇上宝剑追回来，

　　　　本官昨夜揭黄榜，

　　　　进宫领赏又升官。

　　（小跑园场）

胡　仁　（唱）好运来，事顺心，

　　　　骑马坐轿显威风；

黄　洪　（接唱）皇上称心我满意，

　　　　泥蛇得志变成龙。

　　快走，赶上早朝。（相对疾走，两相撞个满怀）是你？你也配

　　得圣上的赏赐?!

胡　仁　你不配，我配！

黄　洪　我配，你不配！

　　（同时亮出黄表）你有这张黄表吗？嘿嘿……

胡　仁　（冷笑）哼，哼，调戏仙眷的人也敢冒充伯乐去领赏？

黄　洪　这……你，你监禁过蛤蟆大仙，犯了天条，也想去领赏？

胡　仁　这……（急转）咳，人生在世又谁无过错？算了，算了！

　　（唱）莫揭短，莫争功，

　　　　彼此一同去领功；

黄　洪　（接唱）论功行赏你二等，

　　　　老子官大一等功。

胡　仁　不行，我功比你大。

黄　洪　不行，我官比你大！

　　〔胡、黄两人对峙，胖夫人急上。

胖夫人　（唱）身胖体重脚步沉，

　　　　快进行宫去讨封，

　　　　　　太后宠我似宝贝，

　　　　　　正好撒娇求夫荣。

黄　洪　好呀，我的老婆大人来了，打起架来可以二比一。

胡　仁　嘿，老牛配胖猪，也不是我胡某的对手，想打架你就放马过来，来吧！

黄　洪　好，要打就打！

　　　　〔三人扭打起来，扭打到宫门，惊动了太监等朝官。

太　监　（先是冷眼旁观，然后又挑逗再打）打吧，都使劲地打吧，我老夫当戏看。

黄、胡　（停）这……（争先告状）禀公公……

太　监　住口！皇帝陛下正在内宫园寝，你等胡闹，有扰圣驾美梦，来人，替老夫每人先赏五十大板！

内　侍　遵旨！（欲行刑）

胖夫人　奴才住手，好大的狗胆，我家夫郎乃前朝大臣的贤婿，是你等奴才能打的么？

太　监　来人，先把这丑泼婆轰出宫门。

　　　　〔内侍、宫女把胖夫人架走，胖夫人破口大骂："我不怕你这阉官，老娘找太后告状去！……"

太　监　嘻，嘻！就让那泼妇去闹好了。好，你们都是好斗的公狗，现在就改罚你们对阵掌嘴五十板。

黄、胡　这……

太　监　老夫的话就是圣旨，谁敢不听就斩下狗头。

黄、胡　这……不敢……不敢。

内　侍　不敢就快快行令！

〔胡打黄，黄打胡，依次由慢而快，边打边唱。

胡　仁　（唱）我是七品芝麻官，

　　　　　　　敢打道台四品官。

黄　洪　（接唱）老夫对阵糊涂蛋，

胡　仁　（接唱）儿子痛打老子官，

黄、胡　（合唱）噼啪噼啪噼噼啪，

　　　　　　　狗打狗来官打官。

太　监　打够了么？

黄、胡　打……打够了。

太　监　疼不疼？

黄、胡　不……不疼。

太　监　好受不好受？

黄、胡　好……好受。

太　监　嘻嘻，你们不是很想邀功受赏么？老夫就栽培你们一些好处，
　　　　你俩听着：胡仁贤卿速带张蛤蟆等携剑前来受封；黄洪忠臣即
　　　　刻押解奸贼钟规前来受审！

黄、胡　（转忧为喜）多谢公公有心栽培。（拜）

太　监　快，速去速回！

黄、胡　领旨——（急下）

太　监　岭南佳境，春睡宜人，孩儿们可以就地打盹。

内　侍
　　　　谢公公关照。
宫　女

〔众人坐的坐，躺的躺，呼呼昏睡。二幕随着烟雾遮盖徐徐
而闭。

〔二幕外，张蛤蟆夫妇携宝剑抬着长条箱上场，黄洪带两跟班从另一侧上。

张蛤蟆　（唱）钟规贼古比猪重，

蛤蟆嫂　（接唱）夫妻抬他进行宫，

黄　洪　（接唱）我奉命前来接钦犯，

　　　　　　　钦犯到手可加功。

　　　　（向跟班招手）怎么走得慢悠悠的？

二跟班　大人骑马我走路，实在难跟得上呵！

黄　洪　当然，要不就官差不分了。（指张蛤蟆夫妇）看见没有？快把那箱子接到手。

跟　班　道台老爷放心好了，就是抢也得抢到手。

黄　洪　（对张蛤蟆夫妇拱手致礼）大仙、仙姑，下官这厢有礼了。

张蛤蟆　（念）我抬贼古走得累，

　　　　　　　你有理无礼我懒理！

黄　洪　（接念）你若懒理是好事，

　　　　　　　省得惹祸又生非。

　　　　下官是奉皇上圣谕前来接钦犯的，大仙可把箱笼交与手下跟班好了。

张蛤蟆　（下肩）娘子，就给他们去抬好了，省得我俩累得上气不接下气。

蛤蟆嫂　那好，我们紧跟后头，免得他们受贿放贼！

黄　洪　仙姑放心好了，本台所知，胡知县胡大人也马上赶到，他是奉旨专门来接大仙进宫验剑受封的，大仙、仙姑可在此歇脚喝茶汤。

张蛤蟆 我不喝茶，要喝烧酒。

〔胡仁上场。

黄　洪 （发现胡仁）好了，叫胡大人招呼好了。（示意跟班抬箱
　　　　急下）

胡　仁 （作揖）拜见大仙、仙姑，下官胡仁特奉皇上圣谕前来接驾大
　　　　仙、仙姑上殿验剑受封。

张蛤蟆 我要累死渴死了。

胡　仁 那就请大仙、仙姑到前面茶亭酒肆喝茶饮酒，顺便等候我的铁
　　　　嘴师爷。

张蛤蟆 这算你们有礼！（转对蛤蟆嫂）娘子，走！

〔胡仁等领张蛤蟆夫妇下。

〔随着烟幕飘散。二幕渐开。——行宫、太监们仍在打盹——
　　　　内侍急上。

内　侍 禀公公，嘉禾知县胡大人引领张蛤蟆张大仙夫妇携剑前来宫门
　　　　候旨。

太　监 （拭目）有请！

〔太监伸腰，胡仁、刘铁嘴、张蛤蟆夫妇上。

张蛤蟆 （唱）青龙宝剑闪白光，

　　　　　　　拿来劈柴嫌太长，

　　　　　　　不如拿来换酒喝，

　　　　　　　起码换它两大缸。

胡　仁 （唱）阉官公公坐正堂，

　　　　　　　喜怒哀乐易反常，

　　　　　　　我须观颜察色来应付，

　　　　　　逢迎拍马保官赏。

刘铁嘴　（快板）机遇当天才，

　　　　　　群丑尽争功，

　　　　　　昏官称伯乐，

　　　　　　皇帝鼓中蒙，

　　　　　　众人皆醉我独醒，

　　　　　　暗中护着蛤蟆兄。

太　监　快将宝剑面呈老夫过目验过。

张蛤蟆　这……娘子，快将那长刀给那老头看看。

蛤蟆嫂　（呈剑）请公公过目。

太　监　（验剑）剑柄镶金嵌玉，

　　　　　　剑鞘青龙吐珠，

　　　　　　剑锋白光耀眼，

　　　　　　圣讳刻在剑腰之中。

　　　　（白）哈哈，御佩青龙宝剑是真，是真。

胡　仁　（舒口气旁白）这下子，我可真的要升官发财了。

太　监　（唱）剑归事稀奇，

　　　　　　老夫有怀疑，

　　　　　　快将钦犯审，

　　　　　　再行给赏封。

　　　　黄洪小子是怎么搞的，还不提钦犯前来复命？

　　　　〔黄洪一人急上。

太　监　（发现）怎么只你一人前来，钦犯钟规何在？

黄　洪　禀……禀公公，钦犯钟规为并肩王截走，并肩王说，钦犯应解开封府严加审讯！

刘铁嘴   （震惊、旁白）坏事，恶虎归山了，后患无穷矣！

太　监   这……由并肩王承办也好，省得老夫我开动脑筋。（转对黄
　　　　　洪）黄大人，命汝为协理助审，快把钦犯口供呈报上来。

刘铁嘴   （旁白）钟规具结早在手中，事到如今恐怕无济于事了。

　　　　　〔胖夫人急上。

胖夫人   好消息！好消息！并肩王千岁大义灭亲，为民除害，为国立
　　　　　功，已将盗剑钦犯，押赴午门斩首示众了。

太　监   这……怎么搞的？

黄　洪   杀得好嘛，钟规可恶，死有余辜。

刘铁嘴   （旁白）多狠毒的一手呵，司马昭之心路人皆知，显然是为了
　　　　　灭口断线。

太　监   好，宝剑复归，钦犯斩讫，请众卿静候佳音，老夫立即面圣为
　　　　　汝等请功封赏。（进内厢）

　　　　　〔黄、胡、胖夫人等喜形于色，张蛤蟆也忘形得意，蛤蟆嫂不安。

刘铁嘴   （旁唱）趋炎附势加愚忠，

　　　　　　　　　难除君侧一枭雄，

　　　　　　　　　行宫决非久留地，

　　　　　　　　　快快支走蛤蟆兄。

　　　　　〔趁人们不备与蛤蟆嫂耳语。

太　监   （从内厢出）圣旨到！

众　官   （下跪接旨）吾皇万岁，万岁，万万岁！

蛤蟆嫂   （背唱）伴君如伴虎，

　　　　　　　　　官场似履冰，

> 离开是非地，
>
> 远走到天边。

〔拉张蛤蟆悄悄地下。

女　监　（宣旨）"奉天承运皇帝诏曰：张蛤蟆知天识地，可呼风唤雨，实乃神通广大也！为寡人觅剑拿凶，堪称壮举也。张神仙乃国之股肱，钦命张公为御卜大仙，自宣诏之日起，即参与国是；黄、胡诸卿虽是缺德无能之辈，但属朝廷命官，念其一片忠心可鉴，寡人开恩，可连升双级。钦此。"宣旨毕。

黄、胡等　（跪拜顿首）皇恩浩荡，浩浩荡荡！

太　监　（发现张蛤蟆不在）怎不见蛤蟆大仙谢过圣主隆恩？

黄、胡　（抬首抓腮，十分惊恐）这……这是怎么回事？

刘铁嘴　（胸有成竹，从袖中掏出一纸）公公息怒，容卑职道来：

> （念）适才天门一闪开，
>
> 一张黄表掉下来，
>
> 卑职忙把天书接，
>
> 面呈公公当众开。

太　监　（接看废纸，不解）点点滴滴，圆圆圈圈，这是什么意思？

刘铁嘴　容卑职解来：

> （唱）点点滴滴玉皇言，
>
> 圆圆圈圈说神仙，
>
> 八卦里头示天意，
>
> 言传意会两周全。

太　监　什么意会言传，你就为老夫开解天书好了。

刘铁嘴　天书说的是：张蛤蟆乃一两栖真人，他入仙则灵，为民则俗，倘若皇帝陛下能随仙意，任其飘忽云游四海，则可上保朝廷，下做黎庶，神州大地便可国泰民安了。

太　监　这……好呵，难得你解透天书，张蛤蟆可封为"两栖真人"，任其云游四海，浪迹五湖，所到之处可逢店饮酒，遇官支钱。黄、胡诸卿也有奖赏，特赐予大饼一个。

黄、胡等　谢公公，谢万岁，万万岁！（跪谢之后，抬头翘望天幕现出大圈一个。众哗然）哗，好一个画饼充饥?!

〔幕后报锣响，众官呆若木鸡，刘铁嘴扬长而去。

〔报子鸣锣喝道过场："赐张蛤蟆云游四海，浪迹五湖，所到之处，逢店饮酒，遇官支钱。"两侧大幕随报子过场速度，徐徐而闭，最后正好把报子夹在中间，静止。

全剧终

麒麟老道

剧本介绍

剧　　种：汉剧

创作时间：1991 年

编 创 者：曾桂森、曾祥训

奖　　项：广东省第四届艺术节剧本创作一等奖

出版情况：由中国戏剧出版社结集出版

故事年代：一九二九年秋

地　　点：粤东某地麒麟嶂

人　　物：

　　　　吴　越：公开身份道士，63 岁

　　　　罗　浩：中共县委书记兼农军独立团团长，42 岁

　　　　张　烈：中共县委委员、农军独立团副团长，45 岁

　　　　郑文辉：中共县委委员、农军独立团副参谋长，42 岁

　　　　唐玉娟：农军骨干，罗浩妻，37 岁

　　　　李　萍：农军骨干，郑文辉妻，38 岁

　　　　小机子：小道士，13 岁

陈求富：国民党正规军团长，44 岁

陈广禄：陈求富之侄，江口镇团防主任，35 岁

农军若干、团丁若干、二护卫等

序　幕

〔一九二九年秋。

〔幕启：整个天幕是一面红旗。

〔旗下是南昌城起义门图案。

〔序歌："八一"起义红旗展，

三河激战秋水寒……

〔天幕景灯化成三河镇夜景，河水波光泛血。河滩怪石嶙峋。

战士临刑色不变，

赤胆忠心可对天！

〔序歌声中，胖敌官、瘦敌参，行刑队押着凌空鹞（短须），

以及另两名起义军（连绑）上。

胖敌官　预——备！

〔行刑队举枪瞄准三起义军。

瘦敌参　慢！（对胖敌官耳语）

胖敌官　唔……（转对三义军）再给你们一分钟。招者生，不招者死！

瘦敌参　招！你们乱军往哪里转移？转移到哪里？

〔三义军无语，神情坚毅。

胖敌官　不招？他妈的！（声嘶力竭地）预——备！

〔凌空鹞猛地绷断绳索，跳下水里，与此同时，行刑队枪响，二义军倒下。众敌旋即往凌空鹞跳下处连连开枪。

瘦敌参　快，往下游搜索！

胖敌官　快，快！

行刑队　是！（跑下）

瘦敌参　（验尸）不妙，逃跑的是凌空鹞！

胖敌官　啊！凌空鹞！

〔行刑队陆续上

行刑队　报告！无影无踪。

胖敌官　继续往下搜查，一直查到九龙滩！

行刑队　是！（跑下）

瘦敌参　团座，据我所知，这个凌空鹞足智多谋，若是投奔地方共党，如虎添翼啊！

胖敌官　怎么办？

瘦敌参　立即向上峰汇报，想个法子，堵住凌空鹞退路！

胖敌官　对！

〔前台灯暗。

〔天幕上出现一张夸张的国民党战报，赫赫标题——《凌空鹞归顺国军》片刻化去，继而出现一份夸张的中共东江特委急件，显眼标题《寻找审查涉嫌叛徒凌空鹞》。片刻化去。

〔追光：满目茫然的凌空鹞。

〔伴唱：

污名至，雾团团，

失群雁，前路难；

　　　　秋风里，黄叶一片，

　　　　何处把身安？

〔天幕叠印："一九二九年深秋"字样，并出现老道造型。

〔推出剧名——《麒麟老道》

一

〔一九二九年深秋的一个傍晚。

〔伴唱：

　　　　农军团，劫后余生避深山，

　　　　立足未稳遭围歼……

〔激烈的枪战，一面弹痕累累的破碎的农军犁头旗在晚风中飘荡，伤员躺在隐蔽处。部参谋长在指挥战斗。

〔农军甲边喊边匆匆上："报……报告，我们被包围啦！"

郭参谋长　啊。（寻思）

张　烈　狗杂种，来吧！（四下射击，投弹）

郭参谋长　集中火力，向后山突围！（率军冲上高坡）

　　〔参谋长中弹。

　　〔众农军悲呼："参谋长！"

郭参谋长　快……快突围……

　　〔张烈背起参谋长，众集中火力冲下。

　　〔旗手中弹倒下。

　　〔敌军压上，一敌兵欲取犁头旗，突然飞下蒙面人，拾枪击毙取旗敌兵，在取旗的同时，向敌阵猛烈射击，把欲追赶农军的敌人吸引过来。

陈求富　干掉他！

〔众敌转对蒙面人射击。蒙面人巧妙利用山石掩蔽，且战且
退，飞身急下。

陈求富　追！

〔众敌追下。

〔伴唱：

　　何来英杰怎蒙面？

　　空谷幽兰香暗传！

二

〔序幕后多天，秋日黄昏。

〔道观——麒麟观一角。

〔一片死寂中幕启，小机子的嘴巴被堵住，眼睛被蒙住。
手脚被捆绑在观柱上。

〔吴越观外上。他长须飘拂，手执拂尘，心事重重。格外引人
注目的是形状特别、呈扁圆形的拂尘把柄。

吴　越　立尽黄昏怅日落，多少心事拂尘中！（进观）

〔二便衣团丁耷拉着帽子从隐蔽处跃出，一前一后，枪口对准
吴越。

二团丁　别动，闭上眼睛，举起手来！

吴　越　（面临枪口，无奈闭眼举手）你们是？

二团丁　农军!

吴　越　（睁眼看看农军一眼，冷冷一笑）嘿! 假的真不了, 江口镇里
　　　　见你抢过山妹子!

团丁甲　既然撕破了，那就打开天窗说亮话, 陈主任请你走一趟!

　　　　〔团丁乙取绳正欲捆绑吴越。

　　　　〔观后窗跃入李萍、唐玉娟。李萍手举双枪击毙二团丁, 吴越
　　　　乘机跃开, 正欲动武发功, 见是农军, 放心了。

　　　　〔一团丁临死前望了望李萍一眼, 惊异: "啊……你……"
　　　　死去。

吴　越　（旁白）啊! 他俩认识? （若有所思, 为小机子松绑）

唐玉娟　萍姐, 怎么不留个活口?

　　　　〔吴越赞赏地望了望玉娟。

李　萍　情急之中, 没你心细……

吴　越　　　　　　　　　二位救命之恩!
　　　　（同时）多谢
小机子　　　　　　　　　阿姨救命之恩!

　　　　〔李萍、唐玉娟突然举枪对着吴越, 喝声: "举起手来!"

吴　越　嘿, 真的假不了! 农军大姐, 别与贫道开什么玩笑。

李　萍　（厉声）谁跟你开玩笑? 举起手来!

吴　越　啊! （意识到不是开玩笑, 只得举手）

　　　　〔小机子愣了。

唐玉娟　老道长, 我们是奉命而来的, 请走吧!

小机子　（奔偎吴越）师父!

吴　越　小机子, 别害怕, 定是一场误会, 师父去去就来!

　　　　〔吴越下, 李萍、唐玉娟跟下。

小机子　（追出哭喊）师父！师——父！为什么都要抓你呀？

〔山鸣答应："为什么都要抓你啊？"

〔伴唱：

　　　　声声呼喊，山鸣答应，

　　　　寂寞道观，老少情深；

　　　　多事之秋多奇变，

　　　　夜雾茫茫绕层林。

〔切光。

三

〔当晚。

〔农军团部驻地——山洞一角。洞内有天然石板桌石凳，石板桌上点着两根烛火。壁上挂着松明灯，闪烁着昏暗迷蒙灯光。

〔张烈腰插短枪，在石板凳上磨刀霍霍，时磨时起，显得烦躁不安。

张　烈　（唱）

　　　　闷闷闷，烦烦烦，

　　　　胸中烧着火团团；

　　　　近来农军尽出乱，

　　　　蹊跷事没个完接二连三，

　　　　攻守皆遭敌暗算，

　　　　哑巴亏吃得我七窍冒烟；

　　　　　　　　壶底无缝水不渗，

　　　　　　　　定是军机被偷传；

　　　　　　　　一肚气压不住往外窜，

　　　　　　　　透人钢刀火花翻。

　　〔张烈狠狠磨刀。

　　〔文质彬彬戴着眼镜的郑文辉上，他一手拿着自绘地图，一手
　　拿着铅笔，不时比比画画。

郑文辉　（唱）

　　　　　　　　参谋长突围中殉了难，

　　　　　　　　文辉我悲痛之余抓心间，

　　　　　　　　义不容辞承重担，

　　　　　　　　天降大任落我肩。

　　〔发现张烈在磨刀，莫名其妙

郑文辉　咦？张副团长，你磨刀干吗？

张　烈　等着审问那牛鼻子老道，若是奸细宰了他，奠祭郭参谋长。

郑文辉　哎呀呀！切莫莽撞，人命关天，不比宰猪啊！

张　烈　宰猪又怎么啦？我张烈就是宰猪出身的，不怕你们这些读书出
　　　　身的瞧不起！

郑文辉　误会误会，我是说无论如何也要等罗团长"东委"开会
　　　　回来……

张　烈　回来回来，按理说昨晚就该回来了，可至今……唉！真担心他
　　　　路上出意外啊！（看见文辉手中的地图）咦？你这是？

郑文辉　（咬文嚼字，拖泥带水的）哦，这是我经过深思熟虑、仔细推
　　　　敲、再三琢磨之后画出来的队伍转移路线图，你看看吧！

张　烈　（接图望了望，想发火又忍住）我说文辉啊，你明明知道我是
　　　　粗人，怎么看得出这箭头会转弯弯射圈圈的玩意？

郑文辉　我可以解释嘛！

张　烈　搁着吧，等罗团长回来之后交给他！

郑文辉　（大为扫兴）……好吧！（欲下）

张　烈　别走啦！等会一起审问那牛鼻子！

郑文辉　（来了精神）好的，好的！

　　　　〔幕内声："报告，老道抓到啦！"

郑文辉　嘿，说来就来！

张　烈　（高兴地）带上来！

　　　　〔幕内道："带老道！"

　　　　〔张烈将砍刀放在石板桌上，与郑文辉就座。

　　　　〔吴越内唱：冷月寒星添惆怅……

　　　　〔吴越上，李萍、唐玉娟跟上。李萍与郑文辉相顾点头微笑。

吴　越　（接唱）

　　　　　　　一夜遭二捕实多感伤；

　　　　　　　……谁识道袍掩真相？

　　　　　　　心头热血未敢凉！

张　烈　（以刀作"惊堂木"）大胆老道！给我跪下！

吴　越　贫道从来不跪，只会打坐！

张　烈　嘿！粪缸里头扎马步——

郑文辉　（扶扶眼镜接下话头）摆什么臭架子！

吴　越　出口骂人，罪过，罪过！

张　烈　呀！（气得跳了起来，抢起砍刀）

郑文辉　（悄对张烈）别发火，我们是农军，言行举止，应该斯文。

张　烈　（火暴暴地）他是什么人？对他讲斯文？

唐玉娟　张大叔……（上前耳语）

张　烈　什么？白痴子也抓他？这就邪门了！（转对吴越）老道！看来你是个怪人啊！

吴　越　不奇不怪，道士一个！

唐玉娟　（悄对张烈）老人家站着够累的，你就让他……

张　烈　行！老道，干脆你就坐着听审吧！

吴　越　善哉！善哉！

张　烈　什么咽斋吃荤的，我不管，只跟你了解新旧两笔账……

吴　越　啊？新旧两笔账？那旧账是？……

张　烈　半月前，地下县委在你麒麟观开会，定下攻城机密，是你泄露出去的！

吴　越　噢……这新账呢？

张　烈　农军攻城失败，秘密退守此山，你不但拒绝农军驻扎观内，而且引来陈广禄的团防突袭农军，致使郭参谋长不幸战死……

吴　越　这么说，贫道岂不是成了……

张　烈　奸——细！

郑文辉　快快认罪！

张　烈　从实招来！

吴　越　这个么……

　　　　（旁唱）

　　　　　　看起来这莽汉粗中带细，

　　　　　　已警惕有奸匪泄军机；

　　　　我本当坦诚相告诉心声，

　　　　却疑虑在场有人中隐魅魑……

唐玉娟　（旁唱）老道长神色自若不凡辈。

李　萍　（旁唱）那眼光好锐利威严迫迫。

张　烈　（旁唱）他不声不响是何意？

吴　越　（旁唱）只能够单独与他议端倪；

　　　　（转对张烈）贫道有些话，倒想请教请教……

张　烈　（不耐烦地）有屁就放。

　　〔郑文辉示意别说粗口。

张　烈　（忙改口）哦……有鼻涕就甩，有话就讲！

吴　越　（望了望李、郑、唐）请三位回避如何？

李　萍　回避？什么意思？

郑文辉　老道，别忘了，是我们在审问你！

张　烈　玩什么把戏？

吴　越　张副团长，贫道只是一个年过花甲的老头子，你刀枪俱全，何
　　　　须顾虑？倘若还不放心，尽可以让三位守着洞口，加强戒备。

张　烈　唔……谅你插翅难飞！（示意三人回避）

唐玉娟　（旁白）这个道长，有些神奇！（下）

郑文辉　（旁白）故弄玄虚、故弄玄虚！（下）

李　萍　言行诡秘，倒要留意！（下）

张　烈　（以刀拍案）快讲！攻城机密，你是对谁漏的底？

吴　越　嘿！那晚我在观门外放风，你们县委后院定计，贫道并无顺风
　　　　耳，怎知其中机密？

张　烈　这……（无言以对）这笔账就暂且挂起。拒绝农军进观，又是

什么道理？

吴　越　（笑了笑）贫道当时就说过："道观乃是修身养性场所，并非屯兵驻马之地！"

张　烈　说穿了你是仇视农军，别再推三托四！

吴　越　张副团长，你可晓得？麒麟观后山乃是悬崖绝壁，那一晚农军若是驻进观里，陈广禄的团防突然压境，何止郭参谋长战死？后果可想而知！

张　烈　（不无讥讽地）嘿，这么说你还是农军的救命恩人啰……

吴　越　问心无愧，尽力而已！

张　烈　去你的！麒麟观方圆四十里，除了你和小道士，旁无杂人，不是你通敌还有谁能走漏消息？

吴　越　请问，若是贫道通敌，何不把农军稳住观里，来一个……
　　　　（手喻围歼之势）

张　烈　这……

吴　越　张副团长！（走近）

张　烈　（警惕拔枪）站住！

吴　越　啊！哦……（退回原地）你以为贫道要暗算你？果真如此，只怕你早已一命归西！

张　烈　吓唬谁？吹牛皮？

吴　越　不信？可否让贫道小施末技？

张　烈　我倒要看看，你有什么本事？

吴　越　献丑了！（以拂尘遥对一根烛火一扇，烛火灭而蜡烛却不倒）

张　烈　嘿！神啦，真有两下子！

张　烈　咳！

（旁唱）

　　　　松明灯火昏黄黄，

　　　　看不透这道长似乎甚心肠。

　　　　细细寻思暗估量，

　　　　他言在理行坦荡德高武强，

　　　　当他歹人太鲁莽，

　　　　信他好人太轻狂；

　　　　倒不如换个刀法转个向，

　　　　赔个礼儿好下场。

（走近吴越）老道长，我是个粗人，多有得罪，你不见怪吧！

吴　越　怎么？不审问啦？

张　烈　误会误会……嘿嘿，给筒烟过过瘾吧！

吴　越　呵，挺会找台阶下嘛！给！（递过旱烟，拍拍张烈的肩膀）看得出，你是个烈性子，没有花肠子！

张　烈　对对对！我是个直肠子，不会转弯子，请你老指点几下子！

吴　越　既然如此，我就以诚相告了！半月前，贫道路过江口镇街上两个小头目模样的团防，喝得醉醺醺的，说什么"农军退避麒麟观，死路一条了"，我便匆匆回敝观拒绝你们进驻……

张　烈　哎呀，老道长！当时你就该直说啊！

吴　越　贫道心存疑虑，为何团防能如此准确掌握农军活动情况，只恐内部有……

张　烈　内部有奸细；哎呀，我怎么就没想到这一层呢！对，没有家贼引不来外鬼！

吴　越　是呀！这"家贼"是谁呢？所以对任何人都不敢贸然相告，只

　　　　　能暗中借助一臂之力……

张　烈　难怪白痞子也要抓你了!

吴　越　是呀!"白"也抓、"红"也抓,贫道左右不是人啦!

张　烈　(这回已是真诚而又悔疚地)老道长,都是我自个的主张,多
　　　　　有得罪,向你赔礼了!(抱拳致歉)

吴　越　(苦笑)你既赔礼,贫道自当大礼相还!(掏出犁头旗奉上)

张　烈　啊,犁头旗!(接过)犁头旗!

　　　　　(唱)

　　　　　　　　　犁头旗,失而复得我热泪淌,

　　　　　　　　　定是他,闯敌阵拼杀一场,

　　　　　　　　　大好人,我竟当歹人来冤枉,

　　　　　　　　　莽张烈,愧透心肝悔透了肠!

　　　　　(深深一鞠)老——道——长!

　　　　　〔李萍搀着神情悲切的唐玉娟上。

李　萍　(边上边喊)张副团长,不好了,老罗他……

张　烈　老罗怎么啦?

李　萍　镇上的"花子"进山来了,说是老罗昨夜被陈广禄抓去,还游
　　　　　街示众,扬言明日处决啊!

吴　越　(旁白)啊!(踱步沉思)

张　烈　咳!(焦急搓手)

唐玉娟　(边抽泣边说)张大叔,快带人去救老罗呀!

张　烈　救!怎么救?

李　萍　全团出动,劫法场!

张　烈　啊?这不是硬冲硬闯?我们刚摆脱敌人的追剿,这样去,岂不

是送肉上砧吗?!

吴　越　说的对!

唐玉娟　这……（迟疑）那就不救啦?

张　烈　当然要救! 可我张烈也不会拿刀子去捅猪屁股，还得看准猪心
　　　　窝才进刀呢!

唐玉娟　这……

李　萍　玉娟，别人不去救，你可不能不去救啊! 他是你丈夫啊!

唐玉娟　……（呆坐）

吴　越　（旁白）她这是什么意思……

唐玉娟　（哭喊）老罗，我来救你……（冲下）

李　萍　我也去，邀大家一起去!（冲下）

张　烈　（大喝）回来! 回来!

吴　越　不，该让她们去，而且你要直接带队去，到了半路再折
　　　　回来……

张　烈　老道长，你这是?

吴　越　（严肃而又悄声地）提防"家贼"，兵不厌诈啊! 出发前选两
　　　　名可靠的兄弟把我绑了!（耳语）

张　烈　妙!（情不自禁以拳击桌，痛得连呵双手）
　　　　〔切光。

四

　　　　〔前场当晚深夜。

　　〔江口镇陈氏宗祠。灯笼高挂。正面是陈求富之祖父——晚清大臣陈方略雕像。灯火通明。当夜，江口镇团防主任陈广禄为其升任国民党正规军团长的二叔陈求富归乡接风洗尘设密宴。

　　〔伙差进进出出上酒上菜，陈广禄上。

陈广禄　（念唱）

　　　　　朝中有人好做官，

　　　　　时来运转步登天；

　　　　　二叔荣升我提职，

　　　　　江口镇都是陈氏的山和水，

　　　　　今夜里，祖祠之中设密宴，

　　　　　叔侄俩，功劳簿上一页添。

　　〔幕内马蹄声由远而近，一吆喝口令声："立正！"

　　〔一团丁上。

团　丁　报告，陈团长到！

陈广禄　快快有请！

团　丁　是！（下）

　　〔皮鞋踏地声传来。

　　〔陈求富腋夹公文包上，二护卫随上。

陈求富　（对雕像三鞠躬后回头训斥陈广禄）团长就团长，二叔就二叔，什么团长二叔？怪难听的，今后公开场合叫团座，私人场合叫二叔，懂吗？

陈广禄　是！二叔，请上座！

　　〔陈求富示意二护卫后上座。

陈广禄　二叔，喝酒！吃菜！

陈求富　广禄，姓罗的招了没有？

陈广禄　（摇摇头）这小子软硬不吃！干脆把他"崩"了算啦！

陈求富　不！罗浩是只"蜂王"，你可别乱来！误了我"引蜂出窝"的
　　　　大事，当心你的脑袋！

陈广禄　不敢不敢，没有二叔的命令，小侄哪敢自作主张？

陈求富　唔！都布置好了？

陈广禄　二叔放心，到时把口袋一收，任蒸任炒，管教农军个个都成了
　　　　下酒的菜！

陈求富　可别高兴得太早，当心被他们反蜇一口啊！

陈广禄　没事，那个莽张飞准已带队出窝，否则"钉子"……

陈求富　我说广禄呀，不能什么都指望"钉子"，"钉子"也有"钉
　　　　子"的难处嘛！喂，前次走漏风声的事查明了吗？

陈广禄　早已查明，是小侄管下的两个酒鬼喝多了黄狗尿漏的底，有兄
　　　　弟发现，正好那个老道路过，准是先给农军报的信！还有那个
　　　　蒙面人，可能也是他……

陈求富　唔……这个老道非同小可啊！咦？怎么还没有抓到？

陈广禄　呃……还在路上吧！

　　　　〔真假团丁边吵边上，"走，见我们的长官去！""拦路抢
　　　　人，岂有此理，岂有此理！"

陈求富　怎么回事？

陈广禄　（发现化装成团丁的二农军）唔？你们是哪个部分的？

农军甲　我们是南山团防，奉命抓了个嫌疑犯，路过这里，却被……

团防甲　陈主任，你吩咐过，凡经江口地盘的"票子"都要拦住……

陈广禄　对！（拍拍其肩膀）拦得好拦得好！（转对农军甲）抓的是什

么嫌疑犯？

农军甲　共产党嫌疑犯——麒麟老道！

陈求富　麒麟老道！

陈广禄　麒麟老道！

陈求富　（对农军甲乙）你们辛苦了……

陈广禄　（对农军甲乙）这位是驻守齐河县的国军长官陈团座……

二农军　（佯装诚惶诚恐地）啊！长官，长官……

陈求富　（拿起一壶酒递给农军），二位先消消倦，等会重重有赏

二农军　谢谢长官！（接酒下）

陈求富　（对团防）把老道押进来！

团　丁　是！（下）

陈求富　广禄啊，据调查，这老头两年前才入观为道，依我看，很可能
　　　　就是上峰两年前明里拿他大做文章，暗中却一直加紧缉捕的
　　　　要犯……

陈广禄　那就太妙啦！二叔，听说这老道带本地口音，小侄怀疑他还是
　　　　传说中的耿……

陈求富　耿什么？

陈广禄　耿天豹！

陈求富　啊！（猛地立起）耿天豹？当真？

陈广禄　八九不离十！

陈求富　（狂喜）好呀！快撤宴！

陈广禄　是！（对内呼）人来撤宴！

　　　　〔二伙差边应边上，撤宴欲下。

陈求富　慢！（按住两伙差）速备清水一盆，尖刀一把！

二伙差　是！（下）

陈广禄　二叔，你要？

陈求富　来！快快跪谢先祖！（拉陈广禄跪下）

　　　　（唱）

　　　　　　　祖父有灵在天界，

　　　　　　　大清宠臣立神台，

　　　　　　　齐河霸主代承代，

　　　　　　　显赫陈氏胎接胎；

　　　　　　　祖父啊，御赐青锋镇魔怪，

　　　　　　　神差鬼使伏法来。

　　　　　　　剖其心肝清水洗，

　　　　　　　祭慰先灵乐祖怀。

　　　　　　　待晓来邀功校验其脑袋。

陈广禄　（唱）

　　　　　　　又升官又发财，

　　　　　　　重修祖祠挂金牌。

　　　　〔二伙差各用朱红托盘扛着水盆和尖刀上，放置桌面，复下。

陈求富　（起呼）速将老道带上来！（转对陈广禄）你先主审。

陈广禄　是！

　　　　〔团丁押着被缚双手的吴越上。

　　　　〔陈求富、陈广禄就座。

陈广禄　大胆老道，你可知罪？

吴　越　道家以善为本，何罪之有？

陈广禄　半月之前，是你通风报信，农军才得以突围，你有私通赤祸之罪!

吴　越　贫道不管尘世纷争,实在不知什么赤祸白祸!

陈广禄　他娘的,装傻!

吴　越　污言秽语,罪过罪过!

陈求富　(注视吴越多时,突然冷幽幽发话)老道长!请坐!

吴　越　(看了陈求富一眼)大施主,谢坐!

陈求富　请问法号?

吴　越　贫道吴越!

陈求富　吴越(眼睛转了几转)越王勾践,卧薪尝胆,誓与吴王夫差为
　　　　敌……道长法号有出处,有来由啊!

吴　越　贫道法号乃先师所赐,有无出处来由,只有天晓得!

陈求富　老道长超然物外,仙风道骨,修炼之功,可谓炉火纯青啊!

吴　越　大施主谈吐风雅,精明练达,定然是身份不凡啊!

　　　　〔陈求富、吴越各有所思。

陈求富　啊!啊哈,哈哈哈……

吴　越　啊!啊哈,哈哈哈……

　　　　〔陈广禄见两人大笑,莫名其妙。

陈求富　(旁唱)

　　　　　　唇枪舌剑不相让,

　　　　　　显见他是一个经磨历练铁金钢!

吴　越　(旁唱)

　　　　　　陈氏祠中他能暗执掌,

　　　　　　分明是地头蛇的王中王;

陈广禄　(旁唱)

　　　　文绉绉尽打舌头仗，

　　　　二叔他灌的什么迷魂汤？

吴　越　（旁唱）待时机，只等此人近身旁。

陈求富　（旁唱）管叫他显真相我要耍花枪。

　　　　（转对吴越）老道长，最近我们获悉，共军朱德军长……

吴　越　朱德军长……是个大名鼎鼎的好人物啊！他怎么啦？

陈求富　他派人前来梅埔丰一带寻找一个失踪人！

吴　越　一个失踪人？

陈求富　对！一个生未见人、死未见尸、失踪两年多的老头……

吴　越　罪过罪过，这个老头能有何能耐？值得人家朱德军长派人
　　　　寻找？

陈求富　这个老头么……嘿嘿，非同小可啊！鄙人手头上有份关于他的
　　　　资料，（猛地从公文包里取出一张报纸）请听听我军两年前的
　　　　战报……（念报）原敌军侦察连连长最近归顺国军，为党国效
　　　　劳，此人就是能枪善剑，精文善功，赫赫有名的凌——空——
　　　　鹞！

陈广禄　凌空鹞，那不是抓小鸡的老鹰么？

吴　越　哈哈哈……抓小鸡的老鹰？你们的上峰为何要拿他大做文章，
　　　　岂不是欺世盗名么？

陈广禄　这……

陈求富　老道长，岂不闻："醉翁之意不在酒！"上峰这一招断了凌空
　　　　鹞的退路，管叫他有家不能归，有苦说不出，嘿嘿……

吴　越　噢！你们上峰这一招也够绝的，有意思，有意思……

陈求富　有意思的是这个凌空鹞——上峰捞不到，共军找不着，却要落

在陈某手中了！老道长，你——相信吗？

吴　越　相信，不过，据贫道看来，并非好事！

陈求富　唔？

吴　越　大施主印堂虽然发亮，却又满脸晦气，只恐"福兮祸所伏"啊！

陈求富　哟！这么说你还会看相了，抬起头来，你来看——那是谁？

　　　　（指雕像）

吴　越　（望像抑怒）贫道不晓得施主供的是哪路神仙？善哉！善哉！

陈求富　（厉声猛喝）别演戏了，耿——天——豹！

吴　越　（微微一愣，复态）什么？耿天豹他还在世么？

陈求富　你——认识他？

吴　越　我是——听过江湖上的传说！

陈求富　怎么传？怎么说？

吴　越　听道一"耿天豹，聚穷汉，报妻被污仇，雪民遭杀恨，刺杀道台陈方略，夺他御赐青锋剑……"

陈求富　住口！（咬牙切齿地一手执枪一手握尖刀，步步逼近吴越）青锋剑，青锋剑，还我祖父的青锋剑！

　　　　〔陈广禄欲上前又胆怯。

吴　越　这么说，你认定贫道就是耿天豹？

陈求富　认定啦——你就是耿天豹！也就是凌空鹞！

吴　越　（有意分散陈求富注意力，昂首大笑）哈哈哈……

　　　　〔吴越趁陈求富分神之机，猛地崩断绳索，一个扫堂腿绊倒陈求富，拍掉其手中的枪。

陈广禄　（惊呼）来人呀！

〔二护卫、数团丁执枪奔上，可是，此时吴越早已夺过陈求富的尖刀，臂扼其脖，二假团丁（农军）冲上，执枪对敌。

〔吴越以陈求富做"盾牌"，面对枪队。

陈求富　（惊喝属下）别开枪，千万别开枪！

吴　越　快命令他们，把枪放在一边！

二农军　快！

陈求富　（惊恐地望着对准胸口的尖刀）是，我命令，快……把枪放下！

〔众放枪一堆。

吴　越　枪队退下，释放农军罗团长！

陈求富　是！广禄，快……退下，放了罗团长！

陈广禄　那……二叔，你……

吴　越　想保住你二叔的命，快照办，不然……

陈求富　广禄，快照办，快照办……

陈广禄　是……退下，退下……

〔枪队退下。

陈求富　老道长，请高抬贵手，有事好商量！

〔脸带伤痕的罗浩上，见状，惊喜。

罗　浩　啊，老道长，是你们！（拾起地下枪支）

吴　越　（不无讥讽地对陈求富）大施主，还劳烦你护送我们回山哟！走！

〔罗浩、吴越，二农军押陈求富下，陈广禄上。

陈广禄　（望祠外悲呼）二叔，二——叔！

五

〔前场次日。

〔道观后院，栽菊盛放，院墙外蓝天白云。

〔栽菊旁，石凳前，唐玉娟与另三名女农军在缝补犁头旗。

女　众　（唱）

　　　　手轻轻心细细飞针走线，

　　　　缝弹孔补裂痕感慨联翩。

唐玉娟　（唱）

　　　　有多少好战友鲜血渗染，

　　　　才显得创累累，色不减，依样红彤彤。

　　　　今日里黄花映旗分外艳，

　　　　困境之中喜报传！

女　众　（唱）

　　　　掳敌首群情振奋心花绽，

　　　　竖战旗高高站祝捷志更坚！

〔唐玉娟将犁头旗高插在院墙上。

〔罗浩手拿一件折叠着的灰色军衣上。

唐玉娟　（发现罗浩）老罗！

女　众　罗团长！

罗　浩　哟！真是心灵手巧啊，这么快就补好啦！

女　甲　（知趣地示意女乙、丙）补好啦，我们剪字去！

女　乙　哎！（三人下）

唐玉娟　老——罗！（忘情地扑进罗浩怀里，哭了起来）

罗　浩　玉娟别哭，别哭！我不是好好的吗？

唐玉娟　要不是老道长，只怕你……

罗　浩　是啊！老张都跟我说了，看来，老道长是个能人啊……

唐玉娟　你这个一团之长，拿什么谢他老人家呢？

罗　浩　玉娟，我们能拿出什么呢？只能拿我罗浩及农军的一片心意啊！今天的庆功会，就是专门为他老人家开的，玉娟！我想把这件军衣送给老道长，让他老人家穿上参加庆功会！

唐玉娟　好，好！让老道长为农军添添气派！

　　　　〔幕内传来众农军欢呼声："老道长，你别推让！别推让！"

　　　　吴越声："不敢当，不敢当啊！"

　　　　〔在张烈的率领下，众农军像抬轿似的把吴越高高抬起，簇拥上。

罗　浩　（笑对众）哟！你们这是？

吴　越　（笑对罗浩）罗团长，你看，大伙硬要我"坐轿"啊！

农军甲　（风趣地表演）老道长，请下轿！

　　　　〔众人被逗得哈哈大笑，放下吴越。

张　烈　老罗！（唱山歌）

　　　　　　　众手搭架准轿行，

　　　　　　　大家兴过过新年。

　　　　　　　抬等道长来请愿。

　　　　　　　爱你头人应一声！

罗　浩　哦！"请愿？"请什么愿？

农军甲　请老道长当农军参谋长！

　众　　对！当参谋长！

唐玉娟　我赞成，我赞成！

吴　越　老朽无能，不敢当不敢当！

　众　　（约定似的，有板有眼地一起呼喊）老道长，别谦让！老道
　　　　　长，别谦让！

罗　浩　老道长！你看——大伙的心愿……

吴　越　谢谢大家，谢谢大家！罗团长，这件事实在太突然了，容我斟
　　　　　酌斟酌再说吧！

罗　浩　（点点头对众）大伙就尊重老道长的意见吧！

张　烈　对，别让老道长为难，走！布置会场去！

　　　　〔众下。

唐玉娟　（将军衣递给罗浩）老罗！你跟老道长聊聊，我去摘些捻果回
　　　　　来，给庆功会添添彩，让大伙尝尝鲜！（下）

罗　浩　老道长，为了农军，舍生忘死，我代表农军向你致以最崇高的
　　　　　敬意，若不嫌弃，请收下军衣！

吴　越　啊！军——衣！（激动得情不自禁欲致军礼，猛然想起什么，
　　　　　连忙双手抱拳）这是最珍贵的礼物啊！我收下，我收下，谢
　　　　　谢，谢谢！（接过军衣）

罗　浩　该谢谢你老人家啊！噢，老道长，你太辛苦啦，好好歇会儿，
　　　　　我看看庆功会场去！（下）

吴　越　军衣！军——衣！

　　　　（唱）

　　　　　　　　　两年来，穿着军衣唯梦里，

　　　　　　　　　梦成真时喜痴迷。

　　　　　　　　　强在这道观道袍充道士，

　　　　　　　　　魂牵萦军衣军旅舞军旗。

　　　栽黄花，聊寄志，

　　　霜寒苦，不凋萎。

　　　今日里情满道院如归队，

　　　兴冲冲脱下道袍换军衣……

　　　快着罗浩诉心曲，

　　　表真挚辩委屈莫再迟疑……

〔李萍挑水过场，吴越望见，"啊！"

（接唱）

　　　见此人不由我顿时犹豫，

　　　不迟疑又迟疑细细寻思……

　　　我若此时身份泄，

　　　必受审查被隔离，

　　　隔离审查无所惧，

　　　怕只怕贼喊捉贼视线移；

　　　难免得军心混乱误大事，

　　　延误转移好时机……

　　　想到此，欢与忧，深压心底，

　　　我还当，莫露声色护移师！

〔切光。

六

〔前场次日。

〔麒麟观附近——"幽盼泉"。

〔投影景为麒麟观外景。台景：花木丛中屹奇石。

〔石上刻字"幽盼泉"，两侧有浓密树叶伸出。

〔斑鸠、鹧鸪等山鸟远近啼鸣。

〔唐玉娟手挽竹篓捻果上。小机子手执弹弓射鸟，腰上已系着
九只山鸟，另向上。

唐玉娟　（唱）

九月九，捻果胜似酒。

满枝头乌溜溜光亮油油。

小机子　（唱）

花斑鸠，休想飞得走，

小石弹一出手赛过利箭头；

唐玉娟　（唱）祝捷果，摘满篓，

小机子　（唱）庆功肉，缠满兜；

唐玉娟　（唱）同祝老罗脱虎口。

小机子　（唱）功庆师父抓了个"白面猴"！

唐玉娟　（望见小机子）小师父！小师父！

小机子　哎，唐阿姨！

唐玉娟　快来吃捻子！

小机子　（走近）我吃过了，不吃啦！唐阿姨，你知道吗？捻子吃多了
不好喔！

唐玉娟　（笑了笑）怎么不好啦？

小机子　哟，拉屎时好辛苦呢，而且拉的屎挺难看，黑乎乎的！

唐玉娟　（被逗得大笑）哈哈哈……小师父，来歇会儿，陪阿姨聊聊
　　　　好吗？

小机子　好嘞，唐阿姨，以后别叫我小师父，我叫小机子！

唐玉娟　好，小机子，小机子！（拉着他至"幽盼泉"前的石块上
　　　　歇息）

　　　　渴死啦！（捧水喝）啊！是甜津津的，太美啦！

小机子　当然啦！哎！唐阿姨，你看看那"幽盼泉"三个字美不美？

唐玉娟　美，也是美极了！

小机子　（高兴地）那是我师父刻的呢！

唐玉娟　噢，是你师父刻的？为什么叫"幽盼泉"呢？

小机子　（摇摇头）我问过师父，可师父说等我长大了，自然会晓得！

唐玉娟　你师父常来这里吗？

小机子　师父经常外出，可每逢回来，早晚都带我到这里来识字啦，练
　　　　武啦！说是：泉水清清，头脑灵灵！

唐玉娟　还有呢？

小机子　师父练武之后，总是要站在上面望着老远老远的地方，好像在
　　　　等什么……

唐玉娟　啊？小机子，你跟你师父多久啦？

小机子　两年啦！当时我饿晕在路上，幸亏师父把我救活……

唐玉娟　这么说，你是孤儿？

小机子　嗯！（抹眼）

唐玉娟　你爸爸妈妈呢？

小机子　（摇头）不知道，自我懂事起，就自个儿要饭……

唐玉娟　你师父待你好吧？

小机子　嗯！师父很疼我，我也把师父当爷爷看！

唐玉娟　（触动什么）小机子，你真懂事，以后干脆称你师父叫爷爷多好！

小机子　叫师父爷爷！

唐玉娟　对，叫爷爷！（侧首抹眼）

小机子　唐阿姨，你怎么啦？

唐玉娟　噢……没什么（掩饰地）有只山蚊子撞进眼里……没事啦！

小机子　没事就好，唐阿姨，我到那边多射几只斑鸠去！

唐玉娟　好，等会阿姨邀你一起回去！

小机子　哎！唐阿姨，回去后我就叫我师父爷爷咯！（欢快下）

唐玉娟　（望着小机子去向，喃喃自语）叫爷爷，爷爷！

　　　　（唱）

　　　　　　　　小机子高叫爷爷蹦得欢，

　　　　　　　　怎知我心里呼唤亲人年复年，

　　　　　　　　老爸爸早年出逃未谋面，

　　　　　　　　生死难探音渺然；

　　　　　　　　常言道孤儿无论大和小，

　　　　　　　　一样思亲病相怜，

　　　　　　　　父母爱儿长江水，

　　　　　　　　不计男女皆缠绵，

　　　　　　　　幽盼泉前细思量，

　　　　　　　　私悟幽盼意中玄，

　　　　　道长心柔情无限，

　　　　　就似这一泓清泉映蓝天，

　　　　　究竟他盼为哪般爱，

　　　　　再招小机子婉转攀谈！

〔唐玉娟往小机子去处下。

〔一阵阵浓雾飘过。李萍挑着一担木桶上，她心事重重。
在浓雾中缓缓而行，犹似雾中人。

李　萍　（唱）

　　　　　无心共说功与宴，

　　　　　担桶挑水避人前，

　　　　　一夜之间生巨变，

　　　　　雾锁前路茫茫然；

　　　　　迷漫漫好似人生一考卷，

　　　　　怎样解怎样填答案好艰难；

　　　　　往事难却压心坎，

　　　　　不堪回首两年前……

〔浓雾弥漫，遮盖了李萍。

〔浓雾中，闻声不见人的陈求富的大笑声："哈哈哈……"

〔幕内传出的鞭打声，喝"招"声。郑文辉受刑的呻吟声：
"哎哟……哎哟……"

〔李萍的悲呼声："别打啦！别打啦！"

〔浓雾散开时，"幽盼泉"已化成"富贵泉"——陈求富住所
花池中的假山。

〔陈求富正用双手拦住欲奔向鞭打声方向的李萍。

陈求富　哈哈哈……好！看在你的面子上……（挥手鞭打声停）真看不出，你这书呆子丈夫倒有点宁死不屈的英雄气概哟！

李　萍　（讥讽地）哼！没气概的男人配得上我吗？

陈求富　唉！何必话中有话呢？不就是十年前我没一起去参加所谓什么北京学生爱国运动的游行吗？萍，我一直百思不得其解，当年你这堂堂李府千金，不肯嫁给我这道台宠孙，偏要逃婚，跟个穷书生投奔什么革命队伍……唉！一失足成千古恨噢！否则，你看，这一切不都是你的吗？

李　萍　我不在乎，我不后悔！一个珍惜爱情的女人是不会去爱一个花花公子的！

陈求富　喏喏喏，我承认，年轻时食点新鲜，有失检点；岁数多了不也规矩了吗？萍，亡羊补牢，犹未为晚啊！（欲动手动脚）

李　萍　无耻！（扇了陈求富一记耳光，以额对假山）陈求富，你再无礼，我宁可一死！

陈求富　（恼羞成怒）好呀，时到今日，你还死恋你那赤小子，我送你俩上——西——天！来人呀！

　　　　〔陈广禄及团丁甲上。

陈广禄　二叔，有何吩咐！

陈求富　（指着李萍）拉下去！连同郑文辉一起……

李　萍　啊！不，求富，我……我答应你，答应你……

陈求富　哦？（挥手示意陈广禄）

　　　　〔陈广禄、团丁下

陈求富　你呀！何必惹我生气呢？我们回房吧！

李　萍　不！求富，我是说，其他什么事我都答应你，只要你放了我和文辉，只要你不对我非礼……

陈求富　别担心，毫无痕迹，连你丈夫也能瞒过，选个大雾天气让你俩
　　　　"越狱逃跑"，只要你……

〔浓雾中恢复原场景——"幽盼泉"。

李　萍　（从往事回忆中回到现实）唉！

（唱）

现如今求富成了阶下囚，

急坏我彷徨无计一女流；

若不设法将他放，

免不了拉我垫底命同休；

欲救无隙难下手，

观内人多耳目稠；

最堪忧那个神秘老道叟，

似对我生疑窦我要把神留；

蓦地风来骤，一池清泉被吹皱。

吹不散——我满腔慌乱满腹愁！

〔李萍忧心忡忡，以木勺取水。

〔郑文辉一手握铅笔，一手拿纸稿上。

郑文辉　（自言自语）嘿！好一个张副团长，编什么"快板书"，要我
　　　　修改修改，看看怎么样！（边以铅笔打板拍边念）"打竹板，
　　　　嘀嗒响，农军尽夸老道长，计谋多，武艺强……"白水字，不
　　　　是"义"而是"艺"，（改字接念）抓来了坏蛋陈求富，救出
　　　　了农军罗团长。说服了老道长。请他加入农军来当参谋长！
　　　　（触动隐衷）咳！（唱）

> 只道是稳当当升职替正位，
>
> 论学识论资辈舍我其谁？
>
> 没料到军心另向他人汇，
>
> 霎时间说不清的滋味涌心扉。

〔欲撕掉"快板书"又忍住，胡乱塞进口袋里，郁郁行至"幽盼泉"李萍正好舀满水。

〔郑文辉、李萍同时发现对方神色不对。同道："啊！脸色这么难看，怎么？"后各自掩饰："噢，没什么。"

李　萍　文辉，你有心事，坐下，快告诉我！（拉郑文辉坐下）

郑文辉　萍，我是特地前来帮你挑水的，没事，真的。

李　萍　有的，瞒不住我！（无意中发现文辉口袋中的"快板书"，取看）文辉，你不说我也猜得出，就是为了这个……（晃晃"快板书"）

郑文辉　（只好承认）唉，其实也没什么，只是有点不愉快就是！

　　　　（旁白）知我者娇妻也！

李　萍　（旁白）趁此机会，试他一试！（转对郑文辉）文辉，有些话不知当讲不当讲。

郑文辉　哎呀！夫妻之间，有什么不好说的？

李　萍　文辉！（唱）

> 当日里投奔革命书生气，
>
> 想当然胜利无须些少时。
>
> 谁能料，审错时局度错势，
>
> 秋风秋雨总萧瑟！
>
> 到如今，革命革到山沟里，

> 颠沛流离无尽期，
>
> 你满腹经纶谁重视？
>
> 只不过，头人眼里一腐儒；
>
> 何必一棵树上来吊死，
>
> 辜负了大好年华后悔迟！

郑文辉　啊，你的意思是？

李　萍　走！

郑文辉　走？

李　萍　东边不闪西边闪，山不自转水自转！

郑文辉　不！我是一条路上走到底，越过高山是平川。萍，你要坚定信念，坚定信念啊！

李　萍　坚定信念？（旁白）莫非他另有……再激激他看看！转对郑文辉，指着"快板书"事实摆在眼前，人心所向，窥豹一斑，你纵有抱负也是枉然！

郑文辉　萍，夫妻之间，不怕掏出肺腑之言……（耳语一番）你看怎样？

李　萍　这个么……

（旁唱）

> 没想到身边伴为能遂愿，
>
> 城府深深隐机关。
>
> 既然他，执迷不悟拉不转，
>
> 我只好，随机再拨细算盘！

（转对文辉）你的主意好是好，可千万别盲干啊！

郑文辉　萍，你就放心吧！

〔幕内，小机子喊声："快救人啊！唐阿姨被毒蛇咬啦！"

〔郑文辉、李萍："啊！"

〔切光。

七

〔前场当日。

〔两个表演区：A——麒麟观偏房，农军女住地。B——临时禁闭陈求富的观内栅室。

〔A表演区开光：唐玉娟躺在床上昏迷不醒，吴越正为她治疗，为其伤腿从下逐上反复驱除余毒。罗浩担心地为唐玉娟慢慢卷裤腿。张烈、郑文辉、李萍及部分农军不安地围观。床沿上点燃一根记时用的香火。

〔小机子捧着大把青草药上，进房。

小机子　师父，"半边莲"拔来了，你看看。

吴　越　嗯！（认真拨开检查）洗干净，快捣烂！

小机子　哎！（下）

〔吴越继续治疗，当罗浩将唐玉娟的裤腿挽至膝上时，吴越猛地一震，发现什么，情不自禁"啊"了一声。

众　　（焦急地）怎么，有危险？

罗　浩　（痛苦地）老道长，莫非玉娟她……

〔小机子端着捣烂的青草药上，见状忙将药放下。

小机子　（哭了起来）师父，救救唐阿姨吧！

吴　越　啊！你们这是……（意识到是因自己的失态所引起的误会，忙掩饰地）噢！我再仔细看看……（顺水推舟地）哎呀，人老眼花，以为是毒血封脉了！弄错了，原来是一块红胎记……没事没事，再施敷几回药就好啦！

　　　　（忙为唐玉娟贴药）

　众　　（如释重负地）多亏老道长啊！

罗　浩　谢谢老道长，谢谢大家！

张　烈　大家别妨碍老道长治疗，继续筹备庆功会的事吧！

　　　　〔众陆续下。罗浩与张烈出门。

罗　浩　（悄对张烈）老张，通知党委成员到后山洞开会，传达特委对农军战略转移的请示以及继续寻找审查凌空鹞的通知，顺便决议怎样处置陈求富，我先去准备准备。

张　烈　好！

　　　　〔罗浩、张烈分向下。

　　　　〔吴越为唐玉娟贴完药。连忙起身，见众已去，复趋看唐玉娟的红胎记。

吴　越　（感慨万千）红胎记，是红胎记啊！

　　　　（唱）

　　　　　　　红胎记，红胎记，

　　　　　　　常在脑海泛涟漪；

　　　　　　　数十载，何消息？

　　　　　　　今日重见泪沾衣；

　　　　　　　想起了菲菲女倘若在世，

　　　　　　　该与她一样的年纪一样的柔媚；

　　　　　　细留意这脸蛋这鼻子这唇齿，

　　　　　　好亲切好熟悉多似我那屈死的妻，

　　　　　　常言道女貌如娘料定她就是……

　　　　　　就是……就是辗转托养的小菲菲！

　　　　〔唐玉娟梦呓声："爸爸！爸爸……"

吴　越　啊！（接唱）

　　　　　　她梦中唤爸声声急，

　　　　　　足见骨肉相思入了迷……

　　　　（喃喃自语，趋近）菲菲，我的女儿，爸爸来了，爸爸来了。

　　　　〔唐玉娟梦呓声："萍姐，快来看，我找到爸爸啦！快！萍姐！萍姐……"

吴　越　啊！她正在叫萍姐？不能认，暂时不能认啊！

　　　　（接唱）

　　　　　　正把李萍安留意，

　　　　　　莫忘玉娟与她关系密；

　　　　　　农军形势多严峻，

　　　　　　迫眉睫挖出奸细早转移；

　　　　　　此时认女我身份泄，

　　　　　　必惹麻烦误军机。

　　　　　　权当是老天怜老把好梦赐，

　　　　　　强按下寸寸柔肠唯自知！

　　　　〔唐玉娟呻吟声："哎哟！哎哟！……"

吴　越　（听见）哎呀！（看看香火）该换药啦！

　　　　〔收光。B表演区灯亮。

〔陈求富被关押在铁栅内，一农军持枪栅外看守。

陈求富　（唱）

只道是官星显耀照当头，

估量是共匪掳我当盾胄，

掩护残部他处投，

统军要领参悟透，

暂时我性命料无忧，

只等"钉子"把我救，

举兵进剿，管教横尸满山沟！

〔小机子扫地上。

小机子　（念）师父叮嘱牢牢记，

暗中留神李萍姨！（扫地过场下）

〔李萍执手枪上，与农军看守点头换哨，农军下。

李　萍　（旁唱）

这才是吉星高照天意厚，

党委会终决议处死敌酋；

借轮守，捷足先登来灭口，

免得他临刑咬人把底抖。

（走近铁栅）陈求富，你心里明白，这回你是遭老道暗算，怪不得我，你受惊了吧？

陈求富　彼此彼此，难道你就好受了？

李　萍　都是你，害得我两年来提心吊胆，噩梦缠绕！

陈求富　是啊！两年来，你及时传递了农军行动情报，近日内还将罗浩东江归期通透，万一漏了底，农军能不宰了你这丧家狗！

李　萍　（咬牙切齿地）姑奶奶我能透水也能封口，滴水不漏！

陈求富　啊！这么说你想将我灭口？

李　萍　（点点头）我可以说你夺枪行凶，越狱逃跑……别怪我心狠手
　　　　辣，除非我无路可走！

陈求富　人证可灭，物证难消，你别忘了，你的变节签书、庆功情报，
　　　　还在我部署的卷宗里，保存得十分完好，瞒得过今天，瞒不过
　　　　明天，哪怕你跑到天涯海角！

李　萍　这……

　　　　（旁唱）

　　　　　　　这一层金刚罩可没想到，

　　　　　　　压得我浑身软瘫失了招！

陈求富　（旁唱）

　　　　　　　安危共系，还须紧抱，

　　　　　　　适可而止，牵她过桥。

　　　　（转对李萍）我理解，你是一时糊涂，其实，你面前摆着开阔
　　　　路……陈求富对农军早晚会赶尽杀绝，你可要识时务啊！我劝
　　　　你当机立断，放了我，一起逃跑，也好给你丈夫留条后路！

李　萍　这……谈何容易，环境不许，里里外外，岗哨密布！你看，那
　　　　个扫地的小道士，也许就是个耳目！

陈求富　机会有的是，只要你心中有数！

李　萍　不，实话告诉你，他们在庆功会之前，就要打发你上西——
　　　　天——路！

陈求富　啊？我不信，难道他们都是一群废物？就没有人想过杀我一
　　　　命，可能招致全军覆没！

李　萍　虽有异议，无济于事，只因你血债累累，农军恨你入骨！

陈求富　噢……果真如此，合该我尽了气数，不过，我深信，到时会有
　　　　人出面，极力阻拦……

李　萍　谁？

陈求富　老道士。

李　萍　那老东西是个神奇人物，可毕竟还未加入农军，更无权左右农
　　　　军内务，就怕万一阻拦不住……

陈求富　不，我深信他有这本事。要是你不信，我跟你打赌！

李　萍　打赌？怎么打赌？

陈求富　要是我赢了，你就得在农军转移前将我救出……

李　萍　噢！要是你输了呢？

陈求富　我宁可独自受死，决不将你披露！

李　萍　（冷笑）头家，你很精赌啊！暂时不露，日后呢？你刚刚说
　　　　过，你部署的卷宗里，十分完好地保存着我的庆功情报、变节
　　　　签书！

陈求富　我即刻可写下手令，命令有关部署，将你的所有材料付之火
　　　　炬，手令交付给你……

李　萍　哦！一旦你被处死，我就将情报连同你的手令送出？

陈求富　对！怎么，赌不赌？

李　萍　这……赌！

　　　　〔收光。A表演区灯亮。
　　　　〔吴越在为唐玉娟再次施功换药。
　　　　〔张烈手中拿着砍刀。向另侧喊。

张　烈　文辉，牌子写好了吗？

〔郑文辉内声："写好啦！"上。他手中拿着一块写着"枪决陈求富"的长方形木牌。

张　烈　好，这字呱呱叫，听人说相字有诀窍，一看吊起美不美，二看笔锋利不利。你这字的笔锋就像这把杀猪刀！

郑文辉　哎呀，杀猪刀、杀猪刀！你又擎来干吗？

张　烈　昨天没有派上用场，它有意见哪！（指指木牌）喏，节省一粒铁花生米，就用这干脆利落！

郑文辉　那个不行！你忘啦？我们处决罪犯是不准砍头的！

张　烈　噢，瞧我这记性！哎，吓唬吓唬那混蛋总可以吧？把他弄出来示众示众！

〔张烈正欲下，吴越此时已为唐玉娟换好药、放下，捶捶腰背出门。

吴　越　（看见牌子）啊！要杀陈求富？

张　烈　对！先杀陈求富，再开庆功会，这……这叫什么来着？

郑文辉　鼓舞农军士气，消灭敌人威风！

张　烈　对，威风威风！

吴　越　谁决定杀陈求富的？

〔罗浩上，听见吴越发问。

罗　浩　老道长，是我们党委决定的……

吴　越　党委决定的？几个成员？

张　烈　一共有……

罗　浩　嗯哼！（示意张烈别说下去）老道长，对不起，这是……

吴　越　噢……（意识到罗浩用意）我老糊涂了，不该问这些，请原谅，请原谅！

郑文辉　（不悦地）老道长，莫非你对处决陈求富另有看法吗？

吴　越　是的，贫道认为，陈求富暂时不能杀！

　　　　〔罗、张、郑："不能杀？为什么？"

吴　越　来，请借一用！（取过砍刀和木牌，在石板上摆起阵势图来）
　　　　请看：陈广禄的团防是一把砍刀，为何不敢砍来？就是顾忌他
　　　　所最敬重的二叔的性命在农军手上；而农军正好利用陈求富做
　　　　块"盾牌"，抓紧转移，若是杀了陈求富，喏，势必……

张　烈　哎呀，老道长说的在理呀！

罗　浩　老道长，谢谢你的好意，你的分析是有一定道理的，我跟文辉
　　　　也商量分析过，觉得……

吴　越　怎样？

郑文辉　（不无挖苦地）老道长，你忽视了两者之间的距离！（将砍刀
　　　　与木牌重新分开）麒麟嶂离江口镇数十里路，陈求富的生和
　　　　死，其侄子根本无法获悉，除非这林子里的飞鸟去传递……

吴　越　问题就在这里，怕就怕有这样的"飞鸟"啊！

郑文辉　你是说有奸细？危言耸听，危言耸听！

张　烈　不怕一万，只怕万一，近来的事……

罗　浩　唔……为了慎重起见，是该重新……

郑文辉　哼！（咔嚓一声将木牌折断）不杀陈求富，还开什么庆功会？
　　　　为谁评功摆好！（掏出"快板书"甩给张烈，张烈未接住）我
　　　　不参加！（愤愤下）

罗、张　文辉，文辉！（追下）

吴　越　（拾起"快板书"看了看，若有所悟）噢……（有点眩晕，苦
　　　　笑摇头）

〔伴唱:

苦苦一笑谁人知?

默默无言皱双眉!

狂风未息雨又起,

空余浩叹捋长须!

〔切光。

八

〔距前场一周后。

〔山坡处筑新坟,木制临时墓碑上写着"农军参谋长郭友才烈士之墓——全体农军立"字样。坟堆上有花圈,坟前有简单祭品。墓地周围有石块、树墩,可供人坐歇。

〔幕启时,除吴越、小机子外,主要农军成员均在场。

罗　浩　(对坟)郭参谋长,安息吧!(洒了一碗水酒)

张　烈　大伙都回去吧!

〔众不愿回去,散坐在石块或树墩上。

张　烈　怎么?都生根啦?

罗　浩　老张,这几天就要转移了,就让大伙多陪参谋长一会儿吧!

张　烈　噢……对对对!(自责地)我这个也真是……(转对众那就多坐一会儿吧!)

郑文辉　(旁唱)

可恼老道成羁绊,

妒火中烧烫胸间，

今日有机将他撵，

李　萍　（接唱）

暗地里把风煽推波助澜！

〔一阵疾风掠过，坟头上飘起几片“纸钱”（青、黄、白、蓝色纸剪成）

郑文辉　（旁白）旋风！嘿，天助我也！（拾起“纸钱”放回坟头用石块压住，然后煞有介事地对坟而言）参谋长，今天是你“二七”忌月，没杀陈求富为你报仇，我知道，你在天之灵有气啊！

〔高坡处，吴越脖插拂尘，牵着小机子上，闻言止步。

罗　浩　文辉，少说怪话。暂时不杀陈求富，是党委的重新决议。

郑文辉　什么重新决议？还不是被老道几句话吓破了胆子？

张　烈　老道长说的，道理服人！

郑文辉　我就不服。风声鹤唳，草木皆兵！

唐玉娟　老道长是为农军着想，一片好心！

郑文辉　好心歹心，暂且勿论，今日祭奠英灵，他却不闻不问，显见他与农军没有感情，他对陈求富没有仇恨！你们看！

（唱）

一堆黄土掩英灵，

似听英灵喊声声，

都是他陈求富发号施令，

才有那江口团防袭我农军，

参谋长突围战中丧了命，

      血染青山筑新坟……

李　萍　（高呼口号）为参谋长报仇！枪决陈求富！

  〔部分农军跟呼口号。

郑文辉　你们再来看！（一把掀开外衣，露出道道伤痕）

  （接唱）

      新仇眼前摆，旧恨留烙印，

      道道伤痕记载着血写的年轮；

      "四一二"大屠杀腥风血雨，

      陈求富充当了凶残犬鹰；

      有多少共产党人被屠杀？

      有多少仁人志士受尽酷刑……

  〔李萍与部分农军呼口号："为死难烈士报仇！枪决陈求富！"

罗　浩　同志们，要冷静，要冷静啊！

郑文辉　冷静不了啊！

  （接唱）

      现如今罪魁在手不严惩，

      老道士与农军能有几分关系几分情？

  〔农军们议论纷纷。

罗　浩　（严肃地）文辉同志，说话要看场合，注意分寸！

张　烈　（大吼）郑文辉，你……（忍下火气）几天前的庆功会被你闹

  吹了，还不够吗？你！

  （唱）

      你识诗书有学问，

      你能说出根根骨头道道筋，

　　　　　　可是你全不管哪是斤来哪是两，

　　　　　　心中少杆秤，不掂重和轻！

唐玉娟　（唱）

　　　　　　损人的言语如刀利啊！

　　　〔多声伴唱：如刀利啊如刀利……

唐玉娟　（接唱）

　　　　　　老道长若听见知有几伤心？！

　　　〔多声伴唱：知有几伤心啊几伤心？！

吴　越　不！我听见了！（牵着小机子走下高坡）

　众　　啊，老道长！

吴　越　郑副参谋长！你的心情，贫道分明。什么感情？什么仇恨？此
　　　　时此地，无须论争，要杀陈求富，待到部队转移之后，贫道可
　　　　以亲自执刑。

郑文辉　时过境迁，众怒难平，况且押解囚犯，拖累行军。你所谓担
　　　　心，无非怕有人报信，请问谁是奸细，可已查明？

吴　越　藏得稳，扎得深，不到关节，不会现形！

郑文辉　长敌人志气，灭农军威风，纯属捕风捉影。扰乱军心！

吴　越　什么！我扰乱军心？你……（气得发抖）

小机子　师——父！这是怎么回事啊？

罗　浩　文辉，你太过分了！

唐玉娟　老道舍生忘死，救出老罗。抓来陈求富，不为农军。又为
　　　　什么？

郑文辉　为什么？问得好！为什么抓来首恶，偏又保着，这倒是一个天
　　　　大的问号！

张　烈　（大吼）郑文辉，你再胡说八道，我"崩"了你！（拔枪）

　　　　〔部分农军拔枪护住郑文辉，另一部分农军拔枪护住张烈。一时剑拔弩张。

罗　浩　都把枪放下，不像话！

李　萍　哎呀，这是怎么啦？奸细没查出来，自己人倒先斗上啦！

郑文辉　看，这就是轻信老道的后果。

罗　浩　住口！

郑文辉　罗团长，别以为老道救过你们夫妻，就感情用事，偏听偏信，今天是容得了老道就容不了我，谁去谁留，请你当众讲明！

罗　浩　你，你说这种话，不觉丢人吗？想想自己是什么身份？

郑文辉　我郑某人投笔从戎，谁不清楚？倒要提醒大伙留意，这个神秘道士，谁能了解他的身世，谁能证明他的过去？

　众　　（一时间竟无言以对）这……（表情各异地望着吴越）

吴　越　（百感交集，喃喃自语）是呀，我的过去，谁能证明？谁能证明？（猛地从脖子上取下拂尘，双手颤抖地托着，突而一手握着柄把，似乎想拉开，徘徊之际，望着墓碑片刻，又遥望长天，终于平静下来）

吴　越　（旁唱）

　　　　　　莫与小人多计较，

　　　　　　缅怀先烈气渐消；

　　　　　　仰长空，默凭吊，

　　　　　　似听得在天之灵语悄悄……

　　　　〔伴唱：

　　　　　　死者捐躯尚含笑，

生者委屈怎牢骚？！

唐玉娟　（旁唱）却为何老道长无语辩表？

张　烈
罗　浩　　（旁唱）难道他以往身份真有蹊跷？

吴　越　（旁唱）

又只见二团长眉头紧锁，

为我去留把心焦。

郑文辉　（旁唱）果然此招显奇效，

李　萍　（旁唱）文辉得意我逍遥。

吴　越　（旁唱）

适才间其人高调激风暴，

因为我几致内讧动枪刀；

莫让军心添困扰，

（叠）不忍走，也得走，

换得移师同步调，

悄然去似黄叶飘！

（拉过小机子，交给一张地图，耳语后下）

郑文辉　老罗，老张！我们要对这支农军负责啊！怎能让一个连身世都
　　　　不敢当众表明的人待在农军啊！出了事，这天大的责任谁负
　　　　得了？

罗　浩　责任由我来负！（回身欲安慰吴越，发现不在）唔，老道
　　　　长呢？

张　烈
唐玉娟　（焦急地）老道长哪儿去了？（面面相觑）

小机子　（忍不住哭了起来）师父他……

众　他怎么啦？

小机子　罗伯伯！（拉罗浩一旁递过地图）师父要我把这交给你，说要保密。抓紧时间，赶快转移。他……他便走了……

罗浩　啊！（转对众）快！快把老道长找回来！

众　老道长！（追下）

小机子　师父！（追下）

　　〔场上仅留李萍、郑文辉及少数农军，李萍似在盘算着什么。

郑文辉　弟兄们！跟着散散步，算是送老道一程，方显得我们心胸开阔！

数农军　听副参谋长的！

　　〔郑文辉、数农军下。

李萍　好机会！（往道观方向跑去，想起什么，回步，喃喃自语）文辉，你太不识时务了，为了你的后路，我先走了，原谅我不辞而别啊！（跑下）

　　〔切光。

九

　　〔紧接前场。

　　〔"幽盼泉"。

　　〔吴越内唱：泪洒青山欲断魂……（上）

吴越　（接唱）拾悲忍痛别农军；

〔蓦地从拂尘把柄上拔出一把利剑。

（接唱）

数十年过去谁凭证？

只自证心不证人。

刺恶夺剑，剑仍在手，

逃亡求活，活到如今。

〔伴唱：

怎能忘兴中会驱除鞑虏，

怎能忘黄花岗义士如云；

怎能忘秘密入党红旗下，

怎能忘南昌起义赴征程！

〔以上每句伴唱均出现造型衬影。

吴　越　（接唱）

三河坝夜战我伤势重，

临刑跳水死复生。

〔伴唱：

"孤雁"遇乞儿，弹泪相庆幸，

结伴深林进，道观共栖身；

再次改名和换姓，

权披道袍裹甲兵。

吴　越　（接唱）

几度寻党探春讯，

怎奈是白色恐怖凝冻云；

青石刻愿水照影，

　　　　　幽盼泉源透心灵，

　　　　　终盼到红星闪闪深林进，

　　　　　麒麟观内聚"麒麟"；

　　　　　终盼到萦绕心头的红胎印，

　　　　　虽未相认也怡情；

　　　　　今日里心愿似遂犹未遂，

　　　　　因由自知莫告人。

　　〔伴唱：

　　　　　抱憾一去石为证，捧清泉和泪饮恐难再登临！

吴　越　（接唱）

　　　　　脚步沉沉心事重，

　　　　　一走了之总不宁……

　　〔伴唱：

　　　　　兵未动险犹存依稀鬼弄影，去也难留也难沥血呕心。

吴　越　（接唱）

　　　　　莫走远主意定隐居附近，

　　〔伴唱：

　　　　　一颗心默默地系着农军！

　　〔罗浩、唐玉娟、张烈、小机子内声："老道长！""师

　　父！"

吴　越　啊，渐先避一避！（隐身石后）

　　〔罗、张、唐、机上。郑文辉及数农军上。

郑文辉　怎么，他人呢？连送行也不赏脸哇！

张　烈　你，少说风凉话！

罗　浩　快分头寻找！

　　　　〔农军在内喊："不好啦！不好啦……"边喊边上。

　众　　怎么啦！

农军甲　（气呼呼跑至罗浩跟前）报……报告！李萍借换哨机会，放了
　　　　陈求富，一起逃跑了！

刘文辉　你说什么？

农军甲　李萍放了陈求富，一起逃跑啦！

郑文辉　啊?!

张　烈　这条毒蛇！快追！

吴　越　（石后出现）啊！

罗　浩　不！不能追啊！万一追上，陈求富必然集结部下会同团防前来
　　　　围剿，必须抢时间，立即转移！（掏出吴越所绘地图，看了
　　　　看）我命令，取道盘古坳，向赣南转移。

　众　　是！（陆续奔下，小机子不愿离去）

唐玉娟　小机子，快跟上阿姨！

小机子　不！我要我师父，我师父！

张　烈　来不及啦！（抱起小机子奔下）

　　　　〔罗浩、唐玉娟对着"幽盼泉"深深一揖："老道长！我们对
　　　　不起你啊！"（急下）

吴　越　（上，边脱道袍边唱）

　　　　　　若让凶敌逃下山，

　　　　　　危及农军顷刻间。

　　　　　　卸了道袍把路赶，

　　　　　　拼着老命追一番！

〔奔下）

〔切光。

十

〔紧接前场，傍晚。

〔麒麟嶂嶂口——呈V字形的盘古坳。

〔吴越内唱：运轻功走捷径直奔盘古坳……

〔吴越上，越涧，上下坡……

吴　越　（接唱）下山路必经处拦截逃枭。

〔吴越突然脚步踉跄。

吴　越　啊！（接唱）

　　　　　　元气大耗虚汗冒，

　　　　　　晕晕欲倒轻飘飘；

　　　　　　咬紧牙关攀过坳，

　　　　　　拼将余功捉鬼妖！

〔吴越跌倒、咬紧牙关，侧身向盘古坳爬去。下。

〔陈求富、李萍跌跌撞撞。望见盘古坳，长长地抒了一口气，揩汗。

〔吴越突然挺立在坳口中央，一手持剑，一手持拂尘。

吴　越　哪里走？（发功）

陈求富
李　萍　啊！老道！（跌下同时举枪射击）

〔吴越负伤侧身倒地，顺势滚至陈求富、李萍跟前。

〔开打、有顷，吴越终于制伏两犯，取腰带将两人连绑。

吴　越　陈求富，抬起头来看看！（执剑至其跟前）

陈求富　啊！"我见青锋"！你，果然是……

吴　越　哈哈哈……你听清了！贫道就是耿天豹！也是凌空鹞！

〔两犯"啊"了一声，瘫倒。与此同时，众农军上，听见吴越所说。

众　　啊！凌空鹞——耿天豹！

唐玉娟　爸——爸！（急奔搀摇摇欲倒的吴越）

众　　啊！（对唐玉娟呼唤愕然）

唐玉娟　（猛摇吴越）爸爸！我是菲菲啊！我是菲菲啊！

吴　越　（苏醒）菲菲！菲菲！你……你怎么知道我……我就是……

唐玉娟　（跪唱）

养母遗嘱儿谨记，

生父在世无踪迹；

有朝若遇耿天豹，

跪呼爸爸莫迟疑。

爸爸，爸爸……

吴　越　菲菲，我的好女儿……让我多看几眼……

〔众惊讶，叹息，抹泪。

吴　越　（对罗浩）阿浩，请你一定报告党，我……我……

罗　浩　哎，一定……一定……（泪流满面）我们将以齐河县委的名义证明你是清白的……

张　烈　老道长！不！凌空鹞同志……

郑文辉　（羞愧难当，旁白）他……他就是耿天豹！

　　　　（旁唱）

　　　　　　传奇英杰，名扬千里，

　　　　　　虽未谋面，敬慕多时；

　　　　　　想不到，竟是这……

　　　　（叠）这一个——我所妒、我所忌、我所猜，我所疑、被我
　　　　胁、被我迫、被我气、被我挤、被我撵走的凛凛冽冽一老骥！

　　　　（跪趋吴越）老英雄，我对不起你，我有罪啊！

　　　　〔大众合成的画外音："郑文辉，你的所作所为，倘若不是面
　　　　对英雄，你就没罪吗？你就对得起吗？对得起吗……"

吴　越　（顺手拾起一片枫叶，似对郑文辉，又像对观众）别……别把
　　　　我当作英雄，我只是一片叶子……像我这样的人，好多好多
　　　　啊……菲菲！机子！搀我起来，让我望望……望望……

　　　　〔晚霞辉映，吴越屹立造型剪影。

　　　　〔伴唱：

　　　　　　晚霞如火漫天照，

　　　　　　欣看赤旗迎风飘！

全剧终

义子登科 ①

剧本介绍

剧　　　种： 汉剧

创作时间： 1989 年

编 创 者： 曾桂森、曾祥训

奖　　　项： 获得广东第三届艺术节优秀剧本奖、闽粤赣首届戏剧节
　　　　　　优秀剧本奖、广东省文化厅 1988—1989 年广东省专业
　　　　　　戏剧创作剧本奖、省剧协地方题材优秀剧本奖

出版情况： 收入 1990 年由中国戏剧出版社出版的"南国戏剧丛书"

故事年代： 古代

地　　　点： 南方某地

人　　　物：（以出场先后为序）

　　　　　　马　耿：曾修人家之忠实仆人，为人忠厚，风趣，是曾家
　　　　　　　　　　历史的见证

　　　　　　毛志球：毛老荐之子（少年至青年）

---

① 编者注：本剧于 2002 年改编为粤剧《栽兰梦》，次年获第三届中国戏剧文学
奖金奖。

曾修人：员外，毛志球义父

毛老荐：毛志球生父，仵作

曹　氏：曾修人妻

曾清莲：曾修人之女（少年至青年）

法　唐：颇有来历的神秘医士

皇帝、公主、宫女等

一

〔马耿领先上场。

（念白）老汉马耿一生为奴，

　　　　马前鞍后侍主如母，

　　　　虽然看透大千世界，

　　　　亦难描绘世态人心。

〔突然远处传来悦耳竹笛声。

马耿：哗，毛家小子吹奏一曲仙笛，悦耳动听……

〔山溪曲水，"望牛石"。

〔童年毛志球在"望牛石"上吹牧笛的剪影。

〔曾修人内唱：天然声韵秒牧笛——

〔马耿招引曾修人上。

曾修人　（接唱）纵令无词显清奇，

　　　　　　似有灵犀透心底，

　　　　　　谁家少年引我痴迷？！

　　　〔望见毛志球，眼前一亮，不禁脱口称赞：妙哉，秀石出灵
　　　童，莫非神子？

毛志球　（脱口成对）奇也，荒村来尊老，疑是仙翁？

曾修人　（旁白）啊，小小年纪，既然出口成对?！或是偶然，待我再
　　　试他一试！（转对毛志球）一管竹箫，他年必定惊栖凤！

毛志球　（应对）两条泥腿，此日权宜作蛰龙！

曾修人　奇才奇才！

毛志球　见笑见笑！（望了望远处）啊！牛走远啦！（跳下望牛石，欲
　　　跑下）

曾修人　慢！（转对马耿）你去帮他把牛赶回来！

马　耿　是！（下）

毛志球　老伯，你?

曾修人　我有话要问你……（示意到"望牛石"顶坐谈）

毛志球　哎！（尾随曾修人正欲上"望牛石"）

　　　〔毛老荐破衣烂笠，手捧"芋叶包"上，望见毛志球。

毛老荐　球儿、球儿！

毛志球　（回身）爹！

毛老荐　（将芋叶包递给毛志球）给你，迁坟人家送的。

毛志球　（打开芋叶包一看，乐得跳了起来）红鸡蛋！
　　　（到一边狼吞虎咽吃了起来）
　　　〔马耿上，将牛绳递给毛志球。毛志球下。
　　　〔曾修人上前对毛老荐一揖。

曾修人　这位大哥，打扰了！

毛老荐　（对马耿疑问）这位是?……

马　耿　这是我家老爷，告老还乡的名士。

曾修人　在下曾修人。到此散散心的。

毛老荐　哎呀！贵脚来到贱地方，快请坐快请坐！（以袖抹石板）

〔曾修人坐于石凳。

毛老荐　（如释重负）曾大人前来，有何指教？

曾修人　不知大哥家中几口人？

毛老荐　老伴早年过世，就我父子二人。

马　耿　啊！这个难为你操持了！

曾修人　不知大哥平日里作何营生？

毛老荐　不怕取笑，我是专与死人打交道的！

马　耿　仵作？！

毛老荐　是的，早年当过仵作，因此，扛棺材呀，叠骨头呀，什么贱活
　　　　都干！

曾修人　不，这是修心积德的活计，断断轻贱不得的！敢问大哥，令郎
　　　　可曾读书？

毛老荐　说来惭愧，只让他读了两年，实在无钱再……只好叫他给人家
　　　　帮工放牛了！

曾修人　可惜，可惜呀！大哥！

　　　　（唱）适才间与令郎偶尔交谈，

　　　　　　　惊叹他出口成对语不凡，

　　　　　　　灵气迫人锋芒现，

　　　　　　　此儿切莫等闲观，

　　　　　　　曾某喜他入心坎，

　　　　　　　特与大哥细商谈，

> 有意买他接香火，
>
> 不惜重金谢尊前。

毛老荐　（勃然变色）呸！

　　　　（唱）员外将我太轻贱，

　　　　老荐无钱有心肝，

　　　　穷死不卖亲骨肉，

　　　　你有金山我不贪！

马　耿　老爷，算了吧！乡间野岭聪明的孩子有的是。

曾修人　不！（转对毛老荐）大哥啊！

　　　　（唱）方才小弟多鲁莽，

　　　　妄言金钱不近情。

　　　　〔毛志球上。

马　耿　喂！我家老爷向你赔礼了！

毛老荐　（火爆爆地）无闲还礼（拉毛志球）球儿，赶牛回家去！

曾修人　（高声猛呼）毛大哥！你好狠心呀！

毛老荐　（止步起身）我怎么狠心？

曾修人　（抚着毛志球的脑袋，真诚劝说）老荐大哥，令郎正是大器之才，你却让他辍学放牛，岂不毁他前程，你于心何安？

毛老荐　啊！（怔怔地）

毛志球　爹爹，你怎么啦？

毛老荐　孩子，你不怨爹吧？

毛志球　不怨爹，只怨穷！

毛老荐　你还想读书吗？

毛志球　想！

毛老荐 （抱住毛志球）爹对不起你啊！

曾修人 大哥爱子情真，不为重金所动，这等人品，小弟敬重。若不嫌弃，曾某愿认令郎为义子，悉心栽培，使其身跃龙门，为大哥振作家风！

毛老荐 （怦然心动，但有顾虑）老爷，你……你不骗人吧？

曾修人 上有天作证，下有地为凭，人有我家仆马耿作保；曾某只有怜才之意，决无占子之心，若有虚言，天雷打死！（欲跪地起誓）

毛老荐 啊！大人你……（为曾真诚所感，急先跪地阻曾下跪）

〔曾修人挽起毛老荐。

毛老荐 （拉过毛志球）孩子，快快拜过义父大人！

毛志球 义父大人！

〔毛老荐牵引毛志球向曾修人三跪

〔灯暗

〔追光：毛老荐举着"芋叶包"。

毛老荐 孩子！等一等！（频频向远处挥手）

〔伴唱：爱儿心，长流水，

柔肠千百回，

暗里多少秋思泪？！

匆匆去，几时归？！

〔收光。

二

〔一串追光照着台口的一盆幼嫩的盆栽。曾修人在剪裁，曹氏在浇水。

〔数天后。曾府书房后花园一角。假山、花木丛、精巧石桌凳，一盆幼榕，分外显眼。晨鸟啁啾。

〔曾清莲上。

曾清莲　志球哥！志球哥！（到花木丛中寻找）唔？跑到哪里去啦？

（唱）自从这志球哥来家之后，

　　　　　爹和娘笑颜渐开宽了眉头；

　　　　　请来先生把课授，

　　　　　我伴球哥学海游。

　　　　　适才间早读温课时不久，

　　　　　他却拔腿园中遛。

　　　　　莫负清晓光阴好，

　　　　　相勉勤读再寻搜。

〔毛志球躲躲藏藏，曾清莲寻寻觅觅，有顷，毛志球从假山后悄上，出其不意从背后用双手捂住清莲之眼。

毛志球　（装猫叫）"咪呜！咪呜！"

曾清莲　（连连叫嚷）哥哥坏，坏哥哥，懒读书，装花猫！我告诉爹爹去！

毛志球　我才不怕干爹呢！我敢打赌，叫干爹给我当马骑，他都会笑眯眯地依了我！

曾清莲　那我就告到母亲那里去……（故意欲下）

毛志球　哎哎哎！（急拦住清莲）莲妹，求求你，千万别告诉干娘！她
　　　　　要训我的喔！

曾清莲　（得意地笑了笑）那就读书去吧！

毛志球　读书读书，我读书不比你读书！

曾清莲　我怎样？你又怎样？

毛志球　嘿嘿！

　　　　　（念唱）你读书我读书你我同读书，

　　　　　　　　　同读书同样书先生同教书，

　　　　　　　　　同样书同样教，

　　　　　　　　　读书不同分赢输……

　　　　　　　　　你呀！

　　　　　　　　　埋头苦读——书读死，

　　　　　　　　　死死死……死记硬背死读书？！

曾清莲　我就偏要死读书！

毛志球　咳！

　　　　　（接念唱）死读书，你就输，

　　　　　　　　　　到时候，嫁不出，

　　　　　　　　　　眼蒙耳聋傻乎乎，

　　　　　　　　　　脊背拱成大包袱！

　　　　　（作驼背女人走路状）

曾清莲　（被逗笑了）嘻嘻嘻……那可就丑死了！

毛志球　看你还敢不敢死读书？

曾清莲　不敢啦不敢啦！那要怎样读书才好呢？

毛志球　像我一样：读活书，活读书；轻轻松松，目明耳聪。

曾清莲　哦！难怪先生说你鬼灵精！

毛志球　当然哪！（比手画脚装鬼脸）

曾清莲　嘻嘻嘻……真像猴子！

　　　　〔曾修人上。望着两个天真活泼的孩子，抚须微笑。

曾清莲　（望见爹爹）爹爹来了！爹爹万福！

　　　　〔毛志球居然像猴子一样蹿到义父跟前，挤弄义父的咯吱窝。

曾修人　（痒得哈哈大笑）哈哈……你这猴子！（一把抱过义子）

毛志球　（学猴子叫声）吱吱吱……（拨弄义父的飘拂长须）

曾修人　哎哟！哈哈哈……

　　　　〔曾清莲也笑弯了腰。

　　　　〔曹氏上。见状，皱皱眉头。曾清莲望见母亲，忙敛笑。

曾清莲　母亲万福！

　　　　〔毛志球闻声，连忙从义父怀中跃起，规规矩矩向干娘请安。

毛志球　干娘万福！

曹　氏　唔！这才像个有教养的孩子嘛！（转对清莲）还不快去温课！

曾清莲　女儿遵命！（下）

　　　　〔毛志球暗中向曹氏做个鬼脸，欲跟清莲下。

曹　氏　球儿留下！我有话要说！（转对曾修人）老爷，你父子二人，一老一少，打打闹闹，成何体统？

曾修人　噢，夫人！球儿尚小，天性活泼，理当让其……

曹　氏　（急阻）哎！（走近，悄声地）老爷，当着孩子面，岂可袒护……这孩子，让我来严加管教！

曾修人　好好好，让你管教，让你管教！我去跟先生聊聊！（下）

毛志球　（旁白）我见干娘，就像老鼠见了猫！

曹　氏　球儿来!

毛志球　是!

曹　氏　球儿,你义父和干娘待你如何?

毛志球　(一本正经,背书似的)胜过亲生。

曹　氏　你清莲妹呢?

毛志球　(仍如背书)情同手足。

曹　氏　这方圆二十里,我家声望如何?

毛志球　(天性流露,竖起拇指)顶呱呱!

曹　氏　(不禁被逗笑了)知道就好! 知道就好……(起指园林)你
　　　　来看!
　　　　(唱)来看这繁花竹木悉心栽,

　　　　　　庭园雅致巧安排;

　　　　　　红墙圈就书香第,

　　　　　　汉石铺就白玉阶。

　　　　　　方显得超群脱俗有气派,

　　　　　　风物不尽怡人怀。

　　　　　　望儿从今多自爱,

　　　　　　身价须随门户抬;

　　　　　　常温诗礼守庭训,

　　　　　　乡野习俗早抛开。

毛志球　干娘教诲,孩儿记住了!

曹　氏　记住就好! 记住就好! 温课去吧!

毛志球　遵命! (下)

曹　氏　(望着干儿背影,舒心而笑)唔! 孺子可教也!

〔灯暗。

〔一束光照射着那盆显眼的盆栽。

〔伴唱：柔柔义父慈母般，

凛凛干娘比父严。

盆栽可知顺人意？

青枝扭向哪一边？

〔收光。

三

〔一束光依旧照射着那盆显眼的盆栽，不同的是榕树盆栽已扭扭曲曲长高长大了。

〔伴唱：桃红李白绿芭蕉，

似水流年，八载又秋宵；

盆栽长高人长俏，

男儿倜傥，淑女窈窕。

〔"干！""请！"……

〔灯渐明。景如前一后花园（渐变方位）新月初上。

〔曾修人、曹氏、毛志球（青年）、曾清莲（青年）及男女宾朋正在晚宴。男仆、女仆不时扛着托盘出出进进添肴。

〔曾清莲默默地时为宾客斟酒，牵强应酬。不时暗里含情脉脉与毛志球对视。

曹　氏　（举盏对毛志球）球儿，明晨你就要远行赴京大试，为娘祝你马到成功，独占鳌头！

毛志球　谢谢干娘勉励！

曹　氏　（对众宾）愧无美酒佳肴，诸位多多包涵！

众宾客　不不不，名酒珍肴，应有尽有！

曾修人　好说！好说！

毛志球　（举盏）感谢义父干娘大恩大德，感谢诸位盛情光临。来，请！

众　请！（饮酒）

曾修人　可惜义亲毛大哥不知何故没有来为球儿同壮行色，实乃美中不足啊！

宾　甲　（奉承地）是呀是呀，我等亦无缘一瞻义亲德仪略感遗憾！

众宾客　（附和地）是呵是呵！

曹　氏　嗳！（瞪了曾修人一眼）义亲没来，定有要事耽搁。何必提起冲淡酒兴？

曾修人　噢，有理有理，诸位多多原谅！

宾　甲　哪里哪里！员外快人快语，胸无芥蒂，正是我等楷模！

众宾客　对对对！

宾　乙　（对毛志球）公子才高八斗，一副福相；令尊大人定然是学富五车，家业殷裕呀！

毛志球　这……

宾　甲　（对宾乙）这还用问？常言道："有其父必有其子。龙生龙，凤生凤，老鼠生儿打地洞"嘛！

毛志球　那……

曹　氏　（忙为义子圆场）那是自然！那是自然！

曾修人　那倒不一定，岂不闻"茅房出相公"么？

毛志球　爹爹说得对!

宾　甲　啊?

宾　乙　啊!

　众　　（各怀心思）啊哈! 哈哈哈……

毛志球　（旁唱）适才间难启口乱了方寸,

　　　　　　　　叹只叹身世卑贱,人前矮三分。

众宾客　（旁唱）只见他羞颜惭惭似有难言隐。

宾　甲　（旁唱）莫非是出自哪穷鬼家门?

曾修人　（旁唱）笑世人多重门楣轻人品。

曾清莲　（旁唱）座中不乏势利亲朋。

曹　氏　（旁唱）喜球儿,贵贱荣辱日清省,不枉我八年来教诲殷殷。

　　　　〔马耿上。

马　耿　启禀员外,毛家义亲到!

曹　氏　啊!

毛志球　啊!

曾修人　快快有请!

马　耿　遵命!（下）

众宾客　我等有幸! 有幸!

　　　　〔众离座以待。

　　　　〔马耿引衣衫褴褛的毛老荐（手中拎着小布包）上。马耿复下。

曾修人　（热情地）毛大哥!

曾清莲　（热情地）毛伯父!

曹　氏　（敷衍地）义亲。

毛志球　（快快地）爹爹!

曾修人　毛大哥！快请上座！

毛老荐　不用不用！我吃过晚饭了！（经不住曾修人再三礼让，只得入座）

众宾客　（嫌弃，旁白）唏！

宾　甲　（旁唱）老东西令人作呕盈汗臭。

宾　乙　（旁唱）褴褛衣衫裹着贱骨头。

宾　妇　（旁唱）捂紧鼻孔掩着口。

宾　合　（旁唱）婉言退席趁早遛！（同时转对曾修人、曹氏）员外！安人！我实在酒力不支难以奉陪，告辞了！（下）

曾修人　这……

毛志球　唉……

曹　氏　嘿！（表面似是藐视宾客的势利，实则轻贱毛老荐）

曾清莲　（朝着宾客去处）哼！

毛志球　爹爹！你为何早不来，晚不来，偏偏在这个时候……

曾修人　嗳！球儿怎能这样说话？我是专门给令尊发了请帖的！

曹　氏　是呀是呀！

毛老荐　（离座）员外！安人！府上的请帖我已收到，你们的盛情我心领了！（转对毛志球）球儿，我如今前来，不为赴宴，是为了人家迁坟完工，归途停舟，赶来见你一面，算是送行，祝你从此出人头地！（转对曾修人、曹氏）没想到打扰了府上晚宴，实在不安啊！

曾修人　毛大哥千万别多心！

曾清莲　毛伯父，我们都盼望你来呀！

曹　氏　是啊是啊！

毛老荐　谢谢！谢谢！球儿，别忘了你义父一家的大恩大德啊！

毛志球　无须嘱咐，我自晓得！

毛老荐　晓得就好，噢，（指着放在凳上的小布包）这是迁坟家主送的
　　　　红鸡蛋，给你带到路上吃！我该回去了！（转对曾修人、曹
　　　　氏）告辞！（匆下）

曾修人　哎哎哎！毛大哥……（追下）

曾清莲　哎哎哎！毛伯父……（追下）

曹　氏　（指着毛老荐留下的小包）球儿，这可是你亲爹的心意啊！
　　　　（下至一侧）

毛志球　（厌嫌地）迁坟人家送的……（将小包扔出墙外，悻悻下）

曹　氏　（窥见毛志球举动，微微地笑）唔……
　　　　〔切光。

四

　　　　〔当晚。
　　　　〔景如前。一轮明月已近中天。
　　　　〔毛志球上。

毛志球　（念）按下席间不快事，临别约会心上人！（悄悄向一隅作猫
　　　　叫三声）"喵呜！喵呜！喵呜！"
　　　　〔曾清莲上。

曾清莲　（念）盼得信号三声叫，月下花前诉离情！

毛志球　（走近，羞喜参半）莲妹！

曾清莲　（走近，羞喜参半）球哥！

毛志球　莲妹，晚宴之间，我见你闷闷不乐，却是为何？

曾清莲　球哥啊！

（唱）今宵月圆照双影，

　　　坐享清秋醉花阴，

　　　明夜月圆却已随你走，

　　　秋闱赴考君远行。

毛志球　莲妹！

（唱）皓月巡天明如镜，

　　　云行万里有归程，

　　　万语千言诉不尽，

　　　信物一件许终身。

（取出一把冰扇）

曾清莲　冰扇！

（接唱）冰扇映月晶荧荧。

毛志球　中有诗句溢神情。（赠扇）

曾清莲　（接扇，念扇中诗句）"异姓连兄妹，同窗颂书声，一夜春风动，化作琴瑟鸣。"呀！

（旁唱）字字情行行意意切情真，

　　　　喜盈盈乐盈盈甜透我心；

　　　　袖中取出香罗帕，

　　　　换他冰扇款款情！（展帕）

毛志球　香罗帕！

（接唱）香罗帕罗帕香香风阵阵，

　　　　　　　凝厚意厚意凝凝意深深。

曾清莲　　　帕中描着小妹影，

　　　　　　赠与球哥紧随身。

合　　　　　但愿得形影相随心相应，

　　　　　　天长地久你我永相亲。（赠帕）

毛志球
曾清莲　　　（舞帕、扇伴唱）花月为媒行进聘。

　　　　　　收下信物收下心。

　　　　　　执手——并肩——情难禁。

　　　　　　心猿意马乱腾腾！

毛志球　　难道你不喜欢为兄么？

毛志球　　莲妹！我们到那边（指花丛）去吧！

曾清莲　　这……不好！

毛志球　　莲妹，迟早我们都是夫妻……

曾清莲　　亏你是个斯文人。

毛志球　　难道你不喜欢为兄么？

　　　　　〔毛志球紧携快拉曾清莲走向花丛。灯渐暗。

　　　　　〔灯渐亮，曹氏上。

曹　氏　　（念）难鸣最是心底曲，情来轻与球儿弹！（悄唤）球儿！球
　　　　　儿！（到扇形窗口望了望）唔？哪里去了？（望见花丛摇动，
　　　　　步向花丛）

　　　　　〔曹氏迫近花丛。

　　　　　〔花丛内突然传来“喵呜”的猫叫声。

曹　氏　　哟！呸！晦气。晦气！（不禁失笑摇头）咳！原来是那只猫！
　　　　　（离开花丛，继续悄唤）球儿！球儿！（唤下）

〔毛志球、曾清莲急急从花丛深处走出。

毛志球　莲妹，你快回房去吧！

曾清莲　哎！（想起什么）球哥，你我终身大事，须当早日禀明彼此亲
　　　　尊才妥！

毛志球　赶考回来，定当禀告。

曾清莲　一定？

毛志球　一定。

毛志球　莲妹！你就放心吧！

　　　　〔曹氏呼唤声渐渐近：球儿！球儿！

曾清莲　啊！母亲来了！我回房去了！（一步一回头下）

毛志球　（整整衣冠，对内）干娘，孩儿在此，孩儿在此！

　　　　〔曹氏上。

曹　氏　唔？球儿，你方才到哪里去了？

毛志球　孩儿漫步东园去了。干娘！风凉冷露，你要珍重玉体，早些安
　　　　歇才是！

曹　氏　睡不着呀！为娘放心不下！

毛志球　干娘还有何忧虑？

曹　氏　唉！

　　　　（唱）孩儿此行千万里，

　　　　　　　路上安危何谁知？

毛志球　（唱）走坦途早投宿不管闲事，

　　　　　　　一路顺风保无虞。

曹　氏　（唱）纵令无虞到京畿，

　　　　　　　担忧大试亏了儿。

毛志球　（唱）自信文章华丽冠群子，

　　　　　　待看金榜题名时。

曹　氏　（唱）闻说科举多怪弊，

　　　　　　考官眼高看人低，

　　　　　　未曾阅卷先要审身世……

毛志球　啊！竟有这等事么？

曹　氏　（接唱）望我儿：辨时势，慎言语，多留意，谨防冷眼把人欺！

毛志球　这……为何干爹从未说过此事？

曹　氏　你干爹自命清高，混混沌沌，怎知其中利害关系？

毛志球　噢……

曹　氏　球儿此番前往京都大试，非同小可，怕就怕在你身世上出娄子啊！

毛志球　这可如何是好！

曹　氏　唉！要是我那俊辉儿在世，怎用这等担忧呀！

毛志球　干娘，你这是……

曹　氏　噢！都是为娘啰嗦，惹得孩儿烦恼，休要见怪！

毛志球　孩儿不敢。

曹　氏　哎哟哟！差点忘了！（从怀中掏出一截寄生草）为娘送你一截良药！

毛志球　嗳！孩儿无疾无病，要它何用？

曹　氏　此乃是远行之人，必备之药，能提神醒脑，通关开窍，妙用无穷啊！

毛志球　提神醒脑，通关开窍，妙用无穷？是什么药？

曹　氏　寄生草！

毛志球 什么？

曹　氏 寄——生——草！（淡淡一笑）

毛志球 寄生草?!（若有所思，神情欣喜，旁白）好一剂寄生草啊！

　　　　　（旁唱）寄生草，草寄生，

　　　　　　　　　寄生二字指迷津，

　　　　　　　　　大树能长寄生草，

　　　　　　　　　我何妨改姓换名变成富家人？！

　　　　　（转对曹氏）谢谢干娘关爱，这等妙药，孩儿领下了！（施礼）

曹　氏 （一笑）球儿多礼了！（递药）

　　　　　〔切光。

五

　　　　　〔一个月后。

　　　　　〔伴唱：京都大比放金榜，

　　　　　　　　　占尽殊荣状元郎，

　　　　　　　　　长安街人头攒动熙攘攘，

　　　　　　　　　争看他少年得志气宇轩昂！

　　　　　〔灯渐明。皇宫一角。

　　　　　〔宫女们的排场，迎接皇室。

　　　　　〔皇帝、皇后、公主上，临窗围坐。两侧侍立着宫女、太监。

宫　女 （指窗外远处）公主！状元公从那边走过来了，你可要看仔细呀！

公　主　（笑骂）多嘴！我才不看呢！我是来陪伴父王和母后的！

　　　　（眼睛却朝窗外望去）

　　　　〔众捂嘴偷笑。

皇　后　万岁！新科状元的才华如何？

皇　帝　他的考卷，朕已经亲自过目，实乃盖世文章！

皇　后　噢！那就待看状元公的相貌如何了！（指指公主）她已经年岁

　　　　不小，拖延不得了。

皇　帝　梓童放心，朕已见过新科状元，是个美男子！你就等着瞧吧！

皇　后　那状元公叫何名字？

皇　帝　名叫曾俊辉。

　　　　〔内喊：新科状元曾俊辉进宫。

　　　　〔毛志球内唱：难忘那京街三日声威壮——

毛志球　（上）（接唱）骑马夸官，我神采飞扬，

　　　　　　　　　　倾接圣旨皇城而往，

　　　　　　　　　　万岁爷命我乾清宫外绕回廊；

　　　　　　　　　　实教我诚惶诚恐，

　　　　　　　　　　猜不透其中名堂……

　　　　　　　　　　登上回廊向下望，——（夹白）好呀！

　　　　（接唱）飘飘然似进仙境天乡，

　　　　　　　　满眼底奇花异树难尽赏，

　　　　　　　　一重重宫阙楼台辉映夕阳！

　　　　　　　　公主呀！

　　　　（旁唱）却为何霎时间心旌摇晃？！

　　　　　　　　好一个少年英俊状元郎！

　　　　　　　莫不是潘安再世从天降?

皇　帝　梓童,你看如何?

皇　后　中!（唱）活脱脱宋玉重生立南窗!

　　　　〔毛志球从窗前走过,无意中望见正倚窗痴看他的公主,四目
　　　　相顾。

毛志球　呀!

　　　　（旁唱）深宫里,有美人对我秋波荡漾,

　　　　　　　难道她金枝玉叶凤欲求凰?!

公　主　（旁唱）若能招得他此生不枉。

毛志球　（旁唱）猛想起清莲妹我心意彷徨。

　　　　〔毛志球匆匆走去,回头一望,欲下。

　　　　〔公主竟忘了身份,上凳侧身探头出窗。

　　　　〔太监、宫女掩嘴偷笑。

　　　　〔皇帝、皇后会意点头微笑。

皇　帝　传新科状元觐见!（随后示意公主并与之耳语,公主羞喜
　　　　点头）

太　监　遵旨!（出呼）圣上有旨,新科状元曾俊辉觐见!

　　　　〔切光。

六

〔距前数天后。

〔曾府厅堂，诗画条幅。联对：传家有道惟存厚，处世无奇但率真。

〔报子上。

报　子　（念）家家都盼我登门。只因报喜不报忧。（辨认状）门朝东南临水筑，红墙绿瓦碧楼台……没错没错！（敲门状）里边有人吗？

〔马耿内声"来咯！来咯！"上。

马　耿　（开门状）何事？

报　子　这可是曾府？

马　耿　正是。

报　子　你家员外大名是？

马　耿　曾修人。

报　子　对上了。大喜大喜啊！快快告诉你家员外，公子曾俊辉高中状元，衣锦还乡啦！

马　耿　什么什么？你说公子曾俊辉？（惊呆）

报　子　对对对！噢，不对不对，是状元公曾俊辉……怎么，喜呆了？

（拍拍马耿）告诉员外，准备迎庆事宜吧！（下）

马　耿　怪事，怪事哟！

（念唱）今日喜报虚玄玄，

　　　　死鬼活在人世间，

　　　　员外的独子早气咽，

　　　　　　　屈指天亡整八年；

　　　　　　　曾俊辉八年之后阳世转，

　　　　　　　竟会上京考状元！

　　　　　　　休管他是人是鬼阴阳变，

　　　　　　　且将捷报往里传！

　　　　（对内呼喊）员外安人！安人员外！快快出来哟！

　　　　〔曾修人、曹氏分向上。

曾修人　（笑了笑）如此急迫，为了何事？

马　耿　大喜事，大喜事！只是喜得有点出奇！

曾修人　怎讲？

马　耿　方才报子登门，说是公子高中状元啦！

曹　氏　果然高中了么？

曾修人　此子不凡，必成大器，早在意料之中，何奇之有？

马　耿　奇就奇在公子的姓名上……

曾修人　废话，自然是毛志球。

马　耿　公子不是毛志球，姓名叫曾俊辉！

曾修人　（惊讶）啊？！

曹　氏　（欣喜）啊！

曾修人　世上不乏姓名相同之人，想是报子弄错家门了！

马　耿　没错没错，报子老练，问明员外名字后，才行报喜的。

曹　氏　（窃喜）噢！

曾修人　如此说来，定是志球顶冒我家亡儿的姓名。（转对曹氏）夫人，你可知此事？

曹　氏　哎呀！亡儿也罢，干儿也罢，高中了就是天大喜事，马耿，快去安排迎庆大事!

马　耿　是!（欲下）

曾修人　且慢!（转对曹氏）此事要问个明白!（对马耿）你到村口等
　　　　候，见了志球，就说我有病在床，命他独自回来即可!

马　耿　是!（下）

曹　氏　莲儿进香未回，我命人叫她去!（下）

　　　　〔女仆端茶上，复下。

　　　　〔曾修人坐凳，取过一盅茶，饮茶。

　　　　〔毛志球上，马耿随上。

毛志球　（急急呼喊）义父哪里? 义父哪里? 噢!（抬头望见，始放
　　　　心）义父在上，受孩儿一拜!

曾修人　球儿免礼，一旁坐下。

马　耿　（上前端过一盅茶）状元公，请饮茶!

毛志球　马大叔，无外人在，叫我名字即可!

马　耿　（笑了笑）奴仆不敢!

　　　　〔曹氏上。

曹　氏　球儿!

毛志球　（望见，急起）干娘福安!

曹　氏　安安安! 为娘恭贺我儿!

毛志球　托义父干娘之福就是……唔，莲妹呢?

曹　氏　进香未回，我已派人叫她去了!

毛志球　噢……

曾修人　（对马耿）通知厨下，即备快宴，为公子接风洗尘!

马　耿　是!（下）

曹　氏　你们父子俩聊聊，我亲自安排酒宴去！（下）

毛志球　义父，听说你病倒在床，可把孩儿急坏了！

曾修人　托词而已，要你独自回来问个明白就是！

毛志球　噢……

曾修人　我且问你，可曾改名换姓？

毛志球　恕孩儿自专，已改姓名。

曾修人　改何姓名？

毛志球　曾俊辉。

曾修人　曾俊辉是何人，你可晓得？

毛志球　乃义弟之名。

曾修人　为何要改换我家亡儿姓名？

毛志球　义父容禀！

　　　　（唱）人皆势利横冷眼，

　　　　　　　重贵轻卑隔天渊；

　　　　　　　孩儿我真实身世若不换，

　　　　　　　只怕文采空斑斓，

　　　　　　　难免名字孙山贬，

　　　　　　　岂不是愧对干爹负隆恩。

曾修人　噢……若是如此，倒也情有可原，你就稍事歇息之后，快快率
　　　　领中军荣归故里去吧！

毛志球　哎呀不可，万万不可啊！

曾修人　为何不可？

毛志球　（接唱）状元乃是曾家子，

　　　　　　　朝野尽知远近传，

　　　　　　义父啊！

　　　　　　事到如今难更变，

　　　　　　也只好亲爹干爹颠倒颠……

曾修人　啊！这样说来，你真的变为我的亲儿子了？

毛志球　是的，孩儿既是曾俊辉，你就是我的亲爹爹了！

曾修人　你……你生父就变成陌路人啦？

毛志球　事出无奈，只好暗中周济他了……

曾修人　这……

　　　　〔曹氏一旁悄上。

曾修人　（猛然望见堂中联对）啊！球儿，使不得，万万使不得啊！

　　　　（唱）堂联赫赫先祖勉，

　　　　　　世代家声绽香莲。

　　　　　　当日里我对你亲爹发了誓愿，

　　　　　　现如今岂能出我反我自食言？

　　　　　　我有姻兄在衙院，

　　　　　　请他代写陈奏降龙恩，

　　　　　　为你正名无忌惮，

　　　　　　你是那不附不攀、不牵不连、

　　　　　　堂堂正正、出自贫寒世家一状元。

毛志球　这……这事还得三思而行啊！

曾修人　球儿，我的为人，说一不二，你是知道的，无论如何，你得先荣归故里！

　　　　〔曹氏一旁悄下。

毛志球　（无可奈何）孩儿我……遵命就是了……哎呀，干爹！天色已

　　　　　　晚，明日前往吧！

曾修人　也罢！有言在先，容得今晚，容不得明晚。（下）

毛志球　唉！如何是好？如何是好啊！（来回踱步，苦思无计）

　　　　　〔曹氏怀中抱着一只大花猫上。

曹　氏　（旁唱）正喜飞燕自把心巢筑，

　　　　　　　　　却恼梗着个老糊涂。

　　　　　　　　　盼干儿变亲生我用心良苦，

　　　　　　　　　紧要处悄对球儿指迷途！

　　　　　（转对毛志球白）球儿，高中回来，理当高兴才是，为何反倒愁眉苦脸的呀？

毛志球　干娘，你有所不知，方才义父他……

曹　氏　我听见了。你义父性情古怪，软时一团泥，硬时铁板一块，休要见怪才是！

毛志球　孩儿不敢……只是义父执要托人上书，万一弄巧成拙，捅出欺君之罪，实在太……

曹　氏　是啊！实在太可怕了！……球儿，即使你义父不上书，却难免有人知道你的身世，动奏参你，你又有凭据，证明你是曾家之子呢？

毛志球　这……

曹　氏　我儿若有凭据，你义父自然不会上书，而且谁也参你不倒，尚可反败为胜，参他个诬告之罪！

毛志球　哎呀！这我倒从未想过，……只是这凭书从何而来？

曹　氏　这个么……我也甚觉为难啊！（玩猫、抚猫）

毛志球　哎呀干娘，孩儿心急如火，你却不替我想办法，还有心思玩

　　　　　猫呢!

曹　氏　（淡淡一笑）嗳!你哪里晓得,这可是一只精灵的猫呀!小小
　　　　　买回家,鼠祸自平息哪!

毛志球　（神情一振）小小买回家,鼠祸自平息……妙、妙啊!

曹　氏　（俨然莫名其妙地）什么妙、妙呀?

毛志球　干娘!孩儿今晚就回家去,义父与莲妹问及,就说我到友人家
　　　　　去了。（耳语）

曹　氏　（抱猫,点头）哎!

　　　　　〔切光。

七

　　　　　〔当晚。

　　　　　〔光圈里:毛老荐手持砍刀在破竹篾。

　　　　　〔毛志球披风上。

毛志球　（内唱）赶奔故里急急跑,（上）

　　　　　（接唱）淡月横西雾低缭,

　　　　　　　　　猛见这破窗残灯昏昏照,

　　　　　　　　　白发老父孤影摇。

　　　　　　　　　霎时间心内酸楚脸发臊,

　　　　　　　　　愧煞男儿七尺高。

　　　　　（敲门）爹爹开门!爹爹开门!

毛老荐　啊!这是球儿的声音……（起往开门）球儿,我的球儿!

毛志球　爹——爹!

　　　　〔父子相抱。静场。

毛老荐　孩子，不是做梦吧?

毛志球　爹爹，不是做梦。你还没有睡觉啊!

毛老荐　噢! 是球儿上京考试回来了?

毛志球　回来了，孩儿连夜赶来给爹爹报喜啊!

毛老荐　这么说，你考中状元啦?

毛志球　爹爹，你看! （解开披风，露出状元袍）

毛老荐　（喜得抹泪）中了，我的球儿出头了! 爹也熬出头了! 家里还
　　　　有两个鸡蛋，爹爹去煮给你吃，算是庆贺!

毛志球　爹爹，我……我什么都有的吃，鸡蛋还是留着你老人家
　　　　吃吧……

毛老荐　不! 不! 爹穷，拿不出什么好东西，可总得庆贺一番，要不，
　　　　爹心里难受啊! （下）

毛志球　（唱）老爹爹视儿仍当稚子看，

　　　　　　　倒叫我心如刀剜泪如泉!

　　　　（突听鸡鸣声声）啊!

　　　　　　　猛听得更鸡催唤，

　　　　　　　警醒我休陷天伦意缠绵，

　　　　　　　为得凭书免后患，

　　　　　　　也只好故耸危言恳求生父快周全。

　　　　〔毛老荐端煮鸡蛋上。

毛老荐　孩子，趁热吃吧!

毛志球　爹爹，我……（猛地跪下）孩儿有件急事，要求求你老人家

　　　　解救！

毛老荐　啊！刚刚报过喜讯，哪来紧急之事？

毛志球　此事干系曾毛两家的杀身大祸啊！

毛老荐　啊！（牵起毛志球）此祸因何而起，快道其详！

毛志球　只因当今科举，考官看中考生身世，稍有寒微，定然名落孙山。我家景况最是卑贱。是故孩儿只好借附干爹门楣，改姓换名，方得一举夺魁，衣锦还乡。不料，已有权贵查明孩儿真实姓名身世，动奏孩儿犯了欺君之罪……

毛老荐　啊！欺君大罪，株连九族，大祸难逃了！

毛志球　幸亏孩儿所冒姓名乃是干爹早年夭折之子，因此，只要爹爹你肯成全，就能化险为夷了！

毛老荐　要爹怎样成全，快快说来！

毛志球　只要爹爹得一份手印凭书……

毛老荐　怎样得手印凭书？

毛志球　不孝拟了凭书小样，爹爹若答应，盖上手印即可！（取出事先写好的凭书捧上）

毛老荐　（接过，念）"凭书。只因家贫，亲子自小已卖给曾府修人员外为子，以继曾家香火，永与毛家割断关系——毛老荐手印。"啊！（如雷轰顶，晕晕欲倒）

毛志球　爹——爹！（跪扶生父）只有这样的凭书，才能免了曾毛两家的灭顶之灾啊！

毛老荐　孩子啊！

　　　　（唱）宁可托钵行大路，

　　　　　　　岂愿断卖亲儿郎！

毛志球　（唱）爹爹啊！无有凭书大祸将降，

　　　　　　难道你忍让曾府毛家尸成行？

毛老荐　哎咋！

　　　　（旁唱）见儿跪地哀告悲声放，

　　　　　　　心头滴血眼迷茫；

　　　　（夹白）罢！罢！罢！（猛地咬破指头）

　　　　（接唱）咬破指头殷殷血淌，

　　　　　　　凭书一幅痛断肠。

　　　〔毛老荐盖血指印。

　　　〔毛志球跪趋取凭书。

　　　〔灯暗。

　　　〔光圈里：毛老荐双手捧着那碗煮蛋，神情麻木，望着远方良久良久。碗从手中滑落，跌成碎片。

　　　〔切光。

八

　　　〔次日。曾府书房后花园。晨光熹微，鸟鸣雀噪。

　　　〔曾清莲喜滋滋上。

曾清莲　（唱）昨日进香灵显寺，

　　　　　　归来时果然喜报偿心祈，

　　　　　　欲睹他状元郎丰仪几许，

　　　　　　通宵不寝犹不疲。

　　　　　　　早起待将离情叙，

　　　　　　　更催吉日快些时，

　　　　　　　晨光美妙知人意——

　　　　　　　鸟双飞花并蒂池游比目鱼。

　　〔曾清莲观鱼、赏花。

　　〔毛志球上。

毛志球　（旁唱）快舟往返昨夜事，

　　　　　　　庆幸搬开心头石，

　　　　　　　岁月翻新今朝始，

　　　　　　　我是曾府一宠儿。

　　〔取出凭书看了又看，表情宽心舒慰。

曾清莲　（望见毛志球）球哥！

毛志球　（回头）噢！莲妹！（忙将凭书塞进衣袖）

曾清莲　球哥，你方才在看甚？

毛志球　呃……我在看，看你送我的香罗帕呀！（忙支开话题）莲妹，
　　　　你如此早起，又在看甚哪？

曾清莲　我嘛！在看那——双飞鸟——并蒂花，还有这——（取出
　　　　冰扇）"异性连兄妹，同窗颂书声，一夜春风动，化作琴
　　　　瑟鸣！"

毛志球　哦……

　　　　（旁唱）莲妹她柔声道出言下意，

　　　　　　　分明是借景提扇催吉期。

曾清莲　（旁唱）为何他失去了柔情蜜意？

　　　　　　　那眼神流露出丝丝迟疑？

毛志球　　（旁唱）欲弃犹怜痴情女，

悔不该云雨偷欢把她欺，

现如今我身份已变当离异，

且借冰扇重提诗。

（白）莲妹，这冰扇……

曾清莲　　（一愣）怎么啦？

毛志球　　呃……没什么，我是说，这扇子上的诗句得改一改！

曾清莲　　改？为什么要改？

毛志球　　改，改得更为亲亲热热就是。

曾清莲　　（误会）哦！原来如此，吓我一跳呀！（嫣然一笑）当面就

改，我倒要看看，还有什么比这还要更亲热的呀！

毛志球　　这……无有笔墨，改日才……

曾清莲　　不！现在就改，我去拿笔墨来！（下）

毛志球　　（追了几步）莲妹！莲妹！唉……也罢！迟改不如早改，免得

她更难自拔！

〔曾清莲上。手中拿毛笔。

曾清莲　　（递笔）改吧！

毛志球　　你要背过身去！

曾清莲　　听你的！背就背。

毛志球　　（改诗，合扇）好了！莲妹，这一改，亲热得多了！你……你

就拿回书房里去看好了！

曾清莲　　（妩媚一笑）好嘛，拿来！

〔曾清莲正欲开扇偷看，园外传来曾修人"嗯哼"一声。

毛志球　　爹爹来了！（掷笔于花丛）

〔两人立于一侧。

〔马耿引曾修人上，马耿复出园门下。曾清莲与毛志球同时说：

曾清莲
毛志球 爹爹早安！

曾修人 甚好甚好！球儿，你先回房片刻，我有话要单独问问清莲！

毛志球 孩儿有话禀告……

曾修人 （温和地）等会再说无妨！去！去嘛！

毛志球 （无奈）遵……遵命！（下）

曾修人 莲儿，你说，你志球哥人品如何？

曾清莲 这……这还用说吗？若是不好，爹爹就不会认他做干儿子了！

曾修人 好！有你这句话，爹就放心了。莲儿，如今你志球哥功成名就，即要归返毛家，爹要了却多年来的一桩心事了！

曾清莲 （预感好事临头，却明知故问）爹爹有何心事？

曾修人 莲儿啊！

（唱）到如今喜看金鲤龙门跳，

时机已到我喜上眉梢，

干哥干妹结成秦晋好，

义子佳婿合一瓢。

（白）你看如何？

曾清莲 （羞喜非常）但凭爹爹做主就是了！（下）

曾修人 （望着爱女背影，欣慰地笑了）嘿……（转向书房呼唤）球儿！

毛志球 （上）爹爹！你……

曾修人 坐下坐下。球儿，你就要荣归故里，振作家声啦！我也无愧于令尊大人了，临行之前，我欲……

毛志球　爹爹，容孩儿先禀告……

曾修人　且慢插话，听我说完嘛，你与清莲情投意合，我看得出来，为
　　　　　父亦有此意，趁此吉日，订下婚约，不知你……

毛志球　哎呀爹爹呀爹爹，此事若在大试之前，我是求之不得，可
　　　　　如今……

曾修人　如今又怎样？

毛志球　如今，你是我的亲爹爹了。孩儿与莲妹自然就是亲兄妹了呀！
　　　　　这手足兄妹，岂可……

曾修人　啊！一夜之间，你怎么就胡言乱语了？

毛志球　爹爹，孩儿并非胡言，有凭有据呀！

曾修人　（莫名其妙）什么凭据？

毛志球　（出示凭书，双手平展）爹爹请看！

曾修人　啊！（看念“凭书”）“凭书”……永与毛家割断关系……毛
　　　　　老荐。咳！（欲夺过凭书）快快烧了！

毛志球　（忙将凭书藏起）爹爹恕罪。这份凭书非同小可，孩儿得妥善
　　　　　保存啊！

曾修人　你……你……

　　　　　（唱）你不羞你不愧良心已昧，

　　　　　　　　全不思，一指血印凝透伤悲。

毛志球　爹爹啊！

　　　　　（唱）凭书保得两家命，

　　　　　　　　于情于理皆不亏。

曾修人　（唱）我一世清名被你毁，

夺子臭名四乡吹。

毛志球　（唱）爹爹啊！

为清名你可不顾命累累，

孩儿我何妨攀龙附凤腾云飞？

曾修人　你，你……

〔幕内传来曾清莲哭唤声："爹爹！爹——爹！"

〔曾清莲手持冰扇冲上。

〔曹氏冲上："莲儿！莲儿！"

曾修人　莲儿，有事慢讲……

曾清莲　爹爹，女儿的命好苦啊！你可要替我做主啊！（递扇给曾修人）

曾修人　别哭别哭！我看看怎么回事！（念扇中诗）"原非异姓连兄妹，手足同窗颂书声。一夜春风动新帏，各寻花伴琴瑟鸣！"哼！（对毛志球）旧诗新墨，你……改得绝，改得妙啊！"

毛志球　爹爹，事出有因……

曾修人　（气极）住口！

曹　氏　唉！

毛志球　莲妹，请你原谅，为兄实出于无奈啊！（掏出香罗帕）事到如今，这个只好还给你了！

曾请莲　（取过香罗帕，哭）喂呀！教我今后有何面目再做人。（匆下）

〔曹氏追下："莲儿！莲儿！"

毛志球　莲妹！莲妹！（欲追下）

曾修人　畜生留步！

毛志球　（止步旁白）看来只好亮底了！（转对曾修人）爹爹息怒！容

　　　　孩儿一禀！

曾修人　你……你还有什么好说的！

毛志球　爹爹啊！

　　　　（唱）且息雷霆怒听儿明言，

　　　　　　世间事瞬息万变如云烟。

　　　　　　那一日圣天子将儿召见，

　　　　　　询了家境问姻缘。

　　　　　　与莲妹毕竟事似订盟约只堪瞒，

　　　　　　也只好推说未配凤鸾。

　　　　　　没料到龙颜大悦颁圣召，

　　　　　　惶恐恐便成了驸马状元。

　　　　　　如今生米成熟饭，

　　　　　　奉劝爹爹细权衡；

　　　　　　逆则血淋漓，鱼死网也烂。

　　　　　　顺则金灿灿，皇亲耀威严。

曾修人　呀呀呸！

　　　　（唱）说什么皇亲耀威严，

　　　　　　看透你衣冠禽兽黑心肝，

　　　　　　来来来，老夫与你同上衙门把官见。

　　　　（叠）就凭你，这把扇，管教你，做不成驸马当不了官！

　　　　（白）走！（欲拉毛志球）

毛志球　爹爹息怒！（一闪）

　　　　〔曾修人摔倒，脑袋正巧撞在那盆显眼得盆栽上。

毛志球　爹——爹！（趋跪。抱着曾修人；从曾修人手中取出冰扇藏起）

〔切光。

〔一束光照着那盆畸形的盆栽。那只大花猫在盆里蜷伏着。

〔伴唱：美不胜收弯弯扭，

苦心栽培几春秋？

欣欣待赏一盆秀，

怎料碧血溅枝头？

〔收光。

九

〔两天后，曾修人卧室。陈设淡雅，案头有笔、砚、书画条幅。联对。

〔曾修人躺在床上头缠布巾，身盖锦被，曹氏端药碗上。

曹　氏　唉！

（旁唱）费尽了多少心机，

才盼得毛家子变作曾家儿！

没料到横生枝节竖生刺。

老爷性固执，女儿尊情痴。

劝罢了清莲劝老伴，

但愿得相安无事凶化吉。

〔曾修人一阵剧烈咳嗽声。曹氏扶其坐靠床头。

曹　氏　老爷，服药吧！

曾修人　不！让我死了更好受！

曹　氏　唉！你这是何苦呢？

　　　　（唱）休只认一生碌碌清名，

　　　　　　　　忘却了身家性命重和轻；

　　　　　　　　毛义亲写凭书乃属自愿，

　　　　　　　　只当他感恩我家出真心。

　　　　　　　　状元甘当曾家子，

　　　　　　　　接香火有后人理应欢欣。

　　　　　　　　莲儿失节当自认，

　　　　　　　　幸亏丑事未出门庭。

　　　　　　　　且听老身苦相劝，

　　　　　　　　合家和睦保安宁。

曾修人　这……

曹　氏　这药你就喝了吧！

曾修人　我自己会喝，让我安静点！（以手示意曹氏走开）

曹　氏　（无奈）好好好，我走我走！你可要多多保重啊！唉！（下）

曾修人　（又一阵咳嗽）唉！

　　　　（唱）平心静气细思量，

　　　　　　　　夫人她一番劝说亦自圆，

　　　　　　　　不如放弃上书念，

　　　　　　　　天伦新庆合家欢！

　　　　〔窗外传来喊声："里边有人吗？里边有人吗？"

曾修人　谁人呼喊？

〔窗外声："我是荒村过路人，顺便捎个口信，毛老荐病倒在床，叫他儿子回去看看！"

曾修人　晓得了！哎呀！

（唱）听罢窗外路人唤，

　　　不难料毛大哥此时孤寒；

　　　我有老妻爱女可相伴，

　　　他却是屋破灯残行影单；

　　　往事历历重浮现，

　　　似见他忧心忡忡立眼前。

〔毛老荐出现在一侧。

毛老荐　员外……你……你不骗人吧？

曾修人　（如回到当年）曾某只有怜才之意，决无占子之心，若有虚言，天雷打死……

毛老荐　（突然悲愤失态状）哈哈哈……你骗人！你骗人！还我的球儿来！还我的球儿来！你道义何在？忠厚何在？是非何在？老天爷啊！你怎么不开眼啊！哈哈哈……（隐去）

曾修人　毛大哥！毛大哥……（回到现实）噢！毛大哥病了，病倒在床啊！

〔突然，内女仆惊呼："不好啦！小姐跳井啦！快来人啊！快来人啊！"

曾修人　啊！（欲抢出门，体力不支，跌坐）

〔女仆呼声仍不断，曹氏带哭的声音："莲儿！莲儿……"

〔马耿内声："安人别哭！小姐还有救……"

曾修人　（听得爱女得救，稍减焦灼）咳！

　　（接唱）娇娇爱女寻短见，

　　　　　　都只为无情小子黑了心肝。

　　　　　　指望甚合家新欢？

　　　　　　只能是姑息养奸，

　　　　　　似这等抛生父弃前缘的昧心汉，

　　　　　　身价越高性越凶残。

　　　　　　愤然举笔写告状，

　　　　　　痛心疾首气涌胸间。

　　（写罢告状，力竭正欲伏案）啊！（来不及藏好告状便晕倒于床，但仍轻声叫唤）球儿……球儿……

　　〔毛志球上。

　　（旁念）怨恨干爹执己见，

　　　　　　决意上告太愚顽，

　　　　　　辗转买来致命药，

　　　　　　无奈迫起毒心肝！

　　〔听见义父的轻柔呼喊。

毛志球　（进室）爹爹！（为曾修人盖好锦被，发现告状，取过旁念）"状元并非曾家子，其实姓毛家贫寒，私与小女订婚约，一朝登高绝情缘。更还抛弃亲生父，天理人伦颠倒颠。休道人才皆可选，才人无德祸无边……"哎咋！

　　（旁唱）此状若教官衙见，

　　　　　　毁我前途性命旦夕间……

　　（急将告状藏于袖内，夹白）干爹啊干爹！

　　（接旁唱）休怪孩儿生恶胆，

狠心送爹上西天。

（取出一包药粉，倾于药碗内）爹爹醒来！爹爹醒来！

曾修人　（醒）啊！快……你爹他……

毛志球　爹爹，服完药再说吧！（灌药）

曾修人　（有顷，药性发作）啊！你……（挣扎起床，取过药碗闻了闻）啊！……你……你放了毒药？

毛志球　（一侧跪下）爹爹！是你逼得孩儿我……

曾修人　你……好狠的心啊！不念今日，难道就忘了当初么……

毛志球　爹爹！当初归当初，今日归今日，当初你待我胜过亲生，今日你已把我当作仇敌！你为家声清名，我为前程性命，彼此彼此，怪不得孩儿了！

曾修人　啊！你……你这禽兽！我死不瞑目！（跌坐凳，饮恨气绝，圆瞪双眼）

〔切光。

〔一束光照着满脸热泪，双膝跪地的毛志球。

毛志球　（唱）莫道孩儿禽兽心，

　　　　　　热泪出自儿心头，

　　　　　　道义功名如水火，

　　　　　　古往今来难合流。

〔收光。

十

〔数天后，野外溪畔。大树一棵。树荫下有供行人歇脚的石块。

〔毛老荐上。

毛老荐　（唱）抱病行走步踉跄，

　　　　　　一腔悲愤炸胸膛；

　　　　　　口信捎去数天整，

　　　　　　无声无息石沉江，

　　　　　　定是曾家耍伎俩，

　　　　　　不将我病告儿郎。

　　　　　　只顾他占子功庆状元酒，

　　　　　　不管我毛老荐是活还是亡。

　　　　　　收藏砍刀曾府往，

　　　　　　拼着老命闹一场。

〔毛老荐体力不支，扶树喘息。

〔马耿扛着一大捆字画上。

马　耿　（旁念）员外生前喜字画，安人叫我找名家，重金买得一大捆，出殡当作纸钱化。（发现毛老荐）啊，这不是老荐伯么？

毛老荐　（当胸抓住马耿）哼！你这个"人证"倒先送上来啦！（拔出砍刀）

马　耿　哎哟！你这是……（情不自禁以手护胸，字画落地）

毛老荐　（瞥见散开的字画）好呀！又是品字，又是赏画，占了我家的状元子，你家员外开心啦！

马　耿　（哭笑不得）毛大伯，你弄错了，员外他在四天前已经惨死啦！

毛老荐　啊！那么这些字画？

马　耿　买来当纸钱火化的。

毛老荐　毛大伯，你可冤枉员外呀，他死前老催促状元公回去看望于你呀！

毛老荐　啊！（掷去砍刀）恕我莽撞，错怪员外啦……方才你说员外惨死，是什么模样？

马　耿　七孔来血，满脸黑气，咬烂唇舌，双眼不闭。

毛老荐　啊！（转对马耿）员外何时出殡？

马　耿　大户人家，七日行丧。后天入殓。

毛老荐　好歹我也是曾府义亲，为何不送报帖？

马　耿　状元公说你年老体弱，行走不便，不送也罢！

毛老荐　我一定要到灵堂祭奠员外！

马　耿　这……就怕状元公发觉，怪罪下来……噢，有了！换上奴仆衣帽，扮成仆人模样，待到深夜，倒也进得灵堂。

毛老荐　此计甚好！

马　耿　随我来！

〔灯暗。

十一

〔当日。深夜至天亮。

〔男仆画外音："报！刘道台派人前来祭奠！"

〔曹氏画外音："奠仪摆在正厅，来人东厢招待！"

〔女仆画外音："报！陈县令派人前来祭奠！"

〔曹氏画外音："奠仪摆在正厅，来人西厢招待！"

〔男仆画外音："报！陈进士一行到！"

〔曹氏画外音："奠仪摆在侧厅，来人南苑招待！"

〔女仆画外音："报！名画师杨先生到！"

〔曹氏画外音："奠仪摆在侧厅，来人北园招待！"

〔男仆画外音："报！周府人到！"

〔曹氏画外音："大院招待！"

〔画外音停后，一片死寂。

〔灯渐明，灵堂景：纱帐正中一特大"奠"字。两旁奠仪纷厚。烛火通明，并不阴森。两侧垂下黑幡白字挽联："三更月冷鹃犹泣，万里云空鹤自飞。"

毛志球　唉！

（唱）干爹暴死不闭眼，

真叫我肉跳心惊；

走近灵前三跪拜，

偷向亡灵诉心声，

爹爹啊，只因你一纸状书迫太甚，

孩儿我方起杀心绝了情。

为报答爹以往大恩大德，

儿已派飞骑请旨恩皇荫。

告罢亡灵焚告状，

还爹手稿恕儿安宁；

盼你双眼快闭紧，

　　　　魂归极乐西天行。（焚告状）

　　〔毛老荐、马耿上。

毛老荐　（窥见志球焚稿，起疑，却不便明言，悄对马耿）你去伺候状元公吧！

马　耿　（莫名其妙，经不这老荐暗中催促，只好佯装刚睡醒状打哈欠，进灵堂）状元公！

毛志球　（一惊）噢！马大叔！我给我爹爹烧纸钱！（急将快燃尽的告状丢掉）

马　耿　（无意中一脚踩熄了余状）状元公，难得你一片孝心。看你，昼夜守孝，人都熬瘦了。我扶你回房歇息去吧！

毛志球　（点点头）这里就烦劳大叔关照了！（下）

马　耿　（对毛老荐）大伯，你刚才是什么意思？

毛老荐　哦！我是要你支开状元公，我才好祭奠义亲啊……

马　耿　噢……快快祭奠吧！我一旁放风去！（下）

毛老荐　（进灵堂。出灵堂。）

　　（念）原来是砒霜，

　　　　　害死员外命，

　　　　　这凶手，是谁人？

　　　　　我暗自起疑心。

　　（发现余状，拾起，看）怪了，这纸钱怎么有字呢？（看。画外念）"……更还抛弃亲生父，天理人伦颠倒颠。休道人才皆可选，才人无德祸无边。"哎呀！

　　（唱）分明是义亲告状落儿手，

　　　　　杀人灭口显见其中根由；

　　　　　　手掭余状身发抖，

　　　　　　好教我毛老荐进退无谋。

　　　　　　义亲啊！我若不把冤情究，

　　　　　　愧对你悲魂恨魄怨幽幽；

　　　　　　想当初，你把逆子当苏木，

　　　　　　谁知晓雕琢成龙他却恩当仇。

　　　　　　早知养出无义狗，

　　　　　　不如让他永放牛！

　　　　　　若将真相来泄露，

　　　　　　怕只怕法场看斩状元头，

　　　　　　罢罢罢一桩沉冤埋心底，

　　　　　　跪别亡灵满脸羞，

　　　　　　余生不忘恕愧疚，

　　　　　　寒食清明祭坟头。

　　　　〔毛老荐将余状烧掉。

　　　　〔鸡鸣声音。马耿上。

马　耿　毛大伯，你看员外的死因，有何可疑之处？

毛老荐　呃……停丧多天，脸已走样，甚难分辨了！

马　耿　唉！（转对亡灵）唉！员外！你死得好不明不白啊！（饮泣）

毛老荐　（旁白）不好！逆子心狠手辣，倘若发现马耿兄弟生疑，难免
　　　　又被灭口……有了！待他送我出去后，设法叫他逃走就是！
　　　　（转对马耿）兄弟！天快亮了，快送我出去吧！

马　耿　唉……

　　　　〔两人下。

〔曾清莲上，四顾，跪灵。

曾清莲　爹爹啊爹爹！女儿守了你五天五夜，也算尽了一点孝心。如今，我也要跟爹爹去了，请爹爹等等女儿吧！（起身，掏出香罗帕）香罗帕呀香罗帕！

（唱）不堪回首付痴心，

　　　曾倾注一往情深，

　　　丝丝缕缕皆揉进，

　　　针针线线寄纯真，

　　　香风里，甘私订，

　　　明月下，托终身。

　　　只道他君子人品，

　　　深信其才德兼称；

　　　又谁知换得片刻温存清白损，

　　　到头来琴乱瑟碎断肠吟。

　　　欲哭无声泪流尽，

　　　罗帕竟成泣血巾；

　　　多少悲愤多少恨……

　　　多少恨——状元及第起灾星！

　　　惨森森寒光照椿冷，

　　　幽怨怨真诚何处寻？

　　　忽悠悠昏昏沉尘世多鬼影，

　　　且向阴间觅安宁！

〔曾清莲将香罗帕绕颈，边绕边入帐后。

〔曾清莲吊死的剪影。

〔一束光照着悲痛欲绝的曹氏。

曹　氏　（念）有口难言只认命，

强吞苦果撑门庭，

（片刻发现吊死的曾清莲）天啊！

（唱）老伴灵柩未出殡，

又添新鬼锁白绫。

我此生作了何罪孽？

招来恶报满门庭！

只道是曾家积德林木盛，

天赐芳草来寄生，

实指望青青芳草纳吉庆，

富上添贵喜气盈。

没想到愁云骤起连惨雾，

大树倾倒叶凋零。

只落得满庭悲风诉不幸，

一镰残月照碎心。

从此后说不清状元是曾家寄生草？

还是我成了他状元府上草寄生？！

（惶惶话唤）孩儿？你在哪里？你在哪里？（似一个溺水之人，希冀抱住什么）

〔黑暗里飘忽不定的毛志球的声音："孩儿在此！孩儿在此！"

〔灯骤亮。曹氏终于抱住毛志球双腿。

〔毛志球发现吊死的曾清莲。

毛志球　（唱）目睹月落形又沉，

嗟叹往事暗惊心。

毕竟恩义留记印，

一旦勾销总伤情。

〔画外音："圣旨到！"毛志球片刻的人性复苏又被"圣旨"冲得烟消云散了。他甩去孝带，跪旨。一道夸张的"圣旨"从天而降。

画外音 今科状元驸马爷曾俊辉听旨！

毛志球 儿臣在，父皇万岁！（跪）

画外音 奉天承运皇帝诏曰："朕惊悉亲翁千古，特遣使臣主持厚葬，赐立'忠厚传家、为国育才'丰碑。曾夫人曹氏忠贞贤惠，教子有方，堪称良母风范。钦封诰命夫人，赐凤冠霞帔。望理毕丧事，举家赴京议事，钦此。"

毛志球 父皇万岁万万岁！

毛志球 干娘，你是诰命夫人了！

曹 氏 （不知是喜极还是悲极，从失态到疯癫）哈哈哈……我是诰命夫人啦！我是诰命夫人啦！哈哈哈……

〔幕后伴唱

荣华梦，飘飘渺渺，

血和泪，梁红袍，

悲歌一曲声声叹，

人心世态最难描，最难描。

全剧终

月是故乡明 ①

剧本介绍

剧　　种: 山歌剧

创造时间: 1982 年

编 创 者: 刘永清、曾桂森

奖　　项: 1987 年获得广东省地方题材二等奖

出版情况: 收入花城出版社出版的《冰结情缘》

故事年代: 现代

地　　点: 南国特区、香港

人　　物:

    马小伟: 老马的养子,金昌盛的亲生子

    苏维纳: 马小伟的恋人,香港古董商行秘书

    老　马: 某特区公安处处长

    罗曼华: 老马的妻子,金昌盛的前妻

---

① 编者注:本剧本对香港社会的描写,以及赴港政策等都有一定时代局限性,为保存剧本原本面貌,不做改动。

金昌盛：香港古董商

胡　娜：金昌盛现任妻子

古自飞：金昌盛的买办经纪，打手

四　姑：金公馆用人

李　政：某特区政法委员会主任

张　允：某特区公安处副处长

钟　通：某特区公安处出入口签证科主办干事

刘秘书：政法委员会秘书

罗帕斯：法国古董商经纪

阿利、阿彪：香港黑社会打手

〔幕前曲——

　　　　冬去春来涌暖流，

　　　　万类苍生竞自由；

　　　　张张脸谱面面镜，

　　　　问君笑马抑笑牛？

第一场

〔现代。

〔秋末的一个傍晚。

〔南国某特区公安处马处长家的客厅。设备简朴。

〔幕后。

〔马小伟正与几个同伴在为晚上的舞会悬挂彩灯。少顷，布置就绪，马小伟掀开三用机，出现香港的流行舞曲。

马小伟　伙伴们，先跳一回吧！

众　人　好！（起舞）

〔门铃响。罗曼华下班回来。

罗曼华　跳哪！你爸就回来了！（进内）

众　人　（互使眼色）走！（一哄而散）

〔马小伟走近窗口，见黄叶飘飞，百感交集。

马小伟　一年容易又秋风！

（唱）秋花凋谢枫叶红，风序年轮急匆匆，

　　　　恋人一去两年整，杳无音讯苦沉沉！

（捧出一具维纳斯石膏塑像，放在圆桌中间，凝视有顷）

（唱）凝视爱神苦思量，见物思人意茫茫，

　　　　何时共饮蜜柑酒，醉卧湖滨入梦乡？

〔街灯乍亮。马小伟误作圆月东升。

马小伟　月亮出来了！

（唱）香港内地两重天，两地相思共月圆；

　　　　我心贴在你心上，你魂落在我身边！

（少顷，摇摇头）哎，我看错了！

（唱）因为想妹想到癫，错把重阳当老年；

　　　　十字街头灯乍亮，心痴误作月团圆！

　　　　苏维纳啊，我的维纳斯，你在哪里？

〔幻觉。苏维纳的声音："伟哥，我来了！就在你的身边。"

〔马小伟循声张望。身材苗条、穿着入时的苏维纳在烟雾缥缈中出现。马小伟热情迎上，拉住苏维纳的手，翩翩起舞。

（伴唱——

　　　　两人同窗岁月长，

　　　　绿荫校道常来往，

　　　　月光晚会同歌唱，

　　　　青梅竹马共心肠。

　　　　花前月下论纵横，

　　　　晨曦同浴露同沾；

　　　　镐锄同耕处女地，

　　　　披荆斩棘共斧镰。

　　　　肝胆相照年复年，

　　　　同舟共济心相连，

　　　　好比山间藤和树，

　　　　生生死死紧相缠！

〔老马画外音："苏维纳出身不好，还有海外关系，你们要结婚，我不能答应！不能答应！"

〔马小伟一愕，苏维纳幻影消失。

马小伟　（找寻，呐喊）我的维纳斯，你在哪里？你到底在哪里？

〔说话间罗曼华上。

罗曼华　（叹口气）小伟，两年前的事，你就别挂在心上了。

马小伟　我这一辈子，恐怕也忘不了。

罗曼华　当时苏维纳不是一气之下就去了香港，我看事情也许还能补救。

马小伟　在你们眼中，过错都是别人的！

罗曼华　哪也不能这么说。小伟，要是现在，你爸也许不会拒绝你们的婚事……

马小伟　够了！妈，像爸爸这样的人，他会承认自己对儿子的婚事有错误？

罗曼华　过去的事就让它过去吧！其实，你爸爸的出发点也是为了你好。

马小华　什么？为了我好？哈哈哈（发泄地）好就好在他挨揪斗，使我受株连，有书不能读，白白浪费七八年青春时光！好就好在他的无情剑斩断了我和苏维纳的爱苗！唉！现实生活已使我失望，我真想到自由世界，呼吸呼吸新鲜空气，追回我那失去的爱情！

罗曼华　（惊恐地）你……

　　〔这时，门铃陡响，紧接着传来一声唿哨。

马小伟　OK，我的远客到了。妈，快准备茶水。

罗曼华　真拿你没办法。（下）

　　〔马小伟下而复上。随后进来的是穿奇装异服的古自飞。

马小伟　你是——

古自飞　（摘下太阳眼镜）不认识啦？今天下午我不是打了电话给你——

马小伟　（恍然）呵，原来是古自飞。老同学十年不见，加上你这身时髦打扮……

古自飞　其实是贵人眼高。看来，你这个公安处长的公子，不太欢迎老同学啰！

马小伟　哪里哪里！……

古自飞　要不，怎么连张凳板都不招呼招呼？

马小伟　（忙搬凳子）请坐！请坐！（见曼华端茶水上，接茶）妈，快去准备点心吧！

〔罗曼华不置可否地下。

古自飞　我们香港人有个规矩，凡至爱亲朋难得一见，见了面都得送份见面礼。（从怀里掏出一条金项链）这轻轻一盎司的铂金项链，——哎，我给拿错了。（故意欲收藏）

马小伟　（眼明手快）哎，你这项链让我鉴赏鉴赏好吗？

古自飞　好吧！（递上）

马小伟　（辨认地）这条项链……

古自飞　怎么啦？

马小伟　好像是我送给苏维纳的。

古自飞　呵，对，对对！苏小姐说这是你亲生父母的定情物，她出港时你送给她的，我回内地时，她要我带回给你，希望你把它带往香港，就像分别时一样亲自挂在她的脖子上。

马小伟　她现在在哪儿？

古自飞　在香港一家古董商行当秘书。

马小伟　真的？

古自飞　（点头）不错。

马小伟　太好了！恨不得长上翅膀，飞到她的身边……（接住古自飞旋转起来）

古自飞　（轻轻推开）还有使你更高兴的呢……

马小伟　还有使我更高兴的？

古自飞　我的老板金昌盛就是你的生身父亲呢！

马小伟　什么？你的老板……我的生父？……

　　　　〔说话间，罗曼华端一碟果点上，听见小伟的话，果盘不觉掉下。

马小伟　妈，这是真的？

罗曼华　（回避）不，这不是真的。

古自飞　没错，一九五〇年广州遭袭炸时，金老板在博爱医院与妻子和

　　　　刚刚出生的儿子失散，他的妻子叫罗曼华，儿子叫金小伟。

马小伟　妈，人家都说清楚了……

罗曼华　这……（只好默认）

马小伟　（对古）这些，你怎么知道？

古自飞　小伟，你爸从苏秘书身上发现这条项链，得知你的下落，叫我

　　　　专程赶来找你的。

马小伟　（喜不自禁）太好了！太好了！……

　　　　〔钟通上。

钟　通　小伟，什么事叫你这么高兴？

马小伟　这得暂时保密。

古自飞　哦，是我给他带来了恋人和生父的消息……

钟　通　（点头）好呵，真是好事成双啊！

罗曼华　钟主办，今晚吹的什么风呀？

钟　通　我是老马的部下，还能不常来拜访吗？（对古故作不认识）这

　　　　位是——

马小伟　他是古自飞经理。

钟　通　小伟，古经理既然给你带来好消息，你得热情款待款待贵

　　　　宾呀！

马小伟　对。妈，你去炒几碟好菜，我去买两瓶好酒！钟主办请你陪陪

客！（下）

〔罗曼华进厨下。

钟　通　（大声地）古经理在外做些什么生意？

古自飞　做点小买卖。

钟　通　（小声）古经理，那幅画？……

古自飞　这里是谈话的地方么？

钟　通　马处长不在家，在他的客厅里谈话不是更便当么？

古自飞　（连连点头，从皮夹里掏出一画轴）钟主办，你这幅《莲社高贤图》画得真不错。那个病足的陶渊明和骑马的谢灵运都栩栩如生，十分传神！可惜，这是临摹品，（丢在一边）要不——

钟　通　怎么啦？

古自飞　要是真迹，价值连城呢？

钟　通　（暗自点头）那本《高贤传》呢？

古自飞　虽是真本，要没主画搭配，价值可就有限。

钟　通　（旁白）这家伙倒有眼力。

古自飞　（旁白）这家伙真狡猾！

钟　通　好吧，这本书烦劳古经理带去，打探打探行情；至于那幅明画真迹，到时会弄到手的。不过——

古自飞　（会意）这里现付五千元定金；（递支票）不过，这桩买卖要尽快成交，你可得促成小伟尽快出港，让金老板高兴。

钟　通　一定尽力而为，一定尽力而为。

〔马小伟提酒瓶上。

马小伟　来，今晚大家痛痛快快干一杯！

钟　通　（起身）我有点事，先走一步。

古自飞　（随之起身）我也有约，得走了！（欲下又止）老同学，你若
　　　　有意出港继承父业，钟主办会帮忙的。（下）

钟　通　一定一定。（随下）

　　　　〔罗曼华从厨房上。

罗曼华　（自语）人呢？

马小伟　妈，我决定出港。

罗曼华　什么？你真敢打这个主意？

马小伟　妈呀！

　　　　（唱）栏栅重重不自由，

　　　　　　　雄心难却志难酬，

　　　　　　　不闯青溪龙潭水，

　　　　　　　安知何处有江湖？！

罗曼华　孩子！

　　　　（唱）黄毛鸭子刚离娘，

　　　　　　　嫩草难经十月霜，

　　　　　　　我儿还是白目浪，

　　　　　　　不敢放你漂大江。

马小伟　妈！

　　　　（唱）儿已到了而立年，

　　　　　　　拼搏前程似鲲鹏，

　　　　　　　雏鸦反哺羊跪乳，

　　　　　　　小伟不会忘娘恩。

罗曼华　（叹气，唱）

　　　　　　　鹧鸪莫作鸡来囤，

　　　　　尽早都系养吾驯，

　　　　　阿妈有心让你走，

　　　　　就怕你爸关栅门。

　　（白）要知道，你爸是不会放你走的！

马小伟　妈，你别什么都怕爸。其实，像他这样的干部，用当今时兴的话来说，思想有点僵，跟不上形势，吃不开啦！

　　〔说话间老马上。

老　马　（接口）什么吃不开啦？小伟，你们母子俩是不是又在说我呀！

罗曼华　老头子呀，你别一说风就是雨，刚才我们母子俩在拉闲话，讲起如今物价不稳，像我们这些中等收入的干部家庭，有点儿吃不开啦！

老　马　是这样吗？

马小伟　（笑）爸，不是这样，——妈在骗你！

老　马　对，我就喜欢小伟直爽，说吧，小伟！

马小伟　爸，我且问你，我和苏维纳的婚事，你今天怎么看待？

老　马　（一怔）孩子，你怎么问起这个？

马小伟　爸，报上不是在讨论真理标准吗？我——

老　马　（伸手打断）别说了。孩子，不瞒你说，你和苏维纳的婚事，我已感到内疚。（心情沉重地吁了口气）

马小伟　（意外地）这我就门缝里看人，把人看扁了！——不过，爸爸，要是还有机会，你是否同意我们结婚？

老　马　这……（思索片刻）你这不是近乎幻想？

马小伟　也许是吧！因为一个特区公安处长是不会轻易放他儿子出

境的。

老　马　（点头）你明白父亲的处境就好了。

马小伟　要是终于证明我这个人不是公安处长的儿子，而又具备出港条
　　　　件，去追寻我那不应失去的爱情，你难道也不同意么？

老　马　对于别人的事，我自然秉公办事！

马小伟　其实，爸爸，对你这个公安处长才恪守"秉公办事"，有权不
　　　　用。可人家大搞以权谋私哩！

老　马　你说谁？

罗曼华　（抢口）就拿隔壁张副处长说吧！调进特区才一年，利用对外
　　　　开放，家里早已全盘电气化啰！

老　马　（点头）不错，在我们党里，以权谋私，甚至走私贩私的人是
　　　　有的，可他们毕竟是少数；如果他们不悬崖勒马，终有一天会
　　　　被揭露，受到惩罚的！

马小伟　（愤愤不平地）爸爸！现在，捞一把发横财的人，有哪个受到
　　　　惩罚？

老　马　往后看吧，会受到惩罚的！

马小伟　我看，这些社会弊病已成癌症，谁能医治得了？

老　马　孩子，你听我说，任何社会，都不可能避免犯罪案件的发生，
　　　　资本主义社会如此，社会主义社会也不例外；但我相信，在医
　　　　治社会弊病方面，我们的制度优越于资本主义！

马小伟　要真能这样，可要开一场盛大舞会，庆祝庆祝！

　　　　〔门铃响，罗曼华下。

老　马　（巡视室内）怎么，小伟你真的又要开舞会啦?!

马小伟　（点点头）消遣消遣，活跃活跃周末生活嘛！

老　马　孩子，我有好多话本来早要跟你谈谈，可一直腾不出时间；没想到拖来拖去竟拖到摊牌的时候！

马小伟　（不甘示弱）摊就摊呗！

老　马　好吧，（坐下）孩子，听说你经常对人传播一种论调，说什么"外国的月亮比中国圆"，是吗？

马小伟　不错。爸爸，如果把物质文明比作月亮，那可是颠扑不破的真理。

老　马　错了。

马小伟　为什么？

老　马　（郑重地）社会的好坏，不取决于物质文明的程度，而取决于精神文明的物质……

马小伟　（打断）够了，爸爸！你们这套抽象说教，我听腻了！

老　马　（失望）看起来，正面的道理你是听不进去。

马小伟　（点头默认）……

老　马　你难道非接受反面教育不可吗？

马小伟　那可不一定（流里流气地）我们今天吊儿郎当，明天是社会的栋梁……

老　马　（生气地）你算什么栋梁？

马小伟　呵，不不，我只是一棵小树！

老　马　小树，不是朽木？

马小伟　不是朽木，是小树。——理想大厦阴影下的一棵小树！

老　马　（回味地）理想大厦……阴影下的……一棵小树？（拍桌）你这不是发泄对社会主义现实的不满吗？

马小伟　不要乱扣帽子好么？

老　马　孩子，我对你是恨铁不成钢！你说这种话，不是对现实不满，
　　　　至少也是身在福中不知福！

马小伟　爸，你不让下一代有和父母平等相处的机会，你就无法了解年
　　　　轻人的心了！

老　马　好，我今天就坐下来，听听你的心里话。请讲吧！

马小伟　（转喜）这样，我们父子间才有讨论问题的可能。

老　马　（催促地）你快说说你要说的话吧！

马小伟　（倾诉地）爸爸，不瞒你说，我的处境就好像我们现在居住的
　　　　这层楼房一样，门窗不是朝东就是向北，每天每日，除了照进
　　　　瞬间的晨曦和落日余晖，整天都是阴森森的。爸，这就是你
　　　　的脸孔，整天绷得紧紧的，父子俩即使难得共在一起早餐和晚
　　　　膳，你总在唠叨不绝，不是叮咛"好好干啊"，就是发出审问
　　　　式的教戒："今天你又弄出什么乱子来了"！……这叫人怎么
　　　　受得了？

老　马　哪……你要怎么过？

马小伟　我吗？不想过衣来伸手、饭来张口的少爷生活，可也不喜欢别
　　　　人用模子套我……

罗曼华　（上，催促地）政法委员会李主任要你去一趟，小车就在门
　　　　口，刘秘书正等着你哩！

老　马　我这就去。（对小伟）告诉你，今晚的舞不能跳！

马小伟　又来了，——一点自由都不给？

老　马　你要是什么自由？——你这是在追求资产阶级自由化！

　　　　（欲下又止）把彩灯统统拿下！端端正正坐在这里等我！

　　　　（下）

马小伟　妈，我再也忍受不了，我只有一个选择，出港！

罗曼华　这……这我做不了主……

马小伟　妈！

　　　　（唱）儿今一锤定了音，吃了秤砣铁了心。

　　　　　　　一心要蹈香江水，纵然身死露笑容！

　　　　（白）妈，我的脾气你是知道的，一旦下了决心，便义无反顾！你要不帮我取得合法手续出去，我就督卒过河，万一被发现，让狼狗咬伤我，让边防军开枪打死我好了！

罗曼华　（痛苦地）好了好了，别说了，只要你不偷渡，妈什么都答应。

马小伟　能保证吗？

罗曼华　相信吧，我自有办法。

马小伟　（搂住曼华脖子）妈，你真是我的好妈妈！

　　　　〔幕徐徐闭。

第二场

〔除夕。

〔香港九龙徙置区里一公寓。门口有一副对联，上联是"江湖义气传千古"，下联是"财源广进达三江"，横批是"忠义满堂"。它是一幢外罩栅栏的洋楼，与周围用木板、铁皮、塑料片搭成的屋子相比，大有鹤立鸡群之势。

〔在爆竹声中，幕徐徐启。

〔手提简单行李的马小伟正在"金公馆"门外伫立。

〔伴唱——

那边阿爸掌大权，

这边阿爸赚大钱，

小伟不贪现成福，

为捉玉兔敢摩天。

马小伟　（按电铃无人开门，不耐烦地）唉！

（唱）浑水过河唔知深，

唔知阿爸乜样心，

唔知阿爸乜脾气，

摸清情况再交心。（又按电铃）

〔内打开，走出胖用人四姑。

四　姑　你为什么老按电铃？

马小伟　（答非所问，赔笑地）请问：此处可是金公馆？

四　姑　金字招牌大大只，唔使问阿贵了。呵，你是内地过来的吧！香
　　　　港政府有规定：从十月廿四号零时开始，内地过来的都得返回
　　　　内地去。你快走吧，我四姑没时间与你磨嘴皮！（欲下）

马小伟　（叫住）四姑，我系你金家老板的骨肉亲，麻烦你通报一声，
　　　　就说有个叫金小伟的，刚从内地来到……

〔内屋传来胡娜的喊声："四姑，你在跟谁说话？快来！"

四　姑　（对内）好，来了，就来了！（对小伟）老爷出去时有吩咐：
　　　　大年除夕，非忠义堂前的拜把兄弟，一律不得开门请进，——
　　　　我是吃人俸禄听人使唤，没办法啊！（不忍，又问）你是金家
　　　　的亲骨肉？

马小伟　是呀！我是你家老板的亲生子。

　　　　〔这时胡娜出现在内门口，故意干咳一声。

四　姑　（一怔）这……小伟，这是你的细妈，快叫声细妈好。

马小伟　（急忙作揖）细妈好。

胡　娜　（听如不见）四姑，快给来人一封红包利市！（欲下）

马小伟　细妈，我……我不是督卒过来的——

胡　娜　（打断）我不是差馆便衣，也不是移民局的沙展帮办，管不着别人出纸还是督卒！我只知道服从政府法令，不得雇请窝藏内地蛇仔……

马小伟　蛇仔？什么叫蛇仔?!……

胡　娜　（瞪了一眼，不作答话）……

四　姑　（拿红包上，知趣地）咳，也算开门红了！

　　　　（唱）红纸封包压岁钱，

　　　　　　　大吉利市过新年，

　　　　　　　快搭夜车回深圳，

　　　　　　　免得流落在街边！

马小伟　（打掉红包）呸！！

　　　　（唱）跳出山门大丈夫，

　　　　　　　铁石心肠硬骨头，

　　　　　　　妇孺不识男儿志，

　　　　　　　天高地阔任风流！

　　　　（白）哼！东门不开西门开！（欲下）

四　姑　（拿出锁匙，怯懦地）少奶奶，这……

胡　娜　（一把抓过锁匙）这金家是我做主！（砰的一声把门关闭，转

　　　　　身进内）

　　　　　〔四姑、马小伟均骇然。

　　　　　〔瞬间沉寂，风声凄厉。

四　姑　少奶，大少奶，我是你的姨妈，你开门让我进去吧！

　　　　　〔里面无应声。

　　　　　〔伴唱声起——

　　　　　　　栅外风狂月黑天，

　　　　　　　栅里有人受熬煎，

　　　　　　　人情冷暖今夕见，

　　　　　　　明朝祸福可权衡！

四　姑　（哭求）少奶呵，你让我进去吧！

　　　　　〔里面无应声。

马小伟　还是在这里等等我爸吧！

四　姑　此刻灯红酒绿不夜天，大少爷说不定正在赌博场、夜总会忙着

　　　　哩！只怕等不到他回来，我们已冻死在这露天铁笼子里了！

马小伟　四姑莫难过，怪我金小伟连累你就是了。

四　姑　大少奶，可怜可怜我吧！

　　　　　〔里面仍无应声。风声如泣如诉，一阵紧似一阵。

马小伟　（跺脚）我走！

四　姑　（伸手栅外抓住小伟）你往哪里走？

　　　　　（唱）莫看香港咁繁华，

　　　　　　　　到处都有拦路蛇，

　　　　　　　　人穷有脚无路走，

　　　　　　　　唯有等待你阿爸。

〔金昌盛上。

金昌盛　三更半夜的，你们在这里做什么？

四　姑　（喜出望外）好哪，大少爷回来了，我们得救了。

金昌盛　四姑，这是怎么回事？（发现小伟）莫非这位就是内地来的小伟？

马小伟　（惊喜地）是啊是啊！

四　姑　（转悲为喜）他就是你的亲生儿子小伟，快向你亲爸叩头！
　　　　〔小伟欲施礼。

金昌盛　免了免了。伟仔呀，你父亲没想到你会来得这么快，这么突然，以致失迎，受委屈了，我的亲儿子！（热烈拥抱）

马小伟　（感动）也怪我来不及写信……

金昌盛　四姑，还不快开门？

四　姑　啊，这……锁匙……（急忙转口）我忘记带在身上了。

金昌盛　太粗心了！冻坏了人怎么得了！（把自己身上的锁匙交给四姑）

四　姑　开门大吉，大吉利门贵人多！（边念边开门）

金昌盛　（想起）小伟，吃过饭吗？

马小伟　（愠怒）我一到香港，就吃了一碗闭门羹！

金昌盛　抱歉抱歉！四姑，还不快进去泡茶，叫厨师阿祥温酒炒菜给少爷接风洗尘？

四　姑　（高声地）少爷，跟我来！（手提行李，不住回头招呼小伟进门）
　　　　〔金昌盛欲随下，内门闪出胡娜，伸手拦住。

胡　娜　嘿嘿！（讽刺口吻）真是骨肉情深呵！

金昌盛　你呀！……

胡　娜　（打断）我怎么啦？你现在把你儿子勾来，下一步是不是还要把你那原配夫人请来，赶我走呀？

金昌盛　我说你呀，就是头发长见识短——

胡　娜　（打断）好，就算你头发短见识长，你说给我听听，把他勾过来干啥？

金昌盛　嗨！我不是对你说过？他在内地是特区公安处长的公子，边防、海关熟人多，仅仅这个背景，对我们搞这行的就值得下足本钱，使足暗劲哩！

胡　娜　依你说来，这内地佬倒成了我家的摇钱树啰！

金昌盛　对，对对，他不仅是一棵摇钱树，还是一支金拐杖，一条安全交通线！

胡　娜　瞧你，简直在唱戏！

　　　　（唱）父子相逢好喜欢，

　　　　　　　伦理不能准饭餐。

　　　　　　　朽木当作金拐杖，

　　　　　　　当心脚骨会跌断！

金昌盛　（唱）父子当有骨肉情，

　　　　　　　骨肉不及钱财亲。

　　　　　　　忠义堂前不听教，

　　　　　　　剥佢皮来抽佢筋！

　　　　（白）只要我给他服够五味茶，甜酸苦辣涩，即使是条硬颈牛，我也要他成为驯驯服服的好马仔！

　　　　〔暗转。

〔灯光复明时，现出金公馆客厅。爆竹声声，气氛热烈。

〔金昌盛一家围着桌子吃团圆饭，显得十分亲热。

金昌盛　（举杯）来，再干一杯！

马小伟　（举杯）祝爸爸万事如意，祝细妈万福，干杯！

金昌盛　好！（一饮而尽）

（唱）父子离散三十年，

朝思暮想夜难眠，

时运亨通人已老，

今宵骨肉庆团圆！

马小伟　（唱）几番梦游到香江，

今宵果见父业昌，

严父量大财源广，

荣宗耀祖儿沾光。

〔胡娜不悦，退下。

金昌盛　（点头）

（唱）为父有胆又有谋，

身边无子正发愁，

今日我儿来帮手，

利路亨通在后头！

马小伟　（唱）养父生母都做官，

娇生惯养骨头软，

小小机帆初出海，

负载过重怕沉船！

金昌盛　（扫兴）伟仔，大年除夕你怎么说这种话？是身体不舒服，还是太疲倦了？

马小伟 （摇摇头）……

金昌盛 到底为什么呀？孩子！

马小伟 爸，苏维纳小姐呢？

金昌盛 她是古董商行秘书，爸把重要业务都托付于她，恐怕一时脱不了手……

〔传来动听的门铃声。

金昌盛 听，苏小姐不是来了吗？

〔小伟激动得坐不住，进来的却是古自飞。

古自飞 金老板，你看谁来了！

〔洋人经纪罗帕斯快步上。

罗帕斯 （英语）金老板您好！非常抱歉，在你们中国最隆重的佳节，冒昧进来，打扰了！

胡　娜 （活跃起来）哪里哪里！对罗帕斯先生的大驾光临，无论什么时候，我全家上下都表示热烈欢迎！

金昌盛 （斟酒上敬）这是法国白兰地，来，罗帕斯先生干一杯！

罗帕斯 不了，不了，金老板，我是特来告知一件令人欣慰的好消息的，我的老板威廉今天从巴黎飞港，他听说你手头有一本《莲社高贤传》想先借去看看，然后洽谈成交。

金昌盛 贵老板对中国的东西，了解得真多！

罗帕斯 自然，他是中国通嘛。他在中学阶段就从贵国大文学家郑振铎先生的文学史中了解到关于高贤图、传的内容。他说，只要书画配套，又是真迹，起码价值上百万美元。

金昌盛 那我明天准时十点送到威廉先生写字楼，请他亲自过目。

罗帕斯　好，一言为定。对不起，我要告辞了。

金昌盛　无论如何，干一杯再走，罗帕斯先生！

胡　娜　（卖弄风情）哎呀呀！不干一杯，我可不放你走！

罗帕斯　实在对不起，威廉先生等着回话，GOOD BYE！

金昌盛　亲爱的，那你就替我送送罗帕斯先生！（对古）你去把小伟的
　　　　身份证办好！

古自飞　是。（下）

马小伟　爸，你在这里做的就是买卖古董的生意？

金昌盛　伟仔，你爸喜欢古董，做的是买卖古董的生意。子承父业，你
　　　　该高兴吧？

马小伟　爸，这个生意有得做吗？

金昌盛　（朝小伟肩上猛一拍）可赚钱哩！

马小伟　怎么个做法？

金昌盛　比如，把内地有名的古瓷古画廉价买来，在国际市场一转手，
　　　　就是几十万！上百万……

马小伟　古董能赚这么多钱吗？

金昌盛　当然也要看什么货色。如能弄到明代以前的古画，那可赚大
　　　　钱呢！

马小伟　爸，听说明画真迹大都列为国宝，能弄出来卖吗？

金昌盛　嘻，重赏之下，必有勇夫嘛！——何况，内地"文革"期间散
　　　　失的文物多，有的人手头有货，只是难于弄出来。

马小伟　这可是冒险生意。

金昌盛　（笑）香港本来就是冒险家的乐园么！

马小伟　（一怔）冒险家的乐园！

金昌盛　嘿嘿！孩子，爸这回千方百计把你弄回来，就是希望你帮手做
　　　　古董生意！

马小伟　买卖国宝？

金昌盛　对！孩子，你在这里稍待几天，就给我回内地做一回买卖，我
　　　　就让你和苏维纳小姐见面，为你们张罗婚事，然后……

马小伟　不，这买卖国宝的生意，我不能干。

金昌盛　为什么？

马小伟　给抓住要判刑、坐牢！

金昌盛　不担点风险能赚大钱吗？

马小伟　爸，不干这一行，难道就没有别的可干？

金昌盛　这么说，你是来当少爷掏我的钱？没那么容易！

马小伟　不，爸爸，我不想吃现成饭，只要是凭本事挣钱的事，我什么
　　　　都愿干！

金昌盛　（打断）哼！自命清高！

　　　　（唱）颈筋咁狠喉咁踭，

　　　　　　　唔知地厚与天高！

　　　　（夹白）试问——

　　　　　　　人无横财何所富？

　　　　　　　马无夜草哪来膘？！

马小伟　……

　　　　〔父子俩话不投机，谈不下去，形成心理冲突。

金昌盛　（旁唱）一心当他摇钱树，

　　　　　　　谁知是条大番薯，

　　　　　　　一心想做金拐杖，

看来是头死蛮牛！

马小伟　（旁唱）我是为求爱情来，

不为卖命赴赢台，

一心来找苏维纳，

谁知遇到恶好哀后娘（母）！

金昌盛　（旁唱）话不投机枉费言，

此子不像我血缘，

唯有劳其筋骨挫其志，

折服蛮牛听人牵！

马小伟　（旁唱）开口钱来闭口钱，

硬想发财发上天，

倘若投其所好干其事，

糊里糊涂坠深渊！

〔静场片刻。

金昌盛　（笑面）常言道：人各有志，不可强求。孩子，阿爸尊重你的
　　　　意志，啊？

马小伟　（意外地）什么？你尊重我的意志？太好了！

金昌盛　不过，谁要是不顺应自由世界的潮流，他在自由世界里是不会
　　　　有自由的，懂吗？

马小伟　这……

金昌盛　孩子，你初到香港，还没见过世面。（掏出一沓钞票）这一万
　　　　港元你先拿去开开眼界吧！啊？

马小伟　（接钱）用得了这么多钱吗？

金昌盛　恐怕还不够呢！（介绍地）无论是跑马场、跑狗厅、酒巴间、

夜总会、超级市场、海角泳场都应该去看一看，见识见识。要记住，只有学会花大钱才会想到赚大钱！——往后碰到什么困难，还有阿爸做你后盾！

马小伟　（激动地）爸，你的宽宏大量，比之那边的养父，真是一个在天，一个在地！

金昌盛　是吗？（哈哈大笑）

〔急促的门铃声。四姑快步上，欲去开门。

金昌盛　四姑，快陪少爷登楼休息。太太送客回来，我自会开门。（下）

四　姑　少爷，请吧！

〔四姑陪小伟进内下。

〔金昌盛下而复上。苏维纳随后上。

苏维纳　听说小伟来了，是吗？

金昌盛　（回避）他要是来了，我怎么不知道？

苏维纳　听说你要让马小伟接替古经理，是吗？

金昌盛　有这个打算。

苏维纳　这么说，要他继承父业？

金昌盛　是啊，是啊！

苏维纳　算了吧，不要做断子绝孙的事了！

金昌盛　这……这事我还没拿定主意呢！不过，他要是真的来了，你能帮忙说服他吗？

苏维纳　这个忙，我不能帮。

金昌盛　这么说，你不欢迎小伟来港？

苏维纳　要是这样，我宁愿他留在内地。

金昌盛　那……那你们不想见面啰？

苏维纳　（心情矛盾地）这……（想起）哎！金老板，提起小伟，不由
　　　　得我想起那条项链……

金昌盛　哟！那条项链……我把它放在哪里了？

苏维纳　金老板，你不会久借荆州吧?!

金昌盛　放心！——要是找不回来，赔你两条大黄鱼，总可以吧？

苏维纳　你就是赔我十块金砖我也不要，因为它是马小伟送给我的定
　　　　情物！

金昌盛　真是一往情深呀！（伸手欲调戏，被苏抓住）

　　　　〔胡娜出现在门口。尴尬，哑然。

　　　　〔幕急落。

第三场

　　　　〔距前场约半个月。

　　　　〔特区公安处办公室。桌上放着一盆水仙，花蕾乍放。

　　　　〔幕启。

　　　　〔钟通看了看水仙盆景，喜形于色。

钟　通　好呀！

　　　　（唱）一盆水仙勃勃开，

　　　　　　　预兆鸿运叠叠来。

　　　　　　　财星照我灵光盖，

　　　　　　　暗渡陈仓发大财。

〔张允手提公文包上，看见钟通得意洋洋，不满地把公文包丢在桌上。

钟　通　张副处长，你好！

张　允　唔，什么事叫你如此得意呀？"花卷"案件快结案啦！

钟　通　（唱）处长妙计实在高，

　　　　　　　　"花卷"一事快成交。

　　　　　　　　不日有人来取货，

　　　　　　　　到时蚊帐做荷包。

张　允　别麻痹！

　　　　（唱）行着险滩爱留神，

　　　　　　　　眼爱光来耳爱灵。

　　　　　　　　万一触礁船漏水，

　　　　　　　　有何良策再起程？

钟　通　（接唱）墨鱼遇险吐乌水，

　　　　　　　　金蝉蜕壳为脱身。

　　　　　　　　凡事我都留一手，

　　　　　　　　以免引火自烧身。

张　允　（沉吟）那张牌打出去了吗？

钟　通　打出去了，是以"一兵"的笔名投寄报社的。

张　允　拿什么做主题呀？

钟　通　"某处长以权谋私，贵公子顷刻出港！"

张　允　好！这才像我的谋士！

钟　通　唉！

　　　　（接唱）拆得神庙做茶亭，

　　　　　　唔知费了几多神！

　　　　　　神机妙算赛诸葛，

　　　　　　有功无禄正苦情！

张　允　不。

　　　　　　（唱）才华出众识时机，

　　　　　　　手拉胡弦锯（记）着你，

　　　　　　　只要张某能做主，

　　　　　　　船高水涨互提携！

　　　　　　（拍钟通肩）老弟呀！签证科长这把交椅，等着你哩！

钟　通　（唱）张公望重德行高，

　　　　　　　钟某愿效犬马劳，

　　　　　　　横里若遇无情剑，

　　　　　　　丢车保帅我顶刀！

　　　　　　〔张允微笑。

　　　　　　〔李政上。

张、钟　（迎上）李主任，好久没来啦！

李　政　（幽默地）来了可要揭你们的老底，抓你们的鳖脚啊！

张、钟　欢迎，欢迎。

李　政　老马呢？（交给张允一封读者来信）

钟　通　他近来心事重重，上班不那么准时了。

　　　　　　〔老马快步上。

李　政　（看表）八点整，刚好。

老　马　本想早点来，可家里——

张　允　家里人手少了，事必躬亲吧！

老　马　也不见得！我那小子未出港时，他母亲也是不让他干家务事的。

李　政　这可是个问题啊！

老　马　是啊！

钟　通　马处长，小伟出去，常有信来吗？

老　马　音讯全无！

钟　通　小伟这样做，既令人难以置信，也太没良心了！

张　允　良心？良心比之共产党人的道德观是微不足道的。

钟　通　但是，竟有人一听说马处长儿子出港，便捕风捉影，写控告信到报社……

李　政　听说稿子是处里"一兵"写的，钟通，你知道这人是谁？

钟　通　这……这我可不知道……

李　政　"文革"期间，你不是常用"一兵"的笔名吗？

钟　通　（吃一惊）那……那是当时战斗队的名字。

李　政　（笑）这个战斗队还存在吗？

钟　通　李主任，你真会开玩笑。

李　政　好吧，闲话休提，言归正传。

张、钟　（毕恭毕敬地）李主任，你指示吧！

李　政　我今天到处里来，调查一宗"文革"期间的案子。

老　马　说吧！

李　政　最近，国际市场上正在谈判一桩关于明画的交易。

马、张、钟　明画？

李　政　（点点头）明画被认为是中国画的一座高峰，一般明画真迹都已列为国宝……

老　马　国宝可不能出卖啊！

李　政　可偏偏有人内外勾结，盗卖国宝！

　　　　〔张允、钟通一怔。

老　马　（旁唱）听李政披露案情如雷响，

张　允　（旁唱）听李政提到明画我心慌！

老　马　（旁唱）走私犯民族利益全不顾，

钟　通　（旁唱）事已发强装镇定慢响枪！

李　政　（旁唱）眼前事丝线打结理还乱，

张、钟　（旁唱）抓时机搅得清水变泥浆！

李　政　（唱）追国宝事关公安责任大，

老　马　（唱）我老马理应请缨上战场。

　　　　（白）李主任，这任务给我好了。

李　政　先听我把案情讲清楚再说吧！

老　马　是。

李　政　为了这事，昨天丽城市委特地派人来调查。

张　允　（做贼心虚）丽城？

老　马　老张，“文革”期间，我你不是在丽城文物馆支过“左”吗？

张　允　呵！

李　政　据说那里人一幅名叫《莲社高贤图》的明画，被红卫兵抄
　　　　走了。

张　允　（松口气）这可得找到那个红卫兵，才能弄清来龙去脉。

李　政　来人说，红卫兵当时就把这幅画交给了支“左”人员。

张　允　这……（紧张起来）

老　马　我在丽城支“左”时，没有接触这幅画，不知张允同志——

张　允　（抢白）你是第一把手，你没接触到这件事，我还能接触到这
　　　　　件事吗？

李　政　你们先不要把话说死。十几年啦，难免淡忘。你们都有责任认
　　　　　真回忆回忆，协助组织把散失的国宝找回来，啊？

钟　通　李主任，群众中有一种议论……

李　政　说些什么呀？

钟　通　呵！

　　　　　（唱）树有根来水有源，

　　　　　　　　牵牛要把牛鼻牵，

　　　　　　　　失宝好比珠离线，

　　　　　　　　总有线头想珠连。

李　政　线头？什么是国宝失落的线头呢？

老　马　哦！

　　　　　（唱）丽城失宝留线头，

　　　　　　　　弄清案情费思谋，

　　　　　　　　这边小伟偏出港，

　　　　　　　　疑我走私有缘由。

　　　　　（白）李主任，这个案子若与我有牵连，我愿接受组织的
　　　　　审查。

张　允　（假仁假义）老马呀！

　　　　　（唱）你是革命一老马，

　　　　　　　　高风亮节人赞夸。

　　　　　　　　你我丽城同支左，

　　　　　　　　理当陪你受审查。

李　政　老马，你对儿子出港的事，到底知道不知道？

老　马　我是事后才知晓。

李　政　事后，怎么个后法？

老　马　就是集体讨论审批之后才知道。

李　政　可能吗？

老　马　因为我是在集体审批结束后才出差回来的。

张　允　不过，这事最后还是由你亲自过目签批的。

老　马　个人不能超越组织。既然集体一致通过，谁签发都一样！

张　允　老马，这篇读者来信你看看吧！（递信）

老　马　（接急）"某处长以权谋私，公子哥顷刻出港"（恼火）什
　　　　么？我怂子出港？谁说我怂子出港？！（一拍桌，震碎桌上玻
　　　　璃，碎片划破手掌，鲜血直流。）

　　　　〔伴唱——

　　　　　　滴滴鲜血手上流，

　　　　　　万般痛楚我心头，

　　　　　　老马啊！

　　　　　　真金何惧烈火烧炼，

　　　　　　你要挺身战逆流！

李　政　别激动，老马！（欲与老马裹伤，老马不让）

老　马　手上流点血有啥要紧？心口流血才难受啊！

　　　　（唱）抚伤口，抚伤口，

　　　　　　往事历历眼前浮。

　　　　　　小伟虽非亲生子，

　　　　　　含辛茹苦三十秋。

　　　　失去他我心犹如利刀割，

　　　　失去他老伴泪向枕边流！

　　（夹白）不过啊不过，

　　　　　我宁可忍痛失去一养子，

　　　　　也不把党性原则换粟黍；

　　　　　我老马受党教育几十载，

　　　　　又怎敢滥用职权把私谋？

　　（白）李主任，假如你相信我是以党员的名义说话，我可以把当时的情景原原本本告诉你。

李　政　说吧。

老　马　那一天……

　　　　〔灯暗。

　　　　〔灯光复明时，办公室只剩钟通一人在收拾卷宗。

　　　　〔老马上。他边放手提小皮包，边和钟通打招呼。

钟　通　马处长回来了！

老　马　回来了。

钟　通　出境审批例会刚刚结束，就等你最后过目签发了。

老　马　手续都完备吗？

钟　通　完备。

老　马　集体一致通过？

钟　通　除几个有争议的先放下，都同意出境。

老　马　你把通过的名字念给我听听！

钟　通　好吧！（边翻卷宗边念）叶秋、牛得利、金小伟……

老　马　（打断）慢！金小伟是哪个单位的？

钟　通　商业车队修理工。

老　马　他的父亲呢？

钟　通　他的父亲金昌盛是港商巨富，（掏卷宗）你要不要看看他父亲
　　　　那边寄来的律师证明和一封要他去接财产的信？

老　马　你看过了么？

钟　通　看过了，完全合乎手续。

老　马　这我就不必看了，——一路风沙，眼也涩得很！（粗略看看，
　　　　稍停）既然手续齐备，又经集体通过，那就签发吧！（签字）

钟　通　（收入卷宗）那我就去办理通行证。

　　　　〔罗曼华与马小伟上。

钟　通　你们谈，我先走一步。（掖住卷宗欲下）

罗曼华　（对钟）审批完了？

钟　通　完了。（小声地）回头来科里一趟，啊？（下）

马小伟　爸爸，你明白说一句：金小伟的出境申请，批了没有？

老　马　批了，——你怎么问起这个？

马小伟　（鞠躬）这可得感谢爸爸的宽宏大量。

老　马　（猜疑）你这是什么意思？

马小伟　爸爸，打开天窗说亮话，金小伟就是我呀！

罗曼华　（装糊涂）不，不不，你别听他胡扯。

老　马　（莫名其妙）到底你曼华胡扯，还是小伟胡扯？

罗曼华　反正——

老　马　怎么啦？

罗曼华　反正都一样。

老　马　你呀！就喜欢和稀泥，反正都一样。照你这个逻辑，嘴是要吃

东西的，吃泥沙吃饭都一样，对吗？

马小伟　别说了。爸爸，批准了就好。（鞠躬）后会有期！（欲下）

老　马　（叫住）慢，且慢！（对曼华）老伴，你们这是耍的什么鬼把戏?!

罗曼华　（提醒地）你难道忘了？当年博爱医院遭轰炸时，金昌盛狠心丢下血淋淋的妻儿而去，幸得你的救助，我母子俩才生活下来；但金小伟毕竟还是金昌盛的儿子……

老　马　小伟的身世是谁告诉他的？

罗曼华　我从未对他提起。

老　马　你没对他说，他怎么知道呢？

罗曼华　（无词以对）……

马小伟　是我生父了解我的下落，派人来找到我的。

老　马　（点点头）呵！

罗曼华　要不是小伟在，你又怪起我来了。

老　马　伪造单位填写证明，总该是你的主意吧！

马小伟　填表前，妈已把我从锁厂调到商业局，谈不上伪造吧！

老　马　真是后门通！

罗曼华　走后门的大有人在，有什么大不了的？——要不这样做，小伟出境一事在审批关就给你卡住了！

老　马　还用说！（对小伟）小伟，我不能放你走。

马小伟　为什么？

老　马　因为你隐瞒了事实真相。

马小伟　不，我作为金小伟，出境手续是完备的；不信你就翻翻档案！

老　马　看过了。

马小伟　何况，你还说过："要是别人的事，我自然秉公办事！"

老　马　这……（无词以辩）去吧！

〔小伟下。

老　马　曼华，咱们夫妻相处三十多年，这么大的事你为什么瞒着我?!

罗曼华　（叹口气）在你们父子间，我是风箱里老鼠——两头受气！

老　马　不，你有私心杂念!

罗曼华　唉!

（唱）孩儿执意闯香江，

左右为难苦了娘，

明里就怕你挡路，

偷渡怕伫挨一枪，

况且哪边家业大，

子承父业理应当。

有话不妨直白讲，

留条后路又何妨? !

老　马　（气极）看你！（克制地）一个搞政工的共产党员尚且沾染了时代病——信仰危机，就难怪小伟了!

罗曼华　哼！还有送子出境的大官，他们又图的什么？

老　马　（叹口气）党风可是个大问题！（转口）老伴，我且问你，小伟申请出境，处里谁帮的忙?

罗曼华　肯帮忙的人还不是出于好心？

老　马　不见得！——有的人往往以帮人为名，从中牟利!

罗曼华　不过，处里的人你总该信得过吧!

老　马　（火了）什么？又是处里的人！你真糊涂！（拿起话筒）喂！
　　　　接出入境检查站！

罗曼华　你怎么啦？

老　马　我要留住他。

罗曼华　不能。（抢过话筒）

老　马　为什么？

罗曼华　老头子呀！

　　　　（唱）望你顺水来推舟，

　　　　　　　你偏固执去强留。

　　　　　　　小伟是我命根子，

　　　　　　　苦心养育几十秋。

　　　　　　　单根后裔不疼爱，

　　　　　　　鞠躬尽瘁又何求？

　　　　　　　银河宜填不宜掘，

　　　　　　　鹊桥不搭恨悠悠！

　　　　　　　有机补过你不补，

　　　　　　　遗恨绵绵几时休？（放下话筒）

老　马　这难道就是马家的悲剧吗？（双手蒙脸）

　　　　〔灯暗。

　　　　〔灯光复明时，台上又出现李政、老马、张允、钟通四人。

李　政　事情经过就是这样？

老　马　是这样。

张　允　看起来，老马夫妇于情于理都不能留住儿子，可小伟一出去，
　　　　局外人就说"金家马家合伙做大生意嘛"！

老　马　什么？你说什么？

李　政　老马，你的处境是有点特殊；（指头敲出着桌子，思考片刻）这样吧！马佐生和张允都在丽城博物馆支过"左"，都得忠诚老实向组织写一份有关材料，老马牵涉的问题比较复杂，自然应该联系儿子出港这件事，向组织做毫无保留的交代，啊？

〔张允点头，老马徘徊沉吟。

李　政　你们的材料尽快写好，及时交上来！（欲下又止）老马，在这个问题上，你要多动点脑筋，啊？（下）

〔张允随下；钟通欲下，老马叫住。

老　马　钟通，你稍留片刻。

钟　通　（止步）是。

老　马　钟通，马小伟和金小伟就是一个人，你该明白吧？

钟　通　明白。

老　马　为什么上次我问到金小伟身世时，你只说他的生父是谁，只字不提我这个养父呢？

钟　通　这……这是尊夫人的意旨。

老　马　金小伟的父亲是古董商行老板，你也该明白吧？

钟　通　申请表上白纸黑字写得明明白白。

老　马　为什么你替他想得这么多，却对我考虑得这么少呢？

钟　通　这……

老　马　那么——

钟　通　怎么啦？

老　马　（欲言又止）没什么啦，回去吧！

〔钟通惶惶不安，下。

〔窗外闷雷阵阵。

老　马　（自语地）这里面看来有点文章！

　　　　（唱）不怕有人搞阴谋，

　　　　　　　事不亏心不愁；

　　　　　　　春蚕结茧丝有尽，

　　　　　　　千缠万绕总有头！

　　　　〔风雨骤至。

　　　　〔老马迎着风雨踏上台阶。

　　　　〔幕徐徐闭。

第四场

　　　　〔暮春——仲夏。

　　　　〔舞台一分为二。台右为金公馆客厅；台左为香港社会一角。没有特定场景，天幕景随人物的活动而变化。

　　　　〔幕启。

　　　　〔台左灯亮。

　　　　〔天幕显出高楼如林、霓虹闪烁的香港景象。

　　　　〔小伟西装革履，兴冲冲上。他风度潇洒，精神饱满，但也流露几分忧郁。

马小伟　（抖抖西装）

　　　　（唱）游罢九龙逛中环，

　　　　　　　海角公园扯旗山。

　　　　地下铁道穿海底，

　　　　再乘轮渡过荃湾。

　　　　超级市场夜总会，

　　　　跑马场并赛狗间。

　　　　大千世界无心赏，

　　　　不见伊人好心烦！

（白）真是百闻不如一见。踏遍港九才知道什么叫纸醉金迷！但是，要认识这自由世界，还得再到贫民窟、木屋区走一走，看看劳苦大众是怎样生活的？遗憾的是找不着苏维纳，没个向导……

〔马小伟欲下，歹徒阿彪、阿利从相反方向上。小伟见来人神色不对，先后向左右方躲闪；不意间，被歹徒绊了一跤，马小伟朝前打了个趔趄，袋子里的钞票和身份证已经落入歹徒手里。

阿　彪　丢那妈，哪里来的卜佬，不带眼睛，当心敲碎你的狗头！

阿　利　（打圆场）老友记，"牛有滑蹄，马有失脚"，人与人相交和为贵嘛，彼此莫伤和气，啊！（拉阿彪下）

马小伟　流氓！（抖抖西装，按按口袋）哎！不好了！我的钱！我的身份证！……捉贼呵，抓扒手！……（追下）

〔台左灯暗，台右灯亮，现出金公馆。

〔胡娜独自一人坐在沙发椅上抽烟。

胡　娜　（唱）练硬翅膀让佢飞，

　　　　有尸去来无尸回。

　　　　可笑懦夫金昌盛，

　　　　钱财了得枉心机！

〔古自飞引罗帕斯上。胡娜起身迎接。

罗帕斯　密斯胡，HOW DO YOU DO! 很对不起，我又打扰了。

胡　娜　（礼貌地）哪里哪里！罗帕斯先生，您请坐！阿古快去给尊贵的客人冲一杯阿华田。

罗帕斯　不了。密斯胡，照你们中国俗话说，我是无事不登三宝殿，何况，事情又是那么重要。

胡　娜　是关于那桩书画配套生意吧？

罗帕斯　对，对对。

古自飞　（插入）威廉老板答应一百万美金成交，但是有个条件……

罗帕斯　（接口）威廉老板的意思，这桩配套生意，必须在一月之内成交；要是卖方逾期不交货，则按成交价每天罚款百分之五。

胡　娜　（对古）金老板的意思？

古自飞　金老板已与威廉老板订了合同，但威廉不放心，特地让罗帕斯先生前来尊问太太。

胡　娜　好吧，就按合同办吧！

罗帕斯　好，就这么办！我要告辞了。（欲下）

胡　娜　（献殷勤）哎呀呀！无论如何，你得干一杯再走！

（拉罗帕斯就坐）

罗帕斯　我心领就是了，拜拜！（扬手下）

〔古自飞欲陪罗帕斯下。

胡　娜　阿古，暂留一步。

古自飞　（留步）太太有何吩咐？

胡　娜　阿古，你明天就给我回内地，啊？

古自飞　是去完成那桩买卖？

胡　娜　还用说。

古自飞　我去恐怕不合适吧！

胡　娜　为什么？

古自飞　金老板不是早已认定小伟是他来往香港和内地之间的安全交通
　　　　线么？

胡　娜　吹牛皮！

古自飞　何况金老板已决意让小伟接替我往返内地的买卖，务请太太不
　　　　必多言，以免叫我为难，万一遭到辞退，我也就难得经常伺候
　　　　太太了，是吗？（色情地递眼色）

胡　娜　（挽了古自飞，并排倚躺在沙发上）这你满可以放心。（暧
　　　　昧地）他要是敢于对你下逐客令，那我不会让他从这里滚出
　　　　去吗？

古自飞　（哈哈大笑）到那里时，这金公馆又得改名啰！（搂住胡娜亲
　　　　昵地调情）

胡　娜　（轻轻把古推开）喂，阿古，你知道那个卜佬现在何处？

古自飞　嗨，我让他遭了钳工，囊空如洗，连同身份证都被劫去……

胡　娜　（翘指称赞）高！这样一来，他不进赤柱监狱也非进吊颈岭集
　　　　中营不可！

古自飞　不过，天无绝人之路，后来他又在一家建筑工地当了临记
　　　　咕哩。

胡　娜　（阴险地）既然他父亲如此器重他，你让他滚回来，啊？

古自飞　你是说，叫工头炒他的鱿鱼？

胡　娜　还用说？（哈哈大笑）

　　　　〔台右灯暗，台左灯亮。现出建筑工地一角。

〔脸孔黑瘦的马小伟，身穿泥迹斑斑的工作服，手持灌浆机
筒，边抹汗边喘气。

马小伟 （叹口气）咕哩虽苦，苦中有乐啊！

（唱）山穷水尽疑无路，

柳暗花明又一村，

好马不吃回头草，

熬过严冬又是春！

有志唔怕人看衰，

咕哩虽苦有钱来。

总要求得立足地，

咬牙切齿心花开。

〔小工头手持钞票上。

小工头 喂，"泵水"啰！

马小伟 （不解）泵水？什么叫泵水？

小工头 泵水就是出粮，内地就叫发工资，懂吗？

马小伟 呵哈，太好了！说实在话，我差点断炊了！

小工头 （递给一沓钞票）这是一个月的总数！

马小伟 （接钱）OK!

（唱）论月薪，有三千，

食唔尽来使唔完。

除去伙食房租费，

每月可余上千元。

枉为义父当处长，

两月冇佢一月钱！

香港总比内地好，

外头月亮系过圆！

（白）嗨，这自由世界的工值，不正好说明人的价值吗？哈哈哈！

小工头　手里的钱点数清楚！啊？

马小伟　（数了数）分明三千，怎么变成二千？

小工头　哼！

（唱）内地佬，莫嚎叫，

行规帮法须知晓，

河里有水难行船，

冇钱谁为你提保？

还有一项睇鬼费，

两项合共一千吊！

你敢调皮来违抗，

当心脑壳打呀报（破）！

马小伟　慢！什么叫睇鬼费呀？

小工头　你不是没有身份证吗？没有就得有人替你保密，为你放风！帮你疏通关节，就得花钱，懂吗？

马小伟　这……

小工头　（气势汹汹）这账要不要认？

马小伟　认，我认！

小工头　两项各五百，合在一起不是一千？——闲话少说，你还没给我介绍费呢！

马小伟　我自己找的工，为什么还要介绍费？

小工头　如果不是我给"拿把温"（工头）使眼色，他会收留你?!

　　　　（抽去两张五百元港币）知恩不报非君子！（扬长而去）

马小伟　（摇摇头，长吁一口气）真是！

　　　　（唱）吃着老蟹好名声，

　　　　　　　一个大壳两个钳，

　　　　　　　两边再去四对脚，

　　　　　　　除粳除糯冇叻（一）成！

　　　　　　　顾得吃来冇床位，

　　　　　　　有住冇吃命就冷。

　　　　　　　要是有人来作梗，

　　　　　　　还会送往吊颈岭。

　　　　（眼睛直瞪着前方发呆，突然若有发现）那不是苏维纳? ——

　　　　是她，正是她！（追下）

　　　　〔古自飞与大工头上。

大工头　好，回头我就炒他的鱿鱼！

古自飞　他来了。（扬手）拜拜！（下）

　　　　〔马小伟垂头丧气上。

大工头　卜佬听着：你这无证游民，又不安守本分，从明天起，另谋高

　　　　就去吧！

马小伟　什么? 连自食其力的选择都没有吗? ——我不走！

大工头　不走就送你进吊颈岭！

　　　　〔古自飞复上。

古自飞　呵，原来是小伟！ ——什么事?

大工头　违反工地规矩，炒了鱿鱼，还死赖着不走！

古自飞　（做好做歹）请大佬息怒，此人是我堂主的人，由我领回去。——小伟，你就别死蛮胡缠了！

马小伟　这……

大工头　（做作地）不管是哪个帮主的人，都让我惩治一番再走！

古自飞　（半推半操）小伟，你何必敬酒不吃吃罚酒？——何况，金老板每日都在想念你呢！

马小伟　（一怔）啊？他想念我？

〔台左灯暗，台右灯亮，现出金公馆客厅。

马小伟　（擦了一回地板）听四姑说，前天来了个青年女郎要找生父，碰见大少奶，差点惹出一场是非。莫非这女郎就是我心中的维纳斯？唉，维纳斯啊苏维纳，你到底在哪里？怎么我到处打听都不见影踪？（掏出项链，凝视有项）

（唱）一条项链寄深情，

　　　未见花颜香可闻。

　　　约见"天堂"面难见，

　　　朝思暮想愁煞人。

（白）怎么会这样呢？

（接唱）托人送物没信文，

　　　此事似真又不真，

　　　莫非家父设圈套，

　　　教我沦落作贱人？

马小伟　（昏昏欲睡）我……怎么啦？……为什么冷汗不止？……

〔伴唱——

　　　一日苦差十二时，

> 腰酸腿疼步难移；
>
> 为讨双亲心欢喜，
>
> 强忍酸泪待时机。

马小伟　（胡话）你们……不能炒我的鱿鱼！不，你们不能把我送往吊颈岭！……苏维纳呵，救救我吧！（晕倒）

〔四姑急上，将小伟摇醒。

四　姑　阿弥陀佛！——大白天发噩梦，真是撞着鬼了。

马小伟　（两眼直瞪瞪地望着四姑）……

四　姑　（念捉鬼咒文，边念边舞）

> 魂兮归来！
>
> 三魂七魄要归来！
>
> 东方失魂东方转，
>
> 西方失魂西方归，
>
> 魂兮归来，
>
> 三魂七魄要归来！
>
> 东西归来重安排！

（白）吠吠鬼谷先生捉鬼来了！（啐了一口唾沫，用巴掌在马小伟额门上拍了几下）

〔小伟苏醒过来。

四　姑　小伟，你撞着什么鬼吗？是屈死鬼，还是浸死鬼，是火烧鬼还是电死鬼……如果是犯了那些屈死鬼，四姑我就给你烧几扎元宝蜡烛，替你赎罪！

马小伟　四姑，多谢你了。不用那么迷信，我不过劳累过头罢了。

四　姑　真是造孽了。你等着。（急下）

马小伟　　（自我嘲讽地、痛心地唱）

>　　　　天光做到日头黄，
>
>　　　　神昏气散眼落眶，
>
>　　　　身在福中不知福，
>
>　　　　自栽苦果自己尝！

四　姑　　（手捧饭碗上）伟仔呀，是好是歹先提提神吧！

　　　　　（递上）

马小伟　　（接过饭碗，狼吞虎咽一回）多谢四姑关心了。

　　　　　（放碗）

　　　　　（唱）身居异地忆故人，

>　　　　义父生母一样亲，
>
>　　　　义父疼我言辞重，
>
>　　　　生母爱我一片情！
>
>　　　　想起当日看今天，
>
>　　　　生父后母如路人；
>
>　　　　后母待人多势利，
>
>　　　　生父爱钱不怜亲！

四　姑　　都怨命。不过，做人总有三衰六旺的。别想那么多了，能屈能
　　　　　伸才是大丈夫嘛！

马小伟　　（转喜）四姑讲了那么多话，就是"能屈能伸大丈夫"这句话
　　　　　入我的心。

　　　　　〔就在这时，胡娜突然出现在门口。她故意干咳一声，示意主
　　　　　人已经回来。

四　姑　　（先是一惊，接着便打起圆场来）呵，大少奶回来了！（碰碰

小伟的手肘，示意他叫声母亲）

马小伟　（懦懦地）细妈……你回来了。

胡　娜　嘿，细妈前细妈后的唤得真甜！如果真的当我是你的母亲，就
　　　　不会百句都当耳边风了。

马小伟　……

四　姑　（圆场地）哪敢呵！小伟哪敢不听细妈的话。小伟，快向细妈
　　　　问好，叫声细妈辛苦了。

胡　娜　（讽刺地）说我辛苦？——你们辛苦才是真的。

四　姑　今日阿伟也确是够忙够苦的。

胡　娜　（冷笑地）嘻，时间倒是花了不少；但是活计可不是单用时间
　　　　多少来计算的。如果是的话，睡懒觉，磨洋工都能挣饭吃了。

四　姑　这……（语塞）

胡　娜　（瞪过白眼）嘿，老猫嫩猫一个样，都是会偷吃不会洗嘴。
　　　　（对四姑）走开，给我滚！

四　姑　是……我马上就去做自己应做的事。（欲下）

胡　娜　（突然）你到哪里去？你去干什么？

四　姑　今午我曾将少奶的拖鞋刷净晾在阳台上，我这就去将它揪回来
　　　　给少奶替换。

胡　娜　拖鞋不干你的事，你另有事做。（对小伟）你立即去将我的拖
　　　　鞋揪来。

马小伟　（感到受辱，一阵痉挛）细妈，我……

胡　娜　又是有辱斯文了么？记住，首先我是你的主人，你是我的用
　　　　人，在人家面前不要细妈细妈地唤得难听！金昌盛到胡家入
　　　　赘，根本就没听说他娶过老婆生过孩子。

四　姑　（又圆场地）对，就叫大少奶，又顺口又好听。

胡　娜　第二，我当然也是你金小伟的母亲，继母也是长辈，为什么给长辈揪双鞋都不肯？

四　姑　（推小伟一把）去吧，揪鞋也不妨碍人发财中马镖。

〔马小伟愤然而下。

胡　娜　（向四姑瞪过白眼）嘿，死老八婆接嘴接鼻的，狗打老鼠多管闲事。

四　姑　我不过觉得这后生仔可怜的。

胡　娜　可怜——他要是知可怜，早就该听他爸爸派差嘛！看那不会拐弯的犟牛，我就倒胃口。（进内下）

〔小伟上。把鞋摔在地上，伏案抽泣。

四　姑　忍着点吧，再怎么样也是不敢打你的。

马小伟　伤人恶语比刀割还痛，人格受辱我实在难忍！

四　姑　孩子，住在低檐下，将就点就是了。

马小伟　她就是欺侮我内地过来的，才口口声声叫人"内地佬"。四姑，你说说，难道内地过来的就不是人，只是会说话的工具，只能当罐装劳动力？

四　姑　这话倒有几分道理。唉，你从内地来，又不会讨好人，在香港地，只能当包身工罗！

马小伟　（感触颇深）包身工？——作家夏衍写的《包身工》，我何止读过三五遍？记得第一次读到它时，我也曾激起义愤！冷静想想，不过是对消逝了的年代的贬斥而已；可没想到，如今竟成为我这个探索者的切身写照。唉！可怜啊可悲！（摇头）

四　姑　（慨叹地自语）唉，读书人呵读书人，就是因为你读得书多想得多，想得事多才烦恼多！

马小伟 唉！早知今日，何必当初？（闭目冥想）

四　姑 怎么，你又在想你的过去？

马小伟 （突然地）四姑，今天是十五吗？

四　姑 是呀！今日是老历十五，（把窗门打开）看看月亮吧，又圆又光！（发现窗外有人，点点头下）

马小伟 （对着圆月感叹地）这就是香港的圆月啊！

　　　　（唱）厌弃内陆慕香江，

　　　　　　　月亮过圆花过香，

　　　　　　　月亮再圆难照面，

　　　　　　　香花不知在何方？

　　　　（白）唉！

　　　　（唱）往日厂里主人翁，

　　　　　　　今日沦为包身工，

　　　　　　　似此天堂何所恋，

　　　　　　　越思越想越伤心。

　　　　〔走近窗口，抚摸着那棵盆栽小树。

　　　　〔金昌盛从外面进来，见状，走近小伟，抚摸着他的肩膀。

马小伟 （转过身来）爸爸，你回来了？

金昌盛 回来了。——小伟，你也喜欢这棵盆栽？

马小伟 （点点头）……

金昌盛 在香港地，有这种闲情逸致的青年人还不多见！

马小伟 （坦率地）因为他很像我的处境罢了。

金昌盛 这话怎讲？

马小伟　（倾诉地）爸，我这棵小树，在理想大厦过不惯严酷的现实生活才到这里来，可到了这金银大厦，我又看不惯纸醉金迷的社会，更不愿昧着良心去赚大钱，自然就难免招惹白眼和欺凌！（歇斯底里地）爸爸，这样的生活我忍受不了！再也忍受不了！

金昌盛　你打算怎么办？

马小伟　我要见苏维纳。

金昌盛　还有呢？

马小伟　要是见不着她，我就回内地去！（揪住头发）我快闷死了！

金昌盛　（想了想）好吧！你的去向由你自己选择，不过，我可以告诉你，苏维纳你很快就能见到，至于回内地，只要你想好了，我会给你办好入境手续。（进内下）

　　〔四姑急上。

四　姑　小伟，你朝思暮想的情人来了，她就在窗子下面！（欲下又停）记住，不要讲大声，你细妈是不喜欢外面女郎的。（下）

　　〔窗外出现苏维纳的投影，小伟把双手迎上投影。

　　（唱）月下花前倩影稀，

　　　　　心急眼花脑昏痴，

　　　　　望梅止渴喉更渴，

　　　　　画饼充饥肚更饥。

　　（白）我的维纳斯呀！你怎么不说话啊？

苏维纳　唉！一言难尽啊！

马小伟　难道我历尽千辛万苦来到这里，就为了这隔窗的一见？

苏维纳　不，亲爱的，你就再等一天吧，明天圆月东升的时候，我在海角公园等你。

马小伟　海角公园？

苏维纳　请记住我的装束模样：天蓝色的连衣裙，白色的绉纱围巾，坐
在凤凰树下的石背椅上。……

马小伟　（重念）天蓝色的连衣裙——白色的围巾——火红的凤凰
树——太富于诗意了！

苏维纳　再见吧，亲爱的！（窗外人影消失）

马小伟　（一怔）怎么？就这样走了！（突发地）等等！我的维纳斯！
（不顾一切地跑下）

〔胡娜从内间走出。

胡　娜　（奸笑）嘿嘿！等着瞧吧！

〔幕急落。

第五场

〔前场的第二天傍晚。

〔海角公园。别致的石背椅，高高的喷水池，怪石嶙峋的假
山，火红的凤凰树。

〔透过假山，隐约可见远处海滩上的大盖伞；一对对肉感的海
水浴者，正斜躺在沙滩上憩息。

〔幕启。

〔在百音吵杂声中，天幕有如拉洋片似的缓慢而过，将海角、
沙滩、泳场、假山、灌木丛林展现在观众眼前。

〔幕定：现出海角公园一角置放的石背椅和凤凰垂枝。这里虽是公园僻静处，但近处的男女调笑声和时起时落的鸭哥哥舞曲令人感到烦躁，刺耳。

〔在天幕移动中，伴唱起——

　　　　入夏无风天气燥，

　　　　海角公园真热闹。

　　　　彩楼轻歌伴碎步，

　　　　荫中情侣互搂腰！

〔双双穿游泳衣的青年男女过场下，小伟快步上。

马小伟　（唱）脚步轻盈赴花丛，

　　　　凤凰树下会芳容。

　　　　恰似早禾见到水，

　　　　沸水泡茶真开心！

　　　　（白）石背椅，凤凰树，（寻觅。突然发现石背椅上坐着个擎花伞、穿天蓝色连衣裙、头披白围巾的酥肩女郎）是她，就是她！（一个箭步，从椅背跃上，欲拦腰抱住）

〔女郎转身，猛咳一声；小伟定睛一看，原来是后母胡娜。

胡　娜　怎么，小伟你这举动要给别人看见，岂不招惹笑话？

马小伟　（连连后退，说不出来）这……细妈，这……实在是误会……

胡　娜　误会？哼！以后可得放庄重点！（朝地上吐了一口唾沫。下）

马小伟　（感到受辱）这……

　　　　（唱）两斤胡椒三斤姜，

　　　　未曾入口知辣汤。

　　　　常说明枪容易躲，

果真暗箭最难防！

今日闯下这桩祸，

哪敢再近金家墙？

我要挺身把人做，

搁浅孤帆拖出港？

（白）苏维纳啊！我的维纳斯，你快来呀！快来帮我拿拿主意吧！

〔四处寂寂。

〔小伟顾影自怜，只好坐在石背椅上。

〔戴墨镜的古自飞，率两打手至台侧，朝小伟指了指，隐下。

〔打手阿利阿彪从两边靠近石凳，把小伟夹在中间。

阿　利　请借个火。

马小伟　我没有抽烟。

阿　彪　（故给小伟送烟）我有，抽一支，交给朋友。

马小伟　谢谢，我不会。

阿　利　哼！出来捞世界，哪能不领情？这是规矩！

马小伟　（反感地瞪了一眼）……

阿　彪　是督卒过来的吧？

马小伟　不，我是正式出纸过来的。

阿　利　把身份证拿来显照显照。

马小伟　你是阿Sir？

阿　利　不，我们是差馆便衣，比阿Sir还阿Sir。

阿　彪　废话少说，快把身份证拿出来！

马小伟　（不理睬）……

阿　利　（做好做歹）契弟，碰着我俩算你走运，只要你肯当马仔，我
　　　　　们愿与你同捞同煲，啊？

马小伟　（仍不理睬）……

阿　彪　（出示弹簧刀）卜佬听着：若敢说半个不字，老子就来个白刀
　　　　　子进去，红刀子出来！

阿　利　别死牛不会转颈！这方码头有个规矩，国有国法，帮有帮规，
　　　　　只要弟兄们看得起你，就得高兴入伙，千万别敬酒不吃吃罚
　　　　　酒，免得皮肉受苦。——听见了吗？

马小伟　（仍不说话）……

阿　彪　（火）你变成哑巴了——阿爷我没时间跟你磨嘴皮！快说，干
　　　　　还是不干？不干阿爷可要动手了！（说完揪住小伟领口）

马小伟　（气愤到极点）……

阿　利　（故意拿下阿彪的手）哎呀彪哥，怎能打卵见黄？入伙同煲这
　　　　　对内地仔来说，是件大事，能不三思而行？——我看这样吧。
　　　　　看在我阿利面上，就给他半个钟头考虑好了。

阿　彪　好吧！（抬手看表）现在是六点搭六，到七点钟正好半个时
　　　　　辰，啊？

　　　　　〔阿利、阿彪隐去。

　　　　　〔幕后，跳舞的脚步声，男女鬼混的嬉笑声越来越刺耳；远处
　　　　　风声，海涛声大作。

　　　　　〔小伟抱头沉思。

马小伟　（慢慢抬头，站起，伸出双手）探索者啊！你的天堂在哪里？
　　　　　你探求了什么？

　　　　　（唱）看这边，想那边，

人们重义不重钱。

养父爱我恨铁不成钢，

藕断犹觉丝相连。

想那边，看这边，

罪恶渊源系金钱。

生父为钱逼子去卖命，

笑里藏刀狠手段！

想一想，看一看，

往事历历萦心间，

黄梅荔枝同系果，

尝后方知酸和甜！

（小伟转向大海，矛盾地）我该怎么办？我该怎么办啊！

（唱）浪滔滔，海茫茫，

游子何处把身藏？

金家大门我难进，

欲回故土面无光。

浪滔滔，海茫茫，

夙愿未酬心已伤。

同捞同煲非所愿，

但求一死过清香。

（白）我的养父生母啊！你的不肖之子在祈求你的宽恕！

〔静场片刻。

（白）苏维纳啊，我的爱侣，你的伟哥无面见你，先走一步了！但愿九泉之下能见到你，与你在一起……

〔小伟说完，奔突向前，纵身欲跳海。

〔突然，斜里横出阿利，挡住他的去路，小伟退回另一边，那边又杀出手执尖刀的阿彪将他挡住。

阿　彪　你要去啊？

马小伟　（不语）……

阿　彪　你到底要去哪里？说！

马小伟　（怒目而视，仍不答）……

〔阿彪用尖刀碰碰小伟。

阿　彪　你是不是想寻死？

马小伟　（无言地点头）……

阿　利　在香港地方，想活不容易，想寻死也不那么简单！懂吗？你还是跟我们捞世界去吧！

马小伟　你们不准我死，到底要我干什么？

阿　利　要你活着跟我们同捞同煲，要你活着跟哥儿们发财享福，懂吗？

马小伟　（由哈哈大笑到歇斯底里大发作）来吧，我跟你们同捞同煲。我今天就跟你们同捞同煲！

〔开打，小伟一脚踢着阿利小肚，一拳打掉阿彪手中的匕首。

〔一场搏斗持续了几分钟。尽管马小伟敢打敢冲，置生死不顾，但终究寡不敌众，被阿彪踩在脚下。

阿　彪　阿利你接着往死里打！

阿　利　（向前耳语）别忘了老板的吩咐。（大声地）你要不求饶，我
　　　　　就把你打死！

阿　彪　（揪住小伟头发，把他轻轻拉起）快说！入伙不入伙?!
　　　　　〔小伟闭目不语，阿彪把小伟摔回地上。

阿　彪　好！（伸脚踢得小伟口角流红）快说！入伙不入伙？

马小伟　（受不住）让……让我……想想……
　　　　　〔阿彪把小伟拖回石背椅上。
　　　　　〔小伟气喘吁吁。
　　　　　〔伴唱：

　　　　　　　　情人未见见流氓，

　　　　　　　　求死不得难安生！

　　　　　　　　天无门来地无缝，

　　　　　　　　无门无缝样般行？！

马小伟　（自语地）我……该……怎么……办！

阿　彪　我要你喘息一会，受够皮肉苦，再去死！（又欲动手）

阿　利　（做好做歹）内地佬，别死到临头还不知转颈啊？

马小伟　你们为什么不准我死？偏要我入伙？

阿　利　呆头，要你同享荣华富贵！

阿　彪　阿爷没功夫磨嘴皮，来！开膛！（匕首对准小伟胸口）

阿　利　（制止）先让他看看开膛挖心肝照片吧！（出示照片）

马小伟　（看了看，双手蒙脸，发抖地）好！我——入伙！

阿　利　男人大丈夫，一言既出，驷马难追，打个手印吧！（出示早已
　　　　　准备好的纸片）

阿　彪　（收起匕首，拉了小伟的手指，蘸了他脸上的血，往纸上按了

个血印）早听我的，也不至于——（得意地哼起口哨）

阿　利　不打不相识。（伸出食指）交个朋友吧！

马小伟　（勉强地与阿利勾手指）……

〔小车停刹声。

阿　利　快，老K来了！（与阿彪作鸟兽散）

〔古自飞急上，金昌盛随后上。

金昌盛
　　　　（同时）小伟！小伟！怎么回事！
古自飞

〔小伟微微睁眼。

古自飞　小伟，谁欺侮你啦？

金昌盛　古自飞，你快去给我弄个水落石出！——唉！小伟，你还不了
　　　　解，在香港这块地方，到处行帮林立，一个人要想站住脚跟，
　　　　生活下去，不结帮营私是不行的啊！——快进阿爸的忠义堂
　　　　吧！我们父子俩，有话好商量！

马小伟　有话好商量？——哈哈！你们答应让我与苏小姐见面，怎
　　　　么又——

金昌盛　（故作惊奇）哎！她怎么还没来？——古自飞，这是怎么回
　　　　事？——快去看看，苏小姐为什么姗姗来迟?!

古自飞　（圆场）都怪我，不知苏小姐有约，刚刚叫她联系业务去了，
　　　　现在总该回来了吧！

金昌盛　（假惺惺）笨蛋！情人相见，比什么都重要，快开车把她接
　　　　来，啊？

古自飞　我这就去。（旁白）我怎敢说这是故意拖延?!（下）

金昌盛　（边为儿子抹血，边说）伟仔！过去的事就让它过去吧！啊？

借内地的一句时兴话说，叫作"向钱看"，下来我们父子俩合心合胆做大生意罗！（与小伟耳语）

马小伟　现在我的脑子很乱。求你让我冷静，那件事到家再说吧！

金昌盛　（高兴）好，好好！到家再谈。苏小姐马上就到。她来了，你们好好畅谈畅谈二年的离情别绪吧！啊！对了，我想告诉你一个好消息，只要办完回大陆这桩买卖，我就为你们大摆喜宴，让你们结成鸾凤。（对小伟）到那时，你就是金家的法定继承人，从此跻身上流社会，飞黄腾达哩！

马小伟　哼！笑面虎！

　　　　（唱）幕前幕后两样腔，

　　　　　　　人鬼串通唱双簧。

　　　　　　　幕后磨刀使暗箭，

　　　　　　　幕前笑语甜过糖。

金昌盛　（惶惶不安地）误会！百分之百的误会！（下）

马小伟　误会？哈哈！哈哈哈！天呀！我该怎么办？我到底该怎么办啊?!

　　　　〔天幕灯光转暗。

　　　　〔少顷，小伟抬头，只见圆月东升，海涛闪金。

　　　　〔伴唱——

　　　　　　　一轮明月冉冉升，

　　　　　　　万顷波涛闪金星，

　　　　　　　玉兔腾空犹带水，

　　　　　　　水中捞月何闲情?!

马小伟　（百感交集地）月亮真的出来了！?

〔与胡娜打扮一模一样的苏维纳暗上，慢慢靠近小伟。

〔小伟回头，发现是苏维纳，不敢置信。

〔二人相对无言。

〔伴唱——

　　　　恋人约会到海边，

　　　　海天一色月正圆，

　　　　两人求见情切切，

　　　　为何相见不开言？

苏维纳　阿伟，我的伟哥，你真的不认识我了？

马小伟　你是……谁呀？

苏维纳　你仔细看看吧！

马小伟　（注视……）

　　　　（旁唱）素色轻纱蓝衣裙，

　　　　　　　神韵飘零露风情，

　　　　　　　不像当年我苏妹，

　　　　　　　眼角布满鱼尾纹！（摇头）

苏维纳　（旁唱）咫尺相距不认人，

　　　　　　　情人相见不相亲，

　　　　　　　我俩都系孤零客，

　　　　　　　为何同病不相怜？（欲言又止）

马小伟　（旁唱）说不是她又像她，

　　　　　　　酒窝明眸洁白牙，

　　　　　　　为何不见少女情脉脉，

　　　　　　　莫非已是瓶中过时花？

　　　　　　（白）啊，你就是金家红人苏小组？

苏维纳　　（惊异地）什么？我是金家红人？！（蓦地掉下两行眼泪）

马小伟　　难道我伤了你的心？不会吧？

苏维纳　　（止泪）如果我是金家红人，那你就是道道地地的金家贵

　　　　　　公子！

马小伟　　我不配，我才不配！只有你才称得上玩偶之家的——

苏维纳　　（接口）玩偶之家的什么呀？

马小伟　　你自己知道。

苏维纳　　我不知道，请你指点迷津。

马小伟　　我可以赐你一顶桂冠吗？

苏维纳　　说吧！

马小伟　　你是玩偶之家的高级妓女，对吗？

苏维纳　　（委屈得很，抱头痛哭）天哪！……

　　　　　　〔伴唱〕

　　　　　　　　　惊天动地一声雷，

　　　　　　　　　震耳欲聋肝胆摧，

　　　　　　　　　恰似花针吞落肚，

　　　　　　　　　刺心刺肚刺肝脾！

　　　　　　　　　哎呀哉，腹中苦况诉与谁？

苏维纳　　阿伟，我了解你的处境，你难道就不想听听我的心声么？

　　　　　　（唱）同是天涯沦落人，

　　　　　　　　　荣辱与苦应相亲，

　　　　　　　　　苦瓜黄连苦对苦，

　　　　　　　　　入口难吐又难吞！

马小伟　（唱）百句讲来也闲情，

　　　　　　你是金家同路人，

　　　　　　手拣观音吞落肚，

　　　　　　心中有佛（核）要问因！

苏维纳　好，阿伟，你对我有什么误会，你就说吧！

马小伟　我问你，刚才那个女人，是谁叫她来的？

苏维纳　什么女人？

马小伟　你还装聋卖傻？就是那个女人，使我受尽凌辱！就是那个女人，使我有家难归！就是那个女人，给了我折磨——毒打！

苏维纳　你……你太冤枉我了，我……（泣不成声）

马小伟　我已是末路之人，还敢冤枉别人吗？

苏维纳　你恨我也罢！骂我也罢！请你听我把心里话讲完。

马小伟　讲吧。

苏维纳　（唱）你饭甑冇盖气冲天，

　　　　　　我湿柴烧火多暗烟（冤）。

　　　　　　自从婚事遭拒绝，

　　　　　　我吞泪饮恨对谁言？

马小伟　（旁白）看她如何来做戏？

苏维纳　（唱）当日来港投亲朋，

　　　　　　始知人格不值钱；

　　　　　　当那服装模特儿，

　　　　　　袒胸露臂在人前。

　　　　　　一日遇到金昌盛，

　　　　　　他见项链诡计生，

　　　　　　高价聘我当秘书，

　　　　　　一出悲剧巨编演！

马小伟　这么说，是我送那条项链害了你？

苏维纳　要不是金昌盛发现那条项链是他当年求人抚养儿子的信物，他就不一定高价把我聘去，也就不一定知道你的下落，就不能把你勾引过来呢！

马小伟　（恍然）呵，原来因为那条项链，使我吃尽苦头，倒教你因祸得福，对吗？

苏维纳　笑话！他对亲骨肉尚且如此绝情，何况我这个无依无靠的弱女子?!

马小伟　那可不同，——因为我不听他使唤，不愿与他同捞同煲！

苏维纳　难道我就愿意？我就不要人格？

马小伟　人格？你还有人格？

苏维纳　伟哥，你——

　　　　　　（唱）一条项链系祸因，

　　　　　　　　　苏妹苦衷诉不清，

　　　　　　　　　蛤蟆食到虾公脚，

　　　　　　　　　几多委屈有谁知？

　　　　　　　　　人面兽心金昌盛，

　　　　　　　　　勾结外商卖国魂，

　　　　　　　　　迷心与他干坏事，

　　　　　　　　　苏妹有脸愧对人！（转身拭泪）

马小伟　（咬牙）金昌盛，我总算看透你了！

苏维纳　（接唱）为何阴魂不散缠住你？

是要你同流合污当罪人，

你若心软任摆布，

跳落大海洗不清！

马小伟　呵，原来这样！（激动地）

（唱）一语惊醒梦中人，

前车之鉴永记心，

炎黄子孙有志气，

振作精神做赢人！

（白）我的维纳斯，阿伟没什么报答你，只把这条项链亲手挂回你的脖子上。（掏出项链）

苏维纳　（接住项链）这么说，他竟把我这项链偷去当成钓饵了！

马小伟　你说谁？

苏维纳　就是你的生身父亲金昌盛！他为了赚大钱，不是又在逼你回内地……

马小伟　你怎么知道？

苏维纳　我知道的比你多得很多，（生气地）因为我是魔鬼之家的帮凶。

马小伟　（内疚地）不，你不是帮凶，还是我的维纳斯！维纳斯，我祈求你的饶恕！（跪下）

苏维纳　（扶起）伟哥！

马小伟　苏妹！

〔两人热烈拥抱。

（伴唱）

> 形似一人影系双，
>
> 两心扑通连扑通；
>
> 历尽人间风和雨，
>
> 心心相印成知音。

马小伟　（轻轻推开）亲爱的，我该怎么办？

苏维纳　你应该去！——去取回丽城造反时幸而没放火烧掉的国宝！

马小伟　在什么地方？

苏维纳　在双手捧起珍宝的塑像面前。

马小伟　（一转念）我为什么要充当英雄好汉？

苏维纳　你不是热爱祖国的血性青年吗？

马小伟　好，我去！你也去，我们一齐回去！

苏维纳　不，我能不留下当人质？

马小伟　哪……我们什么时候再见？

苏维纳　美好的时刻。

马小伟　在什么地方？

苏维纳　理想的彼岸。

马小伟　（重复地）理想的彼岸？……

　　〔幕徐徐闭。

第六场

　　〔前场几天后的一个早晨。

　　〔特区某公园。有一尊双手捧起珍珠的少女塑像，醒目地立在台侧。春光明媚，百花竞艳，与海角公园形成鲜明对比。

〔伴唱——

　　此一园，彼一园，

　　园园都是匠心篇，

　　莫道海角晚景好，

　　晨花要数湖滨鲜。

〔幕启。

〔小车汽笛声过后，老马上。

老　马　（唱）征途闻号便冲锋，

　　　　　　战马驰骋岂邀功？

　　　　　　唯有疾风知劲草，

　　　　　　雪压苍松更从容。

　　　　（白）李政的闷葫芦卖的什么药？我的材料还没有交上去，他就要我一早到公园一带巡逻，真叫人丈二金刚——摸不着头脑。（下）

〔钟通手持画轴上。

钟　通　（张望、看表、徘徊）怎么还没来呢？

　　　　（唱）湖滨钓鱼本悠闲，

　　　　　　等鱼上钩也心烦，

　　　　　　又怕大鱼不上钩，

　　　　　　又怕鱼大断钓竿！

　　　　（白）来了！那不是穿奇装异服的年轻人?!（下）

〔马小伟上。长头发，喇叭裤，黑眼镜，使人一眼认不出他是谁。

马小伟　（唱）戚戚不安赴此行，

　　　　　　踏进内地心里惊，

　　　　　　想入虎穴擒虎子，

　　　　　　又怕虎口难逃生。

　　（想了想，拿定主意）对！为了弄个水清见底，让走私贩私的人受到应有的惩罚，即使历万险，我也要跳一回老君炉。

　　（下）

　　〔小伟与钟通迎面相遇。小伟见来人手执画卷，即暗中打开装在口袋里的微型录音机。

马小伟　（用暗语联络）请问，这是通往湖滨公园的路吗？

钟　通　不！这里就是湖滨公园了。

马小伟　湖滨古籍书店在哪？

钟　通　这里没有古籍书店，只在公园内侧书摊上有些古旧书画出售。

马小伟　请问有莲图卖吗？

钟　通　我不懂什么叫莲图，只有一幅《莲社高贤图》给我买下了。

马小伟　可以转让吗？

钟　通　价钱相当，可以考虑。

马小伟　要多少钱？

钟　通　（伸出五个指头，抓了四次）……

马小伟　（对上暗号）好！一手交钱，一手交货，你这是——

钟　通　（出示《莲社高贤图》）道道地地的丽城珍藏品。

马小伟　这是汇丰银行的二十万元期票，回去点数清楚，不过，这么大的画，不走耕作小道能出去吗？

钟　通　哦，我这里备有一张边境耕做证。

马小伟　（伸手）拿来。

钟　通　（递耕做证）咱们各走各的路，从来不认识（突然发现）啊？

　　　　你是马小伟？

马小伟　钟主办，后会有期！（匆忙下）

钟　通　（一想）不对！（拿主意）对！抓走私犯！（喊）抓走私犯！

　　　　（掏枪追下）

老　马　（上）嘿！

　　　　（唱）今早巡逻到湖滨，

　　　　　　　果见钟通串小伟，

　　　　　　　我要叫他留一步，

　　　　　　　弄清是人还是鬼？！

　　　　（白）站住！（对天鸣枪）

　　　　〔小伟快跑步止。欲下，钟通斜里追上，见状，打响一枪，小

　　　　伟中弹倒地，挣扎，呻吟……

　　　　〔老马赶到，见状，扑向小伟。

老　马　小伟！你怎么啦？（四处呼喊）快来人哪！快救人哪！

　　　　〔钟通趁机从小伟身边拾起画轴、欲溜。

　　　　〔巡逻摩托声。二民警急上。张允随上。

民警甲　这是什么人？

钟　通　拒捕的走私犯？

老　马　立即送往医院，监护抢救！

民　警　是。（欲抬小伟下）

张　允　这里我来收拾。（对老马）你和钟通随民警回处汇报。

　　　　〔说话间李政上。

李　政　慢。现场由我收拾。张允，你与老马，钟通先回公安处，我马

上就来。

张　允　是。

〔幕急落。

第七场

〔紧接前场。

〔特区公安处，景同第三场。

〔幕启。

〔张允一人独自在电话机旁打电话。

张　允　（对话筒）……什么？……生命垂危，凶多吉少？……好、
好……有什么变化，及时告诉我。（放下话筒）

（唱）老鼠跌落糠箩头，一场欢喜一场愁；

但愿医院传凶讯，化险为夷得自由！

〔李政提手皮包上。

李　政　医院有电话吗？

张　允　我刚刚打电话问过。

李　政　你真主动啊！马小伟怎么样了？

张　允　说是生命垂危，凶多吉少。

李　政　是吗？我刚才也去过医院，据监护人员说，子弹穿过胸腔，搞
得不好，可能要进太平房。

张　允　（暗喜）这就增加了侦破的困难。

李　政　不过，现场总不会不留点蛛丝马迹吧！

张　允　这……

　　　　〔张允、李政同时旁唱——

张　允　（旁唱）棋到残局步难移，因为保帅常丢车，

　　　　　　　待我布就疑云阵，赢得保帅又保车。

李　政　（旁唱）棋到残局步难移，因为保帅常丢车，

　　　　　　　待我溜底唤声"将"，看佢蒙混到几时?!

李　政　张允同志，等会儿马佐生和钟通来了，由你主持问话，啊?

张　允　（惊喜交集）由我主持问话，是否妥当?

李　政　怎么不妥当，你尽管放手干。

张　允　是，有李主任撑腰，我一定弄个水落石出。

　　　　〔老马和钟通从相反方向上，二民警分别随上。

李　政　你们随便坐。

　　　　〔老马、钟通就座。二民警悄立各人背后。

　　　　〔场上气氛十分严肃。

张　允　你们如实回答，塑像前那两枪是谁打的?

老　马　第一枪是我放的。

张　允　你为什么要放枪?

老　马　我来到塑像前，两个鬼鬼祟祟的人拔腿就跑，我便鸣枪警告。

张　允　你看见那两个人是谁?

老　马　除了马小伟? 还有……一个人……

张　允　这是谁?

老　马　这个人……待我好好想想。

张　允　好，你先想想，（转对钟通）钟通，你看见那个人是谁?

钟　通　我自然也看得清清楚楚，不过，马处长走在前面，他先鸣枪警

告，这人是谁还是他先说吧！

〔电话铃急响，李政示意张允接电话。

张　允　（拿起话筒）……我就是……什么？……（故意大声地）走私
　　　　犯进了太平房？……（放下话筒）李主任，马小伟进了太平
　　　　房，这不成了无头公案么？

李　政　不，这不是无头公案！

张　允　（暗吃一惊）……

〔老马痛哭，钟通暗自高兴。

李　政　别哭，我还有话要问。

〔老马克制着。

李　政　你们到底看见谁和马小伟接头？

钟　通　（以攻为守）马佐生！他和马小伟正在接头交画，见我突然出
　　　　现，怕露了马脚，他便杀人灭口！

老　马　（激愤地）什么，你说我杀死我的养子？我为什么要杀死我的
　　　　养子？

张　允　一个人为保全名誉，会做出杀人的勾当来！

李　政　到底是谁，你就说嘛！

老　马　是谁放的枪，最好先找到伤者身上的子弹头。

钟　通　（暗吃一惊）这……

李　政　（掏出一粒子弹头）这就是。（看了看，交给张允）

张　允　（接过弹头，手指微微发抖）这……这是64式手枪子弹呀！

李　政　（对老马、钟通）你们的手枪给我缴下！

老　马　（掏出支54式手枪交给李政）我这是老把式。

李　政　（接枪，对钟通）你的枪呢？

钟　通　我没配枪。

李　政　你那鸣枪警告的枪呢？

钟　通　这……（只好勉强交上）

李　政　（接枪看了看）这支64式手枪是谁的？

钟　通　（不说）……

李　政　（对张允）你的枪呢？

张　允　因为来得急，忘了随身带。

李　政　这支64790号手枪是你的吧？

张　允　（点头默认）……

李　政　你是知道钟通要与走私犯打交道，才把手枪交给他使用的吧？

张　允　李主任，听你口气，我是钟通同伙啰！可钟通犯了什么罪，我还不知道哪！

李　政　好，现在就让你略知一二。（从小皮包里掏出一架微型录音机，打开）

　　　　〔张允、钟通顿时惶惶不安。

　　　　〔小伟画外音——

　　　　"好，一手交钱，一手交货，——你这是……"

　　　　〔钟通画外音——

　　　　"道道地地的丽城珍品……"

　　　　〔钟通嘲地晕倒在地。

李　政　（把录音卡断）把钟通带下去！

民　警　是！（将钟通支架而下）

李　政　老马，委屈你了！（握手）张允，看起来，你不会无缘无故借枪给钟通吧！

张　允　（故作哈哈大笑）真是欲加之罪何患无辞?!

李　政　（怒吼）放肆！（稍停）组织对你怀疑，不会无根无据。

　　　　〔说话间，苏维纳快步上，女民警随上。

老　马　（一愕）苏维纳？你——

苏维纳　我是回来报案的。

　　　　〔张允一看，似曾相识，暗吃一惊。

李　政　你报什么案？

苏维纳　我带回来这本书。（从手提袋中掏出，交给李政）

李　政　（看了看）《莲社高贤传》……

苏维纳　金昌盛千方百计要弄到还在国内的明画真迹《莲社高贤图》和

　　　　这本《莲社高贤传》，合璧配套，卖给外国收藏家赚大钱……

李　政　（点点头）他打算从哪里弄？

苏维纳　这……我也不知道，不过……（突然出现张允）呵，张叔叔在

　　　　这里，事情就好办了！

张　允　（连连摆手）我不认识你，我不认识你。

苏维纳　怎么？你不认识我？张叔叔呀！

　　　　（唱）"文革"造反造上天，

　　　　　　　丽城文物遭摧残，

　　　　　　　抄出古画一大捆，

　　　　　　　尽都投炉火点燃，

　　　　　　　有个老头跪炉前。

李　政　老头怎么啦？

苏维纳　（唱）老头拭泪来开言，

　　　　　　　自称文物保管员，

　　　　　讲清此画系国宝，

　　　　　收藏已有数百年，

　　　　　千万莫来化云烟！

李　政　后来呢？

苏维纳　（唱）小伟听罢心不忍，

　　　　　找到支"左"工宣队，

　　　　　是你亲手来接画，

　　　　　翘指夸奖小将们，

　　　　　永记大名叫张允。

张　允　（狡辩）你别信口雌黄。我没见过你，我不认识你！

苏维纳　呀！你敢说不认识我，那幅画肯定是你私藏起来了！

李　政　（拿《莲社高贤图》给苏）是不是这一幅？

苏维纳　（接看）是，就是这一幅。

张　允　（狡赖）我没接触过这张画，你们听信片面，加罪于我，我要
　　　　　控告！我要控告！

李　政　控告是要控告的！不过，张允，到那时你不是原告，而是被
　　　　　告。你以为否认认识苏维纳就落实不了你的罪吗？不，告诉
　　　　　你，马小伟没有死，到那时他会出庭作证！

张　允　（晴天霹雳）哎呀！（双手蒙脸，浑身发抖）

　　　　　〔远处雷声沉沉。

　　　　　〔幕在闷雷沉沉中急落。

尾声

〔距前场一个月左右。

医院病区一角。柳枝垂空，海滩静静。

〔幕启。

〔圆圆的月亮从柳枝旁徐徐升空。

〔垂柳下面并排站着两个剪影，面对圆月出神。他们一个是马小伟，一个是苏维纳。

〔伴唱——

　　　　雨打花更靓，

　　　　雨过天更青，

　　　　创伤得治愈，

　　　　更觉年岁轻。

〔老马上。见此情景，百感交集。

老　马　（唱）鸳鸯悄立月影长，

　　　　　　　勾起伤心事一桩，

　　　　　　　位尊不宜持偏见，

　　　　　　　固执偏见把苦尝。

　　　　　　　常言道初生牛犊不怕虎，

　　　　　　　果真是事到头来有主张，

　　　　　　　切莫求全多责备，

　　　　　　　青年终究是栋梁。

马小伟　（转身）爸爸。

老　马　孩子。

马小伟　妈妈呢？

老　马　她就来了，孩子，爸对不起你们！

马小伟　不。爸爸，你才是我的好爸爸！

　　　　（唱）不经严冬与雪霜，

　　　　　　　　不识春暖与秋凉；

　　　　　　　　小树不经风浪涌，

　　　　　　　　安知何处有骄阳？！

　　　　〔罗曼华暗上。

老　马　孩子，你们的出入境时间即将届满，你们打算什么时候动身？

马小伟　呵，（对苏维纳）我的回乡证呢？

苏维纳　（递上）……

　　　　〔小伟接过回乡证，撕成碎片。

苏维纳　我也留下，不走了。

罗曼华　（激动地）孩子们，你们都坚强起来了！

马小伟
　　　　（同时）妈！（扑上去）
苏维纳

　　　　〔圆月升空。

　　　　〔马小伟与苏维纳慢慢靠拢。

　　　　〔老马、罗曼华也幸福地站在一边。

　　　　〔小幕徐徐闭。

　　　　　　　　　　　　　　　　　　　　　　　全剧终

后记

少年坎坷，遭遇磨难不断

我出生在 20 世纪 30 年代南方边陲小镇宝安县，家世坎坷。父亲一辈家中九子，由于战乱频仍、天灾人祸，仅留末子吾父曾宝华。父亲宝华早年当和尚，后卖猪仔到南洋泰国锡矿当矿工，中年由大姐做主娶刘氏为妻，妻与公鸡拜堂，颇具时代色彩。吾为家中长子，父母在今解放路以经营小食档为生。我自小聪慧过人，悟性佳爱读书，奈何命运捉弄，1948 年春在今人民桥被炸伤左手。母亲机智地将我送香港边境，哀求值守人员送香港教会医院，得以大难不死。回家后得知父母欲将我送去学堪舆即民间算命术，吾誓死不从离家出走，从此港九线上多了一个靠扒火车卖香烟、云片糕的小流浪儿。数度被送去羁押，却顽强地挣扎生存，终于盼来彻底解放，逐渐衣食不愁，后徒步回乡——兴宁县，上了工农速成中学，接着广州务工三年。机缘巧合去了中山大学印刷厂校对科，得以有安静的环境自学备考，竟于 1960 年秋以优异成绩成为广东省仅录取的六名上海戏剧学院本科生之一。这是我人生最为重要转折点。大学四年是我的黄金时代，从此便以戏剧创作为终身职业。

幼年时期的作者（右一）与父母、妹妹合影于香港，摄于 1936 年

青年立志, 求学不负韶华

在校四年，我对戏剧启蒙于斯，终生志向于斯，回报社会于斯，终生无悔无怨。上海戏剧学院戏剧文学系是中国戏剧作家、理论家的摇篮。60 级戏剧文学系一年级，整班人数 27 名，合格毕业的 25 名同学中，先后涌现出张鸿生、陈祖芬、杜清源、唐泽芊、倪绍钟、邢益勋等多名出类拔萃的剧作家、戏剧理论家、名导演。他们都是时代精英。我虽不属精英，但也是从这个大摇篮里蹦出来的一员。历经 60 年磨练，也称得上是个小有名气的剧作家了。内心无比感恩时代的馈赠，我的成绩得益于新中国的庇荫，以及上海戏剧学院这座艺术殿堂和众多老师的栽培。

师恩似海，受益一生，拜望恩师王东局教授。2002 年摄于上海恩师家中

恩师顾仲彝

　　俗语云："一日为师，终身作父。"江俊峰伉俪、顾仲彝恩师、班主任王东局蒋教授伉俪，至今仍历历在目，常夜梦相会，对周端木、丁小曾、徐闻莺、董友道、余上沅、陈古虞等老师亦念念不忘。1960 年广州考区面试的场面令我终身难忘。江俊峰是上海戏剧学院宣传部长，是考区的总负责人，也是我面试的主考官。当他听过我大段自白后，便说："你出身贫寒，少年坎坷多难，务工三年工作踏实上进心强，剧本虽糙但故事性强。文化水平虽不高但有悟性。倘有机会进习，刻苦攻读，或许有大器晚成的一天……"显然话中有话，凭我的悟性应该是丰收的面试。于是我表态："不辜负老师的期望，一定刻苦学习……"但另一考官却打断表态，他说："面试结束，是否录取一周后书面通知。"

1960 年 6 月 2 日考试归来　　1964 年毕业前在校门口留念

我日思夜想苦熬一周，命运给了我第一颗幸运果子——录取通知书终于到来，自此踏上中国最高艺术殿堂求学，终身感恩。

开学一个多月后，校团委专职书记王惠敏同志找我单独谈话。她说："通过组织了解，决定推荐你进团委班子……"这个决定把我急出一身冷汗，我自知自己文学水准低下，是同班同学中文化素养最低的一员，岂敢应允？我一再婉拒。但王书记却说她看过档案，也多方了解我的经历，认定我适合团委分管组织工作。既难推托，唯有暗下决心，勤能补拙，把组织交给的任务做好，力争学习工作两不误。当时学院领导狠抓作息时间的硬性规定，十点钟必须关灯就寝，并由我负责宿舍的准时关灯。虽然身体力行，但我时刻不忘誓言。于是，宿舍熄灯之后便到公厕夜读到凌晨，方蹑手蹑脚回宿舍和衣而睡。但纸包不住火，快到学年大考，终被同学告至班主任，但王东局老师却非常善解人意，同情我的处境。批评几句后又鼓励我——读书是唯一的出路。顾仲彝老师是我最敬重的老师，不知是何缘故，我总觉得他也喜欢我这学生。升三年级的时候，我被同学们选为戏文课课代表。一天下午，董友道老师持顾老师的名片，要我星期天到顾家一聚。早饭后，我持顾老师名片，按图索骥，找到顾家大院。那是三层整套居室，大间小间都堆满书籍。而他的寝室客厅显得窄小。我刚唤声"顾老师"，顾老师便大踏步过来握住我的手。刚坐下，顾师母就端来热气腾腾的牛奶和两个油亮晶晶的面包，在那全国生活水准都很困难的年代，牛奶面包都十分珍稀。老实说，那天之前我从未尝过牛奶的味道。当时，我的感受是难以言表的。畅谈一段时间，顾老师拿出两套共四本的《编剧理论与技巧》给我。他说："一套给全班同学参考，一套供你个人收藏学习。"我知道，这套讲义是他被特邀至中央戏剧学院讲学时的内部教材，十分珍贵。怎不叫我受宠若惊呢？当我含泪接受时，门铃响起，肯定又有来客寻访，我便草草告别。临别时，顾老师叮嘱我，有空常来坐，有好的作品由童老师转交。时光荏苒，转眼又过一年，那时我参加"四清"运动告一段落，正准备毕业论文。我的毕业创作是小话剧《最后一课》，它取材于农村"四清"素材，大意是反映农村夜校与封建书场争夺青少年的一场斗争。我的结构分两段着笔。前半段是夜校的正面生活，后半段是小河对岸的书场传来淫笑秽语的怪声，惹来夜校师生的主动出击……这个小戏的初稿，主题鲜明，布局顺畅，经全班的讨论和董友道老师的认可，正打算交表演系四乙班排练，作为学校毕业汇报演出。就在此时，董老师前来传达顾教授的大段修改意见，认为初稿过于拖沓，没有必要平均用笔，前半段应大量压缩，后半段可尽力舒展，可加入大段的独白，淋漓尽致，方给予对方有力的反击，要批驳到对方哑口无言……剧名由《最后一课》改为《第一课》。演出结果出乎意料，获得雷动的掌声，一再谢幕。连年过六旬的老院长熊佛西都跳上舞台，大喊："演出成功，成功，成功！"此激动一幕时常在我的梦中再现……

光阴似箭，转眼大学毕业。王东局老师告知我分配回广东工作。虽说我归心似箭，但再忙也得向恩师告别。第二天，我便买些广东水果，身揣红色毕业证书赶往顾家大院。顾老师接过我的毕业证书，祝贺我顺利毕业，还赠我一帧近照，照片背面亲笔题

1963 年，在红楼樟树下、图书馆门前留下美好的青春记忆，与陈祖芬及唐泽芊、邢益勋、丁步青、王士爱摄于上海戏剧学院

写"学海无涯"四个劲字。当我一再要求恩师多讲几句临别赠言时，顾老师指着"学海无涯"语重心长地告诫我："广东话剧团队不多，话剧剧本上排几率有限。但广东剧种繁多，不仅有粤、潮、琼、汉，还有山歌剧、采茶戏、花朝戏、正字戏等。你不能只写话剧，在一棵树上吊死。你应该有目的地抓准三两个剧种，研究其中特色，从模仿到熟悉，多写几个群众喜闻乐见的好剧本，才能称得上名副其实的剧作家。"一番语重心长的叮嘱，成了我后半生从事创作的标尺！

壮志凌云，勇攀戏剧高峰

实践证明，顾老师的教诲，使我一生受用不浅，是我日后成为剧作家的一把钥匙。回广东省文化厅报到之后，我奉命参加为期两年的"四清"工作队。后来由于成家在农村，孩子多生活负担重，便主动要求调到离家较近的梅县地区工作。梅州不愧为文化之乡，剧种更多，既有中原音韵的广东汉剧，又有正统客家方言的山歌剧、采茶戏，还有潮州方言的地方小戏。遵照顾老师的叮嘱，我很快就适应几种剧目的创作实践。从话剧《关系学堂》到汉剧《麒麟老道》《义子登科》，再到山歌剧《少妇情》《补正的爱情》。其后，又因为我从小就熟悉广府白话，对粤剧又很喜欢，便应深圳粤剧团之邀，执笔创作《牌坊村新传》《栽兰梦》。里面竟然摘下了中国戏剧文学奖金奖一个、银奖一个。点滴成果亦算是对母校上海戏剧学院和各位恩师栽培的最好回报。这样，我的个人创作生涯有四十部大小剧作。除此之外，我不是单一的创作干部，而且肩负着辅导创作、发现人才、发现新作苗头、挖掘精品等任务。为了完成这双重任务，在时任中国剧协书记王正、省剧协领导赵寰、陈仕元和梅州市副市长何万真等鼓励下，汇集陈晓春、廖武、曾祥训、廖维康、陈勋华、林韩璋、肖伟光等一批有志气、有素质、有理想、有追求的青年创作者，于1986年成立一个创作群体——嘉应戏剧文学社。那是我省第一个创作家自愿组织起来的戏剧群体。十余年的实践证明，嘉应戏剧文学社成绩辉煌，影响全省。作为领头羊，我全身心投入，无私奉献，常常召集一群剧作者废寝忘食、随时随地进行剧本研讨，每一个

2002年5月28日，登上人民大会堂领奖台。与合作者深圳粤剧团团长萧柱荣先生在天安门广场合影

同仁的家、每天傍晚的饭后散步，无不都是三五成群，讨论剧本，被同行们戏称为"杨白劳"，我也因此被中国剧协广东分会特评为"先进戏剧工作者"。

老牛伏枥，从未歇于笔耕

叶落归根，退休后我回到深圳安度晚年。岁月不居，时节如流，站在半个多世纪前由于一场意外事故延伸出我人生无尽之故事的人民桥头，恍如隔世。半个多世纪过去了，曾经的小渔村如今已是高楼林立、四通八达的国际化大都市。曾经的沧桑少年今日已成古稀老者，经历见证着百年深圳，沧桑巨变，从只有五六千人的边陲渔民小镇，发展成近 1800 万人口的经济特区、社会主义先行示范区、粤港澳大湾区的龙头。在这片曾经挥洒热血的热土，我见证了祖国翻天覆地的时代变迁与举世瞩目的改革开放的成果。如今欣慰的是对得起这片热土，儿女们依旧在为建设这块土地而奋斗，孙辈们也从这片热土走向世界。都说深圳是文化沙漠，此话在我看来是有失偏颇的。老之将至，总想给由边陲小镇发展而成国际化大都市的深圳留下点戏剧资料，给子孙后代留点东西，于是挑选八个获奖作品汇编成册，留给后人做研究参考。文学上的战友们一个个陆续离开了，而我们笔下的每一个字却成为一个时代的印记。从上海戏剧学院毕业到今年，我已九十余岁，一直笔耕不辍，难怪有人说我是条拴在戏剧柱上的老黄牛。五十余年的剧作生涯，先后写就大型剧本近四十部，

重返母校（2002 年参加上海戏剧学院校庆）

　　这些剧本均由大小剧团排练上演，亦有十五部在省刊或《中国戏剧》发表，并多次获得国家级、省级颁发的金奖、银奖。

　　结集成书过程中，凝聚人生各阶段回忆，提笔深思，这辈子舞文弄墨编了无数故事，感叹自己人生亦如一出跌宕起伏的戏剧。感恩恰逢伟大时代，感恩恩师栽培，感谢命运中的苦难，感谢同仁相助。

曾桂森

2015 年 1 月初稿，2023 年 9 月定稿